六庵文库

中国古代小说修辞诗学论稿

朱玲 著

人民出版社

教育部人文社科规划基金项目"'三言二拍'修辞批评"（13YJA751073）阶段性成果

序

　　陆游诗曰:"呜呼大厦倾,孰可任梁栋? 愿公力起之,千载传正统。"(《喜杨廷秀秘监再入馆》)这四句吟论,反映了诗人对传统学术正脉的孜孜追求,也俨然是中国古代正直知识分子学术情操的典型写照。清儒方东树所谓"表人物,正学脉,综名实,究终始"(《刘悌堂诗集序》),方宗成云:"标名家以为的,所以正文统也"(《桐城文录序》),皆合斯旨。因此,我常想,对先辈优秀学者的最好纪念,莫过于承传其学术,弘扬其文绪。

　　一所百年高校,必有深厚的学术蕴蓄。福建师范大学创校于清光绪三十三年(1907),百余载间,英贤辈出,晖光日新。若如国学宗师六庵先生者,其宏敷艺文的纯风休范,允属我校文学院在特定时期中国古代文学学科建设的学术标帜。记得他在二十世纪五十年代所撰诗有"及门子弟追洙泗,开国文章迈汉唐"之句,多年来为学界识者所激赏,盖缘诗句抒发了一位敦厚学者对所从事的教学和著述事业的豪迈情怀。

　　先师六庵教授,姓黄氏,讳寿祺,字之六,自号六庵,学者称六庵先生。民国元年(1912)生于福建霞浦,公元1990年卒于福州。早岁游学北平中国大学国学系,师事曾国藩的再传弟子尚节之(秉和)及章太炎的高足吴检斋(承仕)等著名学者。曾执教于北平中国大学、华北国医大学、国立海疆学校、福建省立师范专科学校等高校,1949年以后,长期担任福建师范大学(初名福建师范学院)中文系教授、系主任、副校长等职,兼任福建省政协常委、福建文学学会会长、福建诗词学会会长、中国周易学会顾问等。先生毕生以教书育人为己任,敦于培才,勤于著述;精研群经子史,尤深于《易》;通贯诗律,博赡文词。有《群经要略》、《易学群书平议》、《汉易举要》、《周易译注》、《楚辞全译》、《六庵诗选》等行世。

学科建设，固需旗帜，更需队伍，尤其是组建能承前启后的优质学术团队。我校文学院各学科的建设多年来卓有成效，蜚声海内外，端赖于有这样的体认和措施。如现代文学学科以桂堂先生为旗帜，形成了坚壮的学术群体；古代文学学科以六庵先生为旗帜，聚合着谨实的科研力量。今文学院以六庵、桂堂的名义编为文库，分别捃采古代与现代文学两大学科群中诸多学者的学术成果，汇集出版，其用意宜颇深厚：既可缵绍前修，又堪率勉后学，于我院将来学科建设的进一步发展，及与学术界的多方交流共谋进步，应当均有重要意义。

《六庵文库》初辑，汇合了我院古代文学学科文学专业与语言专业十二位教授的学术著作，人各一集。其中治古文学专业者六，有陈庆元《文学文献：地域的观照》，述八闽文学之史迹；郭丹《经典透视与批评》，探索先秦两汉文学经典之源头与精华；李小荣《晋宋宗教文学辨思录》，寓佛道文学之潭思；欧明俊《古代文体学思辨录》，作各类文体之谛辨；涂秀虹《叙事艺术研究论稿》，论古代小说戏剧叙事之精义；拙稿《学约斋文录》乃滥厕其间，略抒关乎旧学的些微浅见，未足道也。治语言专业者亦六，有马重奇《汉语音韵与方言史论稿》，判析音韵而兼及方言；谭学纯《问题驱动的广义修辞论》，宏拓修辞而绎寻新义；朱玲《中国古代小说修辞诗学论稿》，推扬修辞而衍及诗学；陈泽平《福州方言的结构与演变》，专注一域而精研其语；祝敏青《文学言语的修辞审美建构》，立足文学而考鉴修辞；林志强《字学缀言》，辨字考文而泛涉金石。凡诸家所论撰，皆不离本学科范畴，其学术造诣之浅深若何，固有待于学界确评，但其中所呈现的克承前辈学风，商兑旧学、推求新知的精神，则是颇为鲜明的。

我曾忝列六庵先生门墙，1982 年研究生毕业后即留校任先生的学术助手，直至先生辞归道山。回思数十年的为学历程，每前行一步，都凝聚着先师培育的心血。今承命为《六庵文库》制序，不胜厚幸之至，因就文库的编纂始末，略书数语，以赞明其意义。同时，也藉此企望与学界同道共勉互励，取长补短，为踵继先辈学者的优良学风，"传正统"、"正学脉"，而共同奉献绵薄之力。

张善文谨述于福州

公元 2014 年 7 月岁在甲午大暑后三日

修辞诗学：广义修辞学一个层面及其理据与方法

——《中国古代小说修辞诗学论稿》序

　　"修辞诗学"是我们在《广义修辞学》中提出的一个概念，作为广义修辞学的一个重要层面，修辞诗学研究表达者的修辞行为如何在文学生产中通过各种修辞设计转化为语符的过程，它与修辞技巧、修辞哲学合成广义修辞学"三个层面"的理论框架。当研究对象不仅仅是话语的生动形式，而且由词句段层面的"说法／写法"延伸到影响文本建构的"章法"的时候，修辞研究就进入了修辞诗学范畴；当"说法／写法／章法"折射并影响修辞主体的"活法"的时候，修辞研究就进入了修辞哲学范畴。因此，"修辞诗学"区别于"修辞技巧"和"修辞哲学"，又关联着"修辞技巧"和"修辞哲学"。

　　提出"修辞诗学"概念，并倡导修辞诗学研究，基于跨学科的学术观察、思考与开发：从中国修辞学科的学术研究格局观察，"修辞技巧"是学术生产总量最大的，也是影响修辞学研究价值提升遭受质疑较多的，这种被巴赫金称之为"书房技巧"的修辞研究，在技术性中稀释了学术性；从中国修辞学研究的本土学脉和域外坐标观察，可以挖掘修辞技巧与修辞诗学共在的传统资源，也可以发现域外理论重视修辞诗学多于修辞技巧；从中国修辞学研究的学科地图观察,语言学界偏重修辞技巧研究,文学界偏重修辞诗学研究,二者的优长蕴涵着学科渗融的可能性。

偏重修辞技巧的研究模式和偏重修辞诗学的研究模式,依托各自的学科背景。有经验的读者,依据论文摘要和关键词,就可以了解作者的学科背景。因为论文摘要和关键词呈现的,是一个学术文本浓缩的学术话语及背后的学科经验。学科经验意义上"我"的强势在场,以福柯所说的知识的权力抵御"他者"的介入。学术话语承载着学术信息进入学术传播,按学科惯常的技术路线进入理论腹地。这些通常在本学科的话语场域进行。学科是支持这种话语运作的平台,也是理论晦暗处的合法庇护所。这是一种隐在的权力。

偏重修辞技巧的研究模式和偏重修辞诗学的研究模式,研究主体总体上的知识分配体现出各自的特点:

语言学界的研究:语言学知识 > 文学知识

文学界的研究:文学知识 > 语言学知识

语言学界的修辞研究学术操作自由度设定较严,这对学术研究的随意性是一种制约,对强调学术研究的科学性来说,是戴着镣铐跳舞,但也可能限制研究者的思想展开,这就使得语言学研究十分看重的"解释力"留下一块阐释的空地。

文学界的修辞研究操作自由度相应扩大,为理论扩容提供了更大的可能。但是当思想的敏锐和理论的深度落实为文本细读中的语言分析时,语言学的学术面貌不一定能很好地体现。在提炼规则、避免孤证、排除并解释反例等语言学研究注重的问题上,文学界也孜孜以求,但可能不像语言学界那样自觉。

以上两种研究模式不乏厚重精致的学术文本,同时也激发了基于广义修辞观的、探索第三种模式的愿望:重建走出但不排斥修辞技巧的修辞诗学研究格局——《中国古代小说修辞诗学论稿》是这种探索的部分成果记录。

作为教育部人文社科规划基金项目"'三言二拍'修辞批评"(13YJA751073)的阶段性成果,本书选择话本小说和《红楼梦》作为修辞诗学分析对象,意在探索古代短篇白话小说和长篇章回小说修辞诗学研究路径,希望能对文本研究提供修辞分析的方法参考。

　　本书包括总论和上下篇。总论进行广义修辞学的理论阐发，涉及广义修辞学的交叉学科性质，研究的话语单位、方法和领域等理论问题；在阐释巴赫金"超语言学"的修辞观基础上审视广义修辞观；阐释古代修辞学理论以说明修辞理论源头的"广义性"，为后文的古代小说修辞诗学研究实践，提供理论和研究方法的依据。上篇专论话本小说的修辞诗学问题，兼涉志人、志怪、传奇，挖掘并解释小说文体历时流变过程中修辞策略和话语方式如何成为推动文本叙述的能量。下篇分析《红楼梦》的一组对立修辞设计及其文化成因，也论及该书不同于其他小说的人物出场方式及其文本功能。本书附录可与正文进行互文性阅读。书中的分析，既有对文学史和文化史的宏观把握，也有对修辞细节的独到观察，学术面貌均与巴赫金批评的囿于"书房技巧"的研究拉开了距离，可为修辞学研究介入原创性文学研究提供有价值的参照。

　　全书由"总论—上下篇—附录"连缀而成的学术叙述，呈现出与"修辞技巧"研究不同的格局，但并不拒绝对"修辞技巧"的细致观察和深入解释，这是广义修辞学探索的不同于语言学界擅长的修辞技巧研究、也不同于文艺学界擅长的诗学研究的第三种模式。它研究的语言单位是文本整体，或"为整体的局部"，但不同于语言学界的语篇研究；它研究文本叙述的修辞策略和修辞结构，但不同于文艺学界的叙述学研究。这些"不同"，是广义修辞观诠释并实践的修辞诗学：不是简单地回归本土传统，也不是生硬链接域外理论；而是以现代意识审视传统资源，以民族意识审视全球化的理论背景，在碰撞中生长，在对话中整合，提升理论格局，修正操作实践。这对于修辞学研究的价值提升和学科形象重建是一种理论创新能量和实践支持。

　　在教育部颁发的学科目录中，修辞学归属于语言学科，但是相对于语言学其他子学科的"纯语言学"血统来说，修辞学应该更多地体现出巴赫金所论的"超语言学"特征。广义修辞学在"纯语言学"和"超语言学"之间寻找平衡的支点，作为广义修辞学一个重要层面的修辞诗学研究，同样面临如何在"纯语言学"和"超语言学"之间重建研究格局的问题。这需要开放的学术视野，需要与之相适应的知识储备。本书作者先后参与《汉语大词典》编撰，讲授语言学、文艺学、比较文学课程，了解各类文献和不同学科的研究方式及其优长,为宽基础的修辞诗学研究做了学术准备。作者在调动这些学科的理论知识解释修辞诗学问题的时候,努力避免为研究对象生硬地贴标签,避免"例证+描写"的简单说明。

文本及文类修辞诗学研究的交叉学科性质,应该具有的跨学科视野,给研究增加了难度。但学术研究的难度,是学术的尊严所在。挑战难度,是学术研究的本质,也是包括本书作者在内的学术人的追求。

谭学纯

2016 年春

目 录
CONTENTS

本书导读

总论　广义修辞学：理论与方法

中国现代话语是伴随着西方思想的大量涌入而出现的，以往几乎无处不见的诗体让出了它在华夏文明中长期占据的骄人位置，为了适应思想的变革，几乎所有的现代文体都发生了根本变化：全面铺开的散文体，明显拉长的话语篇幅，大大增加的语义容量，形成有机整体的复杂结构，互相配合的各类修辞设置、合乎逻辑或者有意识违背常理的修辞架构……复杂的、大语义容量的现代文体已经运行了上百年，仅仅以字词为中心，最大不超过句为研究对象的传统修辞研究方法，其有限的解释力难以抵达大语义容量的现代文体的语篇体量。因而，广义修辞学倾向于：现代话语不仅需要词句级，更需要超句级，直至文本、文体层级的修辞研究。（第一章）

巴赫金是严谨而睿智的学者，他不是为自己的研究贴上"XX"或者"XX学"的标签，而是在研究中突显其深刻的思想，他的一些论述切中了修辞研究之弊。在沉甸甸的专著中，巴赫金的理论和作品分析实践相结合，以无可怀疑的说服力印证了科研绝不应该只是根据已有的结论进行连篇累牍的填空和资料罗列，一定需要基于理论与材料支撑的新的分析和论述；印证了修辞研究不是专注于"书房技巧"层面的"小儿科"（这曾是中国修辞学研究遭诟病的关键词之一），而应具有理论的可提升性。巴赫金也是值得敬重的学者,在严酷的环境中,即使不能用自己的名字发表研究成果,他也不搞学术韬晦,不举学术白旗,而是坚持自己的学术人格和学术个性。巴赫金的学术影响力辐射到了多学科:在哲学、美学、文艺学、语言学、符号学等话语场域,巴赫金的名字成为博大精深的学术符号。(第二章)

话语权的重新分布,"人的言说"空前繁盛,必然带来对修辞以及修辞与人格、社会关系的重视。正是在强劲的言谈大潮中,在对社会的强烈关注中,《周易》形成了以占卦模式为外壳,以哲理思辨和社会伦理思想研究为基本内容的丰富完备的理论体系:《周易》借助一套符号体系,探究种种自然和社会现象,将玄秘幽邃的阴阳哲理化为包括话语应用在内的一系列人际伦理的依据。孔子曾说:"加我数年,五十以学《易》,可以无大过矣。"(《论语·述而》)这说明特别重视人事的古人已经把《周易》理论视为一整套可以让人"无大过"的言语和行为准则。(第三章)

上篇　话本小说修辞诗学研究

作为华夏本土的概念,"小说"经历了一个由非文体到文体,一个由所指多元、弹性极大的概念,发展到所指较单纯、明晰的文体概念的过程。虽然这个过程极其漫长,但"小"的审美性质,"说"的创作和传播方式,总是制约着小说的文体建构,即使是体制成熟的话本,仍然保持了"小说"修辞与生俱来的俗民性、愉悦性和口头性特征。(第四章)

从用语词表述世界的初始发生起,谋求语义与世界之间的契合,就成为人类永恒的追求,正是在这样的追求中,人类的话语方式趋于复杂,话语的语义含量也趋于丰富。如果能把人类最早使用的名词视为"独词体"叙述,那么,正是在从最简单的"独词体"到单句、复句,并最终有了复杂结构的叙述发展过程中,人类的思维在改变,人类对世界的认知也在叙述中深化、多层次化。(第五章)

正如中国市民意识融合了复杂的思想来源,处于复杂语境之中的话本小说话语秩序建构,也往往采用复合话语因素,综合各种节奏源:小说内部语言单元的流动速度及声调变换速度,不同语体在汇合时形成的节奏强弱变化,以及叙述事件的长度、事件的发展速度、事件对主人公命运改变的力度,都形成信息因素传递的规律变化,合成变化多端的叙述节奏,这种节奏在传达人们对新生活的感受的同时,也增强了接受者惊奇、新颖的审美感受和审美期待,迎合了市民在新的情感取向和内在愿望驱动下对新的话语秩序的要求。当叙述节奏成就了话本独特的叙述方式,成为话本实现社会功能的有效修辞手段时,市民叙事文学的话语秩序也在完善。(第六章)

在特殊时期,如果人在道德规定语言方面的需求不能得到满足,就会陷入深深的道德迷茫。当年《渴望》主题歌中的"谁能告诉我,是对还是错",实际上道出了社会急剧变化、道德体系大幅度调整的非常时期人们的道德诉求。话本小说出现时,中国的传统封建道德虽然在某些方面面目狰狞,但另一方面它的根基也因为不可阻挡的社会变化而发生动摇。正是在这种状况下,"说书人"竭力通过言说,向人们传输一套既传统又"现代"的道德评判体系和话语。(第七章)

对于大多数人来说,空间更多地意味着一种行动场所,人们的特定空间感觉首先与他在那里的活动、收获有关,与他在那里感受到的快乐或痛苦有关。此外,人们有意识地转换自己的生活空间,通常都是希望实现人生追求,寻找所期望的机遇。因而,很多文学人物生活空间的转换往往伴随着他的行动以及随之而来的一系列新鲜事件的发生。在话本小说中,作者一方面热切地讲述着主人公前往城市以后得到的财富和机遇,城市尤其是都城成为那个时代众多人物身份、命运转变的符号;另一方面又渲染着村野山水中的潜在危机,山水中的凶险遭遇成为人物劫难的组成部分。话本小说特有的修辞设计,把人们的审美注意引向那个转型时代新的生活空间中人们的命运和行动:空间与人物命运之间密切关联,城市和自然山水成为性质对立的空间修辞幻象。(第八章)

与历史叙事相比,话本小说的叙事因子似乎先天缺乏吸引力:这些小说的主人公大多地位寻常,他们不能像历史叙事中的主角那样,以骄人的政治地位去震撼接受者;话本小说所述事件多发生于俗民日常生活之中,虽然这些事件的时间语境交代十分明确——所述事件的发生往往和历史变迁等因素有着密切联系,但通常历史是作为大背景出现,不像历史叙述中骇人政治事件总是发生于改朝换代的重要关头;话本小说情节多发生于俗民所居空间之内,而不是历史人物纵横捭阖的朝廷或叱咤风云的战场。因此,讲述这类故事,就必须通过修辞设计,使叙事因子及流程突破传统认知模式和一般预设而获得"异质性",激起大众的接受兴趣。(第九章)

华夏各类主流文学文体历来或以富贵堂皇,或以清丽飘逸为修辞主旨,古代历史叙事则因历代王朝周期性的交替而具有宿命和悲怆意味。市民阶层壮大后,小说文体以其汹汹来势挤占了文学传播空间,相对轻松富裕的城市生活以及各色城市人物的乐天性格,外化为话本小说的喜剧精神。话本小说不仅以特有的喜剧性修辞设置,给文学领域带来了轻松愉快的审美趣味,且在修辞风格方面和其他文体形成互补,承担了自身特有的功能。(第十章)

下篇 《红楼梦》修辞诗学研究

《红楼梦》以前写梦的作品如《枕中记》等,梦与主体所处的现实之间界限是清楚的,梦是现实以外的虚幻,是主体对于生命经历强烈要求的虚假实现,所以这些写梦作品,无论主角在梦中经历了多么辉煌复杂或痛苦难熬的过程,当他最终从梦中走出时,随着现实清晰面目的显露,他都可以得到一份清醒。直到《红楼梦》,作者以总体为梦,现实为梦,梦取代真实,构成了大梦幻文本。(第十一章)

虽然"爱"是永恒的文艺主题,但历览古今文学作品,很少有人能如曹雪芹把爱情写得那么惊心动魄。不过,当我们细读《红楼梦》时,却发现:曹雪芹写宝黛爱情,几乎没有写宝黛二人花前月下甜言蜜语、卿卿我我,更不写肌肤之亲。即使在"意绵绵静日玉生香"中,宝黛同床而卧、亲密无间,已经与袭人有过云雨情的宝玉与黛玉之间仍然一派纯洁。与通常的爱情叙事相反,曹雪芹写宝黛相爱,着墨多在二人的哭闹争吵,黛玉临终的最后一句话,仍是对宝玉的不理解和怨恨。以怨写爱,成为《红楼梦》爱情叙事的特殊修辞设置,成为宝黛悲剧最浓重的一笔。(第十二章)

作家塑造狂人形象,都有着特定的修辞意图:揭示罕有的清醒。通常,"狂"与"醒"是一对相反的概念符号,人们往往会从世俗的认识习惯出发,去判断和区分"狂"与"醒"，即使绝大多数人陷于谬误和虚伪之中时，这种判断标准仍然难以改变。因而，有些对人生思考深刻、对现实把握清醒、对社会变化敏感的人，由于不能随波逐流、人云亦云，不能将真实自我遮蔽起来，就会陷入迷茫和痛苦，表现出违背常规的举动和言语，结果常常被归为"狂人"。在这里，世人所认同的"狂"和"醒"从根本上被置换：所谓"狂人"，其实对一切看得很清楚，因而是觉悟的；而那些沉迷在俗世缠绕中，自以为清醒的人，实际上却糊涂。文学中的"狂"成为觉悟之人的外表显示，透过"狂"，我们看到的是清醒和睿智、脱俗与本真。（第十三章）

人物出场是小说作者修辞设计的必然程序。"人物出场"作为"主谓宾"短语，关联到"人物"、"出"、"场"三要素：对出场人物的处理；人物"出"之方式；人物所出之"场"的描述。正是在对这些要素处理的同时，作者也显现了自己对书中人物和事件的评价、态度。小说对这些要素的处理，各有不同，《红楼梦》第三回中"林黛玉进贾府"一节历来脍炙人口，这不仅因为其中的精彩描写——曹雪芹的精彩之笔实在多多，也因为此节承担了重要的文本功能：《红楼梦》中的"主要人物"大多在此"出""场"；确立了作品人物两个相矛盾的评价视角：纯评论视角和主导性叙述视角。（第十四章）

总论　广义修辞学：
理论与方法

第一章　广义修辞学：研究的语言单位、方法和领域

　　判断一个现代学科的价值，关键在于它能否在现代学术、现代理论的基础上产生具有说服力和吸引力的成果，并以此发展新的理论和方法。20 世纪 30 年代以来，中国修辞学进入了自己的"现代"阶段，确立了基本上以辞格为中心的研究方法，成果颇丰。时至今日，这种基本不变的研究路径已经遭到各方面的质疑：对于话语材料的修辞研究是否还有其他的方法？运用单纯的辞格分析方法其解释力是否能渗透至话语材料这一有机整体本身？

　　中国现代修辞学开山之作《修辞学发凡》出版以来的八十多年里，各学科在发展学术话语系统的同时，也更新了自身面貌、改变着人们的学科认知。修辞学如何发展，不仅关系到它作为社会科学门类之一的学科定位：修辞学必须发挥自己的独特优势完成其特有的社会功能；也关系到修辞学的生存前提，应该产出得到社会认可的有价值的成果。这才是修辞学发展的硬道理。

　　修辞学的学科价值，在于其不可替代性，在于它与其他学科的差异，其全部成果价值也在于此。因此我们不得不面对以下问题：

　　——修辞学和其他语言学科研究的共性是什么，它自身的研究特色是什么？

　　——现代修辞学是中国修辞学研究的一个阶段，作为参照，前人做了什么？

　　——其他语种的修辞学研究怎么做？

考察以上问题,我们可以把修辞学科的基本问题概括为三个方面:研究的语言单位、研究方法和研究领域,考虑到修辞观的不同,本书仅就广义修辞学讨论这些问题。

一、广义修辞学研究的语言单位

修辞学以语言作为自己的研究对象,已是一个不争的事实,这也是它和其他语言学科的共性。但是和其他语言学科相比,修辞学研究的语言单位有自己的特色。

语言学将语言单位定为不同层级:词、短语、句子,此外还有复句和句群。语言学其他学科有各自明确的研究角度,同时也界限分明地包干了自己的研究对象,如词汇学研究的是词和固定短语,语法学研究词、短语、句子以及复句、句群的结构规律。尽管近几年"语篇"问题也每每被提及,但是我们看到的语篇研究,只是把语篇视为一个个孤立句子的连缀体,这种只有拆解没有总体观照的方法不可能重视语篇的完整和有机性,因而,实质上仍然是一种词级或句级研究。可以说,语言学其他学科关注的是句级以下的语言单位。

长期以来,辞格研究为修辞学研究的主流,虽然表面上看,许多辞格是句子的组合,但如果细细考察,可以知道,在辞格中完成修辞功能的,仍然是一些词、短语或句子,难以超越句层级。

如"比拟"辞格:"小巷静静地沉睡在两堵高墙之间",承担比拟功能的仅仅是"沉睡"这一个词;另如"诡谐"辞格指"有意用违反逻辑或有悖常理的、似是而非的话语来传情达意,造成滑稽幽默、诙谐风趣效果的一种修辞方式",由于诡谐"违反逻辑、有悖常理",似乎涉及的语言篇幅会比较长,但仍然没有超过词句层级,如:

"这是不正之风,你承认不承认?"

"老天爷很少刮正南风,正北风,正东风,正西风,不是东南风,东北风,就是西南风,西北风,都是不正之风。"[1]

---

[1]　谭学纯、濮侃、沈孟璎主编:《汉语修辞格大辞典》,上海辞书出版社 2010 年版,第 102 页。

这一例的修辞效果在于将自然界的风强行定位为"正风"和"不正之风"，以此反讽性地说明社会上搞"不正之风"的正常，辞格关键在于"自然风向"与"社会风气"被生拉硬拽上的类似关系，分析焦点仍然在句层级以下。

可以进入语篇层面的辞格极少，且可以进行辞格操作的语篇长度极其有限，如"仿拟"类的"仿篇"、"仿体"，其"模仿"的源文本限于极短的微篇。

广义修辞学研究的语言单位不仅包括词句，且要向作为话语有机整体的语篇、文本、甚至文体的修辞设计伸展。如《红楼梦》如何以怨写爱：宝黛交往方式多为吵、闹、哭，而极少卿卿我我、谈情说爱，但就是这样看来违背常理的修辞设计却把这段爱情刻画得刻骨铭心、催人泪下；另如在空间修辞设置方面，话本小说往往把都市写得流光溢彩，机遇多多，连以往总是在人迹罕至的山水之间遇仙得道的机会也被挪到繁华城市，另一方面，话本对于山水之间天灾人祸的渲染替代了古代抒情诗对于青山绿水、淳朴人情的歌颂。即使是以词句为研究对象，广义修辞学也会考察它与语篇、文本甚至文体的关系，如《李双双》中女主角不同的身份符号如何构建起展示她不同人生历程的语篇，整个身份符号系统与文本建构的关系。在广义修辞学看来，一则意义完整的话语材料，无论篇幅长短，都是一个独特的有机整体。"手术刀式"的"解剖"，最终是要达到对整体语义的挖掘，对整体的深度了解，而不是把话语材料拆解得互不相干、鸡零狗碎。广义修辞学之所以这样确立自己的研究对象，不仅因为话语材料本身的特性，也因为对以往修辞学的思考。

中国先秦两汉时期，由于"修辞学思想在萌芽时便和内容紧密结合在一起论述"，"未出现专论或侧重论述语言表达形式的著作，没有像古希腊那样诞生修辞学专著，但当时提出的修辞原则、修辞理论却十分精当"①，可见这时候人们对修辞的关注比较宏观，对具体的修辞操作层面注意较少。南北朝时期，修辞研究不仅关注宏观，关注具体问题如文体风格，也注意到一些修辞细部，刘勰曾称赞《诗经》是"一言穷理""两字穷形"。我们所熟知的古代诗词研究，在文本层面注重体制限定，如韵律、节奏、对仗、字数等；由于诗词总体结构改变甚少，因而修辞研究主要关注词句："两句三年得，一吟双泪

---

① 易蒲、李金苓：《汉语修辞学史纲》，吉林教育出版社 1989 年版，第 6 页。

流"之类的创作体会倡导了当时的修辞观,"诗眼"、字词锤炼成为创作佳话。这种研究对象的确定和诗体文学的短小形制相匹配:尽管"有句无篇"的批评也时有耳闻,但"字斟句酌"的解释力基本上可以辐射至全篇。这样的研究形成了惯性,古代对篇幅较长的散文的研究,也多重词句,如欧阳修评论苏氏父子"文章变体,如苏氏父子以四六述叙,委曲精尽,不减古人。自学者变格为文,迨今三十年,始得斯人",至于这种变体对文体结构及文风究竟有哪些影响则没有触及。

当古代小说戏曲逐渐走向成熟之后,仅仅以词句为研究对象的方法往往捉襟见肘,评点开始出现少量作品局部结构研究,但是这些研究多为"串讲式的"、即时的、品味性的,且很少同文本总体相联系,更没有基于文本整体的抽象和概括。

《修辞学发凡》的出版,对古代修辞研究的即时体验性、无体系性、以及局限于字词层面的过于微观性,起到了十分有效的纠偏作用,成为中国修辞学的一面旗帜。不过,《修辞学发凡》论述重点是辞格,对辞格以外的一些修辞学概念则"语焉不详",这也许是因为陈望道先生当年或无暇顾及这些他看来不是太重要的概念,或可供研究的相关汉语资料一时还无法收够。此外,我们可以看到的一个明显事实是:《修辞学发凡》的所举例证,古代诗词的比重大大多于散文体,尤其是现代散文体。而在这时,话语转换已经成为中国进入现代的一个刻不容缓的任务。

中国现代话语是伴随着西方思想的大量涌入而出现的,以往几乎无处不见的诗体让出了它在华夏文明中长期占据的骄人位置,为了适应思想的变革,几乎所有的现代文体都发生了根本变化:全面铺开的散文体,明显拉长的话语篇幅,大大增加的语义容量,形成有机整体的复杂结构,互相配合的各类修辞设置、合乎逻辑或者有意识违背常理的修辞架构……复杂的、大语义容量的现代文体已经运行了上百年,仅仅以字词为中心,最大不超过句为研究对象的传统修辞研究方法,其有限的解释力难以抵达大容量的现代文体的全篇,因而,现代话语不仅需要词句级,更需要超句级,直至文本、文体层级的修辞研究。

修辞研究的语言单位也是国外修辞学关注的对象,众多学者都把关注的目光投向了超出句子层级的话语和文本层面：

在梵·迪克看来,大多数情况下古典修辞学描述都是在词和词组,即句级语法上进行,但尽管如此,我们看到的是,古希腊科克拉斯《修辞艺术》涉及的修辞研究还是进入了文本层级,他研究演说论辩的布局：引言、申辩或论证、结论,并建立了自己的修辞研究体系。修辞学家高尔吉亚和智者学派不仅注重辞藻和句法,也注重演说风格和技巧。我们在亚里士多德的《修辞学》中,同样可以看到他在研究论辩和诉讼总体的修辞设计方面的努力：《修辞学》讨论了题材与说服方法,"怎样论证事情是可能的或不可能的；是发生了或没有发生；怎样使用例子、语言、格言；修辞式推论有哪些主要形态(即部目)；对方的论证怎样反驳"。第三卷的研究不仅涉及措辞用字以及句式、节奏等,而且也涉及演说的风格与文章布局。① 因而,亚里士多德所看重的不仅有聚合轴上的选择,也有组合轴上的配置。

托多洛夫认为,从现代的"话语类型学","我们进入了话语分析领域或本文语言学或其古代名称——修辞学"②。

罗兰·巴尔特也把修辞学定位为"研究话语的语言学"："很显然,话语本身(作为许多句子的总体)是经过组织的,而且由于经过组织,看上去才像是高于语言学家的语言的另一种语言的信息。话语有自己的单位、规则、'语法'。话语由于超出了句子的范围,虽然仅仅由句子组成,自然应是第二种语言学的研究对象。这种研究话语的语言学,在很长时间里曾经有个光荣的名称：修辞学。"③

池上嘉彦则认为："语言学曾有一个默契的前提,即作为其对象的最大单位是句子。自古以来语法总讨论句子的内部结构以及句子的种类之类的问题,句子以外的问题被当作修辞学的一个部分而不再是语法的问题。"④

---

① ［古希腊］亚里士多德：《修辞学》第二、三卷,罗念生译,北京三联书店1991年版。

② 李幼蒸：《理论符号学导论》,中国社会科学出版社1993年版,第367页。另,"本文"也译为"文本",本书除直接引语沿用原译文中的"本文"外,皆使用通行用法"文本"。

③ ［法］罗兰·巴尔特：《叙事作品结构分析导论》,张裕禾译,《马克思主义文艺理论研究》编辑部编选《美学文艺学方法论》(下),文化艺术出版社1985年版,第535页。

④ ［日］池上嘉彦：《诗学与文化符号学——从语言学透视》,林璋译,译林出版社1998年版,第53页。

梵·迪克特别关注文本整体的修辞学结构，文本被普遍看成超越句子的语言学本体。他区分了使文本句段和相应情境显得更"好"的修辞格用法，以及涉及文本整体的修辞学结构，后者不仅与句或句列范围内的特殊结构有关，而且与文本整体结构有关。①

正是从修辞学研究的本质、话语材料本身的特性出发，应现代话语研究的需要，吸收著名学者的理论依据，广义修辞学确立了自己从词句到语篇、文本和文体的全方位研究对象。这些，就是广义修辞学，也是上面提及的众多有国际影响的学者眼中修辞学研究的本体，除此之外，再无其他本体。

二、广义修辞学的研究方法

学科分立，是人类认识史上的大事，它显示了对于人类知识构成的板块切分。学科的确立，意味着各个学科专业话语体系的建立和成熟。学科的确立是逐步完成的，学科研究方法也在不断改进之中。卡西尔曾经指出苏格拉底和前苏格拉底哲学研究方法的不同及其显示出的认识论上的根本差异："苏格拉底哲学的与众不同之处不在于一种新的客观内容，而恰恰在于一种新的思想活动和功能。哲学，在此之前一直被看成是一种理智的独白，现在则转变为一种对话。只有靠着对话式的亦即辩证的思想活动，我们才能达到对人类本性的认识"，"如果不通过人们在互相的提问与回答中不断地合作，真理就不可能获得。因此，真理不像是一种经验的产物，它必须被理解为是一种社会活动的产物"。② 学科差异，是学科得以确立的前提，然而，当今社会，由于学科分类日益繁复细密，对成果和项目的学科归属认同往往不正常地占据了学术评价的首要位置，导致学科隔膜日益明显，严重影响了学术研究的品位和效应。尽管如此，我们还是可以看到，应社会和科学发展的需要，很多学科从其他学科大量吸收学术资源，如生物、地质研究，都有数学、化学、物理方法和知识的大量参与，以至于在当前，没有学科融合的前提，研究很难

---

① 李幼蒸：《理论符号学导论》，中国社会科学出版社1993年版，第336页。
② ［德］E.卡西尔：《人论》，甘阳译，上海译文出版社1985年版，第8页。

进入新的阶段。**广义修辞学主张：基于修辞学的交叉学科性质，采用从多学科吸收学术资源的方法。不仅与当今学科发展趋势一致，也与其作为语言学特殊学科的属性相关，与修辞学史以及话语材料和社会生活的关联相关。**①

在研究方法方面，语言学其他学科重视的是语言使用规则的统一，而广义修辞学研究则重视话语差异性及其效果。

在语言学其他学科看来，法律文件、演讲材料、文学作品、日常交谈……是没有什么差别的，而修辞研究的目的恰恰在于找出其语言的独特性，因为这些有差别的语言现象，包括某些特殊词语的选择，句子、语段和语篇的设置和分布等等，往往成为文本话语系统的一些功能性形式标志。

同样，在语言学其他学科的学者眼里，出自不同表达者的话语材料也是没有什么区别的：分析法庭辩护不太考虑它们是出自什么样的律师之口，更不用考虑某一位律师所使用的特殊话语手段如何使他在法庭上取胜。同样，对不同作家作品作语音、词汇、语法分析，也都显示出无差别性、标准恒定性。如果见出区别，见出表达者出于不同目的进行的话语选择和话语组织，就被认为是修辞学研究的语言现象：因为这些差别往往是不同作家特有语言风格的构成要素之一，是作家应对不同语境和接受的需要做出的选择。在这些风格标志的后面，隐藏着个人和社会集团认知系统以及意识形态的操控。

而不同的话语接收者对话语表达的影响，更是修辞学不能轻易放弃的研究对象。

问题是，当我们对话语材料展开着重于差异性、综合性的研究，并探究其生成的复杂语境时，就使修辞研究的另一端与语言学外的许多学科相连。如分析李双双的身份符号，必须联系当时特有的意识形态、文化心理；分析沈从文《边城》特有的空间选择和设计，也不能脱离湘西特有的文化和民俗。

长期以来，在许多人的认知系统中，"修辞学"和"修辞格"几乎成了同义语。而长期流行的字词锤炼和辞格分析方法，往往表现为概念＋例证的研究模式，其操作程序多为：

---

① 谭学纯：《修辞学："交叉学科"抑或"跨学科"》，《中国社会科学报》2011 年 6 月 21 日。

得到一个他人的概念（并不限于辞格概念）→为概念找例证→分析概念与例证之间的机械联系→成就文章

这种研究方法并非孤立,它是弥漫在那个特殊年代的人文科学普遍的研究风气。如果我们回顾当年的各类文学研究,考察当时的一些人文学科研究专著,就可以发现修辞学和这些学科研究方法之间的亲缘关系。对于这种状况,虽然有些学科较早就有了危机感,及时摆脱了概念＋例证式的研究模式,但在很多领域,这种方法仍然长期操纵着我们的研究思路。

陈望道是《共产党宣言》的翻译者,也是中国接受辩证唯物主义思想较早的一位学者,阅读《修辞学发凡》,可以发现,陈望道的修辞纲领深受马克思主义思想的影响:在方法上讲求宏观上的二分,如积极修辞和消极修辞,微观研究则重视对研究对象的规格化分析,讲求一致的标准。全书的体系设置、方法确立,为后来的中国修辞学研究设置了一条规范化、格式化道路。这种研究方法与国内一段时期内的特殊语境十分契合,毕竟,相对于西方屡屡插足于政治的修辞研究而言,机械的辞格研究是政治保险系数最高的一种方法。

多种因素给中国修辞学研究造成的长期方法论影响,也许是学术前辈们始料不及的。智慧而又富有开拓精神的前辈——这可以从他们为修辞学及修辞格建立整个体系的气魄看出,如果得知后世很多人一直在勤勉地为他们所总结出的辞格找例证(或者充其量说是很有趣的例证),一些人忙于扩大他们的辞格体系,以至于当前的汉语辞格体系庞大得到了让人眼花缭乱的地步,他们会有什么样的反应呢?

在西方,从古希腊开始,修辞学就成为社会需求的话语应答。亚里士多德明确表示:"修辞学是辩证法的分支,也是伦理研究的分支。"[①] 他认为,每一种演讲者都应该知道一些行动模式对人类的作用,必须表明他关心接受者的幸福,知道什么是"好的、善的",因而《修辞学》用较多篇幅研究"幸福""仁慈"等伦理学概念。《修辞学》和《诗学》共同建立了修辞学和诗学的综合理论,为后世效法并成为新修辞学派发展的基础。19世纪到20世

---

① ［古希腊］亚里士多德:《修辞学》,罗念生译,北京三联书店1991年版,第25页。

纪初，当传统修辞学研究渐渐衰落，大学修辞课程仅仅教授一些学生考过就忘的辞格，后来又产生了在文本内部进行封闭式研究的方法时，一些学者及时出来纠偏：形式方法的代表人物受到指责，依据是他们理论特点模糊，原则肤浅，对美学、心理学、社会学的普遍问题漠不关心等。①

巴赫金认为，形式主义研究只注重修辞的细微末节而忽视风格社会基调，这种现象导致"随着体裁命运的变化而来的文学语言重大历史变故，被艺术家个人和流派的细小修辞差异所遮掩"，"修辞学对自己要研究的课题，失去了真正哲理的和社会的角度，淹没在修辞的细微末节之中，不能透过个人和流派的演变感觉到文学语言重大的不关系个人名字的变化"。把修辞学变成了"书房技巧的修辞学"，接触的"不是活的语言，而是语言的生理上的组织标本"。② 因而他提出"社会学形制的修辞学"概念："正是这个社会语境，决定着词语的整个修辞结构，它的'形式'和它的'内容'，并且不是从外部决定，而是从内部决定。"③

20 世纪兴起的话语分析学或文本科学研究更是广泛依据语言学以外学科，如行为科学、社会学、心理学、文学理论、认知科学，以及哲学学科。梵·迪克同时也为这一新学科制定合理限制："本文科学本身并不等于心理学、社会学、经济学等等，而是研究在一切科学中被观察的通讯——解释程序，语境和文本结构，因此本文科学即跨学科科学。"④

而 20 世纪的流派众多、研究对象各异的美国修辞学，"都似乎在试图形成一种新的修辞学体系。从心理学、社会学、人类学、语义学、语言学、论辩、动机研究或其他行为主义等领域中汲取研究成果来丰富自己的学说，是这些论著表现出来的共同特点"，因而，这些研究都对"语言和意义、伦理和思想、论辩和知识这些主题与修辞学之间的关系有了突破性的理解"。⑤

①　[苏]鲍·艾亨鲍姆：《"形式方法"的理论》，蔡鸿滨译，托多罗夫编选《俄苏形式主义文论选》，中国社会科学出版社 1989 年版，第 21 页。

②　[苏]巴赫金：《长篇小说的话语》，白春仁译，钱中文主编《巴赫金全集》第三卷，河北教育出版社 1998 年版，第 37 页。

③　同上书，第 81 页。

④　李幼蒸：《理论符号学导论》，中国社会科学出版社 1993 年版，第 362 页。

⑤　胡曙中：《美国新修辞学研究》，上海外语教育出版社 1999 年版，第 2 页。

三、广义修辞学的研究领域

学科分立,为各种学科研究划分了相应领域,以及行使功能的主要社会面。由于全方位地研究各个层级的语言单位,不受话语是否采用辞格的限制,并从多学科吸取学术资源,广义修辞学研究,可以涉及所有应用话语的领域,其功能,则是从语言入手,为社会多方面的需求服务。

毫无疑义,各个学科都有自己的"责任田",然而对"责任田"的经营,有单一的"粗放型"和综合的"集约型"的差别:比喻性地使用这两个概念,是为了说明,不能只从字面去看待所涉及领域的研究意义。

以文学语言研究为例,或许有人认为,文学仅仅满足人们的审美需要,离政治、法律、经济等社会"重头戏"太远,不足为道。但事实远非如此,文学语言的广义修辞学研究,是通过对作品语言各个层级的考察,看政治、看人生、看社会百态,分析传统的、现实的语境对于文学话语的掌控,分析语言表现出的作家对社会各种意识形态的顺应或叛逆。因而,文学语言的集约型研究,同样可以作用于社会。

应该说,把文学语言研究理解为单纯的审美语言形式研究,是一种误解。相反,如果采用"粗放式"经营,放弃了领域话语的特征研究,或忽视了对话语社会意义的挖掘,即使直接选择了政治话语作为研究领域,结果只能是脱离语言的空谈,或者只是在语言现象上打转,无法从语言角度透视政治话语的复杂本质。

自修辞学诞生以来,西方修辞研究的领域几经变更,其社会功能也随之变换。

古希腊修辞研究涉及承担重要社会功能的法律演讲、政治演讲和宣德演讲。中世纪则更多为宗教服务。18 世纪,维柯在《新科学》中为诗性科学正名,改变了自然科学的发展带来的人们对于人文科学的偏见,诗性语言成为关注对象。随着社会的发展,可供研究的话语材料种类的增多,修辞学也大大地扩展了自己的研究范围。在当代美国,修辞学甚至把自己的研究领域扩展到了"言语之外的一切生活中的规范形式",如对迪士尼、对监狱布局的"修辞"分析。尽管在有些人看来，当代西方修辞学研究对象已经有些不着边际，但这些研究确实生气勃勃，发挥了特有的社会功能。

当然，广义修辞学仍然坚持以言语形式呈现的各领域"话语"为研究对象，走这条路，需要研究者有语言学知识和"语言感觉"，把语言分析落到实处，也需要研究者具备特定领域的学科知识以及所涉及其他学科的知识。如果修辞学研究仍然重复老路，成果必然瘦弱不堪；然而，如果坚持自己的特殊学科性质，又可能因为"血统不纯"而在多种评审时被拒之门外。尽管这样的路走起来不乏艰辛，然而广义修辞学除此之外，无其他出路。

自然科学是为人们认识和顺应、改造自然提供依据；社会科学则是为人们认识和改造、顺应社会及人化的自然而提供依据。修辞学因其社会功能而被列入社会科学，无论它处于什么状态，社会科学都不应该忽略它。正因为修辞学是社会科学，它的社会性应该在研究中得到体现，修辞研究者的社会责任感也应该在修辞学研究中得到体现。

综上所述，广义修辞学是应修辞学科、话语材料的本质以及话语"现代性"的需要而产生的。在研究的语言单位方面，广义修辞学主张展开句级以下和超句级，直至进入文本、文体层面的全方位话语研究；在研究方法方面，广义修辞学研究在运用语言学科知识的同时，重视从多学科吸取学术资源；同时主张将研究视野扩展到社会话语的各个领域。

第二章　巴赫金的修辞观与广义修辞学

　　发展和突破是包括修辞学在内的所有学科的生路,走这条路,需要不断获取对学科认识和方法有指导意义的高层次理论营养,而不是提供一个永不过期的理论外壳,让学步者据此给无穷无尽的资料贴标签,或者依样画葫芦寻找例证,将学术研究变成注水游戏。

　　从《修辞学发凡》开始,中国现代修辞学历经八十多年的学术浮沉,"修辞学向何处去"的困扰,也日益浓重。解决"向何处去"的问题,离不开"从哪里来"的思考,当年陈望道先生从国外获得了修辞研究认识和方法上的营养,时至今日,国外修辞研究面貌几经更新,了解和学习国际关注度高的学者的修辞理论和研究方法,垦拓中国修辞学的学术空间,也许可以为我们摆脱困境提供有价值的参考。

　　在修辞学界谈论巴赫金,不得不首先回答可能会有的质疑:

　　质疑一:巴赫金是文艺学家,不是修辞学家,或曰他研究的只是文艺学的修辞学,不是语言学的修辞学,因而他的理论不能指导语言学的修辞研究。

　　我们的看法:在重视学科归属甚于学术成果本身价值的学术环境中,人们习惯于把享誉国际的巴赫金划归文艺学权威人士。其实巴赫金的理论及作家作品研究很多属于修辞研究范畴[①]:

---

　　① 有关文艺学和修辞学的划界、性质以及理论和方法的交叉问题,非本文讨论对象,暂不涉及。而文艺学界和修辞学界文学语言研究的异同,是一个需要理性思考和据实分析的问题,可参见谭学纯:《中国文学修辞研究:学术观察、思考与开发》,《文艺研究》2009年第12期。

巴赫金的著作频频用到"修辞"、"修辞学"和"语言"、"话语"等概念，很多论述中这些概念的出现十分密集。以下仅举数例：

艺术家在**词语**上下大功夫，最终目的是克服**词语**，因为审美客体是在**词语**的边缘上，在**语言**的边缘上生成的。不过，对材料的克服具有纯粹内在的性质，因为艺术家摆脱**语言学**意义上的**语言**，不是通过对**语言**的否定，而是通过对它做内在的完善；艺术家仿佛用**语言**自身的武器来制胜**语言**，通过从**语言学**上完善的途径，迫使**语言**超越自身。[①]

人的**言语**活动的任何产物，从最简单的生活上的**话语**到复杂的文学作品，在其全部重要因素上，完全不由说话人的主观感受所决定，而是由发生这一**话语**的那个社会环境所决定。**语言**及其形式乃是一定**语言**集团长期社会交往的产物。**话语**基本上是现成地利用它。它是**话语**的材料，**话语**的可能性受这材料的限制。而一定的**话语**有它自己的特点：选择一定的**词语**、有一定的**语句结构**、有一定的**话语语调**——所有这一切都是说话人和进行谈话的整个复杂社会环境之间相互关系的表现。[②]

在陀思妥耶夫斯基作品中，他人**语言**所具有的**修辞**意义是巨大的。这里，他人**语言**在紧张地活动。对陀思妥耶夫斯基说来，独白型**话语**中**词语**间的相互关系，并不是**修辞**上要重视的基本的关系；**修辞**上应重视的基本关系，是不同**话语**之间不断发展的极其紧张的关系。[③]

对作为对象的**语言**，即人物**语言**，进行**修辞**加工，应该使之符合作者文章的**修辞**目标，以这一目标作为最高的也是最终的旨趣所在。由此，随着把人物的直接引语纳入并有机地融入作者语境中，就出现了一系列的**修辞**问题。这文意上的最终要旨，自然也还有**修辞**上的最终目标，都

① ［苏］巴赫金：《文学作品的内容、材料与形式问题》，晓河译，钱中文主编《巴赫金全集》第一卷，河北教育出版社 1998 年版，第 349 页。

② ［苏］巴赫金：《弗洛伊德主义批判纲要》，张杰、樊锦鑫译，钱中文主编《巴赫金全集》第一卷，河北教育出版社 1998 年版，第 455 页。

③ ［苏］巴赫金：《陀思妥耶夫斯基诗学问题》，白春仁、顾亚铃译，钱中文主编《巴赫金全集》第五卷，河北教育出版社 1998 年版，第 239—240 页。

包含在纯粹作者**语言**之中了。①

《巴赫金全集》六卷,卷卷讨论到"修辞"、"话语"、"语言"等问题:

第一卷内容包括"文学作品的内容、材料与形式问题"、"审美活动中的作者与主人公",这一时期的研究被巴赫金总结为"主要地从事语言创作美学"。

第二卷10篇论著讨论了"生活话语与艺术话语"、"文艺学中的形式主义方法"、"马克思主义与语言哲学"等问题,20年代末,有人崇拜地认为《马克思主义与语言哲学》的作者身上"还藏着一位语言学家"。

第三卷展示的是巴赫金的修辞理论和实践,如《长篇小说话语》、《小说的时间形式和时空体形式》、《长篇小说话语的发端》、《史诗与小说》。

从第四卷的篇目就可以看出巴赫金对修辞问题的关心,如《拉伯雷与果戈理——论语言艺术与民间的笑文化》、《讽刺》、《关于长篇小说的修辞》、《中学俄语课上的修辞问题》、《多语现象作为小说话语发展的前提》、《言语体裁问题》、《文学作品中的语言》。

第五卷《陀思妥耶夫斯基诗学问题》,有专章分析"陀思妥耶夫斯基的语言",另外还讨论了庄谐体、反讽式仿拟、情节布局等修辞问题。

第六卷《拉伯雷创作与中世纪和文艺复兴时期的民间文化》中,有专章讨论"拉伯雷小说中的广场语言",其他章节则涉及"语言狂欢化",以及夸张、怪诞、滑稽戏拟、"各类对天发誓、盟誓、骂人话和骂人用语"。

评判学术理论、方法以及研究成果,首先应看其理论是否有充分的解释力;其次看其可操作性,是否能分析实际问题。当文艺学和语言学界都研究修辞时,我们更应该从其研究价值出发来决定是否接受,而不是从"学科归属"出发去拒斥某种理论;再次,一个不容忽视的现象是,阅读古今中外文艺批评史、美学史,能够清晰地感受:很多理论被文艺学界视为文艺理论、被美学界视为美学理论,同时又被修辞学界视为修辞理论,这是学科交叉性质造成的。修辞研究多元共存的格局,源于个体基于个人观点和知识结构对于方

---

① [苏]巴赫金:《陀思妥耶夫斯基诗学问题》,白春仁、顾亚铃译,钱中文主编《巴赫金全集》第五卷,河北教育出版社1998年版,第239—240页。

法和领域各异的选择,不应该是有此无彼的出于学科和地域考虑的否决。在这方面,西方修辞研究的开放性、多层面格局为我们提供了有价值的参照。

质疑二:中国必须走西方修辞学的复兴之路,西方修辞学(rhetoric)所研究的论辩、诉讼等修辞,属于非文学领域,而巴赫金的主要研究对象是文学作品,没有借鉴意义。

我们的看法:陈望道《修辞学发凡》主要研究辞格,这决定了其研究对象主要为诗体文学,加上后来各方面的种种原因,文学作品的辞格研究成为中国长期以来以中外语言文学专业人员为主要构成的修辞界的主打方向。应该说,辞格研究仅仅是修辞研究的一种类型,文学修辞则是修辞研究一个不可或缺的领域。而巴赫金在对文学现象和作品进行修辞研究时,由于能从哲学、社会学高度把握论及到的语言问题,实际上提出了可以涵盖很多领域修辞研究的方法论、认识论问题,此外,巴赫金也在一些非文学研究的论文中,提出了可以适用众多领域的修辞观。因而,他的修辞观及研究方法带给我们的启发不仅仅限于文学修辞领域,而是遍及各个领域的话语研究。

在提出自己的观点、强调自己的修辞研究区别于同时期同类研究时,巴赫金旗帜鲜明地批评了一些修辞研究的弊端,如"纯语言学"方法的修辞研究、脱离文本整体以及社会学观点的"书房技巧"研究等。

一、巴赫金批评"纯语言学",倡导"超语言学"的修辞研究

在"陀思妥耶夫斯基的语言"一章开头,巴赫金提出了区别于"语言学"的"超语言学"概念:

> 这一章我们提名为《陀思妥耶夫斯基的语言》,指的是活生生的具体的言语整体,而不是专门作为语言学专门研究对象的语言。这后者是把活生生具体语言的某些方面排除之后所得的结果;这种抽象是完全正当和必要的。但是,语言学从获得语言中排除掉的这些方面,对于我们的研究目的来说,恰好具有头等的意义。因此,我们在下面所作的分析,

不属于严格意义上的语言学分析。我们的分析，可以归之于超语言学。①

巴赫金又将上面所说的"语言学"称为"纯语言学"，以与"超语言学"相对。在巴赫金眼里他认为"纯语言学"研究不适于包括文学作品在内的话语材料，是因为：

（一）"纯语言学"的研究对象难以抵达文本

"纯语言学"研究的语言单位实质上没有超越复句，而面对一个语义含量丰富、篇幅极长的文本，分析个别复句是根本不能触及文本实质的。虽然现在某些"纯语言学"的研究者在提法上将研究对象扩展到了文本，但他们在实际操作时仍然把文本看成是语法单位的集合，把对文本的分析化为对不同结构句子的分析，因而"纯语言学"研究的语言单位在实质上没有超越复句。巴赫金认为当时的语义学研究"还根本没有建立起一个部门来研究较大分量的词语整体，如长篇的人生表述、对话、演说、论著、长篇小说等等"②。

因而，巴赫金提倡"超语言学"研究："超语言学"重视话语材料的意义整体性，因为各类句子一旦构成文本，必然遵从意义连贯性的规则，成为与"文内语境"和"文外语境"③ 有着密切而复杂关系的意义整体。巴赫金认为"纯语言学"没有从这个层面去关注、也无法处理此类研究对象。

（二）"纯语言学"研究造成句子和文本之间的意义断层

"纯语言学"以对句子的研究取代对文本的研究，误以为仅仅分析句子就可以研究文本，这就造成了二者之间的意义断层："语言学所理解的方法论上纯而又纯的语言，到这里突然中断，马上出现了科学、诗歌等等。"虽然文本是由小到词、大到复句、语段的语言单位呈线性组合而成，但在构成元素"词""复句""语段"等和作为意义整体的文本之间，有着必需挖掘的意义

---

① ［苏］巴赫金：《陀思妥耶夫斯基诗学问题》，白春仁、顾亚铃译，钱中文主编《巴赫金全集》第五卷，河北教育出版社 1998 年版，第 239—240 页。

② ［苏］巴赫金：《文学作品的内容、材料与形式问题》，晓河译，钱中文主编《巴赫金全集》第一卷，河北教育出版社 1998 年版，第 344—346 页。

③ 参见谭学纯、唐跃、朱玲：《接受修辞学》，上海教育出版社 1992 年版，第 57—70 页。

联系,例如,研究文学语言,问题不在于它有"哪些语言学特征（有时人们太热衷于讨论这个问题了）",而在于:"语言学涵义上的语言整个地作为材料,对诗歌有什么意义。"虽然文学作品是词语的组合,但这些词语,经作家有意识的选择、组织,已经形成不同层级的整体:结构层面的单句、复句、章节和场次;内容层面的主人公外形、性格、身份、环境和行为,最终形成一个经过修辞加工和完成的伦理生活事件的整体,此时,词语已经进入"语言学意义上和布局意义上的词语整体不断转化为审美建构的已完成的事件整体的过程",这也是实现艺术任务本质内容的过程。① 如果不能深入探讨各个语言单位和意义整体之间的关系,研究只能触及皮毛。

（三）"纯语言学"研究文本具有极端抽象性

修辞特色在差异中体现,却被只重抽象的"纯语言学"所忽略。巴赫金以陀思妥耶夫斯基的作品为例,指出:"从纯粹的语言学观点来看,在文学作品语言的独白用法和复调用法之间,实际上没有任何真正本质的差异。"② 语言学把所有的具体表述,都归于"语言统一体",顶多视为"一种新的语言结构"。语言学所界定的那个语言,不能进入语言艺术的审美整体③,因而,巴赫金认为采用"纯语言学"标准,无法揭示文本的修辞特质。

巴赫金的修辞观不是孤立的,哈贝马斯也曾提出:"一旦存在于句子的语言学分析与话语的语用学分析间的区别依稀难辨,普通语用学的对象领域就将面临崩溃的危险。"④ 他进而批评"我不懂为什么语义学理论就应该垄断性地遴选出语言的呈示性功能、而置语言在其表达性功能和人际功能发展中所具有的特殊意义于不顾"⑤。

---

① ［苏］巴赫金:《文学作品的内容、材料与形式问题》,晓河译,钱中文主编《巴赫金全集》第一卷,河北教育出版社 1998 年版,第 349—350 页。

② ［苏］巴赫金:《陀思妥耶夫斯基诗学问题》,白春仁、顾亚铃译,钱中文主编《巴赫金全集》第五卷,河北教育出版社 1998 年版,第 240 页。

③ ［苏］巴赫金:《文学作品的内容、材料与形式问题》,晓河译,钱中文主编《巴赫金全集》第一卷,河北教育出版社 1998 年版,第 344—346 页。

④ ［德］J.哈贝马斯:《交往与社会进化》,张博树译,重庆出版社 1989 年版,第 27—28 页。

⑤ 同上书,第 30 页。

应该说明的是,巴赫金批评"纯语言学"的修辞研究,但并不否认修辞的语言性,他曾以诗歌为例说明这个问题:"诗歌在技术上运用语言学的语言,采用的却是完全特殊的方法:诗歌所需要的,是整个的语言,是全面的,包括全部因素的运用;对语言学意义上的词语所具有的任何细微色彩,诗歌都不是无动于衷的"①;他倡导"超语言学"的修辞研究,同时认为"不能忽视语言学,而应该运用语言学的成果",因为它们"研究的都是同一个具体的、非常复杂而又多方面的现象——语言",但二者的区别更为重要。② 只是这种区别在很多"纯语言学"的修辞研究中似乎人为地消除了。虽然巴赫金没有提出"超语言学"独立、完整、明确的理论体系,但从其一系列理论和研究实践中,我们可以读出"超语言学"各个层面的基本面貌。

学界往往把巴赫金归入"形式主义"学派,但其"超语言学"恰恰剑指"形式主义"。钱中文高度评价巴赫金:"巴赫金的这种语言学、符号学观点,大大地改变了语言科学的面貌",而他所创立的"超语言学":"实际上改造了语言学的范围与对象。"③

二、巴赫金批评"书房技巧",倡导诗学层面的修辞研究

学界认为巴赫金的理论中包含了"文化诗学"、"历史诗学"等,虽然巴赫金本人并没有提出这些概念,也没有独立的相关系统论述。同样,巴赫金没有提出"修辞诗学"的概念,但巴赫金在批评"书房技巧"(修辞技巧)的同时,曾明确提出"诗学"是"诗艺和修辞学"的现代变体④,他实际上

---

① 〔苏〕巴赫金:《文学作品的内容、材料与形式问题》,晓河译,钱中文主编《巴赫金全集》第一卷,河北教育出版社 1998 年版,第 346 页。

② 〔苏〕巴赫金:《陀思妥耶夫斯基诗学问题》,白春仁、顾亚铃译,钱中文主编《巴赫金全集》第五卷,河北教育出版社 1998 年版,第 239—240 页。

③ 钱中文:《理论是可以常青的》,见《巴赫金全集》序,河北教育出版社 1998 年版,第 30—31 页。

④ 〔苏〕巴赫金:《文学作品的内容、材料与形式问题》,晓河译,钱中文主编《巴赫金全集》第一卷,河北教育出版社 1998 年版,第 345 页。

倡导了诗学层面的修辞研究。因此我们用《广义修辞学》的核心概念之一"修辞诗学"来表述巴赫金别具特色的修辞研究。

巴赫金对于当时崇尚技巧分析的形式主义的批评十分尖锐,他甚至使用了雅克布逊同类批评的极端表达:"只知技巧的、语言学的现实,只知道'如牛叫一样单纯的'语言"①,致使文本的修辞研究变成找出某种手法的简单实录。在巴赫金看来,单凭"手法的新颖"是不能有任何积极建树的。它在颇大程度上甚至是虚假的,手法本身并没什么价值,其存在也不能说明什么问题。②

巴赫金批评琐细、静态的修辞技巧研究,倡导修辞诗学层面的研究。

在文本之内,巴赫金注重局部语言单位和文本整体结构的关系,重视"体裁"的修辞功能。他认为,分析散文体作品,尤其是长篇小说,是只注意技巧的形式主义修辞学"所完全无法理解的。这种修辞学充其量只能较好地分析散文体创作中的一些小片断,而这些小片断对散文体来说并无很大的代表性和重要性"③。

然而,长期以来,关注"修辞的细微末节",甚至拈词摘句,将之作为修辞分析的主要对象,已经成为众多修辞研究的倾向。这种分析路数,其解释力不仅无法达到语义含量丰富的文本,也无法说明一轮完整交流的话语的总体状况。因为"实现着形式的一切布局因素所以能成为整体,即形式的整体,首先是作品所以能成为一个表述整体,原因不在于说了什么,而在于如何说,在于话语活动时时刻刻能感到自己是一个完整统一的活动"④。

---

① 雅克布逊曾经在《现代俄国诗歌》中说过,"诗歌的事实就是简单得如同牛叫一般的词语",不过,他后来也更改说法,认为"诗歌是发挥着美学功能的语言"。参见《巴赫金全集》第二卷,第8页。

② ［苏］巴赫金:《学术上的萨里耶利主义》,柳若梅译,钱中文主编《巴赫金全集》第二卷,河北教育出版社1998年版,第11—12页。另,《巴赫金全集》第二卷中包括此文在内的10篇文章,虽然用了巴赫金朋友的署名,但实际上或为巴赫金所写,或他参与了写作,参见《巴赫金全集》第二卷卷首说明。

③ ［苏］巴赫金:《陀思妥耶夫斯基诗学问题》,白春仁、顾亚铃译,钱中文主编《巴赫金全集》第五卷河北教育出版社1998年版,第267—268页。

④ ［苏］巴赫金:《文学作品的内容、材料与形式问题》,晓河译,钱中文主编《巴赫金全集》第一卷,河北教育出版社1998年版,第365页。

在文本之外,巴赫金重视"社会学形制"的修辞学,认为长期以来,修辞研究割裂研究对象与社会的联系,导致"在大多的情况下,修辞学只是书房技巧的修辞学,忽略艺术家书房以外的语言和社会生活","修辞学对自己要研究的课题,失去了真正哲理的和社会的角度","不能透过个人和流派的演变感觉到文学语言重大的不关系个人名字的变化",把修辞研究对象变成"语言的生理上的组织标本"①。他反复批评"语言学只与抽象的、纯净的词语及抽象的成分(语音的、词法的等等)打交道;因此,话语的完整含义及其意识形态价值,认识的、政治的、美学的价值,对于这个观点而言都行不通"②。一度流行的数据统计法,如果只是单纯地统计某首诗里的元音数量,或者考察构筑短篇小说的技术手法,这并不是研究,更不是科学。③

文学作品体裁的修辞变化,以及处于复杂进化中的文学事实,并非纯粹的语言现象,它们都承载了复杂的历史和社会变化,因而,不是单句的句法和语义,而是与社会紧密联系的文本语义序列应该成为研究对象;不是手法,而是手法的功能、结构意义,应该成为修辞研究的"主角";"结构原则"及其在历史现实中的更替,应成为首先考虑的研究对象。④

其他一些学术声誉甚高的学者也提出与巴赫金遥相呼应的看法:

由于不同体裁各有一套大家不约而同认可的"语法",弗莱始终强调被修辞研究忽略的体裁的重要性:"构成文学批评中的体裁的基础是属于修辞性的,也就是说,体裁乃是由诗人与公众之间所确立的种种条件来确定的"⑤,他批评一些修辞学家:"修辞派文学批评竟然丝毫不考虑体裁,没有比这种做法更令人吃惊的了:修辞批评家只顾分析摆在面前的作品,不大注意它是戏剧、抒情

① [苏]巴赫金:《长篇小说的话语》,白春仁译,钱中文主编《巴赫金全集》第三卷,河北教育出版社1998年版,第37页。

② [苏]巴赫金:《生活话语与艺术话语》,吴晓都译,钱中文主编《巴赫金全集》第二卷,河北教育出版社1998年版,第93页。

③ [苏]巴赫金:《缺乏社会学的社会学观点》,王加兴译,钱中文主编《巴赫金全集》第二卷,河北教育出版社1998年版,第74页。

④ [苏]巴赫金:《学术上的萨里耶利主义》,柳若梅译,钱中文主编《巴赫金全集》第二卷,河北教育出版社1998年版,第14页。

⑤ [加]诺斯罗普·弗莱:《批评的解剖》,陈慧等译、吴持哲校,百花文艺出版社2006年版,第359页。

诗还是长篇小说。事实上，他们还会干脆认定文学中不存在体裁。这是因为他们把结构仅仅视为一件艺术品，而没有考虑到结构是人工制品，还可能具有其本身的功能。"①

《小说修辞学》的作者布斯则明确认为所谓的"技巧分析"方法之于小说修辞研究根本无用，同时他认为"技巧"这一概念如果"被扩大来概括作者艺术手段的一切可见的符号"，"概括作者可以做出的选择的几乎全部范围，那它会非常适合我们的目的"。②周宪在《小说修辞学译序》中指出，布斯研究小说修辞，并不是去探讨我们通常理解的措辞用语或句法关系，而是研究作者叙述策略的选择与文学阅读效果之间的联系。

总的来说，扩展修辞研究的社会视野，把研究对象的动态特征及其社会历史功能，置于修辞研究不能回避的地位，是由巴赫金率先强调，又成为许多学者的共同看法。

三、巴赫金"对话"理论中的修辞哲学思想

虽然《巴赫金全集》同样没有提出"修辞哲学"概念，但是，巴赫金认为修辞研究与普通哲学美学关系密不可分，他的很多修辞理论都是基于哲学角度，其中最为明显的是他的"对话"理论。

巴赫金所说的"对话"，不同于语言学"外在的表现于布局结构上"的"对话语"："语言学当然熟悉'对话语'这种结构形式，并且研究其句法以及词汇语义方面的特点。不过，语言学研究对话，是把它看成为纯语言学的现象，亦即从语言的角度来研究它，因此全然不会涉及交谈者对语之间对话关系的特色。"③"话语内在的对话性（包括对话中的和独白语中的对话性），那种渗透话语整个结构及其语义和情味的对话性，几乎完全被忽略不计。可

---

① ［加］诺斯罗斯·弗莱：《批评的解剖》，陈慧等译、吴持哲校，百花文艺出版社2006年版，第137页。
② ［美］W.布斯：《小说修辞学》，华明等译，北京大学出版社1987年版，第83页。
③ ［苏］巴赫金：《陀思妥耶夫斯基诗学问题》，白春仁、顾亚铃译，钱中文主编《巴赫金全集》第五卷，河北教育出版社1998年版，第241页。

恰恰是话语这种内在的对话性,这种不形之于外在对话结构、不从话语称述自己对象中分解为独立行为的对话性,才具有巨大的构筑风格的力量。话语内在的对话性,表现在一系列语义、句法和布局结构的特点上。"①

巴赫金认为,"对话"是话语的本质,这是由话语参与者的社会性所决定的,"具体的表述(而非语言学的抽象)是在话语参与者的社会相互作用过程中产生、存活和消亡的,它的意义及其形式基本上决定了这个相互作用的形式和性质。若把表述与滋养它的现实土壤割裂开来,我们就失去了理解其形式和涵义的钥匙,在我们手中剩下的或是抽象的语言学的外壳,或是同样抽象的涵义的图解(即旧文学理论家和文学史家的有名的'作品的思想')"②。

"对话"关系普遍存在于交流之中,话语的活力来自于动态交流:"语言只能存在于使用者之间的对话交际之中。对话交际才是对话语言的生命真正所在之处。语言的整个生命,不论是在哪一个运用领域里(日常生活、公事交往、科学、文艺等等),无不渗透着对话关系。……话语就其本质来说便具有对话的性质。所以,应该由超出语言学而另有自己独立对象和人物的超语言学,来研究对话关系。"③

"对话"关系渗透于话语的所有构成,因为话语中的所有语言单位都有其"主体性":"不仅仅是完整(相对来说)的话语之间,才可能产生对话关系;对话语中任何一部分有意义的片断,甚至任何一个单词,都可以对之采取对话的态度,只要不把它当成是语言里没有主体的单词,而是把它看成表现别人思想立场的符号,看成是代表别人话语的标志。"④ 因而,应该从话语材料的整体及其所有局部来把握"对话"关系,话语任何一个片断都不再是抽象语言单位,而是对话双方的思想交锋。

---

① 〔苏〕巴赫金:《长篇小说的话语》,白春仁译,钱中文主编《巴赫金全集》第三卷,河北教育出版社 1998 年版,第 58—59 页。
② 〔苏〕巴赫金:《生活话语与艺术话语》,吴晓都译,钱中文主编《巴赫金全集》第二卷,河北教育出版社 1998 年版,第 92 页。
③ 〔苏〕巴赫金:《陀思妥耶夫斯基诗学问题》,白春仁、顾亚铃译,钱中文主编《巴赫金全集》第五卷,河北教育出版社 1998 年版,第 242 页。
④ 同上书,第 243 页。

巴赫金批评"传统修辞型的言语只知道有自己（即自己的语境），只知道自己的对象，自己直接表现的情味，还有自己统一的又是唯一的语言。超出它的语境而存在的其他言语，它只看作是与己无关的言语，属语言现象，是没有主体的言语，只是普通的说话的能力而已。按照传统修辞学的理解，直接表现的言语在表述自己对象时，仅仅从自己对象方面遇到阻力（即对象难用言语囊括，对象难以言传）；它在驾驭对象的过程中，并不感到他人言语强大和多方的抗拒，没有谁妨碍它，没有谁同它争辩"①。

修辞学研究"对话"关系，必然要研究表达者、接受者以及他们所处世界之间的复杂、深层的关系，这意味着：

（一）修辞融入了表达者对包括接受者在内的外部世界的积极思考

修辞融入了表达者对世界的积极思考，经过思考，表达者必然会把所理解的东西，纳入自己对于事物的认知，并纳入自己的情感世界。文本中的每一个语义单位，都显示了表达者对世界的理解。例如在陀思妥耶夫斯基的作品中，作者看待世界的原则，就变成了对世界进行艺术观察的原则，构筑小说的语言整体的原则。② 表达者考虑接受者，就意味着考虑对方独特的视野，独特的世界。表达者力求使自己的话语，连同制约这些话语的视野，能针对理解者的他人视野，并同这理解者视野的一些因素发生对话关系。这种针对性必然会给话语增添新的因素。说话者向他人视野深入，在他人的疆界里、在听者统觉的背景上来建立自己的话语。这才是巴赫金所阐释的"对话"③。

（二）修辞是表达者对包括接受者在内的外部世界的积极反馈

对话关系到表达和接受的复杂互动，分析话语材料，必须考虑这种动态

① ［苏］巴赫金：《长篇小说的话语》，白春仁译，钱中文主编《巴赫金全集》第三卷，河北教育出版社1998年版，第54—55页。
② ［苏］巴赫金：《陀思妥耶夫斯基诗学问题》，白春仁、顾亚铃译，钱中文主编《巴赫金全集》第五卷，河北教育出版社1998年版，第10—11页。
③ ［苏］巴赫金：《长篇小说的话语》，白春仁译，钱中文主编《巴赫金全集》第三卷，河北教育出版社1998年版，第61—62页。

过程中的积极反馈:在一个谈话的集体里,每个人所接受的话语,都是来自他人的声音,充满他人的声音。每个人的讲话,他的语境都吸收了取自他人语境的语言,吸收了渗透着他人理解的语言。每个人为自己的思想所找到的语言,全是这样满载的语言。正是由于这个原因,一个人的语言在许多人的语言中所处的地位,对他人语言的各种不同感受,对他人语言作出反应的不同方法——这些可能就成了超语言学研究每一类语言(其中也包括文学语言)时所要解决的最重要的问题。① "面对这个新的世界,即众多各自平等的主体的世界,而非客体构成的世界,无论叙述、描绘或说明,都应采取一种新的角度"②。因而,巴赫金批评雅可布逊的说法:"一系列诗歌手法用于大都市风格中,由此而来马雅可夫斯基和赫列勃尼科夫的大都市诗篇",他认为"倒过来说才是正确的,正是大都市主义产生了这些诗人的都市主义诗篇,并决定了他们特别的修辞风貌"。③

修辞包含着表达者对外部世界的积极思考和反馈,这也是国外很多著名学者的思想。西方有学者认为,文艺复兴时期的神学和哲学概念,是后来道德化风景(paysage moralis)的基础:造物主以类比方式设计了宇宙,用一套繁琐的相符(correspondences,又译:"相应"或"通感"——译者)体系,将肉体、道德和精神联系起来。17世纪,象征和类比宇宙的形而上学,成为玄学派诗人修辞策略的基础。18世纪,心灵与自然之间的类比原理,成为描述风景的诗歌"美感现象同道德教诲两两结合"的基础。④ 不同时期的道德化风景描绘,其深层隐含了表达者关于外部世界的神学观和哲学观。

四、从巴赫金的修辞观审视广义修辞学

巴赫金是严谨而睿智的学者,他不是为自己的研究贴上"XX"或者

---

① 〔苏〕巴赫金:《陀思妥耶夫斯基诗学问题》,白春仁、顾亚铃译,钱中文主编《巴赫金全集》第五卷,河北教育出版社1998年版,第269页。
② 同上书,第6页。
③ 〔苏〕巴赫金:《学术上的萨里耶利主义》,柳若梅译,钱中文主编《巴赫金全集》第二卷,河北教育出版社1998年版,第12—13页。
④ 〔比利时〕保罗·德曼:《解构之图》,李自修等译,中国社会科学出版社1998年版,第11页。

"XX学"的标签,而是在研究中突显其深刻的思想,他的一些论述切中了修辞研究之弊。在沉甸甸的专著中,巴赫金的理论和作品分析实践相结合,以无可怀疑的说服力印证了科研绝不应该只是根据已有的结论进行连篇累牍的填空和资料罗列,一定得有基于理论与材料支撑的新的分析和论述;印证了修辞研究不是专注于"书房技巧"层面的"小儿科"(这曾是中国修辞学研究遭诟病的关键词之一),而应具有理论的可提升性。巴赫金也是值得敬重的学者,在严酷的环境中,即使不能用自己的名字发表研究成果,他也不搞学术韬晦,不举学术白旗,而是坚持自己的学术人格和学术个性。巴赫金的学术影响力辐射到了多学科:在哲学、美学、文艺学、语言学、符号学等话语场域,巴赫金的名字成为博大精深的学术符号。

巴赫金的修辞思想散见于《巴赫金全集》各卷,虽然他并没有在某一篇文章中集中、系统地阐释自己完整的修辞观,也没有用一套完整的概念、范畴支持和解释"超语言学"的修辞理论,但他从不同维度展示了修辞研究可以"是什么"以及"为什么"。由此我们可以审视广义修辞学理论与巴赫金修辞理论的联系和区别:

《广义修辞学》尝试构筑"双向互动,立体建构的多层级框架","双向互动"指两个主体(表达者/接受者)的双向交流行为,理论基础可以追溯到作者1992年出版的《接受修辞学》;"立体建构的多层级框架"指修辞研究对象分布于修辞技巧、修辞诗学、修辞哲学三个层面①;而"表达—接受"互动体现在修辞技巧、修辞诗学、修辞哲学各个层面之中。

广义修辞学"两个主体、三个层面"的理论框架为我们提供了修辞研究多元格局中的一种可能性,《广义修辞学》提出并阐释的"修辞诗学"概念,将文本、文体作为修辞产品的整体纳入了研究视野,研究各类修辞元素如何共同促成一种有意义的修辞文本或文体的建构,例如角色配置、情节调动、人物身份符号的转变等等的文本功能,这样的整体研究视角可以避免巴赫金所批评的"纯语言学"的弊端;在"修辞哲学"层面,广义修辞学不仅重视修辞所包含的表达者对外部世界的思考和反馈,同时也重视修辞参与表达者

---

①　谭学纯、朱玲:《广义修辞学》,安徽教育出版社2001年版,第4页。

和接受者对世界的认知,参与他们的人格建构,这样的研究契合了巴赫金的"对话"理论;考察技巧、文本、文体,以及考察修辞与人之间的关系,广义修辞学都提倡结合各类语境,不能脱离社会学观点,这样的视野和巴赫金提出的"超语言学"以及"社会学形制修辞批评"理论具有共通性。

与巴赫金严厉批评"书房技巧"不同,广义修辞学不拒绝修辞技巧研究,而是把修辞技巧作为《广义修辞学》"三个层面"的一个层面,倡导并践行从修辞技巧走向修辞诗学和修辞哲学的研究,重视修辞技巧、修辞诗学、修辞哲学三者在学术目标、研究单位、理论资源、技术路线,乃至读者群体诸方面的差异性,认为不宜用修辞技巧的知识谱系评价修辞诗学或修辞哲学的研究成果,同时也反对用修辞诗学或修辞哲学的眼光否定修辞技巧。

任何理论都需要接受实践检验,广义修辞学理论及其解释框架自然不例外。《广义修辞学》出版十多年来,其团队在修辞研究实践中观察与思考,在实践中自我检验、自我修正,努力使广义修辞学成为一个开放性建构的理论体系,希望为修辞研究曾遭诟病的"小儿科"形象注入另一种气象。

第三章 《周易》修辞理论和修辞方法的发生学意义

在中国，《周易》是整体上为后世修辞提供哲学基础的文献，它提出的修言与修身合一的修辞宗旨，以修辞行为构建和谐社会的原则，阳刚阴柔并行共存的修辞风格，及以象言义的修辞认知和阐释方式，具有修辞理论和修辞方法方面的发生学意义。

《周易》产生于中国社会剧烈变化的时代，西周建立了基于血缘关系的宗族制度之后，中国脱离了粗野的原始状态，进入文明的繁荣时期。以往殷商借助鬼神权威话语凶残奴役人民的状况得到改变，社会关系重新组合。到了春秋战国时期，不同阶层、宗族、地域集团分化和渗透加剧，社会关系更为错综复杂。当时诸侯国都有统一天下的雄心，也都在调动一切力量争取称霸。但在当时的形势下，仅仅依靠武力拼搏已经不能取得天下，于是各种政治主张纷纷出台，有关理想政府、社会以及理想人格、行为的设计成为讨论热点。由于需要更大程度地调动潜在力量，列国施行的举贤授能政策，使得有才之士都有了凭借自己的睿智和能力建功立业的希望，他们四处游说，雄辩盛行。以往的话语权分布格局被改变，参与言说的人群数量也扩大到前所未有的规模，话语成为社会竞争的重要手段之一。

话语权的重新分布，"人的言说"空前繁盛，必然带来对修辞以及修辞与人格、社会关系的重视。正是在强劲的言谈大潮中，在对社会的强烈关注中，《周易》形成了以占卦模式为外壳，以哲理思辨和社会伦理思想研究为基本内容的丰富完备的理论体系：《周易》借助一套符号体系，去探究种种自然和社会现象，将玄秘幽邃的阴阳哲理化为包括话语应用在内的一系列人际伦理的依据。孔子曾说："加我数年，五十以学《易》，可以无大过矣。"（《论语·述而》）这说明特别重视人事的古人已经把《周易》理论视为一整套可以让人"无大过"的言语和行为准则。

先秦典籍论及修辞的言论不多，然而，古代修辞理论和方法却是在此时就已打下哲学根基。《周易》是首次提出"修辞"概念，也是从整体上为后世修辞提供哲学基础的文献。修辞服务于人事、融合于自然，这样的思想从《周易》开始，绵延了中国修辞史数千年。虽然《周易》中的修辞论述处于零星状态，但这些论述却在后世引导了人们言语交际的注意力，成就了中国古人特有的言语态度、风格，影响了古人的人格建构；虽然随着社会发展，后世中国人立言处世的方式，以及社会话语的应用方式都有所改变，但其总体渊源仍在《周易》。

总的来说，《周易》中有关修辞的论述表现在以下方面：修辞的规范性准则；修辞协调社会的原则；诗性思维和修辞风格的确立。这几个方面，没有涉及具体的修辞技巧，但是在修辞哲学和修辞诗学方面对于后世中国修辞的发展具有发生学意义。

一、修身和修言：修辞准则和人格建构

中国进入文明阶段之后，为了协调以家族体系为主体的各种社会关系，逐步建立了严密的礼制系统。而言谈在崇礼尚文的人际交往中发挥着日益明显的重要作用。与此相呼应，《周易》提出一系列与人格建构密切关联的修辞准则。

（一）"修辞立其诚"：中国早期修辞理论的关注焦点和基本宗旨

"修辞立其诚"是对中国古代言语风格及古人人格的形成有重要影响的理论，它引导着古人言语交际的注意力，成就了古人慎言的言语态度、言约意丰的言语风格，参与古人稳健、诚信、慎独、内省的人格建构。

"修辞立其诚"见于《乾·文言》时,就与君子的进德居业相联系:

> 九三曰"君子终日乾乾,夕惕若,厉,无咎",何谓也? 子曰:君子进
> 德修业。忠信所以进德也;修辞立其诚,所以居业也。知至至之,可与几
> 也,知终终之,可与存义也。是故居上位而不骄,在下位而不忧,故乾乾
> 因其时而惕,虽危无咎矣。

《周易》中的"文言",是借孔子之口对乾坤两卦作出的阐释,上引这段话用
于说明乾卦中的"九三"爻辞:"九三"本处多凶危厉之地,因为君子有一系
列包括"修辞立其诚"在内的刚健戒慎的举动,所以能够逢凶化吉,"修辞
立其诚"也成为君子的言语准则。

体现了"微言大义"风格的"修辞立其诚",其关键词语义含量极为丰富:

许慎《说文》释"修"为:"饰也,从彡;攸声。""彡"本为"毛饰画
文"。段玉裁注:"饰即今之拭字。拂拭之则发其光采,故引申为文饰。……
不去其尘垢,不可谓之修,不加以缛采,不可谓之修。修之从彡者,洒刷之也,
藻绘之也。修者,治也。引申为凡治之称。匡衡曰,治性之道,必审己之所有
余,而强其所不足。"[①]"修"的行为作为一个动态过程,从"清理整饰(毛
发)"发展到"整饰(文词)",并引申为"凡治之称",这样就从人的外表修
饰进入到谈吐藻绘层面,并进入到"治性之道"的人格建构层面。

关键词"辞"包括语辞和文辞。在当时的言语大潮中,除了发达的言
辩,相当多的文本,也本为口头话语的记录。如《论语》、《孟子》等都是语
录体散文,《墨子》、《荀子》、《庄子》中的许多文章起于论辩。另外,还有
诗、历史散文等不同的文体,因此"修辞"所涵盖的言语范围极广,可以对应于
亚里士多德的"修辞术"(论辩术)和"摹仿的艺术"(诗学),还包括历史。

"诚",从言,古人特别推重的"诚"依赖于"言"。真诚的道德修养必
然表现于美好的言语行为,美好的言语行为才能成就真诚的道德修养,这就
把修辞的焦点引向人的内心世界,同时又把道德修养向外落实于人的言辞谈
吐,"诚"连接了修辞和人格建构。

---

① 许慎撰、段玉裁注:《说文解字注》,上海古籍出版社 1981 年版,第 424 页。

《说文·言部》释"诚"为"敬","敬"意味着尊卑有序,"大不敬"是犯上作乱。而敬、儆、警音义相通,都含有警告、告诫之义,可以训为"敬"的"诚"也应含有此义,因而,言语方面的"诚",映照出言者维护尊卑秩序的戒慎恐惧的心理。

徐复观认为,春秋战国以前,中国实行的主要是与祭祀密切关联在一起的以乐为中心的教育,但是进入春秋之后,作为当时贵族的人文教养之资的,却主要是礼:

> 对礼的基本规定是"敬文"或"节文"。文是文饰,以文饰表达内心的敬意,即为之"敬文"。把节制与文饰二者调和在一起,即能得其中。便谓之"节文"。在多元地艺术起源说中,"文饰"也正是艺术起源之一。因此,礼的最基本意义,可以说是人类行为的艺术化、规范化的统一物。春秋时代人文主义的自觉,是行为规范意识的自觉。通过《尧典》和《周礼》看,音乐当然含有规范的意义,但礼的规范性是表现为敬与节制,这是一般人所容易意识得到,也是容易实行的。①

由此可见《周易》提出的"修辞立其诚",对礼以及"敬文"、"节文"等言行规范的影响。

此外,诚,成也,本着"诚"而修辞、通过修辞而立"诚"是居业成功、虽危无咎的前提。

可以将关键词"修""辞""诚"所属语义场显示如下:

	语义场 1:体貌	语义场 2:言辞	语义场 3:人格
修	清理整饰（毛发）[本义]	整饰（言辞）[引申义]	
辞		言辞	
诚		从言,言辞真诚 [本义]	人格真诚 [引申义]

上表中的"修"、"辞"、"诚"的语义链接,契合点在于语义场 2"言辞"。"修"的语义发展过程,由重视人对体貌的整饰,转到重视言辞整饰;"诚"

---

① 徐复观:《中国艺术精神》,春风文艺出版社 1987 年版,第 2—3 页。

是修辞的终极目的:言辞整饰是为了人的品格建构;而人的道德修养之"立"的一个重要途径是体现"诚"的言辞谈吐。

"修辞立其诚"作为修辞行为准则,其语义外延可以涵盖以下方面:

一是话语内容符合事实,不胡编乱造;

二是话语内容充实,不花言巧语,言而无物;

三是话语中流露出的情感真诚,反对虚情假意。

"修辞立其诚"排斥虚构,排斥迷狂状态下的非事实话语,强调经过整饰的言辞谈吐同"诚"互相倚重的关系,以及通过话语建构完成人格建构。它反映了社会对人的文明要求的提升,以及人们对这种要求的积极回应。与古希腊的修辞理论相比,"修辞立其诚",显示了不同的文化信息。

(二)"修辞立其诚"与其他古代修辞理论的互文性

"修辞立其诚"是文明社会对当时言语行为的规范化要求。从总体语境考察,可以看出《周易》其他论述对"修辞立其诚"的呼应,由此形成修辞论述的互文性:

1. 信与谨

"信"与"谨"都从"言"。"信言"与"谨言"见于《乾·文言》解说"九二"爻辞:"子曰:龙德而正中者也。庸言之信,庸言之谨。闲邪存其诚,善世而不伐,德博而化。"孔子认为"龙德而正中者"必然做到言语诚信、谨慎,这样才能防范邪恶保持真诚。《周易》用夸张的语言把"谨"、"信"的力量渲染得极为神奇:有利天下而不自夸,德被天下而化生万物。

2. 谦

谦,"从言",本义与言语有关,但其引申义同样进入了人格范畴。高亨为"谦"卦作注:"谦者才高而不自许,德高而不自矜。功高而不自居,名高而不自誉,位高而不自傲,皆是内高而外卑,是以卦名曰谦。"[①]"谦"见于言语神色和行为,这是君子真正内在自我修养的外在表现,此外,《周易》还有一系列与"谦"相关的概念,如"谦尊而光""谦谦君子""劳谦""鸣谦""撝谦""谦以制礼"等,表现出《周易》崇谦抑盈的基本修辞观和人格观。

---

① 高亨:《周易大传今注》,齐鲁书社1998年版,第137页。

"谦"在六十四卦中是吉利的卦,《谦》卦曰:"谦,亨,君子有终。"而"谦"卦列于"大有"之后,正是因为"有大者不可以盈,故受之以谦。"(《序卦传》)崇谦的言行取向合于天地之道,《谦·彖》曰:"天道下济而光明,地道卑而上行。天道亏盈而益谦,地道变盈而流谦,鬼神害盈而福谦,人道恶盈而好谦。谦尊而光,卑而不逾,君子之终也。""谦"作为言语行为准则从而具有了天然权威性。《韩诗外传》卷三中记录了周公对"谦德"的阐释:"德行宽裕,守之以恭者,荣。土地广大,守之以俭者,安。禄位尊盛,守之以卑者,贵。人众兵强,守之以畏者,胜。聪明睿智,守之以愚者,哲。博闻强记,守之以浅者,智。夫此六者,皆谦德也。""谦"的地位也从修辞和人格伦理层面上升到政治高度:"不谦而失天下亡其身者,桀纣是也,可不慎与? 故《易》有一道,大足以守天下,中足以守国家,小足以守其身:谦之谓也。"①

在中国,一些人格伦理范畴的本义与言语密切相关,可见古人对修辞准则的终极关怀,对言语行为定位的提升。《周易》中还有很多其他同义论述:

> 有言不信,尚口乃穷也。(《困》)
>
> 君子以多识前言往行,以畜其德。(《大畜》)
>
> 君子以慎言语,节饮食。(《颐》)
>
> 君子以言有物而行有恒。(《家人》)
>
> 艮其辅,言有序,悔亡。(《艮》)
>
> 天之所助者顺也,人之所助者信也。履信思乎顺,又以尚贤也。是以自天祐之,吉无不利也。(《系辞上》)
>
> 拟之而后言,议之而后动,拟议以成其变化。(《系辞上》)
>
> 言行,君子之所以动天地也,可不慎乎! (《系辞上》)

如果把"修辞立其诚"和先秦时期的一些修辞理论结合起来考察,可以见出,它们是互相联系的:有着相同的关注焦点,遵循基本一致的原则,如:

> 信言不美,美言不信。善言不辩,辩言不善。(《老子·第二十八章》)
>
> 御人以口给,屡憎于人。(《论语·公冶长》)

---

① 许维遹校释:《韩诗外传集释》,中华书局 1980 年版,第 117 页。

　　刚毅木讷,近仁。(《论语·子路》)

　　反身而诚,乐莫大焉。(《孟子·尽心上》)

　　凡为国之急者,必先禁末作文巧。末作文巧禁,则民无所游食。
(《管子·治国》)

　　喜淫而不周于法,好辩说而不求其用,滥于文丽而不顾其功者,可亡
也。(《韩非子·亡徵》)

这些修辞原则得到发扬光大,《礼记·大学》把"诚"同儒家的修养相联
系:"欲正其心者,先诚其意。欲诚其意者,先致其知。致知在格物,物格而后
知至。知至而后意诚,意诚而后心正,心正而后身修,身修而后家齐,家齐而
后国治,国治而后天下平。"宋周敦颐则曰:"诚者,圣人之本。大哉乾元,万
物资始,诚之源也。乾道变化,各正性命,诚斯立焉,纯粹至善者也。……元
亨,诚之通;利贞,诚之复。""圣,诚而已矣。诚,五常之本,百行之源也。静
无而动有,至正而明达也。五常百行,非诚非也,邪暗塞也,故诚则无事矣。"
(《周濂溪集》卷五)明王守仁《传习录》卷上:"《大学》工夫即是明明德,
明明德只是个诚意,诚意的工夫只是格物致知,若以诚意为主去用格物致知,
即工夫始有下落,即为善去恶,无非是诚意的事。"

　　正是由于《周易》的倡导,以及贤哲的发扬,诚、谨、信、谦等成为后世中
国人一以贯之的修辞行为准则。在长期的言语实践中,《周易》倡导的修辞
准则化为中国人的言语风度,再配合一套相应的行为方式,由此建构起中国
古人特有的人格范式。

　　柳诒徵先生认为,唐虞以来所重之道德,皆以敬慎为主,从收敛抑制立
论,周代有成就的君主,吸取自古以来寅畏天命,常以戒慎恐惧为事天引年之
法,吸取了夏殷末造之君臣放恣纵肆之鉴戒,立身处世,处处温恭敬慎。这就
造成了中国国民性以敬慎温恭为尚。[1]《周易》对言语的重视,基于谦和谨
慎的人格修养之上的修辞风格的确立,积淀为具有中国特色的修辞文化,成
为数千年中国人立身与立言同一的导向。

---

　　[1]　柳诒徵:《中国文化史》(上册),中国大百科全书出版社1988年版,第116页。

（三）比较视野中的中国古代和古希腊修辞理论

在更大的视野中审视中国古代修辞原则、方法和风格，可以发现，和古希腊相比，中国早期修辞理论呈现出不同面貌，有着深层的原因。

1. 中国早期和古希腊修辞理论的基点："诚"与"真"

中国早期修辞理论把"诚"作为修辞的基点，要求如实表述"我"的所思所感、所见所闻，相反，人为造作的即为"伪"，古代对于"伪"的惩罚非常严厉，《礼记·王制》所列四种必杀的罪过中，有一种是："行伪而坚，言伪而辩，学非而博，顺非而泽以疑众，杀。"

那么，"我"的所思所感、所见所闻，仅仅是个别的还是普遍的，是暂时的还是永久的、是表象还是本质，古人没有把这些割裂开来，他们用一种整体性的目光去观察自身和外部世界，直觉与认知、个别与全体、瞬间与永恒、现象与本质往往一致，在古代作品中，我们常常可以看到因一个偶然契机而引发的对于人生宇宙的由衷感慨。因而，"诚"是"我"认识到的"真实"，是"我"承担着对于外部世界的责任的"真实"。

古希腊修辞理论强调的"真实"，与"诚"有明显区别。

古希腊一直流行"摹仿说"，强调"真实"。但是这"真实"并非通过对外部或内心世界的如实描摹就可以达到的。柏拉图把个别与全体、现象与本质割裂开来，视理式世界为唯一的"真实"，现实世界只是理式世界的摹本，而文艺又是现实世界的摹本，与"真实隔着三层"。[1] 亚里士多德肯定现象世界以及艺术的真实性，但是他又认为，历史家描述已发生的事，而诗人却描述可能发生的事，因此，写诗这种活动比写历史更富于哲学意味，需要更严肃地对待：因为诗所描述的事带有普遍性，历史则叙述个别的事。[2] 这不仅把历史和诗的真实相区别，而且把个别现象与普遍本质的真实相区别。另外，亚里士多德在《修辞学》中强调，论辩者的能力对事情真实性的说服力

---

① ［古希腊］柏拉图：《理想国》，柏拉图《文艺对话集》，朱光潜译，人民文学出版社 1980 年版，第 70—73 页。

② ［古希腊］亚里士多德：《诗学》，罗念生译，人民文学出版社 1984 年版，第 29 页。

起决定作用:"当我们采用适合于某一文体的说服方式来证明事情是真的或似乎是真的时候,说服力是从演说本身产生的。""事物的本质、数量和质量是由科学和见识决定的。"① 即使是后来在西方使用十分普遍的"现实主义"一词,语义也历经流变:瓦特认为,近代西方十分流行的术语"现实主义","在哲学上极严格地限用于一种与通常用法截然相反的现实观。它适用的中世纪经院现实主义者持有的那种观点是普遍性、类别性或抽象性,而不是特殊的、具体的、感性知觉的客观实体,这才是真正的现实"②。

诚然,中国古代也有"真"的概念,如庄子常常谈到"真"。但汉字"真"的本义是"仙人变形而登天也",后引申为"自然,未经人为的"及"诚"等义。《说文》"真"字条段玉裁注云:"经典但言诚实,无言真实者。诸子百家乃有真字耳。然其字古矣,……引伸为真诚。"段注认为"真"参与构筑的字如"慎積鎮瞋謓塡滇闐窴瑱嗔"等"多取充实之意",又说"慎字今训谨,古则训诚。……慎训诚者,其字从真,人必诚而后敬,不诚未有能敬者也。"③ 因而,"真"由"仙人变形而登天"到引申为"充实"、"诚"、"谨"、"慎",与古希腊人所崇奉的永恒、普遍的"真实"有着截然不同的内涵。

2. 古代中国和古希腊修辞观:内省和外向

"修辞"这一概念在中国第一次直接明确地提出时,即与人格修养密切相联。"修辞立其诚"把言语视为人的内心世界的外在投射,这一看法《周易》与其他典籍是一致的,《尔雅》将"言"释为"我也",《孟子·公孙丑上》则曰:"我知言,我善养吾浩然之气。"可以说,修辞实际上是作为"我言即我"而存在的,而这个"我",是人格健全发展、言行与社会伦理要求相一致的自觉个体,而不是常常处于人格分裂之中,时时与社会、命运相对抗的个体。这表明中国早期的修辞理论注意力主要在于人的内心道德修养,是一种注重内省的修辞观。

相比之下,古希腊修辞理论的关注焦点是外向的。如智者学派给"修辞术"下定义为"说服的技巧",而他们的"技巧"多为诈术。这些善用巧妙言辞和虚伪论证的智者学派虽然也受到一些哲人的攻击,如柏拉图

---

① [古希腊]亚里士多德:《修辞学》,罗念生译,北京三联书店1991年版,第25页。

② [英]P.瓦特:《小说的兴起》,高原、董红钧译,北京三联书店1992年版,第4页。

③ 许慎撰、段玉裁注:《说文解字注》,上海古籍出版社1981年版,第424页。

曾借苏格拉底之口提出,修辞术只是欺骗无知听众的虚假手段、卑劣活动①,亚里士多德则指出智者滥用修辞术。但这些哲人仍然把人的注意力引向外部世界,如柏拉图认为演说或写文章的人必须了解所谈问题的真理,用科学方法探求事物本质,要统观全体,把和题目有关的散乱内容统一于一个普遍概念之下,顺自然的法则,分析后找出全体与部分、概念与现象的关系。他还认为必须重视题材,讲究安排和组织,采用与听众和读者心理相适应的言辞。② 亚里士多德则给“修辞术”下定义为“一种能在任何一个问题上找出可能的说服方式的功能”③,他的《修辞学》是讨论与修辞有关问题的讲稿,书的开头就明确提出,人人都使用修辞术和论辩术,“大多数人,有一些是随随便便地这样做,有一些是凭习惯养成的熟练技能这样做。既然这两种办法都可能成功,那么,很明显,我们可以从中找出一些法则来”④,“一个善于研究三段论法的题材和形式的人,一旦熟悉了修辞式推论所运用的题材和修辞式推论与逻辑的推论的区别,就能成为修辞式推论的专家”⑤。

与古希腊相反,中国早期偏重内省的修辞理论,为后世创作开启了一条指向内心体验的通道。

3. 古代中国和古希腊修辞实践:重体验和重技巧

无论在东西方,修辞实践历来都以具体的运作与政治、社会、教育、文化相联系。“修辞立其诚”以及诸子的一些相关言论,把修辞的本质提升到人格建构层面,是从理论上认为,修辞不仅是作为言语活动发生影响,而且是行使人格对社会的作用力,《周易·系辞下》把人的言语缺陷归之于人格缺陷:“将叛者其辞惭,中心疑者其辞枝,吉人之辞寡,躁人之辞多,诬善之人其辞游,失其守者其辞屈。”

诸子自己作出的美文,也应该是完美人格的结果。因而他们轻视甚至反对刻意的修辞技巧操作,认为“诚”是完善修辞效果的根本。作为人的内在

---

① 〔古希腊〕柏拉图:《高尔吉亚篇》,《柏拉图全集》第一卷,王晓朝译,人民出版社 2002 年版,第 341—342 页。

② 〔古希腊〕柏拉图:《斐德若篇》,柏拉图《文艺对话集》,朱光潜译,人民文学出版社 1980 年版,第 152—153、162—163 页。

③ 〔古希腊〕亚里士多德:《修辞学》,罗念生译,北京三联书店 1991 年版,第 24 页。

④ 同上书,第 22 页。

⑤ 同上书,第 23 页。

修养外化的修辞行为,由此显现出极强的体验性。

相比之下,古希腊修辞理论直言不讳地说明修辞行为的直接社会功用,用大量篇幅去向人们传授修辞技巧,显示出极强的可操作性。当时,"修辞学"作为"演说的艺术"(tekhne rhetorike)包括立论的艺术和修饰词句的艺术,"艺术"(tekhne)指包括职业性技术在内的一切制作,而修辞作为"艺术",也意味着对言语的制作。与中国用"诗言志"为诗歌进行本质定位不同,古希腊的"诗"(poesis)一词也意为制作和创造,"诗人"是擅长根据不同类型的诗的特点,制作或创造诗的人。亚里士多德的《修辞学》和《诗学》都用大量篇幅探讨了修辞技巧,前者讨论了或然式证明和演说的分类、听众的性格和感情、修辞术的题材与说服方法、演说的风格与安排、隐喻字和附加词的使用、文章的安排以及许多可以加强说服力的技巧等等,《诗学》则详细讨论了各种艺术的差别、悲剧的结构、各种成分,词汇和风格等。这些技巧的探讨与总结,极大地影响了西方后世的创作。

4. 中国古代和古希腊修辞理论差异的文化成因

古代中国和希腊修辞理论的原则、面貌都有很大差异,这些差异的主要文化成因在于:

（1）不同的社会背景:家国一体和奴隶主民主政治

中国较为封闭的内陆生活、生产方式,使得家族制度在进入阶级社会时未受到大的冲击而得以传承,每个人都是家族中的一员,必须安于家族男外女内长幼有序的体系中自己相应的地位,遵守家族的行为规范,接受自己名下应得的待遇,也就是《家人·彖》所说的"男女正,天地之大义也。家人有严君焉,父母之谓也。父父子子兄兄弟弟夫夫妇妇",伦理道德成为人与人之间关系的最高准则。中国古代家国一体的形制,又使家族成员的行为准则延伸到社会这个"大家"之中,即"正家而天下定矣"。修辞理论必然会对此做出回应:把恪守诚敬的伦理道德视为修辞实践的基点,把后者视为前者在言语行为中的映射。

希腊在从野蛮进入文明的进程中,流动性极大的航海经商和征战掠夺打破了原有的血族体系,在新建立起来的奴隶主民主制城邦里,人的地位取决于其财产的多寡,每个公民都有以个人身份参与国家政治的责任和权力,当时的国家事务,主要是通过公民大会决定。较为发达的法律制度,促使人们通过法庭诉讼和辩驳解决纠纷。在广泛参与社会政治活动的过程中,人们必然热衷于借助修辞技巧,抢占话语中心地位。

（2）不同的历史观:重史和反史传统

中国文明较为稳定的传承状况导致古人特别重视家族以及国家的历史,人们甚至认为在治理乱世方面一些史书有不可估量的作用,如《孟子·滕文公下》:"世衰道微,邪说暴行有作。臣弑其君者有之,子弑其父者有之。孔子惧,作《春秋》。……孔子成《春秋》而乱臣贼子惧。"严格符合史实的历史记载被视为国家大事,春秋以后的一些史官修史时为了"诚",为了秉笔直书,甚至不惜牺牲自己的生命。这一重史传统使得史文化渗入到其他方面,古有"六经皆史"说,即把《周易》、《诗经》、《尚书》、《礼记》、《乐记》、《春秋》全都归属于史的门类,因为这些书"皆先王之政典也"。国家派出官员主持并参与诗的采集整理,一个主要目的也是通过诗考察民事民情。修辞理论也从历史记载的本质特点——"事实"出发,用"诚"去要求修辞行为。

希腊人的大规模流动,导致历史的断裂和缺失,铸成了他们的反史传统。对于变动有着深刻体验的希腊人,执着地追求永恒和和谐,他们把世界分为两个层次:人类世界是变动多样的,神或宇宙的世界是永恒不变的。个人和整个人类及其一切遭遇、行为和经验都被当作根据同样规律自我重复的、宇宙变化过程的特殊结构,历史只能记述个别的事件,而这些事件只是真理的模型或复制品,是永恒整体的偶然表现,不可能成为真知。这种传统使得希腊人记述历史事件、考查事件真伪都服务于"追求永恒"这一根本目的。[①]所以汤因比《历史研究》指出:"修昔第底斯在一般人眼中是第一个严格考究事实的历史学家,而且也是几个最伟大的历史学家之一,但是柯恩福却在他的《爱编故事的修昔第底斯》(Thucydides Mythistoricus)中指明他的全部著作都受着当代希腊悲剧的惯例所支配。"[②]

（3）不同的文体意识:分类与综合

卡冈在《艺术形态学》中,把艺术形态定义为"艺术创作的选择性",

---

① 张广智、张广勇:《史学,文化中的文化——文化视野中的西方史学》,浙江人民出版社1990年版,第136页。

② ［英］J.汤因比:《历史研究》(上),曹未风等译,上海人民出版社1986年版,第55页注释。

而这种选择的可能性是逐步丰富起来的。文学艺术在发生之初,与人类的知识、技艺处于混沌不分的状态,随着历史的发展、社会分工的明确,才逐步产生不同的文体分类及文体意识,这表现在西方神话中,是由一位缪斯发展为九位缪斯,她们分别掌管史诗、抒情诗、悲剧、喜剧和田园诗、爱情诗、颂歌、舞蹈、历史、天文。① 西方早期对文体研究最著名的当属亚里士多德,他在《诗学》中对"摹仿的艺术"如史诗、悲喜剧等进行了分门别类的讨论,可以见出,西方的文体把握明晰严谨,以逻辑归纳见长。

在中国,早期的音乐之神由首领神女娲、黄帝、舜等直接担任,直到夏的第一代国君启还掌管与音乐有关的事。如《山海经·大荒西经》:"开上三嫔于天,得《九辩》与《九歌》以下。"可见当时文艺与其他社会活动是以综合形式表现的,后出现专职乐官,掌管作为国家祭祀礼仪一部分的诗、舞、乐。战国时期,在创作层面,诗、文(指诸子散文)、史已各自发展得相当充分,在社会功能方面,史主要作为国家文献,诸子散文直接论及政治、伦理、教育等诸多社会问题,诗本应归入文学范畴,但即使这时,诗与其他文体在功能和形式方面的混同还是显而易见的:很多诗被用于庙堂祭祀,后来又有大量诗歌发挥"王者所以观风俗,知得失,自考正"的"史料"作用。诗还广泛进入政治外交场合和日常语言,如《左传·襄公二十九年》记载季札在齐国通过评论周乐讲述为政之道,把诗与治国直接联系。"赋《诗》言志"则在春秋以后成为专门的外交语言艺术,孔子曾说:"不学《诗》,无以言。"又说:"诗可以兴,可以观,可以群,可以怨。迩之事父,远之事君,多识于鸟兽草木之名。"这又把属于文艺范畴的诗的功能主要归于政治教化和自然知识传授。

《中国文学理论批评发展史》说:"战国以前,人们对诗歌的看法主要反映在对《诗经》的认识中。那时,人们(包括孔子在内)都不把《诗经》看作是一部单纯的文学作品,而是把诗歌作为一种广义的文化现象来对待的,把《诗经》当作一部政治、伦理、道德、文化修养的百科全书。"② 这样的文体观念自然会促使人们忽视文学创作的想象、虚构以及必须经过艺术加工的特点,而主要从政治伦理方面对修辞进行"诚"的本质定位。

---

① ［苏］M. 卡冈:《艺术形态学》,凌继尧、金亚娜译,北京三联书店1986年版,第20页。

② 张少康、刘三富:《中国文学理论批评发展史》(上),北京大学出版社1995年版,第14页。

总之,《周易》从卦到系辞形成的时间跨度虽然很长,但其固定文本的形成却是在战国,这是中国历史的重要时期:经过长期"重人事"的酝酿,理性旗帜高高扬起,重视人的言语,讲究人的言语修养、言语风度,成为修身的重要内容,儒家崇奉的"修身齐家治国平天下",把自我修养作为治理家国天下的起点。东周以来的连续战争,人与人之间互相杀戮,促使有识之士不断从人自身去寻求消除社会灾难的良方。希腊城邦内部政权虽然也经更替,但可能是因为不会造成"一损俱损,一荣俱荣"的局面,所以没有形成旷日持久的战争。相形之下,古希腊的几起几落,罗马帝国的覆灭,给以重创的都是外来的侵略战争,这在当时是难以预料和避免的。而东周以来发生在中国的,却是"臣弑其君,子弑其父",是原本有着"上下级"和亲属关系的诸侯之间的战乱,韩非子曾说:"上古竞于道德,中世逐于智谋,当今争于气力。"(《韩非子·五蠹》)这种祸乱起于道德的长期衰微,而道德衰微首先体现在言语方面,"非一朝一夕之故,其所由来者渐也","乱之所生也,则言语以为阶"。(《易·系辞上》)言语成为制造祸端和解决问题的双刃剑。当时诸子发达的言语行为及其带来的言后行为,使人们认识到言语对于现实的力量,也认识到言语本身与现实之间关系的复杂及背离。因而,在《周易》的作者看来,言语行为应该遵循一个基本原则,就是合乎伦理,合乎"诚"。在《周易》论述的天地人三道中,天地之道是自然生成之道;而人道则是为人治世的法则,涉及社会和自我两方面的和谐统一。人道是对天地之道的效法,这一出发点在中国向理性时代过渡的时期,具有绝对权威性。而把人道与本来与之并无关系的天地之道联系起来的中介,就是一直发生莫大作用的伦理,伦理是自然之理、人生之理。此期许多理论都起于伦理而止于伦理,《周易》中伦理以压倒优势统摄了其他一切,修辞理论也不例外。"修辞立其诚"与古代的其他文艺理论一道,构成了强大的以伦理为中心的体系,所以在中国尽管文艺领地一直春意盎然,但是同西方相比,对修辞及创作技巧的直接而系统的研究却起步迟迟。

二、和谐与争端:修辞行为与社会协调

如果说,"修辞立其诚"等一系列修辞准则更强调对个体修辞行为的规

范性要求,那么,本节的论述则显示《周易》的话语行为理论同和谐社会构建之间的关系。

任何时代、任何社会,修辞都被纳入为意识形态服务的行为系统。中国人的生存原则中,群体共存原则占主导地位。孔子学说的核心是仁和礼,仁是礼的内质,强调人与人之间的心感意通,礼是仁的框架和外在形式,是协调群体关系的准则。[①] 在这样的社会中,修辞行为自然责无旁贷地行使着协调社会人际关系的职能。孔子提出的"克己复礼曰仁"和"非礼勿视,非礼勿听,非礼勿言,非礼勿动",把个体的行为和言语纳入社会规范体系。

社会关系通常沿着两个方向展开,一是纵向的上下长幼之间的关系,二是横向的亲朋好友以及同事之间的关系。而建立和谐社会关系的重要条件之一,则是这两个方向的社会关系之间的对话通畅和顺,互相理解。遇到难以解决的矛盾时,可以"公言之",即通过"诉讼"以判断是非;但更应该通过私下调解,以免造成矛盾冲突公开。《周易》从哲理高度探讨了修辞行为协调社会关系的问题。

(一)对话和顺产生和谐社会关系

在中国,保持和顺对话关系是建立和谐社会的前提。《周易》从宏观角度讨论了这一问题。

《咸·彖》曰:"天地感而万物化生,圣人感人心而天下和平。"《说文·耳部》"圣"字条段玉裁注:"聖从耳者,谓其耳顺。风俗通曰,聖者,声也,言闻声知情,按,声聖字古相假借。"[②] 意思是圣人善于闻声知情,通过聆听了解社会状况,和天下人形成通畅的对话关系,而不是以暴力手段强迫民众服从。《尔雅》释"君"为"群",这种"群"应是通过倾听民众心声体察民情,从而同民众形成和谐顺畅的表达与接受关系。这是在中国圣人明君不同于专制暴君的地方,也可以说是后世明君和清官情结的源头。

此外,《乾·文言》曰:"同声相应,同气相求。"声气相互应求,可以达到同类相感,《系辞上》又曰:"子曰:君子居其室,出其言善,则千里之外应

---

① 严耀中:《中国宗教与生存哲学》,学林出版社 1991 年版,第 52 页。
② 许慎撰、段玉裁注:《说文解字注》,上海古籍出版社 1981 年版,第 592 页。

之，况其迩者乎？""二人同心，其利断金，同心之言，其臭如兰。""言同"意味着"心同"，彼此可以成为心心相印的朋友。在特别重视友情的中国社会，这些理论引导了人们对"知心""知音"、"知交"、"知己"的追求，从而产生了中国历史上众多"为知己者死"的感人故事，后世人们往往把这些重情义的人视为行为楷模。中国古代的私人生活通常在家族和朋友两个群体中进行，后者的结合契机主要是"相知"，而言语和顺、心灵沟通的人际关系，在古代也促进了社会的团结和稳定。

（二）通过言辩解决社会争端

《周易》中"讼"卦提出以言语解决社会矛盾。《说文·言部》："讼，争也。"段玉裁注："公言之也。"[1] 即通过言辩公开矛盾以待社会裁决。

在实行原始公有制的氏族社会，因为没有私有财产，每个人，无论是他自身（包括他的肉体和意识）还是他的收获物，都属于神和部落集体。部落成员之间即使发生矛盾，也全凭神及其代言人的意志裁决。进入私有制社会后，人们在认识到自己所拥有财产的同时，又意识到自己的一些权利，为了争得自身权利而产生的矛盾越来越多且复杂，寻求解决矛盾的手段也越来越实际，解决这种矛盾的非暴力手段——诉讼也随之产生。

《周易》主张通过诉讼言辩解决矛盾，但整个过程必须"中正"，"其辩明也"，才能"讼元吉"。《贲·象》又曰："君子以明庶政，无敢折狱。"另《噬嗑·象》曰："噬嗑，亨，利用狱。"对于社会来说，要消除隔阂矛盾，就必须"用狱"；但另一方面，过激的、过于频繁的诉讼，在当时或许加深了矛盾，引起了社会动荡，更何况有的诉讼并不能得到公道的解决，所以《周易》反对用过激言辞诉讼。如《序卦》曰："饮食必有讼，故受之以讼。讼必有众起，故受之以师。"人的基本生活问题也会引起纷争诉讼，造成兴师动众，即使"以讼受服，亦不足敬也"（《讼·象》）。

"讼"卦的象是"天与水违行"，天与水所行方向互相违背，因而最好是息讼，因为"讼，有孚窒惕中吉，刚来而得中也。终凶"（《讼·象》）。"凶"，挛乳为讻或兇，丁山认为，"兇，像人跪而哗讼其罪。口有所讪形。"甲骨文

---

① 许慎撰、段玉裁注：《说文解字注》，上海古籍出版社 1981 年版，第 100 页。

"兑",象征口说歪曲,讼于公庭,口说不直,即成罪过。① 可见,贬义色彩十分浓厚的词"凶"在词源上与诉讼相关。

后世《焦氏易林》亦曰:"坐争立讼,纷纷匄匄,卒成祸乱,灾及家公。"② 把个人之间的矛盾诉诸公众,吵吵嚷嚷,往往会伤害感情,使矛盾更趋尖锐,甚至导致过激的复仇行为,给诉讼双方带来更大损失。

可见,《周易》对待诉讼采取的是辩证态度,即"讼"可以作为解决人际矛盾的一种有效手段,但应尽量少用,更多地还是应该采取双方克制、语言调解的方法,即"不永所事,讼不可长也;虽有小言,其辩明也"。金景芳先生在解释"讼"卦时则曰:"讼卦初爻无讼字,此上爻亦无讼字。初爻无讼字,杜讼之始;上爻无讼字,恶讼之终。其中体现了作易者反对争讼的思想。"③

西方修辞产生于发达的法庭诉讼和演讲,亚里士多德把古希腊盛行的演说按听众的种类分为三类,即政治演说、诉讼演说和典礼演说。由于当时有一些被放逐后回归城邦的贵族,需要通过诉讼收回自己被独裁政府没收的土地和财产,而遗产的继承和工商业界的钱财纠纷也都频频引起诉讼,当时诉讼演说十分发达,所以亚里士多德之前的修辞研究只重视诉讼演说,目的在于打动陪审员的情感以获得有利判决。④

而中国人则不愿打官司、上法庭,尽量避免将个人之间的矛盾公诸于众,避免大庭广众之下的言语争端,提倡用温和的言语沟通,以缓和的手段去调解,从而尽量少用刑杀、争讼等过激手段,这在《周易》里就已经有所反映。这种历时久远的习俗使得中国社会的人情化氛围更浓,但另一方面这或许也是造成中国数千年发展历程中法制薄弱、法律意识淡薄的原因之一。

三、阳刚阴柔与诗性言说:传统修辞风格之源

《周易》以乾坤二卦作为六十四卦之首,是将天地乾坤视为万物生成本

---

① 丁山:《中国古代宗教与神话考》,上海文艺出版社 1988 年版,第 37 页。

② 尚秉和注、常秉义点校:《焦氏易林注》,光明日报出版社 2005 年版,第 344 页。

③ 金景芳、吕绍纲:《周易全解》,吉林大学出版社 1991 年版,第 82 页。

④ 见罗念生:《〈修辞学〉导言》,〔古希腊〕亚里士多德:《修辞学》,罗念生译,北京三联书店 1991 年版,第 8 页。

源,而乾刚坤柔的定位为后世修辞风格定下了基调;以一整套卦象系统象征世间万事万物的生成变化,穷极阐发天下奥秘,成为后世华夏"立象尽意"式诗性言说的源头。

(一)阳刚阴柔与传统修辞风格

《周易》对宇宙间万事万物的基本哲学分类是乾坤二元的,乾坤分别取象于天地阴阳男女,由二元演绎出无穷多元,即"天一,地二,天三,地四,天五,地六,天七,地八,天九,地十。天数五,地数五,五位相得而各有合。天数二十有五,地数三十,凡天地之数五十有五。此所以成变化而行鬼神也"(《系辞上》)。

在古人眼中,乾坤分别有着处于两极的独特品性:乾道刚健正大,坤德柔顺深厚,刚柔为万物之本:二者相济摩荡,而生变化。所以《周易》屡屡提及"刚柔"二字。

在刚柔的分布方面,《周易》的基本观点如下:

刚柔居于两极地位时,刚主柔次,刚占据统领地位,即"天尊地卑,乾坤定矣"(《系辞上》)。"《周易》64卦以乾卦据首,这一点不简单,反映殷周之际人们观念上的一大变化。殷人重母统,所以殷易《归藏》首坤次乾,周人重父统,所以《周易》首乾次坤。周代的几乎所有的制度都反映着首乾次坤的概念",首乾次坤的分布在深层反映了社会意识形态的重大变化:"殷道亲亲",强调血缘关系,氏族制影响甚重;"周道尊尊",强调政治关系,阶级社会已完全确立。①

与变殷之"坤乾"为首乾次坤相应,《周易》中"刚""柔"并举时,"刚"总是居于"柔"前,处于主位,如"刚决柔"(《夬·彖》),"刚柔分而刚得中"(《节·彖》),"刚上而柔下雷风相与"(《恒·彖》),"刚上而柔下巽而止蛊"(《蛊·彖》),而"刚失位而不中是以不可大事也"(《小过·彖》),"柔皆顺乎刚"(《巽·彖》),这说明由于政治、经济、军事等多方面原因,当时的时代审美风气也在转向崇尚阳刚,《周易》话语简短有力,多用判断句式、决断口吻,表明它引领了当时刚健的修辞风尚。

---

① 金景芳、吕绍纲:《周易全解》,吉林大学出版社1991年版,第2、32页。

作为对立两极的刚柔,时时交融,缺一不可。即"刚柔交错,天文也,文明以止,人文也"(《贲·彖》),"刚柔相推,变在其中矣"(《系辞下》)。

刚柔同处时,"刚中而柔外"(《兑·彖》),"内阳而外阴,内健而外顺"(《泰·彖》),这种内刚外柔的分布特点在古代很多修辞行为中表现出来,如《庄子》外表豁达随意,内里却满腔愤懑;历代讽谏大多听上去毕恭毕敬,却有一股咄咄逼人的内在力量。所以,古人所谓"温良恭俭让",并非一味软弱退让,而是有着内在的强硬。

刚健和柔顺融入了所有被纳入阴阳系统的事物,当具有阴阳两种品性的事物进入文艺作品时,可以给作品带来刚烈和柔婉两种不同修辞风格。在古代诗文中,我们既可以看到频频出现高山瀑布、骤雨雷霆,也可以看到花鸟草虫,清泉朗月,"关东大汉"和"二八娇娃"的讴歌并存。而中国古代一些文学审美范畴也与阳刚阴柔有关,如著名的"气韵生动"说,徐复观认为,阴阳刚柔,皆一气之变化,气,实指的是表现在作品中的阳刚之美;韵,实指的是表现在作品中的阴柔之美,而气和韵,不可能绝对分离。①

二元分割的思维方法普遍存在于各个民族的审美活动中,西方美学有"崇高"和"秀美"两种对立的审美范畴。古罗马朗吉弩斯有专著《论崇高》,他认为大自然"一开始就在我们的灵魂中植有一种所向无敌的,对于一切伟大事物、一切比我们自己更神圣的事物的热爱。因此,即使整个世界,作为人类思想的飞翔领域,还是不够宽广,人的心灵还常常超越过整个空间的边缘。总而言之,一切日用必须的事物,人们视为平淡无奇,他们真正欣赏的,却永远是惊心动魄的事物"②。朗吉弩斯提出崇高语言的五个主要来源:庄严伟大的思想,强烈激动的情感,这两个条件依靠天赋。此外有运用藻饰的技术,高雅的措辞,整个结构的堂皇卓越。而这一切的前提是掌握语言的才能。③朗吉弩斯所说的"崇高"强调激情、浪漫,引起的审美效果是"狂喜"、"惊叹","起着横扫千军、不可抗拒的作用"④。朱光潜曾评价说:"朗吉弩斯的理论和批评实

① 徐复观:《中国艺术精神》,春风文艺出版社1987年版,第154—155页。
② 伍蠡甫主编:《西方文论选》,上海译文出版社1979年版,第129页。
③ 同上书,第125页。
④ 同上书,第122页。

践都标志着风气的转变:文艺动力的重点由理智转到情感,学习古典的重点由规范法则转到精神实质的潜移默化,文艺批评的重点由抽象理论转到具体作品的分析和比较,文艺创作方法的重点由贺拉斯的平易清浅的现实主义倾向转到要求精神气魄宏伟的浪漫主义倾向。"① 18 世纪英国博克则比较了"崇高"与"美"的特点:"崇高的对象在它们的体积方面是巨大的,而美的对象则比较则比较小,美必须是平滑光亮的,而伟大的东西则是凹凸不平和奔放不羁的;美必须避开直线条,然而又必须缓慢地偏离直线,而伟大的东西则在许多情况下喜欢采用直线条,而当它偏离直线时也往往作强烈的偏离;美必须不是朦胧模糊的,而伟大的东西则必须是坚实的,甚至是笨重的。它们确实是性质十分不同的观念,后者以痛感为基础,而前者以快感为基础。"②

《中国美学史》比较了《周易》的阳刚和阴柔之美与西方崇高和秀美之间的区别:

> 壮美与优美是现实生活客观存在的美的两种不同的形态。《周易》显然记录和反映了我们的祖先在长期的生活斗争中对于壮美的事物的感受,并且开始产生了对于壮美的观念。这种观念同西方美学中的"崇高"有共通之处,但又不同。主要之点在于中国美学所说的壮美是在对人的力量的正面的积极的肯定中显示出来的,它把人的情感引向昂扬振奋,不伴随痛感,不强调恐怖、灾难、悲剧、丑怪的因素,极少有宗教崇拜的意味中国的美学中所说的壮美的感受,基本上是直观到的人的力量的强大卓越而产生出来的一种欢乐向上的情感,没有神秘、压抑、阴沉的感觉。一般说来,中国美学是把一切不吉利的东西、病态的东西、给人带来灾难的东西排除在壮美之外的。③

和西方相比,《周易》在指出二元差异的同时,又强调二元并存的重要性。正是在这种哲学基础之上,中国古代阳刚和阴柔的修辞风格很少出现明

---

① 朱光潜:《西方美学史》(上卷),人民文学出版社 1979 年版,第 115 页。
② 北京大学哲学系美学教研室编:《西方美学家论美和美感》,商务印书馆 1980 年版,第 123 页。
③ 李泽厚、刘纲纪:《中国美学史》(先秦两汉编),安徽文艺出版社 1999 年版,第 295—296 页。

显按时代更替的现象,更少出现时代的思潮更替的现象,往往是在一个时代、一个作家身上,阳刚和阴柔的风格可以并存。如鲁迅说过陶渊明不仅有"采菊东篱下,悠然见南山"的飘逸,还有"刑天舞干戚,猛志固常在"的"金刚怒目",著名婉约派词人李清照也有"生当作人杰、死亦为鬼雄"的豪壮诗句。可以说,《周易》为这种二元共存的修辞格局提供了最早的、也是十分完善的哲学前提。

(二)诗性言说与传统修辞方法

立象尽意的诗性言说为古代修辞营造了浓厚的抒情风格,其方法源自《周易》。

《周易》呈现为一个象与言组合的语义系统:卦爻之象组成的符号体系,修辞化地传达了天地之意;而对这些符号进行的修辞化阐释,又将卦爻之象的语义覆盖扩展到整个社会。

面对天地万物,《周易》采用的是隐喻式修辞认知方式:天彰象,地显法,鸟兽之文与地之宜,诸身、诸物都被纳入一个相通互联的大系统,这种对天地万物的特有诗意化认知,被凝缩为象:"圣人有以见天下之赜,而拟诸其形容,象其物宜,是故谓之象。圣人有以见天下之动,而观其会通,以行其典礼,系辞焉以断其吉凶,是故谓之爻。"传说中物象选取到卦象制成,是一个玄奥而充满诗意的过程:"参伍以变,错综其数,通其变,遂成天下之文,极其数,遂定天下之象。范围天下而不过,曲成万物而不遗。""天地变化,圣人效之,天垂象,见吉凶,圣人象之。"(《系辞上》)每一个象都象征性地代表了同类的事理,让接受者根据具体语境领悟其中的语义,这就让象具有了极为丰富的语义蕴含。

因而,在阐释层面,卦爻之象作为"元符号",成为古人阐释社会人事的依据。由象生意,据卦系辞,高度浓缩的象转化为言语,借助修辞化语义扩展的过程,达到对宇宙神明万事万物的领悟。而《周易》逐步脱离图像,正是古人对天地人系统中诸类事物的体认符号化、语言化的过程。

《周易》处处以自然万物中蕴涵着的玄理作为自己的立论依据,但又处处将这样的玄奥之理融入不分巨细的日常事务中,开启了后世修辞诗学的思路:

在修辞理论方面,曹丕《典论》以生成万物的阴阳五行去解释自然事物的美,《文心雕龙》里,文与自然之道的联系更为紧密而鲜明,其首篇《原道》开宗明义,将"与天地并生"的"道之文"视为人之文的源起:

> 文之为德也大矣,与天地并生者何哉! 夫玄黄色杂,方圆体分,日月叠璧,以垂丽天之象;山川焕绮,以铺理地之形:此盖道之文也。
>
> 人文之元,肇自太极。……言之文也,天地之心哉!
>
> 道沿圣以垂文,圣因文而明道;(辞)之所以能鼓天下者,乃道之文也。

在创作方面,汉大赋把对世界的满腔热情倾注到对物的歌颂上,抒情小赋把自然与个人情性的吟咏融在一起,魏晋时期人物审美品藻融合于自然之象。似乎是对天地生成的自然规则的敏感稀释了理与诗、与自然之间的不兼容,古代诗人不仅把山水田园视为人生寄托,同时也作为理的修辞载体,总之,中国源远流长的诗文传统是在自然和人事的融汇中延续的,中国古代文体也因此始终洋溢着浓浓的诗意,《周易》成为这种传统修辞风格的源头。

卡西尔说到西方早期关于天空的观念时说:"人在天上所真正寻找的乃是他自己的倒影和他那人的世界的秩序。人感到了他自己的世界是被无数可见和不可见的纽带而与宇宙的普遍秩序紧密联系着的——他力图洞察这种神秘的联系。因此,天的现象不可能是以一种抽象沉思和纯粹科学的不偏不倚精神来研究的。它被看成是世界的主人和管理者,也是人类生活的统治者。为了组织人的政治的、社会的和道德的生活,转向天上被证明是必要的。似乎没有任何人类现象能解释它自身,它不得不求助于一个相应的它所依赖的天上现象来解释自身。"[①] 在中国,《周易》作者们立足于人事,将目光投向寥廓而又充实的宇宙,他们在天地之道之中寻求合理的为人之道,发展出指导修辞行为的终极规则,这些规则在后世或隐或显,始终伴随着中国人的修辞活动,成为中华文化的一个较为稳定的组成部分。

---

① 〔德〕E.卡西尔:《人论》,甘阳译,上海译文出版社1985年版,第62页。

上篇　话本小说
修辞诗学研究

第四章 从"小说"到话本：话本小说修辞诗学研究之一

一般认为，中国小说以神话为发端，以传说、寓言和志人、志怪为先河，在唐传奇出现时开始兴盛。而话本小说①作为传统的散文体叙事文学体裁，在题材选择的广泛性、人物塑造的鲜活性、语言模式的定型、体例的完备和稳定方面都已经成熟。从"小说"萌芽，直到话本的成熟和兴盛，经历了漫长的时间，小说文体面貌及其地位的改变，见证了不同社会语境下，表达和接受群体分布格局的变化，表达和接受的趣味变化，以及这些群体对于外部和内部世界认知的变化。虽然历经长期变化，但"小说"的最初语义还是在不同程度上决定了小说文体的修辞特点。

一、"小说"的语义和话本小说的文体建构

《中国古代小说演变史》把中国古代小说的发展分为 6 个时期，即准备期（从远古至先秦两汉）、成熟期（魏晋至唐）、转变期（宋元）、繁荣期（明代）、

---

① 本书分析的话本小说篇目来自"三言二拍"，"三言二拍"中有修改加工过的话本和文人作品，但都符合典型的话本小说体制，同被视为话本小说文体成熟的代表。参见石昌渝：《小说》，人民文学出版社 1994 年版，第 138 页。

高峰期（清初至清中叶）、演进期（清代末期古代小说演进为近代小说）①。综观古代小说的演变可知，从准备期开始，古代小说文体及语体的每一次关键性进展几乎都与当时活跃的言谈、汹涌的话语相伴随。

（一）"小说"的语义：言谈大潮与语体选择

文字符号"小说"最早出现于《庄子·外物》，指称的是当时一种流行的话语现象：

> 饰小说以干县令，其于大达亦远矣。

在上古汉语语境中，单音节词占优势，"小说"是可以拆开理解的偏正短语。对于"小说"中心词"说"的解释，许慎《说文》曰："说，说释也，从言、兑，一曰谈说。"段玉裁注："说释，即悦怿。说、悦、怿，皆古今字"。《广韵·薛韵》："说，喜也，乐也，服也。"

因此，"小说"中心词"说"的语义为：

一是向人谈说的创作和传播方式；

二是用谈说使人信服的劝说功能定位；

三是用谈说使人悦怿的审美功能定位。

"小说"以"口头谈说"为特征的粗放的创作和传播形式，使它不得不接受"小"的美学规定，而"小"包含如下语义特征：

＋短小＋浅薄＋琐碎＋低微

当"小"与"说"从偏正式短语发展为合成词后，"小"与"说"的义素也经整合，成为"小说"产生之初就拥有、后来长时期延续的修辞特点：

> "小说"是简短浅薄琐碎的、让言者与听者信服并体验到愉悦的闲杂"言谈"。

虽然，在庄子之类的哲人眼中，浅薄粗陋的"小说"与明达大智的"大达"，处于从理性义到感情色彩义都截然相反的反义义场：其话题、语料、境

---

① 齐裕焜主编：《中国古代小说演变史》，敦煌文艺出版社 1990 年版，第 2—5 页。

界、社会功能、表达和接受者的知识结构和社会地位等，都相去甚远；哲人对"小说"和"大达"的评价高低也十分明显。但这种经过"饰"以后也可以"干县令"的"小说"，却与"大达"共同合成了当时蓬蓬勃勃的言谈大潮。

人类历史上话语的发生量并不总是均匀分布的，在某些言说特别活跃、发达的时期，各类话语会像潮水般汹涌而至。在雅斯贝尔斯所说的"轴心期"，中国和其他一些伟大民族一样，第一次迎来历史上的思想争鸣：

春秋战国是一个社会剧烈动荡的时代，经过对以往殷商借助鬼神奴役人民的历史检讨，人的地位得到提高。理性思潮由此开始涌动。"到东周后期，随着生产力的发展，……使得本来是同贵贱等级的区分联系在一起的贫富的区分发生了日益激烈的变化。贵者贫而贱者富的现象大量出现"，"战国时期多次反复的激烈争夺，以宗族制形式组织起来的早期奴隶制终于土崩瓦解"。① 社会关系经过重新组合，以往只有神职人员和君王可以言说的状况被打破，可以参与言说、拥有不同层级话语权的人群数量扩大到前所未有的规模。

权力的重新分配需要雄厚的实力较量，各诸侯国都在利用包括武力、智慧在内的所有手段以获得霸主地位，新形势刺激了社会上有能之士施展身手的欲望，即使是布衣下士，也有了在政治舞台上游说的机会，国与国之间的较量、人与人之间的比拼激烈地展开。经过新旧势力的各种较量，奴隶主阶级中不受原有宗族关系束缚的势力逐渐强大，原有的人际地位发生松动和改变，人的雄心、创造性以及各方面潜能都受到激发，人的活动、生存状况、人的各种理想等，都受到空前的重视。人与人之间的关系变得复杂和活跃，围绕人的事件变化也相应呈现出更为新鲜奇异的面貌。在这样的新形势下，以往人们对神的关注转移到人自身，复杂动荡社会中各类新奇有趣的人事，激起了人们普遍的叙述兴趣。在知识分子著书立说，从各个角度宣讲"大达"时，下层小民也在用自己的日常语言，议论着与自己关系密切的"琐事"。知识分子的滔滔雄辩，下层小民的精彩描述，共同构成了当时空前繁盛的"人的言说"大潮。而"小说"和"大达"，虽然来自不同的阶层，在那个步入理性的时代，却共同选择了散文体语言。

---

① 李泽厚、刘纲纪：《中国美学史》（先秦两汉编），安徽文艺出版社 1999 年版，第 58 页。

意大利美学家维柯认为,人类语言经历了与人类历史相应的三个分期:"神的时代",用象形符号和实物表意的神秘语言,人祈求神通过预兆和神谕指导其行动;"英雄时代",用英雄徽志表意的象征性语言;"人的时代",使用便于日常生活交流的民众语言①。从英雄时代到人的时代,语词符号的语义功能因与人的生活密切相关而受到关注,"便于日常生活交流的民众语言"成为流行语言。以往"诗体独尊"的文体格局由此改变,散文体应时代需要而生。

洪堡特则这样说明诗歌和散文的实质区别:"诗歌通过想象力把感性的现象联系起来,并使之成为一个艺术—观念整体的直观形象。散文则恰恰要在现实中寻找实际存在的源流,以及现实与实际存在的联系。因此,散文通过智力活动的途径把事实与事实、概念与概念联系起来,力图用一种统一的思想体现出它们之间的客观关系。"②

散文体的出现,显示了人类思维史和创作史的重大变化:注重冷静审慎的思考,注重事件因果和语言的逻辑关系,成为那个时代的重要思维方式。"文学散文的诞生首先是在一个民族摆脱了自然的淳朴的状态而进入更为自觉的人为的文明生活的时候,在这个时期以前,全部文学都是诗的。历史仅仅在英雄故事中被人们所认知,这就是说,在那里,还没有为了显然和质朴的事实而去探索过去的事件,在那里,保留下来的一些过去事件只是用诗的形式使其具有诗的生动之美的外形的观念。"③

在中国,由于对现实及其变化发展投以极大关注,由于社会生活日渐复杂、道德衰微,饰以韵律的古老格言不敷应用,出现了散文的两种主要样式:"历史的或记述的和教诲的或阐述的散文"④,而在历史记述中,私人参与史书编纂,"打破了官方史记刻板、简明的固有模式,表达的需要,表述的自由,个人才华和特点的发挥,都使此时的记述散文在语言表述艺术方面有了长足的发展,而且形成了各自不同的风格和偏重"⑤。日益丰富的历史叙述和"教

---

① [意]维柯:《新科学》,朱光潜译,人民文学出版社 1986 年版,第 26—27 页。
② [法]W. 洪堡特:《论人类语言结构的差异及其对人类精神发展的影响》,姚小平译,商务印书馆 1997 年版,第 224—225 页。
③ [德]歌德等:《文学风格论》,王元化译,上海译文出版社 1982 年版,第 12 页。
④ 同上书,第 12 页。
⑤ 廖群:《中国审美文化史·先秦卷》,山东画报出版社 2000 年版,第 323 页。

诲的或阐述的散文"成为后世小说叙述的两种不同类型的重要借鉴。

散文体语言,同时为"大达"和"小说"提供了丰富的"语料库"。因而,言谈大潮带来的不仅仅是话语量的增加,更有质的提高。《论语·宪问》记载了公文成文的流程:"为命,裨谌草创之,世叔讨论之,行人子羽修饰之,东里子产润色之。"可见当时为文十分注重修改润饰。虽然与"大达"相去甚远,"小说"并不被看好,但这并没有削减"小说"创作与传播者的热情。积极参与言谈,兴致勃勃地粉饰"小说"的谈资,以求得人们的赞美,似乎成为当时的一种风气;而"小说"的接受者,则公正地给以那些"饰""小说"的人以美好的名声。

"小"与"说"的语义规定,使得古代"小说"外延十分宽泛。广义的古代"小说",几乎没有什么题材和形式的严格限制,闲谈琐语都可以进入其中,因而直到明清它仍然作为丛谈杂记的总称。胡应麟《少室山房笔丛·九流绪论下》对作为"小说"的丛杂著作进行分类:"小说家一类,又分为数种:一曰志怪,《搜神》、《述异》、《宣室》、《酉阳》之类是也;一曰传奇,《非燕》、《太真》、《崔莺》、《霍玉》之类是也;一曰杂录,《世说》、《语林》、《琐言》、《因话》之类是也;一曰丛谈,《容斋》、《梦溪》、《东谷》、《道山》之类是也;一曰辩订,《鼠璞》、《鸡肋》、《资暇》、《辨疑》之类是也;一曰箴规,《家训》、《世范》、《劝善》、《省心》之类是也。"《四库全书总目》对"小说"的分类为:"迹其流别,凡有三派:其一叙述杂事,其一记录异闻,其一缀辑琐语也。"冯梦龙《醒世恒言》序则曰:"六经国史之外,凡著述皆小说也。"以现代文体分类看,以上很多作品或文体不能划归小说,然而上述分类在当时却因"小""说"的语义规定而有其合理性。作为文学文体分类的小说,保留了"小说"的语义基因,成为广义"小说"的主要构成。在宋元以后,话本小说和长篇章回小说,因势头强劲,占据了"小说"文体的主要空间。

(二)"小说"到话本:小说的传播和文体形成

卡冈认为"体裁"即"艺术创作的选择性",文体"选择性"的因素包括:艺术认识的对象在某种程度上制约着艺术认识的手段,对象的选择制约着体裁选择的结果;艺术家选择的前提,在于历来展现在艺术家面前的体裁可能性的丰富性;艺术家在创作中总是面临着或多或少选择体裁的必要性,他觉得自己的选择对于创作应是最佳的,如果已经存在的体裁不能使他满意,艺术家就会去着手寻找新的结构——或者改变现存的结构,或者融合以往数种体裁,或者构筑全新的体裁。①

"小说"是应丰富多彩的城市生活和数量庞大的市民群体的需要而产生的:传统发达的诗体文学和历史已经不能满足城市接受群体的需要,这些促使作家去改变既有的文体结构,构筑适应新形势的文体。此外,创作主体和接受主体、创作语境和接受语境等的变化,促使文学话语的聚焦目标转移,这些都成为新的叙事文体建构的重要因素:

公元前 5 世纪以前,中国已有一些在军事、政治以及经济方面发挥作用的城市,及至战国,城市建筑进入空前活跃的时期,全国约有二三十个繁华的大城市,《战国策·齐策》记载了苏秦所描绘的齐国临淄的繁华景象:"车毂击,人肩摩,连衽成帷,举袂成幕,挥汗成雨,家殷而富,志高而扬。"经济发展导致大量有明确分工的手工业出现,《墨子·节用》中,就列举了天下"各从事其所能"的群百工,如轮、车、鞼、鞄、陶、冶、梓、匠等。手工业和农业的发展促进了商业繁荣,促使城市人口数量和质量上升,城市建制也出现相应布局:当时的大郭有官员和民众的居住区,以及集中经营手工业和商业的"市"。小城也即宫城,是国君和贵族的居所,宫殿周围有大批官营的手工业作坊。② 商品经济的不断发展带来了原有社会结构的变更,促成了城市街巷的增多。班固《汉书·艺文志》序曰:"小说家者流,盖出于稗官,街谈巷语,道听途说者之所造也。"早期极为简陋的"小说",其创作与传播空间主要为人烟较为稠密的"街巷"、"道途",其记录者为有文化但地位低下的小官吏即"稗官",其创作形式为"谈说"。

作为"大达"之外的简陋却很普遍的话语方式,"小说"自萌芽起,就从下层创作和传播渠道获得动力,获得生命。所以《汉书·艺文志》序在肯

---

① ［苏］莫·卡冈:《艺术形态学》,凌继尧、金亚娜译,北京三联书店 1986 年版,第 418—419 页。
② 杨宽:《战国史》,上海人民出版社 1998 年版,第 118—131 页。

定"小说""致远恐泥"的同时,又说它"然亦弗灭也。闾里小知者之所及,亦使缀而不忘、如或一言可采,此亦刍荛狂夫之议也"。源于街谈巷议、道听途说的"小说",虽然其地位不能与经典文学"大达"相比,所以"君子弗为",但其"必有可观"以及"缀而不忘""一言可采"的特点,使它在民众中广受欢迎,从而具有了"不灭"的生命力。《汉书·艺文志》中"小说"开始正式进入"艺文"行列:"九流十家"中"小说家"类收了15种书,1300多篇文,这些短文内容庞杂,是各类"言谈"内容的展开,但却为小说的出现奠定了基础。

在古代城市逐步发展的过程中,在"街巷"、"道途"这个人口密集、充满活力的开放性空间里,"小说"也逐步发展起来,成为精彩的城市话语景观:

唐代以前,中国城市的性质和作用长期没有大的改变,城市建制、结构、规划和管理体制大都沿袭前代。但唐代以后,城市格局发生了极大变化,变化的一个显著特点是以大中城市为中心形成的消费市场高度繁荣,刺激了由于经济发展、收入增加、人口膨胀、城市生活活跃而形成的各种消费行为[①],简略粗放的对于事件的"谈"和"议"已经不能满足那些有钱有闲的接受群体的审美需求,小说文体随之形成。鲁迅《中国小说史略》说:"小说亦如诗,至唐代而一变,虽尚不离于搜奇记逸,然叙述宛转,文辞华艳,与六朝之粗陈梗概者较,演进之迹甚明,而尤显者乃在是时则始有意为小说。"[②] 与唐相比,北宋的城市结构和面貌的变化更大:唐代城市实行里坊制,为了方便管理和治安,市民居住的里坊和市场用方格状道路系统划分开,坊墙、坊门和市墙、市门朝开晚闭,这种封闭式布局影响了社会经济和市民文化的发展。里坊制度在北宋被逐步打破,转向开放型内部空间结构;不再集中设市,取而代之的是许多商业街,给当时的商业发展提供了空间和时间方面的便利。这样一来,城市人口结构也发生了很大变化,从事工商业人口和流动人口数量大大增加。农业、手工业、商业、对外贸易以至科学技术都蓬勃发展起来,很多城市不仅成为政治中心,同时也是工商业集结中心、文化教育中心。这种相

---

① 宁欣:《唐宋都城社会结构研究——对城市经济与社会的关注》,商务印书馆2009年版,第149—150页。

② 鲁迅:《中国小说史略》,人民文学出版社1973年版,第54页。

对开放的城市空间,发达的经济和社会生活的世俗化,使文化消费也趋向俗民化。这些变化,不仅为话本小说提供了更为开阔、方便的传播时间和空间,且提供了大量的素材和接受者,小说进入创作和传播高潮。

(三)从"小说"到话本:小说的文体地位

道出来的"大达(道)"和说出来的"小说",其言说方式的不同,决定了二者之间的本质差异,而"小说"【+短小+浅薄+琐碎+低微】的先天性文体义素特征,决定了它长期处于边缘文体地位。因而班固《汉书·艺文志》序曰:"孔子曰:'虽小道,必有可观者焉,致远恐泥,是以君子弗为也。'……诸子十家,其可观者,九家而已。"

文学史的大多数时期,文体都有等级之分。由此产生了中心文体和边缘文体。这两类文体的区分,往往依据它为官方意识形态认可的程度,依据它在社会上占据传播空间的性质。

任何一个社会的官方意识形态都会青睐一些特有的文体形式,把它们作为统治思想传输的载体,这些文体往往在意识形态鲜明的社会中雄踞稳固的中心地位,拥有更广阔的传播空间。而边缘文体大多不为官方看好,它与官方意识形态的关系也很复杂。

在大多数情况下,中心文体占据强势地位,上层社会也总为中心文体提供正规传播渠道和手段,如学校教育、人才选拔考试、主流媒体等,中心文体传播群体虽然基本上限于知识阶层之中,但总能得到保障。而边缘文体则往往受到来自上层的有意挤压,不过,如果遇到合适的社会语境,边缘文体也会因受者甚众而占据社会主流文体地位,并形成强大的冲击力。

从总体看来,游荡于边缘的文体总是与社会底层联系密切,也因此被烙上"低下"的胎记。例如在西方,古希腊罗马时期就已经有体裁的等级存在,文艺复兴时期,拉伯雷因作品中鲜明体现了民间文化而受到排斥:"他从十六世纪末开始每况愈下,在向正宗文学的最边缘滑去,直到不知不觉几乎完全滑到正宗文学的门外。"[①] 西方的体裁等级观念盛行于 17 世纪,"每种

---

① [苏]巴赫金:《弗朗索瓦·拉伯雷的创作与中世纪和文艺复兴时期的民间文化》,钱中文主编《巴赫金全集》第六卷,河北教育出版社 1998 年版,第 75—76 页。

艺术的体裁和它们的等级对比关系的划分成了古典主义美学的一个奠基的和稳固的理论——思想原则。体裁被视为某种艺术的这样一种结构形态,它具有一定的审美价值尺度,后者取决于被描绘的对象具有何种社会——审美价值,以及采用的风格手段按其审美体系('崇高'风格或者'卑下'风格)而言在何种程度上符合于被描绘的对象"①。当时,悲剧和喜剧,英雄颂诗和讽刺诗等文体构成"崇高"和"低下"的两极。启蒙主义时期,推翻体裁本身高下的区分成为启蒙者的任务,由此而出现启蒙文学的"中间体裁":"拥有最高价值的不是神话的虚构,也不是国王和达官显贵的生活,而是普通人的现实生活。"②体裁作为衡量作品本身高下的首要"元标准"的状况,在西方由此得到改变。由此可见,边缘或"低下"文体对中心或"崇高"文体的冲击,与社会形态的改变关系密切。

中国自汉代起,《诗》、《书》、《礼》、《易》、《春秋》就被列为"五经",唐代有了九经,及至宋代有了《十三经》,这些都是影响深广的儒家经典,与之相匹配的是历时久远、牢固占据封建时代思想文化领域的经学。中国素有修史传统,《春秋》和"三传"皆被列为儒家经典,至清乾隆年间,"二十四史"涵盖了从《史记》到《明史》的史书,记载黄帝到明末四千多年的历史。赋体则行使了对帝国统治者的歌颂和讽谏双重功能。而诗尤其是近体诗,展现了古代知识分子特有的审美思维,其创作和接受者汇聚了几乎整个知识分子群体,一些诗也在不同程度上为官方所用,所以诗在中国文体系统中始终保持强劲势头。古代"经"与"小说"的社会功能分化,"史"与"小说"的叙述功能区分,"诗"与"小说"的风情趣味分化,都长期压迫着小说的生长空间。因而,虽然传说中的"小说"起源很早,《喻世明言·叙》曰:"史统散而小说兴。始乎周季,盛于唐,而浸淫于宋。韩非、列御寇诸人,小说之祖也。"但从"小说"兴起到话本体制的成熟,还是经历了漫长的时间。

作为华夏本土的概念,"小说"经历了一个由非文体到文体,一个由所指多元、弹性极大的概念,发展到所指较单纯、明晰的文体概念的过程。虽然

---

① ［苏］莫·卡冈:《艺术形态学》,凌继尧、金亚娜译,北京三联书店 1986 年版,第 47 页。
② 同上书,第 48 页。

这个过程极其漫长,但"小"的审美性质,"说"的创作和传播方式,总是制约着小说的文体建构,即使是体制成熟的话本,仍然保持了"小说"修辞与生俱来的俗民性、愉悦性和口头性特征。

二、"小说"到话本的俗民性修辞特征

古代"小说"从萌芽开始,就主要是作为俗民叙事形式出现的。庄子时代的"小说",虽然只是浅薄的言谈,但它却是那个特定时代的一种新兴话语方式,其讲述者和被讲述者都是开始引起人们注意的一种新兴社会力量,这种特征从基因上决定了后来话本小说的俗民性修辞特征。

现在知道的中国小说的最早形式,主要有两种:大众互相讲述的故事;哲人和政治家在自己的论辩中所用的寓言。爱用寓言的庄子,其《逍遥游》中的"鲲鹏",《秋水》中的"河伯",《天地》中的"汉阴丈人"等故事,很可能当时也广泛流传于民间。无论是出自大众之口还是见于哲人的论辩寓言,"小说"所描述的人物大多来自大众。如《庄子》中削木为鐻的梓庆、宰牛的庖丁、卫国的丑男人哀骀它,都是普通人中的活跃人物。另如寓言《守株待兔》、《自相矛盾》、《刻舟求剑》等,主人公仅以做买卖的、种田的、过路人等作为其身份标志,是连名字也不用说出的老百姓。而荀子曾经讲述的一个笨人兼胆小鬼的故事,很可能本来就被当做民间奇闻:

> 夏首之南有人焉,曰涓蜀梁。其为人也,愚而善畏。明月而宵行,俯见其影,以为伏鬼也;仰视其发,以为立魅也。背而走,比至其家,失气而死。

这个小人物的故事被哲人们逐步化为寓言,被人们品味出其中所隐含的独特道理。而这些哲人和政治家以故事性极强的寓言作为自己的论说依据,也显示出当时接受者对于俗民故事的兴趣,以及对于俗民故事"真实性"一定程度的肯定。

正是在不断的讲述中,大量故事被人们赋予不一般的含义。虽然当时的故事讲述还没有形成一定规模,更没有形成真正的小说文本,但人们富于故

事意味的谈说显然已经形成一种风气,这种风气推动了小说在书写条件较为成熟后,向文本化的方向发展。

中国小说的形成与东汉以后的佛经输入密不可分。当时佛教传播的主要途径之一是在下层民众中传布民俗信仰、宣讲佛教经典,佛典中有很多文学性极强的故事,下层民众在膜拜佛祖的同时,也接受了这些叙事作品。当时相对于宣讲佛经的"僧讲",有演说世俗故事的"俗讲",唐代时,俗讲盛行,形成"街东街西讲佛经"、俗讲不断的场面,其中有的俗讲故事,内容粗鄙,为官方不容,但受到民众的欢迎。赵璘《因话录》卷四曾描述说:

> 有文淑僧者,公为聚众谈说,假托经论,所言无非淫秽鄙亵之事。不逞之徒转相鼓扇扶树,愚夫冶妇乐闻其说。听者填咽寺舍,瞻礼崇奉,呼为和尚。教坊效其声调以为歌曲。其盯庶易诱,释徒苟知真理及文义稍精,亦甚嗤鄙之。今日庸僧以名系功德使,不惧台省府县,以士流好窥其所为,视衣冠过于仇雠。而淑僧最甚,前后杖背在边地数矣。

后从俗讲发展出变文这一说唱结合的叙事文学样式,它不再依附于佛经,而增加大量世俗内容,说唱者也不全是僧侣,而增加了大量民间艺人,这种道地的民间文学,直接影响了话本小说。

话本时代,数量大大增多、人口质量也大大提高的市民,成为小说的主要描述群体和主要接受群体;与"治国"相比,话本更注重理家,因而它注重描述日常生活"小事"而非重大历史事件;大多数情况下,俗民的审美趣味和价值趋向在小说中占上风。

人物的俗化是话本的一大特色,商人、妓女、书生、下层官员、僧尼,甚至小偷流氓、泼皮无赖,都涌入小说,成为这一文体的主要表现对象,他们的喜怒哀乐、悲欢离合构成小说的内容主体。即使是一些历史上的帝王名人,也被俗化,如《警世通言·李谪仙醉草吓蛮书》,尽力渲染李白和唐明皇富于传奇色彩的交往:醉酒写诗、食鱼羹,得罪杨贵妃……即使是李白在金銮殿起草吓蛮书,也夹上一段让杨国忠捧砚磨墨、高力士脱靴结袜的充满世俗趣味的故事。而《庄子休鼓盆成大道》,则选取庄子与妻子的"情感风波"为题材,庄子成了一个爱管事又心胸狭隘的自私男人:他替娇软无力的孀妇扇坟还因此接受了妇人送的纨扇,这个超脱出了名的哲人对自己的老婆那么不放心,以至不惜大动干戈安排计策去试探她,真相暴露后,他先"叹气",又写下几首粗俗不堪的打油诗羞辱她,致使老婆自尽,而通篇小说最能显出庄子豁达超脱的地方仅仅在于他的老婆因羞惭自尽后他却无动于衷。

作为著名历史人物,王安石变法是《宋史》叙述的主要内容,而他与苏轼的交往,《宋史·列传八十六》中只写了王安石之弟王安礼"恶苏轼而安礼救之"的经过:"苏轼下御史狱,势危甚,无敢救者。安礼从容言:'自古大度之主,不以言语罪人。轼以才自奋,谓爵位可立取,顾录录如此,其心不能无触望。今一旦致于理,恐后世谓陛下不能容才。'帝曰:'朕固不深谴也,行为卿贳之。卿第去,勿漏言,轼方贾怨于众,恐言者缘以害卿也。'李定、张璪皆摘使勿救,安礼不答,轼以故得轻比。"《宋史·列传九十七》中叙述的则是苏轼和王安石之间围绕变法产生的政治分歧。而《警世通言》中,《王安石三难苏学士》叙述的却是苏轼自恃聪明,对王安石颇多讥诮,在与王的三次知识较量中落败;《拗相公饮恨半山堂》也避开王安石的变法行为本身,渲染其下位后在民间如何因变法受到责骂,最终呕血而死。

俗民的价值判断在小说中占据主导地位。中国古代有着稳固的、延续性极强的主流意识形态,儒家占主导地位的经学一直通过各种渠道进入社会思想,传统道德规范系统而发达,但在小说这一俗文体中,一些人物作出的行为选择,在很多方面背离了传统的道德规范,却迎合了俗民出自自身利益、欲望的考虑。如按照正统观点,考科举,博功名,是为了报效国家,建功立业,但在此时小说中,却是为了"今日苦尽甘来,博得好日,共享荣华"(《赵春儿重旺曹家庄》)。小说一再渲染的是当主人公做官以后如何发财享乐,如何报昔日之仇,《玉堂春落难逢夫》中王景隆借去山西做官之机,不仅把往日仇人一网打尽,而且迎回了昔日的情人。撒谎耍赖也被作为计策屡屡使用,《崔待诏生死冤家》中,秀秀同崔宁在失火的夜晚,结伴从郡王府逃出,结为夫妻,但崔宁后来招供时竟然撒下弥天大谎,把责任全部推给妻子:

> 只见秀秀养娘从廊下出来,揪住崔宁道:'你如何安手在我怀中?若

不依我口,教坏了你!'要共崔宁逃走。崔宁不得已,只得与他同走。
只此是实。

结果害秀秀丢了性命。《苏知县罗衫再合》中,客商陶公救了被强盗推入水
中的苏知县的命,但他"是本分生理之人,听得说要与山东王尚书家打官司,
只恐连累,有懊悔之意"。一些小说出现对世风日下的感叹:"近世人情恶薄,
父子兄弟到也平常,儿孙虽是疼痛,总比不得夫妇之情。……只要人辨出贤
愚,参破真假,从第一着迷处,把这念头放淡下来。渐渐六根清净,道念滋生,
自有受用"(《庄子休鼓盆成大道》),但在具体事件的处理上却仍然表现出
对荣华富贵的艳羡和迷恋。

俗民的话语方式构成小说语言的主体。人们总是用某种稳定的话语方
式表现世界,同时也以自己的稳定话语方式赋予世界以意义,由此形成特有
的话语风格。话本中虽然间或也用文言,但其中俗民话语占绝对优势。如对
于道士张皮雀吃狗肉的描写,全部用干脆利落的短句:"张皮雀昂然而入,也
不礼伸,也不与众道士作揖,口中只叫:'快将烂狗肉来吃,究要热些!'……
当下大盘装狗肉,大壶盛酒,摆列张皮雀面前,恣意饮啖,吃得盘无余骨,酒无
余滴,十分醉饱,叫道:'聒噪!'吃得快活,最也不抹一抹,望着拜神的铺毡
上倒头而睡。……只见张皮雀在拜毡上跳将起来,团团一转,乱叫:'十日十
日,五日五日。'"(《金令史美婢酬秀童》)

《大树坡义虎送亲》叙述勤公夫妇拆看应募从军儿子的书信:

　　　勤公看毕,呆了半晌,开口不得。勤婆道:"儿子那里去了? 写什么
言语在书上? 你不对我说?"勤公道:"对你说时,只怕急坏了你! 儿子
应募充军,从征安南去了。"勤婆笑道:"我说多大难事,等儿子去十日半
月后,唤他回来就是了。"

《大树坡义虎送亲》对于勤氏公婆的直接描写不多,但公婆对答使用的俗民
话语却突现了这对没有多少文化的老夫妇对独生儿子的宠爱。

即使是一些议论,话本也采用俗民声口。如《两县令竞义婚孤女》正话
的开头:

　　看官,你道为何说这王奉嫁女这一事?只为世人但顾眼前,不思日后;只要损人利己,岂知人有百算,天只有一算。你心下想得滑碌碌的一条路,天未必随你走哩。还是平日行善为高。

上段议论中"人有百算,天只有一算"的俗语,"滑碌碌的一条路"的比喻,"天未必随你走哩"中语气词的应用,以及整段议论的随和切近的口吻,都是俗民惯有的话语方式。

　　众所周知,《庄子》的语言多为玄奥难懂的哲语,排列整齐的偶句,下列句子出自《庄子·天地》:

> 以道观言,而天下之名正;以道观分,而君臣之义明;
> 以道观能,而天下之官治;以道汎观,而万物之应备。
> 故通于天者,道也;顺于地者,德也;
> 行于万物者,义也;上治人者,事也;能有所艺者,技也。
> 技兼于事,事兼于义,义兼于德,德兼于道,道兼于天。
> 故曰:古之畜天下者,无欲而天下足,无为而万物化,渊静而百姓定。

但在话本中,庄周的语言却摇身一变,成了大俗话,如《庄子休鼓盆成大道》中庄子回答妻子田氏的对话为:"莫要弹空说嘴。假如不幸我庄周死后,你这般如花似玉的年纪,难道挨得过三年五载?"这位大哲人庄子以假死考验妻子的贞节后,愤激之下写了两首诗:

> 从前了却冤家债,
> 你爱之时我不爱。
> 若重与你做夫妻,
> 怕你巨斧劈开天灵盖。
>
> 你死我必埋,
> 我死你必嫁。
> 我若真个死,
> 一场大笑话。

这两首打油诗与前面所列《庄子·天地》中的语言比较,更显其极度通俗意味。不难断定,话本中的这两首所谓庄子的诗歌已经完全是冯梦龙时代的市井语言,这不是对庄子的有意解构,而是采用了道地的俗民视角和俗民声口。

话本作者"适俗"的修辞观十分明确,《醒世恒言》叙曾批评古代著述"尚理或病于艰深,修词或伤于藻饰,则不足以触里耳而振恒心",《古今小说》序则曰:"大抵唐人选言,入于文心;宋人通俗,谐于里耳。天下之文心少而里耳多,则小说之资于选言者少,而资于通俗者多。……虽小诵《孝经》《论语》,其感人未必如是之捷且深也。噫,不通俗而能之乎?"

虽然古代小说直至成熟,都一直流荡于文体世界的边缘,但它作为以俗民为接受主体的文体,构成古代俗民叙事的重要组成部分,成为俗民的重要精神补充,俗民的主要教育资源。由于接受群体的迅速扩大,话本小说占据了不可忽略的文体地位,它以自己的影响力冲击着传统的中心文体,成为城市文学的主流。作为文体的重要类别,话本小说通过特有的话语方式,向民众展现了一个充满情趣的俗民文学世界,也为古代文体空间增添了它特有的新奇、朴野、俗艳的活力。

三、"小说"到话本的愉悦性修辞特征

在本文开头引《庄子·外物》中那段话时,我们曾指出当时的"小说"语义特征包含了"愉悦"。虽然这时的"小说"并非后来的小说文体,但是我们可以从中得到一些隐含的文化信息:在战国时代,随着理性精神的高扬,上古神话仪式性质的讲述渐渐退出文化"市场",代之而起的是人对于自身以及人周围所发生的一切的强烈好奇、广泛谈论。话语讲述的内容逐步从神事转向人事,讲述的目的从取悦于神转向取悦于人,民众广泛参与"讲述",形式也从"神圣仪式"转向"富于谐趣的随意侃谈"。而有一些人将注意力投入对于"小说"这种闲言碎语的修饰,以求从中得到高明美好的名誉,正说明当时的这种"悦人"言谈已形成一种社会风气。

"富于谐趣、使人快乐"使得"小说"拥有广泛的群众基础,初期街谈巷

议式的"小说"创作和传播,没有作者和纯粹意义上的接受者之分,民众不仅听,而且参与"小说"添油加醋的讲述,热心地进行二度"创作"。这样的"小说",不必顾忌什么"思无邪",不必避开"子不语",怪力乱神甚至一些所谓"淫邪"的富于刺激性的内容,都为"小说"提供了不绝的来源。源于民众的"侃谈"经过长期发展,形成生动和谐趣的完整故事,占据的文化市场也越来越大,以至形成"满村听说蔡中郎"的有趣场面。

巴赫金曾经谈到欧洲中世纪和文艺复兴时期的民间文化的诙谐风格。他认为,民间诙谐文化按性质可以分为三种:

一是各种仪式—演出形式;

二是各种诙谐的语言作品;

三是各种形式和题材的不拘形迹的广场语言。

他还指出,严肃和诙谐在文化发展的最初阶段就已经存在,不过在阶级和国家社会制度出现之前,"严肃"和"诙谐"观点,都是"神圣的"和"官方的"。后来才起了变化:

> 在阶级和国家制度已经形成的条件下,这两种观点的完全对等逐渐成为不可能,所有的诙谐形式,有的早一些,有的晚一些,都转化到非官方角度的地位上,经过一定的重新认识复杂化和深入化,逐渐变成表现人民大众的世界感受和民间文化的基本形式。①

古代小说,无论是辗转在简陋的形式之中,还是在市民文学的潮涌中轰轰烈烈扮演主角,"小"和"说"作为一以贯之的美学规定都使它保持了"稳定的语言使用方式",即以一种愉悦轻快的话语描述那个与庄严堂皇的世界互为映照的另一世俗空间。由民间侃谈发展而来的中国古代小说,作为官方意识形态以外的话语样式,具有明显的愉悦性和狂欢性特征。这在以下方面表现得极为突出:

---

① [苏]M.巴赫金:《弗朗索瓦·拉伯雷的创作与中世纪和文艺复兴时期的民间文化》,钱中文主编《巴赫金全集》第六卷,河北教育出版社1998年版,第7页。

（一）情性宣泄：话本的一种题旨导向 ①

中国古代社会,传统礼教成为人际交往尤其是男女交往必须遵守的规范,"发乎情而止乎礼义"、"男女授受不亲"成为人人皆知的道德语言,男女私下交往成为让人羞耻的、大逆不道的行为,魏晋时期,女性叙事关注的是贞顺贤明、仁智节义等女德。唐代以后,小说开始以男女不寻常的交往为题材。及至宋代,由于程朱理学为当时的专制统治者所利用,成为残忍迫害人性的工具:理学把生命个体与天地宇宙连结在一起,把三纲五常归为天理,把道德伦理向外延伸到宇宙本体的生成变化,提出"革尽人欲,复尽天理",因而,话本也屡屡提及"天理",在议论中把"天理"当成万事万物发展变化的主导意识,但如果细看当时的话本叙事内容,就可以知道,它实际上是在否定人欲的说教下鼓吹人欲,竭力渲染情与性,这种现象在话本进入全盛期之后更为突出。

"三言二拍"中,女性相思成为细致描写对象。富家小姐王娇鸾因为父亲"爱女慎于择配,及笄未嫁,每每临风感叹,对月凄凉",她在打秋千时见到墙外路过的美少年周廷章,"虽则一时惭愧,却也挑动个'情'字。口中不语,心下踌躇道:'好个俊俏郎君,若嫁得此人,也不枉聪明一世'"(《王娇鸾百年长恨》)。韩夫人则因安妃娘娘三千宠爱在一身,自己不沾雨露之恩,在春光明媚、景色撩人之时,"未免恨起红茵,寒生翠被。月到瑶阶,愁莫听其凤管;虫吟粉壁,怨不寐于鸳衾。既厌晓妆,渐融春思,长吁短叹,看看惹下一场病来"(《勘皮靴单证二郎神》)。对外出丈夫的思念是诗词的传统题材,由于诗词的文体限定,这些相思之情总是被诗人们写得十分高雅含蓄,借周围环境表现女主人公的相思之情成为惯用修辞手段。同是登楼望夫归,《春江花月夜》中直接写相思的为 10 组诗句,运用了白云、扁舟、妆镜台、月光、江水、鸿雁、落花、江潭、江树等大量自然意象;而话本却把相思写得十分直白,《蒋兴哥重会珍珠衫》中,王三巧记挂外出经商的丈夫,找卜卦先生算得

---

① 与话本小说中"情性宣泄的题旨导向"相关的内容可参见本书上篇"情爱叙事修辞设计的异质性:话本小说修辞诗学研究之六"。

丈夫不久将归后,欢天喜地:

> 大凡人不做指望,倒也不在心上;一做指望,便痴心妄想,时可难过。三巧儿只为信了卖卦先生之语,一心只想丈夫回来,从此时常走向前楼,在帘内东张西望。直到二月初旬,椿树抽芽,不见些儿动静。三巧儿思想丈夫临行之约,愈加心慌,一日几遍,向外探望。

女性私奔、青年男女私结良缘也被细细描述。《大姊魂游完宿愿 小姨病起续前缘》中,兴娘的鬼魂假装成妹妹,深夜敲响崔生的门,并自荐枕席。崔生推托,她却一再坚持:

> 如今合家睡熟,并无一人知道的,何不趁此良宵,完成好事?你我悄悄往来,亲上加亲,有何不可!
> 如此良宵,又兼夜深,我既寂寞,你亦冷落。难得这个机会,同在一个房中,也是一生缘分。且顾眼前好事,管什么发觉不发觉?况妾自能为郎君遮掩,不至败露。郎君休得疑虑,挫过了佳期。

看到崔生总是推辞,泼辣而大胆的兴娘索性"反跌一着,放刁起来","勃然大怒道":

> 吾父以子侄之礼待你,留置书房,你乃敢于深夜诱我至此,将欲何为?我声张起来,去告诉了父亲,当官告你,看你如何折辩?不到得轻易饶你!

在兴娘的软硬兼施下,崔生终于依从,"两个解衣就寝",后来兴娘又主动提出私奔计划,并成就崔生和妹妹的姻缘。

可见,在话本叙述中,婚姻恋爱成为很多女子的人生全部内容,情性宣泄也成为一种重要的题旨导向。

(二)生活化情节:话本对平淡人生的审美体味

话本小说的一大修辞特色是将日常生活情节细细写出,让接受者在不经意中品味琐碎细节中所体现的平常人生。

　　选择并处理小说情节是小说作者创作的重要修辞流程。在西方，选取典型情节以反映真实成为作家的刻意追求，亚里士多德据此认为写诗这种活动比写历史更富于哲学意味。西方小说选取情节，多重视其对描写人物性格和环境的"典型性"作用。但在中国小说中，我们却经常可以看到一些似乎是信手拈来的十分平淡、繁琐的生活细节描写。

　　《新桥市韩五卖春情》叙述吴山因害夏病发，数日未与暗娼金奴来往，金奴得知消息后与吴山相约再会：

> 　　当日金奴与母亲商议，教八老买两个猪肚磨净，把糯米莲肉灌在里面，安排烂熟。次早，金奴在房中磨墨挥笔，拂开鸾笺，写封简道：……写罢，折成简子，将纸封了。猪肚装在盒里，又用帕子包了，都交付八老，叮嘱道："你到他家，寻见吴小官，须索与他亲收。"
>
> 　　八老提了盒子，怀中揣着简帖，出门径往大街，走出武林门，直到新桥市上，吴防御门首，坐在街檐石上。只见小厮寿童走出，看见叫道："阿公，你那里来，坐在这里？"八老扯寿童到人静去处说："我特来见你官人说话。我只在此等，你可与我报与官人知道。"寿童随即转身，去不多时，只见吴山踱将出来。八老慌忙作揖："官人，且喜贵体康安。"吴山道："好，阿公，你盒子里什么东西？"八老道："五姐记挂官人灸火，没甚好物，只安排得两个肚，送来与官人吃。"吴山遂引那老子到个酒店楼上坐定，问道："你家搬在那里好么？"八老道："甚是消索。"怀中将柬帖子递与吴山，吴见接柬在手，拆开看毕，依先折了藏在袖中。揭开盒子拿一个肚子，教酒博士切做一盘，分付荡两壶酒来。吴山道："阿公，你自在这里吃，我家去写回字与你。"八老道："官人请稳便。"吴山来到家里卧房中，悄悄的写了回简，又秤五两白银，复到酒店楼上，又陪八老吃了几杯酒。八老道："多谢官人好酒，老汉吃不得了。"起身回去，吴山遂取银子并回柬说道："这五两银子，送与你家盘缠。多多拜覆五姐：过两三日，定来相望。"八老收了银简，起身下楼，吴山送出酒店。

上段话本中的关键情节是金奴借送猪肚给吴山传递自己对他的思念，吴山回复约其三两日后相会。"八老"是这个娼妓人家的仆役，是与故事人物性格完全无关的"跑龙套"人物,在此话本中八老主要承担两次传递消息任务,而其送信过程属于极其次要的故事环节①,若按西方小说的写法,上述一段完全可以缩略为几句话一带而过。但我们看到的是,话本不厌其烦地叙述了送信的整个过程,其中包括吴山和八老的日常对话、吴山以家常礼节招待八老,以及他们的迎来送往。这样平淡的琐事被写得令人玩味,呈现了当时的家常生活和俗民交往图景,话本也因此具有了轻松、闲适、家常的审美情趣。

中国早期神话中出现的多数是解决日常生活问题的"文化英雄",如黄帝有穿井、制乐,造火食、制斾冕舟车等一系列发明,此外有燧人氏造火,神农的和药、作琴瑟等。《周易·系辞》更系统叙述了远古制作历史。从这种风尚中诞生出儒家的合理主义和现实主义,对日常生活事件更为关怀。在儒家崇尚的《诗经》中,就收进了大量以极为平常的现实感触为题材,揭示人性一般本质的抒情诗。这一传统延续在后世小说之中,世情小说成为小说文体的重要类型,这类小说关心普通人的日常生活,把平淡的生活细节作为主要描写对象,如《金瓶梅》、《红楼梦》就把日常争吵、嫉妒、使手段坑人,吟诗宴饮、赏月观花写进书中。

古代一些话本即使是以帝王为主角,也很少涉及他们轰轰烈烈的政治生涯,而是着力表现他们奢侈豪华的日常生活,对于一些亡国的君主,话本不是表现他们统治国家的昏庸无能,而是写他们如何荒淫恋色,如唐玄宗与杨贵妃姐妹和其他宠妃、宋徽宗与名妓李师师的故事。对于历史上的一些曾经叱咤风云的人物如宋太祖,小说也来那么一段《宋太祖千里送京娘》,叙述赵匡胤早年千里迢迢把一个不幸落入贼手的女孩送回家,不要任何酬报的故事。

《红楼梦》第一回"甄世隐梦幻识通灵,贾雨村风尘怀闺秀"中,曹雪芹借石头之口总结了包括话本在内的古代小说闲适平淡的修辞特点:

---

① 《新桥市韩五卖春情》中的仆役八老不同于《西厢记》中的红娘,后者在促成莺莺和张生的情爱进展方面起了很大的作用,虽然这与主人公的身份不同相关:崔莺莺是大家小姐,性格中有符合其身份的羞涩和矜持,倘若没有红娘的促成,不会有她与张生的交往;而韩五是娼妓,她直接、主动地勾引了吴山,八老在事件发展中没有起到任何实质性的作用。因而从一般叙述规则看,同为仆人,红娘应该占据相当分量的叙述篇幅,八老却应略写。但话本却详细交代了八老送信的整个过程,可见作者对生活化情节的看重。

　　市井俗人喜看理治之书者甚少,爱适趣闲文者特多。历来野史,或讪谤君相,或贬人妻女,奸淫凶恶,不可胜数。更有一种风月笔墨。至若佳人才子等书,则又千部共出一套,且其中终不能不涉于淫滥,……今之人,贫者日为衣食所累,富者又怀不足之心,纵然一时稍闲,又有贪淫恋色、好货寻愁之事,那里有工夫去看那理治之书?所以我这一段故事,也不愿世人称奇道妙,也不定要世人喜悦检读,只愿他们当那醉淫饱卧之时,或避世去愁之际,把此一玩,岂不省了些寿命筋力?就比那谋虚逐妄,却也省了口舌是非之害,腿脚奔忙之苦。

正是包括话本在内的小说貌似平淡的情节,成为一大看点,让接受者得到轻松而充满兴味的审美愉悦。

(三)崇尚奇异:话本对异样审美刺激的追求

　　奇警怪异,是在轻松、闲适、恬淡之外的审美情趣的调节和补充,它往往带给接受者独特的审美刺激。崇尚奇异,也成为包括话本在内的古代小说历时长远的审美追求,中国小说的志怪、传奇、神魔、演义之多,极富民族特色。

　　中国在周以后,随着神的淡出,有关怪异的传说为有识之士所排斥,如孔子给人的印象是"不语怪力乱神",荀子则把"天行有常"作为自然变化的基本规则,《荀子·天论篇》曾解释星坠木鸣的现象:"是天地之变,阴阳之化,物之罕至者也。怪之,可也,而畏之,非也。"然而另一方面,社会上尤其是民间又始终保持着对各类怪物异事的浓厚兴趣,这不仅是因为迷信,更因为在奇闻异事的听和说中,人们可以得到审美刺激和愉悦。正是对怪物奇事的兴趣促成了中国古代此类题材小说的发达。

　　及至汉代,对怪异的兴趣成为整个社会的主导潮流,《淮南子》中夹杂了很多奇物异类、鬼神灵怪的故事,如"羿射十日"中,"十日并出,焦稼禾,杀草木,而民无所食。猰貐、凿齿、九婴、大风、封豨、修蛇,皆为民害。尧乃使羿诛凿齿于畴华之野,杀九婴于凶水之上,缴大风于青邱之泽,上射十日而下杀猰貐,断修蛇于洞庭,禽封豨于桑林"。频频出现的凶猛而怪异的动物,挺身而出的远古英雄对这些怪物的征服,都被纳入了简短的叙事,而争斗过程本身的艰难却被略去,似乎不经意间的修辞显现出人们对远古时代的神奇想象。

魏晋到六朝,喜好怪异神秘的风气更加炽烈,对奇闻怪事的叙述欲望也更加强烈,当小说改变了以往的散漫状态,文体形式从杂乱走向有序时,志怪与志人小说共同合成了当时有特定内容指向的两大文体系统。

鲁迅《中国小说史略》谈到志怪作品:"中国本信巫,秦汉以来,神仙之说盛行,汉末又大畅巫风,而鬼道愈炽;会小乘佛教亦入中土,渐见流传。凡此,皆张皇鬼神,称道灵异,故自晋迄隋,特多鬼神志怪之书。"①

唐人对叙述奇事的趣味未减,由志怪发展出的唐代传奇,虽然"大归则究在文采与意想,与昔之传鬼神明因果而外无他意者,甚异其趣",但仍然"出于志怪"。②唐代传奇如《古镜记》、《补江总白猿传》、《游仙窟》、《离魂记》、《任氏传》、《柳毅传》、《枕中记》、《南柯太守传》等,神仙怪异都成为其中的重要叙事构成。不同于志怪的简略粗陋,唐代传奇叙事精致,言辞华美,显示了当时人已经不满足于知晓怪事本身,而是追求叙述和聆听奇闻中的审美感受,所以胡应麟《少室山房笔丛》卷二十说:"凡变异之谈,盛于六朝,然多是传录舛讹,未必尽幻设语。至唐人乃作意好奇,假小说以寄笔端。"

宋元以后,神仙救助、鬼魂妖异、轮回报应的情节设计成为很多话本作者的选择。以《警世通言》为例,这部话本小说集共四十卷,上述几类篇目占将近一半:以"神仙救助"为关键情节的有两卷,如《宋小官团圆破毡笠》、《乐小舍拚生觅偶》,话本主人公往往在困顿之时遇到神仙帮助,得以度过难关、实现愿望;以鬼魂妖异为重要情节构成的,如《崔待诏生死冤家》、《一窟鬼癞道人除怪》、《三现身包龙图断冤》、《小夫人金钱赠年少》、《崔衙内白鹞招妖》、《假神仙大闹华光庙》、《白娘子永镇雷峰塔》、《金明池吴清逢爱爱》、《福禄寿三星度世》、《许旌阳铁树镇妖》,另有《钱舍人题诗燕子楼》、《杜十娘怒沉百宝箱》,鬼魂在故事行将结束时出现,营造一个出人意外的结局;轮回报应的如《桂员外途穷忏悔》、《计押番金鳗产祸》、《乔彦杰一妾破家》、《万秀娘仇报山亭儿》、《蒋淑真刎颈鸳鸯会》,这类话本或将报应作为情节发生的契机,或把报应作为结局转变的缘由,对离奇的情

---

① 鲁迅:《中国小说史略》,《鲁迅全集》第九卷,人民文学出版社 1981 年版,第 43 页。
② 同上书,第 70 页。

节进展作出合乎善恶有报的逻辑解释。

与话本相映照的是,长篇小说《三国演义》、《水浒传》,也都迎合民众的尚奇心理,塑造了一批超凡英雄。金圣叹《三国演义序》曰:

> 三国者,乃古今争天下之一大奇局者,而演三国者,又古今为小说之一大奇手也。

蒲松龄《聊斋志异》更成为奇异题材的集大成者,花妖狐怪同人杂处。即使《红楼梦》,也是奇闻异事不断。如《大观园月夜警幽魂》一节,充满恐怖气氛,为这一温柔富贵之乡增添了凄惨意味。

郎瑛《七修类稿·辩证》曾指出宋代以后小说尚奇的审美特点:"小说起宋仁宗。盖时太平盛久,国家闲暇,日欲进一奇怪之事以娱之。"由于宋代以后的小说连同西崑体,对正统文风造成冲击,以至宋仁宗下诏对之批评并下令改革:"观其著述,多涉浮华,或破裂陈言,或会粹小说;好奇者,遂成谲怪;矜巧者,专事雕镂。流宕若兹,雅正何在?……宜申儆于词场,当念文章所宗,必以理实为要,探经典之旨趣,究作者之梯模,用后温纯,无陷偷薄,应有裨于国教,期增阐于儒风。"(《宋会要·选举》)这样的评价虽然部分出自对非正统文体的偏见和习惯性排斥,但也可在一定程度上见到当时文学叙事崇尚奇巧的社会影响。

西方的小说 novel,意为"新颖、新奇的",但它的"新颖、新奇",主要指以新鲜独特的个人经验作为小说的内容,这种选材方式打破了古典时期和文艺复兴时期文学主要以过去的历史传说为基本情节的传统,违背了以往对一般性和普遍性的偏爱,在形象塑造个性化和背景详细展示方面显示出区别于以往叙事文学的特殊性。如笛福小说对自传体回忆录的热衷,说明了小说中对个人经验的描写占据首要地位。这种"新颖、新奇"同中国小说的"崇奇尚异"是根本不同的。中国古代小说正是在展现一个充满人情味的神仙鬼怪世界的同时,也创设了一个愉悦人的艺术空间。

(四)诙谐粗俗:话本的狂欢化审美趣味

诙谐粗俗是民间文化的特色,话本小说不避粗俗,将那些对正统文化形成冲击、有伤大雅的言语和行为作为叙述对象,以满足市民喜好热闹诙谐的审美需求,形成话本小说的狂欢化风格。[①]

(五)说唱结合:愉悦性极强的传播方式

在漫长的时间里,话本小说都保持着以言说为主、辅以演唱的传播方式,古代"话本"有以下所指:

一是宋代以来说话艺人说唱故事的底本;

二是说唱的故事;

三是傀儡戏、影戏、杂剧诸宫调的底本。[②]

"话本"的多元所指,从一个侧面说明了长期以来"说话"和戏剧互相融合的关系,这种关系导致话本往往采用说唱结合的叙事形式。

先秦时"话"亦指"善言"。当时的俳优如淳于髡、优孟等的表演,已含有说话伎艺,汉到六朝,"俳优小说"和"说肥瘦"仍保持着表演和"说话"的双重形式。唐以后,小说和戏剧不仅共用传播场地,且延续了以往混杂的传播形式,当时的俗讲既敷衍佛教故事,也讲唱世俗故事,出于商业目的吸引接受者,具有极强表演性。宋代的勾栏瓦肆演出各种说唱艺术,如鼓子词、说话、诸宫调、杂剧等,宋代"说话"大多配有音乐,其中有歌曲做穿插。当时对说话人要求是"吐谈万卷曲和诗",即同时具有叙述故事和演唱曲子的才能。即使在进入到"书写与阅读"的创作和传播方式之后,话本中的许多篇目仍然是说书场上的主打节目。

这种传播方式把说书人和听众汇聚一处,说书人可以与现场听众对话,以活跃气氛,如"列位看官们,要听者,洗耳而听。不要听者,各随尊便。正是:知音说与知音听,不是知音不与谈"(《俞伯牙摔琴谢知音》);以渲染紧张氛围,如"若是说话的同年生,并肩长,拦腰抱住,把臂拖回,也不见得手这般灾悔"(《十五贯戏言成巧祸》);说话人在绘声绘色讲述书中场景时,可以配合惟妙惟肖的语调、动作,并辅之以唱、口技和乐器伴奏,以增添小说情趣。

通过出土的说书俑形象,也可以想见古代说书场上笑声迭起,热闹非常

---

① 与"诙谐粗俗"相关的内容可参见本书"喜剧性修辞设置:话本小说修辞诗学研究之七"一章。

② 罗竹风主编:《汉语大词典》第十一卷,汉语大词典出版社1993年版,第176页。

的景象：1957 年成都天回镇出土的"击鼓说书俑"，袒膊而坐，赤足上翘，左手抱鼓，右手执锤，眉飞色舞，满脸绽笑，似正说到最精彩最有趣之处，言唱已经难以尽意，便情不自禁地'手之舞之，足之蹈之'起来，其情态的诙谐快活、乐天逗趣令人忍俊不禁；1963 年郫县出土的"击鼓说书俑"，则呈站立姿态，左手执鼓，右手执棒，头戴圆帽，缩颈歪头，撇嘴斜目，弓腰突臀，故作怪状，然说唱之态，神采飞扬，如闻其声，令人捧腹 ①。

　　中国的小说，即使在对民众进行各种教育的同时，也直言不讳地声明其"使人快乐"的功能，并且竭尽全力去实现这种功能，这使它总是处于正统文学以外的地位。长期以来，在中国文坛，诗歌散文是正宗，而小说则被看成是"不本经传"、"背于儒说"的末技，属于"闾里小知者之所及"、"君子弗为"的下品。所以，这股以大众为创作和传播主体的"小说"潜流，一直在长满诗文和史传文学花草的长河底层流淌。汉魏以后，才开始越来越清晰地显露出它的水流，及至宋元以后，更发展为文学洪流。是市民阶层的兴起，使中国的主流审美趣味有了大的、几乎是根本性的变化，叙述直露甚至粗俗的、基调欢快的、表现普通人遭遇和命运的小说才得以占领文化市场。

　　中国历朝历代，当那些严肃认真的史官，小心地记录发生在王公贵族中的大事时，下层民众，除了唱一些与自己的生活密切相关、即兴而发的歌谣以外，还津津有味地传说着听来的故事，这些故事或捕风捉影，或添油加醋，或无中生有，说者说得尽兴，不仅不用承担什么责任，还可以在"说"这种创作活动中体会到自我实现的快乐；听者也听得轻松满足、刺激高兴。不上大雅之堂的奇闻怪事，甚至一些粗俗下流、色情味极浓的道听途说，都可以在"小说"中占据一块地盘，可以说，小说话语对传统的"非礼勿言"、"非礼勿听"的话语规范进行了"有意味"的颠覆。

　　对于中国大众来说，影响其精神的文学主要是戏剧和小说，尽管更具有中国传统特色、延续时间也更长久的文学体裁是抒情诗和散文，但它始终是士大夫的文学，最能激起民众兴趣的还是戏剧和小说。即使到了现代，"说"出来的、或带有调侃风格的"小说"仍然有着极为广泛的市场，张志忠先生

---

　　①　仪平策：《中国审美文化史·秦汉魏晋南北朝卷》，山东画报出版社 2000 年版，第 144 页。

曾经谈到 80 年代以后出现的"刘兰芳说书热"：

> （传统的东西）逐渐地与商业化的手段和目的联姻，更对本来就很薄弱的现代文化造成巨大威胁。更严格地说，为文人学子所期期念念的传统文化，其断裂和被扫荡一空，只是浮浅的表象，在丰富而深广的社会生活中，却一直在延续和扩展，……它的最鲜明的标志，就是刘兰芳的说书所刮起的一阵旋风。《杨家将》和《岳飞传》，风靡大江南北，从上小学的孩儿，白发苍苍的老人，到正在大学深造的骄子，莫不听得如痴如醉……从此以后，说书这一从宋元以来便已大兴的传统艺术，便一发而不可收。由收音机而搬上电视，一本接一本，持续不断，所演播的书目，又大都是传统的旧书目。①

张志忠先生是从文化批判的角度说这段话的，但他却说出了在中国历史上断少续多绵延了两千多年的传统文化现象。在电视出现以后，能够广泛引起中国人兴趣的，也是那些反映"家长里短"的家庭问题剧。如当年的"《渴望》热"，某种程度上就来自老百姓对传统的故事"讲述"的兴趣：只要是讲述自己周围的人身上所发生的事，即使这些事是司空见惯的，情节发展极为缓慢，老百姓也会津津有味地看着，品味着，互相谈论着，对其中的人物评头论足。因为这些，是民众自己身边的文学，是使他们"愉悦"的文学。

四、"小说"到话本的口头性修辞特征

以上所论及的话本说唱结合的叙述方式，是建立在话本强烈的口头性特征基础之上的。中国古代小说从萌芽起，就处于口头讲说的创作状态，在后来的长时期内，小说都保持着口头性特征，即使进入文人书面创作阶段，小说也往往以口头讲述的故事为基础。

6 世纪前后，随着佛教地位在中国的提高，译经发达，佛经口头宣讲影响了中国的文学。胡适认为在中国当时散文和韵文都已走到骈偶滥套的路

① 张志忠:《迷茫的跋涉者》,河南人民出版社 1995 年版,第 320 页。

上,文处于最浮靡不自然的时期,用朴实平易的白话文体翻译佛经,遂造成一种易晓的文学文体 ①,它直接影响了小说修辞的"口头性"。魏晋六朝时期出现的小说,其志人系列为人物口头品藻的记录,品藻对象广泛涉及当时的门阀士族,品藻内容包括才情、思理、放达、容貌等,品藻标准扩展到审美。因而鲁迅《中国小说史略》认为《世说新语》"诸书或成于众人之手"。干宝《搜神记》中一些故事口头实录的痕迹也相当明显,如其中李寄故事的结尾:"越王闻之,聘寄女为后,拜其父为将乐令,母及姊皆有赏赐。自是东冶无复妖邪之物。其歌谣至今存焉。"作者把故事叙述完以后,还不忘加上一句"其歌谣至今存焉",似乎借此证实故事题材并非自己虚构,确由"听说"而来。

唐代,小说有了根本的变化,成为有意识的创作。当时在繁荣的城市中,"说话"艺术兴盛,一些文人吸收"说话"题材,写成传奇小说,并出现小说专集,传奇小说虽然较六朝小说大不相同,有些甚至被用作"行卷",但其基础仍与口头创作密切相关。如白行简的《李娃传》就来自"说话"《一枝花》。在《李娃传》、《离魂记》、《南柯太守传》的结尾,分别有这样的交代:

　　予伯祖尝牧晋州,转户部,为水陆运使,三任皆与生为代,故谙详其事。贞元中,予与陇西李公话妇人操烈之品格,因遂述汧国之事。公佐拊掌竦听,命予为传。乃握管濡翰,疏而存之。

　　玄祐少常闻此说,而多异同,或谓其虚。大历末,遇莱芜县令张仲规因备述其本末。镒则仲规堂叔,而说极备悉,故记之。

　　公佐贞元十八年秋八月,自吴至洛,暂泊淮浦,偶觌淳于生梦,询访遗迹,翻覆再三,事皆摭实,辄编录成传,以资好事。

这样看似多余的交代,明确了传奇讲述者的身份,尽管为数不少的传奇故事,被疑为出自作者虚构,但上述"实录故事相关人物的口头叙事"的声明,却可以让作者避开自己凭空虚构的嫌疑,以"保证"故事的"真实性"。

宋元以后,民间伎艺应市民阶层需要,向城市汇聚。"说话"作为当时

---

① 胡适:《白话文学史》,安徽教育出版社 1999 年版,第 159—160 页。

叙事文学的重要形式,其主要"家数",是"讲史"和"小说"。灌圃耐得翁《都城纪胜·瓦舍众伎》曰:"说话有四家:一者小说,谓之银字儿,如烟粉、灵怪、传奇;说公案,皆是搏刀赶棒及发迹变泰之事;说铁骑儿,谓士马金鼓之事。说经,谓演说佛书。说参请,谓宾主参禅悟道等事。讲史书,讲说前代书史文传兴废争战之事。"直到明清,文人创作的相当一部分小说,仍然模拟话本,被人们称为"拟话本"。

话本小说已经具有了相当长度,而口头传播又呈现一过性特征,这样势必增加接受的难度。为了显示表达者和接受者之间的亲和,为了方便接受者辨别话本小说的不同结构板块,把握小说总体情节线索,口头性特征鲜明的话本呈现以下语言和结构方面的特征:

(一) 话本采用大量说书人和接受者之间的对话

话本小说在叙事中常常采用说书人和接受者之间的对话形式,如《徐老仆义愤成家》,作者多次在"看官"和"说话的"之间切换交流:

> **说话的,据你说**,杜亮这等奴仆,莫说千中选一,就是走尽天下,也寻不出个对儿。
>
> **说话的**,这杜亮爱才恋主,果是千古奇人。……适来**小子**道这段小故事,原是入话,还未说到正传。
>
> 待**小子**慢慢的道来,劝喻那世间为奴仆的,也学这般尽心尽力帮家做活,传个美名。
>
> **你**道这段话文,出在那个朝代? 什么地方? 元来就在……

这些对话,拉近了表达和接受之间的距离,具有亲切意味。

话本明白晓畅的对话,常用来为接受者释疑。如《灌园叟晚逢仙女》说书人谦称"小子"对"列位"解释"人仙相遇"的合理性:

> **列位**莫道**小子**说风神与花精往来,乃是荒唐之语。那九州四海之中,目所未见,耳所未闻,不载史册,不见经传,奇奇怪怪,跷跷蹊蹊的事,不知有多多少少。就是张华的《博物志》,也不过志其一二;虞世南的

行书橱,也包藏不得许多。此等事甚是平常,不足为异。然虽如此,又道是子不语怪,且阁过一边。只那惜花致福,损花折寿,乃见在功德,须不是乱道。列位若不信时,还有一段《灌园叟晚逢仙女》,待**小子**说**与列位看官们**听。若平日爱花的,听了自然将花分外珍重。内中或有不惜花的,**小子**就将这话劝他,惜花起来。

《孤独生归途闹梦》叙述了一个离奇的"两梦相合"故事,虽然作者已经请出"巫山神女安排梦境"为之作出解释,但仍然从"看官"心理出发提出疑问,并及时切换为"说话的",给以似乎合情合理的答案:

> **说话的,我且问你:**那世上说谎的也尽多;少不得依经傍注,有个边际,从没有见你恁样说瞒天谎的祖师!那白氏在家里做梦,到龙华寺中歌曲,须不是亲身下降,怎么孤独退叔便见他的形象?这般没根据的话,就骗三岁孩子也不肯信,如何哄得我过?**看官有所不知:**大凡梦者想也,因也;有因便有想,有想便有梦。那白氏行思坐想,一心记挂丈夫,……那退叔亦因想念浑家,幽思已极,故此虽在醒时,这点神魂,便入了浑家梦中。此乃两下精神相贯,魂魄感通,浅而易见之事;怎说**在下**掉谎!

对话在话本中,往往成为叙事结构分割的重要标志。如"话说"、"且说"、"再说"等,是话本实现叙述单元转换的常用话语,而分事件转换则用"话分两头"①。

如《徐老仆义愤成家》,正话共分12个自然段,每段相对独立为一个叙述单元,除开头用了"说话的",其中有7个自然段开头出现"却说""且说""再说";而《李汧公穷邸遇侠客》3次以"话分两头"作为分事件叙述转换的标志:

> 第一次 房德感谢救命恩人李勉,招待李勉一行 房德老婆说服房德要结果李勉

---

① 本书中"叙述单元"指小说中同一事件发展的各个相对独立的段落;"分事件"指构成小说情节的几个平行发展的事件,相关内容可参见本书"叙述长度和语义:话本小说修辞诗学研究之一"一章。

第二次　李勉等人逃出房德官邸　房德发现李勉等人外逃

第三次　李勉等人遇到房德安排来杀他的侠客　侠客得知真相杀死房德夫妇

这三次"话分两头"成为分事件的主要角色及其参与情节转换的节点,接受者可以根据这些节点把握情节发展的各个阶段。

（二）话本采用了大量诗体话语

口头性特征明显的话本小说,虽然总体上采用散文语体,但也使用了大量适于演唱、便于记忆的诗体话语①。表面看来,这些诗体话语与本事叙述关系不够紧密,明显不符合西方和现代小说体例,而现代读者遇到这样的话语也往往目光一掠而过,但对于口头性特征极强的话本小说,这些诗体话语却成为不可或缺的部分,在传播过程中发挥重要的修辞作用。有关话本诗体话语的现有研究成果,多涉及其对景物、肖像、心理、行为等方面的描写,应该说,诗体话语的文本修辞功能,还包括以下方面:

1. 诗体话语作为结构节点,实现叙述转换

话本小说与西方短篇小说有着明显区别:西方短篇小说受戏剧影响,往往只截取极短时间中的一段情节;中国小说受"史"的影响,重视展现故事的来龙去脉和完整流程。因而,话本形制虽为短篇,串联起来的时间长度却拉得极长②。如《卖油郎独占花魁》,时间长度从宋太祖开基始,随后是金兵入侵,莘瑶琴随父母逃难,失散被卖,堕落烟花,被骗卖身成为名妓;再"话分两头"叙述秦重与父亲分离,被卖油的朱十老认为义子,后遭诬陷被打发出门。在挑担卖油时,秦重与瑶琴从相识到相知相爱,几经周折,最后瑶琴赎身与秦重成婚,又与双方老人团聚,话本结尾作者还不忘交代他们的下一代"俱读书成名"。

这样串联起来的时间长度出现在口头性特征明显的文本中,如果没有很能引起人们注意的段落划分标志,接受者往往难以把握整个情节过程。因而

---

① 此处"诗体"指广义的诗体裁,其语言特征是符合韵律、有节奏,包括赋、诗、词、歌、曲等,此外,本文论及的话本小说诗体话语,还包括字数整齐、成对出现的对偶句如俗语。

② "时间长度"指小说事件从开端到结束所经历的时间,相关内容可参见本书"叙述长度和语义:话本小说修辞诗学研究之一"一章。

话本小说除了使用上面所提到的"话说"、"且说"、"再说"以及"话分两头"作为情节切换的标志以外,还使用明显区别于散文体的诗体话语来转换情节。

《卖油郎独占花魁》除了出现于入话头尾 2 则诗词,正话中共有 26 则诗体话语,其中小说人物所作 4 则,收场诗 1 则,其余 21 则都承担了情节转换功能。以下情节单元,都由诗体话语进行分割:

> 大宋开国以来的国运、金兵入侵;
>
> 瑶琴一家战乱中的遭遇;
>
> 瑶琴与家人失散,遇到邻居卜乔;
>
> 瑶琴被卜乔卖至临安;
>
> 瑶琴在妓院长大,第一次被骗接客;
>
> 经过王九妈的劝说,瑶琴接客并成为名妓;
>
> 秦重逃难至临安,油店朱十老听信谗言,赶走秦重;
>
> 秦重挑担卖油;
>
> 秦重路遇瑶琴,向酒保打听瑶琴底细,决心攒钱去会瑶琴;
>
> 秦重借卖油遇瑶琴;
>
> 秦重三年攒够银子,去见瑶琴;
>
> 秦重找王九妈约见瑶琴;
>
> 秦重等候见瑶琴;
>
> 瑶琴酒醉回家,与秦重相见;
>
> 秦重服侍瑶琴过夜,瑶琴为之感动;
>
> 朱十老召秦重回油铺,朱十老死,秦重找瑶琴父母做帮手;
>
> 吴八公子迫害瑶琴,弃之于路;
>
> 秦重巧遇瑶琴,救其回家,二人相伴过夜;
>
> 瑶琴安排赎身嫁给秦重;
>
> 瑶琴与秦重成婚;
>
> 瑶琴与父母相认,秦重与父亲相遇。

以上情节单元之间的诗体话语,或为描述型,或为感叹型,或为议论型,但都承担了分割并连接前后叙述段落的功能。

即使是一些出自故事主角之手的诗体话语,也同样参与了文本的修辞建构。《陈可常端阳仙化》中,灵隐寺侍者陈可常的诗词将其坎坷遭遇缀为一体:第一首为故事主角陈可常题于灵隐寺墙壁上的诗,感叹自己命交华盖、偏遭时塞,这首诗在端阳时被吴七郡王看到;第二首为咏粽子诗,陈可常展露才华,为吴七郡王所赏识。在这里作者同时设置了甲侍者作粽子诗,在对比中显示陈可常才华非比一般;接着是陈可常于后两年端阳所作的四首《菩萨蛮》词,分别为咏本身故事、咏粽子、咏歌女新荷、因病不去郡王府的禀帖。陈可常由被赏识到被冤入监;第四年端阳,陈可常坐化前作《辞世颂》,灵隐寺长老用诗为其一生作结,小说结束是一首警世诗。可以看出,小说的时间节点是端阳,而陈可常的一生则被纳入了以诗体话语为框架的叙述结构中。

话本小说中散文体与诗体话语的语体转换,既分割又连缀起看似相对独立的情节单元,让接受者在韵律节奏十分鲜明的诗体吟唱中清晰把握故事脉络。

2. 诗体话语作为叙述铺垫,营造氛围

话本的口头传播形式,要求接受者能尽快进入故事情境,享受审美愉悦,而不能像书面传播那样,让读者在反复阅读中慢慢理解和品味。

《崔待诏生死冤家》,包括开场词在内,连续列出 11 首咏春诗词,前三首依次咏孟春、仲春和季春,由《季春词》引出以"春归去"为主题的 8 首惜春诗词。美国学者韩南《中国白话小说史》曾谈到这篇话本中的入话诗串,他认为这些"诗与正话故事之间的关系却不甚密切。它更多地是一种装饰和卖弄,并不一定起点题作用"[1]。其实,中国很多话本里诗词与小说主题之间不是直接说明的关系,而是依靠接受者的内心感悟,去体验诗词所营造的小说审美境界,从而领略小说的主题。在有着惜春、伤春传统,并熟悉话本语体的中国人看来,《崔待诏生死冤家》中的咏春诗词实实在在地参与了小说文本的修辞建构:

有着相同咏春主题的诗体话语的连续出现,构成了强大的修辞场,营造了莺啼燕舞、花飞花落的浓厚感伤氛围。正是在这样的氛围中,女主角秀秀

---

① [美]P. 韩南:《中国白话小说史》,尹慧珉译,浙江古籍出版社 1989 年版,第 37 页。

出场了,她美如春花,她的绣作也会引来蜂飞蝶绕。虽然秀秀家境贫穷,她的父亲应该没有什么文化,但作者却刻意让秀秀父亲说出一段以春天事物为喻的诗体话语,来描述女儿的绣作功夫:

> 深闺小院日初长,娇女倚罗裳;不做东君造化,金针刺绣群芳。
> 斜枝嫩叶包开蕊,唯只欠馨香;曾向园林深处,引教蝶乱峰狂。

在进入咸安王府后的一个春天,秀秀与心上人崔宁私奔了,但她的青春、她享受婚姻的"春天"十分短暂,在被告发之后,她像春花一样被摧残了。上面所提及的小说入话的8首诗词,曾把春的逝去归咎于吹落花瓣的东风、打落花朵的春雨、飘走春色的柳絮、采去春色的蝴蝶、啼得春归的黄莺和杜鹃、衔去春色的燕子,最终感叹春光已过。与春逝相映照,秀秀的死,凶手是残暴的郡王、多嘴讨好的郭立,而她深爱的丈夫崔宁由于胆小自私,也没有在她面临危险时给她任何帮助和关心。从大量的诗词吟唱中,我们可以体会到作者对女主角的赞美与怜惜之情。

3. 诗体话语制造修辞幻象,以证实情节

话本小说中诗词常常被冠以"有诗为证"之类的套语,尽管这些诗词都是出于作者之手,本身并不具备"证实"功能。但这类套语连同诗词却造成一种修辞幻象①:这些诗词来自文本世界之外的一个"真实"话语系统,它可以映证小说所说明的道理或所描绘的内容。

前面谈及小说的文体地位低下时,也曾经说到小说长期处于形制短小、内容浅俗怪异、传播方式简陋的状态,在等级严明的社会,小说的这种状况难免会招来人们对其真实性的怀疑目光。为了"取信"于接受者,作者运用大量诗词"为证",正是力图借助这种修辞幻象,消解话本虚构本质,以满足接受者对故事真实性的强烈期待。

如《灌园叟晚逢仙女》得胜头回的篇末为:

> 玄微依其言服之,果然容颜转少,如三十许人,后得道仙去。有诗为证:

---

① 有关修辞幻象的理论阐释和详细分析,参见谭学纯、朱玲:《广义修辞学》第五章,安徽教育出版社2002年版。

洛中处士爱栽花,岁岁朱幡绘采茶。

学得餐英堪不老,何须更觅枣如瓜。

中国人不像西方人那样,认为在现象以外还存在着一个永恒的真实世界,他们关心的是源于街谈巷议、道听途说的小说,是否像史著中的史实一样让人信服,这导致小说的作者有故事"证实"的强烈愿望,因而古代小说常常会有一段看来多余的自我证明。从"有诗为证"之类的套语,我们可以看到作为虚构文学的话本对于史实的趋附。

4. 诗体话语作为警世劝诫,体现评论教谕 ①

话本中的诗体话语,无论是出自故事叙述者兼为事件评论者之口,还是出自故事中的人物之口,都有很大一部分用于评价事件、说明道理,如"要人知重勤学,怕人知事莫做"(《乔彦杰一妾破家》)、"破家只为貌如花,又仗红颜再起家,如此红颜千古少,劝君还是莫贪花"(《赵春儿重旺曹家庄》)、"别人求我三春雨,我去求人六月霜"(《桂员外途穷忏悔》)等等,这些评价和道理都与俗民生活密切相关,为他们提供了为人处世的准则和价值取向。

中国自古以来就重教化,诗歌更是很早就责无旁贷地承担起沉重的政教使命,春秋后,各种场合的广泛赋诗用诗活动,把诗对社会政治、伦理教化的参与推向高潮。汉代以后,随着民族文化模式的稳定,教育也形成一定的规模和体系,除了《诗经》仍然作为传统教科书以外,众多教本也都采用诗体话语。以后历朝历代的教本中,诗体话语都占据主要地位。诗体话语倍受青睐,不仅与其好记上口有关,也与其固有的权威地位有关。

众多诗体话语进入话本小说,体现了散文体叙事对诗体话语中心地位的认同,以及诗体话语在小说实施教化功能时给以的强有力依托。这些用于警世劝诫的诗体话语,在书塾以外,对俗民进行各方面教育,使难以受到正规教育、读写困难的俗民在倾听故事的愉悦中,得到长久积累下来的民族精神财产,形成自己一整套极富特色的处世哲学。

按照一般的语体理论,诗体话语应是散文体叙事中的另类,但是在中国

---

① 诗体话语体现评论教谕还可参见本书"道德话语的类型及其语义:话本小说修辞诗学研究之四"一章的相关内容。

话本小说中,诗体话语的功能却不容忽视。正是这些优美、警策、悦耳、别具一格的诗体话语,帮助拓展了话本小说的传播渠道。使得很多话本小说,拥有特殊的韵律节奏,弥漫着浓浓的诗意。

中国古代文体分类细密,往往形成"类"的交叉,在实际操作时文体自身又常常会横向嫁接和融合,这些都很造成文体风格的互渗互补:每一种文体都相对于其他文体而存在,每一种文体又都不同程度地吸取其他文体的有益成分而丰富自身的美学建构。即所谓文无定势,体有变通。变通必然导致文体的相互嫁接和风格共济。这种互相缠绕的文体现象,不仅是一种共时的存在,同时也是一种历时的存在。

此外,适应口头讲述的形式需要,除去文人有意用文言创作的小说以外,小说的语言也基本上与社会语言的变化同步。因而,中国古代语言分期,小说语言成为重要参考依据。

日本学者中野美代子认为,西方的那种行吟诗,以及以"一个男子把美丽动听的爱情故事独自朗诵给一个全神贯注的女子"的形式出现的叙事诗,作为小说的母体文学确实未曾在中国出现过。只有《金瓶梅》才是最早的,不是以听众反映为依据,而是作者根据想象,独自在密室写作而成的文学作品。读者购买了经过印刷(初期是以手抄本形式流传的)的作品,独自在密室阅读,形成了作者与读者一对一的关系。①

中国小说的母体,大多为民众口口相传的故事,上述这些特征带来的正面影响是,民众广泛地参与了"小说"的创作与接受,使得小说始终保持着生机与活力。负面影响是,随着这种创作方式而来的小说题材和结构,有时带有极大的社会惯性,限制了小说的社会容量,削弱了小说的主题深度。

在西方,小说 novel 是 18 世纪后期正式定名的文体形式,此前的"散文虚构故事"fiction 被西方人视为准小说形式,伊恩·P.瓦特在分析小说兴起的促成因素时,特别讨论了 18 世纪占优势地位的中产阶级读者大众的欣赏趣味、文化程度和经济能力,他指出,当时"绝大多数流通图书都收藏有各种类型的文学作品,但小说却被广泛地认为是它们的主要吸引力。几乎无可

---

① 〔日〕中野美代子:《从小说看中国人的思考样式》,若竹译,十月文艺出版社 1989 年版,第 3 页。

怀疑,正是这些图书馆导致了那个世纪出现的虚构故事读者大众最显著的增多。……这些'文学上的廉价商店'据说腐蚀了'遍及三个王国'的学童、农家子弟、'出色的女佣',甚至'所有的屠户、面包师、补鞋匠和补锅匠'的心灵。"①

　　然而,瓦特的讨论,针对的是当时英国小说的纸质文本,这种传播形式必然会大大限制读者的数量。而中国古代小说的口头传播方式,则大大降低了小说接受的成本和条件,从而扩大了接受群,成为影响整个社会的文体。

　　近现代以后,域外文化介入,中国小说借鉴了外国小说,并综合了传统的话本和章回小说的文化因素,完成了自身转型,成为有着完整故事情节和具体环境描写,塑造多种人物形象,广泛反映生活的文体。进入 20 世纪,小说改变了原有的边缘地位,真正成为中心文体。由于现代小说受域外小说的影响深重,或被认为是西方传进来的文体形式,其实"小说"本身实在是华夏本土的文体概念。西方有的是 fiction, story, romance, novel 等建立在虚构基础上的叙事形式,这些在西方人看来并不完全相同的文体形式,中国人基本上统统以"小说"翻译,或许出于以下原因:一是因为它们和中国古代"小说"有相通之处,都有情节较完整的故事叙述;二是因为在中国,"小说"作为能指,其所指实在丰富,因而它的外延也特别广泛,可以把外国那些讲故事的作品一揽子包括进来。这种题材和形式上的自由,使得古代小说的文体建构进入一个相对宽松的空间。

　　中国现代小说是在革新旧小说的呼声中诞生的。发生于现代语境中的中国现代小说,在经历了宏大叙事之后,仍然回归了平淡琐细。传统的小说美学因子仍然在这一现代盛行的文体中留下磨灭不去的痕迹:在没有明显外力干预时,小说的俗民性、愉悦性、口头述说性特征总是会显露出来,成为现代小说中最具传统文化特色的部分。

---

① 　［英］伊恩·P. 瓦特:《小说的兴起》,高原、董红钧译,北京三联书店 1992 年版,第 41 页。

第五章 叙述长度和语义:话本小说修辞诗学研究之二

　　亚里士多德认为对完整、有一定长度的行动的摹仿是悲剧文体的一个基本特征。[①] 悲剧如此,小说亦然。一种成熟的叙事文体所描摹事物总是拥有一定的长度,中国古代短篇小说所描摹事物长度及其所带来的叙述长度的变化,不仅显示了叙述的语义含量的变化,关系到所叙事件的完整丰富程度、人物立体感程度的变化,而且映照出人们对于事件及其发生语境的认知状况。

　　对于世界的好奇和新鲜感是叙述产生的能量之源,事件的过程和状况在人类的认知活动中被投射于语言,形成人类对事件的各种叙述。无论是现实事件还是虚构事件叙述,其详略程度都映照出人们在事件认知过程中所获语义量的多寡,映照出人们对事件认知程度及态度的差异。因而,古代短篇小说叙述长度的增加,语义量的丰富,形态的丰满,正是人们对于世界认知多层面化、深层次化的表现。当对事件的叙述形成独特模式时,一种成熟的叙事文体也随之形成。

　　一般来说,小说长度涉及以下叙事因子:

　　叙述长度:直接体现为小说的篇幅,有时它由几个分事件长度合成;

　　事件长度:一个事件叙述所占篇幅的多少;

---

　　① ［古希腊］亚里士多德:《诗学》,罗念生译,人民文学出版社 1984 年版,第 19 页。

时间长度:事件从开端到结束所经历的时间。

当总体叙述长度不变时,由几个分事件组成的小说,分事件长度相对较短,而单一事件叙述的事件长度长。有的时候,事件发生的时间很长,但在叙述中却以极短篇幅带过;有时只是发生于瞬间的事,却被作者大肆渲染,拉长了叙述长度,得到极为夸张的"瞬间扩张叙述效应",文学史上一度发生的"临终叙事"就把这种效应推到极致。我们可以看到的是,中国古代短篇小说的叙述长度、事件长度及时间长度都呈现明显的不断增长趋势,这种变化,与其传播渠道和接受群体密切相关,由此构成短篇小说各个发展阶段长度不同的特有模式。

一、中国古代短篇小说叙述长度的增加

中国文学叙述的长度是逐渐增加的。撇开类似于"百科全书式"的神话叙述,从早期街谈巷议式的"小说"萌芽开始,文学叙述直到魏晋以后才进入粗陈梗概的志人志怪系列。短篇小说的体制随着长度增加而趋于完备时,中国古代长篇小说才形成。相比于西方以长篇为小说开端,中国古代长篇小说在小说史上不仅相对晚起,且多为短篇的叙述连缀和语义叠加。若与中国的历史叙述相比,中国古代文学叙述长度的增加要晚得多。出于对"史"的重视,中国历史叙述的长度转变在春秋到汉代已经完成,从《春秋》《左传》到《史记》,当对历史大事的"断烂朝报"式记述发展为兼有纪事本末体和纪传体特色的叙述时,历史叙述话语的语义在迅速扩充,历史叙述的修辞策略在不断丰富,人们对于历史及事件叙述的认知也在深化。而此时,中国小说则在丛残小语的长度中辗转,艰难地增加着自身的长度,暗中进行着语义扩张。

人们通常把魏晋小说视为小说文体演变的一个重要环节。虽然此前的辞赋,已经有了可观的叙述因素,就篇幅来说,可能某些辞赋中的叙述部分比魏晋某些短小说还要长,然而,二者的叙述有着不同性质:抒情诗中的叙述部分仅仅起到"介绍某种情境、某个形象,或者某种引起反应与情感的物体的作用。而当叙述部分被作为作品的中心主题时,一个新的要素就被介绍进来,这个新的要素即情节趣味。它改变了主宰作品思想的完整形式"①。魏晋小说某些篇目虽然篇幅极短,但是它却是纯粹记录一个事件的:有着一些不同一般的人物,他们之间的交往及风趣对话;或者是一些诡异的奇闻,成为平淡生活之外的审美补充。虽然复杂的事件、较为细腻的过程,以及别具特色的语境,这些在魏晋小说中都是阙如的,但是作为一个"语义浓缩体",这些"丛残小语"却有着极大的语义扩张的潜能。②

魏晋志人系列《世说新语》记录当时名人的言行琐事,单纯记言的篇目叙述长度和时间长度都极短,如《世说新语》"德行第一":

> 王戎云:"与嵇康居二十年,未尝见其喜愠之色。"

简短的 18 字,意在勾勒嵇康喜怒不形于色的名士风度,王戎在此并不重要,他的出现顶多说明这种看法的权威性。另"排调第二十五":

> 康僧渊目深而鼻高,王丞相每调之。僧渊曰:"鼻者,面之山;目者,面之渊。山不高则不灵,渊不深则不清。"

此篇用 14 字交代了僧渊言说的语境:因目深鼻高而被王丞相嘲笑,由此引发的僧渊的精彩言说仅为 22 字,但这简短的言说却以一连串的隐喻手法对自己的独特相貌作出赞美,显示出僧渊的自信和过人才气。

稍长的记言篇目如"方正第五":

> 武帝语和峤曰:"我欲先痛骂王武子,然后爵之。"峤曰:"武子俊爽,恐不可屈。"帝遂召武子苦责之,因曰:"知愧不?"武子曰:"尺布斗粟之谣,常为陛下耻之。它人能令疏亲,臣不能使亲疏,以此愧陛下。"

此篇武帝和武子之间对话发生的语境交代更为详细:武帝打算痛骂王武子,事先征求和峤的看法,但也只有 28 字。武子引用典故回击了武帝,并从中总

---

① ［美］苏珊·朗格:《情感与形式》,刘大基、傅志强、周发祥译,中国社会科学出版社 1986 年版,第 302 页。

② 以下所列《世说新语》和《搜神记》中的篇目,即使译为白话,长度也没有明显增加。可参见马银琴、周广荣译注:《搜神记》,中华书局 2009 年版。

结出人生道理,但答话也仅有 29 字。

魏晋清谈是展示才智的中国式辩论,它不以冗长的论证、严密的逻辑推理取胜,而以机巧善对、俳谐睿智引人注目,《世说新语》中对话虽然简短,却展现了当时名士或机警谐趣或风流倜傥的性格。

而记事篇目如"容止第十四"描述了魏武帝一件残忍却有趣的故事,其中有魏武帝的心理描写如"自以形陋,不足雄远国",有行动叙述如"使崔季珪代,帝自捉刀立床头""闻之追杀此使",有对话如"魏王如何?魏王雅望非常,然床头捉刀人,此乃英雄也",但该篇叙述长度和事件长度仍然极短。

另"贤媛第十九"交代了王昭君时的汉宫风气:"汉元帝宫人既多,乃令画工图之,欲有呼者,辄批图召之。其中常者,皆行货赂",王昭君遭遇的缘起:"王明君姿容甚丽,志不苟求,工遂毁为其状",及其和亲的经过:"后匈奴来和,求美女于汉帝,帝以明君充行。既召见而惜之,但名字已去,不欲中改,于是遂行",此篇虽然有昭君外貌和性格的描绘,且时间长度很长,但叙述长度和事件长度却没有相应增长。

志怪系列《搜神记》一些篇目热点不在叙事,只是粗略地记录异闻,如《搜神记》卷六"龟毛兔角"为:"商纣之时,大龟生毛,兔生角,兵甲将兴之象也";另"马化狐"为:"周宣王三十三年,幽王生。是岁,有马化狐",前者18字,后者17字,即使译为白话文也极短,但其中却包括了对时间、事件及其所显示征兆的交代。如果对故事事件做细致的渲染和描述,这些篇目的长度将大大扩张。

可能是"志怪"的文体特质更容易激发人的想象,《搜神记》有些篇目叙述长度要比《世说新语》可观得多,如其中篇幅较长的"狗祖盘瓠"故事时间有大的跨越:故事从高辛氏王宫中老妇人的耳疾和治疗说起,引入主角盘瓠;分事件组合构成有波澜的情节:盘瓠的来历、戎吴的入侵、高辛氏王的许诺、盘瓠为高辛氏得到戎吴将军首、盘瓠和公主的婚姻周折、婚后生活的艰难、盘瓠死后子孙的状况,叙述十分清楚,且有刻画细腻之处,如公主随夫上山一段:

> 盘瓠将女上南山,草木茂盛,无人形迹。于是女解去衣裳,为仆竖之结,着独力之衣,随盘瓠升山入谷,止于石室之中。

公主的明理、吃苦耐劳的性格在此突现。此外,"狗祖盘瓠"的结尾对盘瓠子孙后代的交代较为详细:

> 盖经三世,产六男六女。盘瓠死后,自相配偶,因为夫妇织绩木皮,染以草实。好五色衣服,裁制皆有尾形。……衣服褊裢,言语侏离,饮食蹲踞,好山恶都。王顺其意,赐以名山广泽,号曰蛮夷。蛮夷者,外痴内黠,安土重旧。……冠用獭皮,取其游食于水。今即梁、汉、巴、蜀、武陵、长沙、庐江郡夷是也。用糁杂鱼肉,叩槽而号,以祭盘瓠。

这段不长的叙述,涉及盘瓠后代婚姻、衣饰、饮食习惯、居住地、祭祀风俗等多方面,突出了盘瓠为"祖"的性质,显现出中华重视后代延续的文化特色,而后世短篇小说重视交代故事主角后代的模式似乎于此也可见端倪。但和后世小说相比,其故事叙述还流于粗疏,其长度显然还有极大的扩张空间。

《搜神记》和《世说新语》是当时人们叙述的聚集,其中有些篇目如果作为分事件,可以组合成一个具有相当长度的故事,如蒋侯故事,包括蒋山蒋侯祠、蒋山庙戏婚、蒋侯与吴望子、蒋侯助杀虎等,这些互有关联的故事如果稍作调整,可以成为一篇幅较长的蒋侯性格更为丰满的小说。而《世说新语》中的王戎、石崇系列故事,《搜神记》中的管辂、淳于智、郭璞系列故事,都被编排在一类,可见作者认为它们的语义聚合可以更完整地表现人物性格;不过作者又没有把这些故事连贯成一有机整体,叙述仍然处于"小"与"说"的零散状态,可见当时的叙述者对于事件的认知还相对零散,没有整合故事的意识和习惯。

直到唐代传奇,"在内容上则扩大到可以耸动听闻而令读者留下较强烈印象的一切奇人奇事,文笔力求优美动人,不避虚饰,尤注意于形容描写以见作者叙事之有方、想象之瑰奇"①。此时,短篇小说方进入"叙述宛转,文辞华艳"的状态,其大大增加的长度满足了叙述一个完整事件之所需。

如同为"梦入蚁穴"故事,《搜神记》卷十《审雨堂》只有27字:

---

① 李宗为:《唐人传奇》,中华书局1985年版,第11页。

> 夏阳卢汾,字士济,梦入蚁穴,见堂宇三间,势甚危豁。题其额曰
> "审雨堂"。

而唐传奇《南柯太守传》长达四千多字,由一系列分事件组成,描述了淳于
棼梦出入蚁穴的完整过程:

> 入穴—议婚—成婚—狩猎—为政—生子—征战失利—辞官—失
> 宠—回家

宛转跌宕的情节被从各个角度渲染。《南柯太守传》视角不再单一,有了主
角视角和叙述人视角的频繁切换,这种从不同角度描述蚁穴外观场景和故事
主角感受的叙述,大大渲染了进入蚁穴的新奇感,如:

> 俄见一门洞开,(主角视角)|生降车而入。(叙述者视角)|彩槛
> 雕楹。华木珍果,列植于庭下;几案茵褥,帘帷肴膳,陈设于庭上。(主角
> 视角)|生心甚自悦。(叙述者视角)

> 右相引生升广殿,(叙述者视角)|御卫严肃,若至尊之所。见一人
> 长大端严,居正位,衣素练服,簪朱华冠。(主角视角)|生战栗,不敢仰
> 视。左右令生拜。(叙述者视角)

《南柯太守传》对于人、物、环境的细致描绘,把蚁穴中热闹繁华的景象
展现了出来:

> 有群女,或称华阳姑,或称清溪姑,或称上仙子,或称下仙子,若是者
> 数辈。皆侍从数十,冠翠凤冠,衣金霞帔,彩碧金钿,目不可视。遨游戏
> 乐,往来其门,争以淳于郎为戏弄。凤态妖丽,言辞巧艳。

> 累夕达郡。郡有官吏、僧道、耆老、音乐、车舆、武卫、銮铃,争来迎
> 奉。人物阗咽,钟鼓喧哗,不绝数十里。见雉堞台观,佳气郁郁。入大城
> 门,门亦有大榜,题以金字,曰"南柯郡城"。见朱轩棨户,森然深邃。

小说插入对现实之人如生父、田子华、周弁的故事叙述,以及借群女讲述,对

现实环境如禅智寺和孝感寺中的旧事回顾。这些现实和超现实经验的穿插,渲染了似真非真、"人生如梦"的感觉,给读者极大的审美愉悦。

小说前后照应极其周到:开头描述了主角嗜酒豪放的性格,为后来奇闻怪事的发生提供了人物性格基础;结尾则交代"梦入蚁穴"后淳于棼的巨大变化:

> 东平淳于棼,吴楚游侠之士。嗜酒使气,不守细行。累巨产,养豪客。曾以武艺补淮南军裨将,因使酒忤帅,斥逐落魄,纵诞饮酒为事。

> 生感南柯之浮虚,悟人世之倏忽,遂栖身道门,绝弃酒色。

故事开头有大古槐枝干修密、生因醉而卧于堂东庑之下,二友打算秣马濯足的描述,结尾与之相呼应为:

> 二客濯足于榻,斜日未隐于西垣,余樽尚湛于东牖。

> 寻槐下穴。……寻穴究源。旁可袤丈,有大穴,根洞然明朗,可容一榻。上有积土壤以为城郭台殿之状。

小说开头和结尾的呼应,现实与梦境的呼应,在突显"梦入蚁穴"的"真实性"的同时,又暗寓"蚁穴富贵"的短促和荒诞,现实时间的短促和事件时间的悠长给人以独特的哲理领悟。

为了避免人们仅仅将"蚁穴"故事当作一段奇闻来看,小说结尾增添了作者对于"梦入蚁穴"的议论及其讽喻之意,明确了故事主旨:

> 嗟乎!蚁之灵异,犹不可穷,况山藏木伏之大者所变化乎?
> 虽稽神语怪,事涉非经,而窃位著生,冀将为戒。后之君子,幸以南柯为偶然,无以名位骄于天壤间云。
> 贵极禄位,权倾国都。达人视此,蚁聚何殊。

大量事件因子的聚集使得唐传奇形成新的"语法"框架,语义斑斓而丰满。同时代其他与六朝志怪有渊源关系的《枕中记》《离魂记》等也都显示出长度和语义量成正比例增长的趋势,显示出人们对人事以及时空语境认知的细腻和深入。

　　与以往的同类型故事叙述相比,话本中的一些篇目长度增加更为明显。如《搜神记》卷十一"山阳死友传"演为《范巨卿鸡黍死生交》,话本对原有情节做了较大改动,如张劭病逝改为范式为应约自刎而死;并增加了许多情节:张劭应举路遇并照顾病重的范式、张劭在家备酒插花、宰鸡炊饭等候范式、范式鬼魂和张劭的对话、张劭说服家人往吊范式、张劭自刎而死与范合葬、州太守褒赠范张二人等。由于增加了大量的描述和对话,事件长度本身也大大增加。

　　史上著名的"羊左"故事,李善注引《烈士传》只有158字的记载,后演为话本小说《羊角哀舍命全交》。《宿香亭张浩遇莺莺》和唐传奇《莺莺传》有很多情节上的对应点,但前者的叙述长度显然非后者可比。可以见出,随着长度增加,短篇小说的"语法"框架得到调整,篇目的语义量也大大丰富了。

　　本书上一章曾经谈及,中国古代短篇小说的长度增加与其传播方式密切相关:萌芽于"街谈巷议"的"小说","街"和"巷"成为"小说"的传播空间,"谈"和"议"成为其传播形态。当街巷随着城市的空间伸展而扩大时,其传播形态也必然发生变化。宋元以后,城市格局和人口状况的改变,促成了话本小说进入说书场,很多短篇的长度大大增加,使得话本呈现出故事语境丰富明确、情节跌宕、形象多样的态势。

　　凌濛初《初刻拍案惊奇·原序》曰:

　　　　因取古今来杂碎事可新听睹、佐谈谐者,演而畅之,得若干卷。其事之真与饰,名之实与赝,各参半。文不足征,意殊有属。

正是经过作者的演畅增饰,单薄杂乱的古今"杂碎"事形成语义厚实贯通的整体,催生了文采璀璨、内涵丰富的古代话本小说文体。

　　考察古代短篇小说的长度演进,可以发现,长度所导致的语义量变化,引发小说文体质的改变,这种变化,源于增添了大量复杂的叙事元素,它们作为故事语义的因子,合成了小说新的"语法"框架,从深层反映了叙事文学对于世界认知的变化,本书参照话本小说之前的短篇小说,从时间和空间、人物和场景的变换错综方面考察话本小说长度和语义量变化状况。

二、时空语境:从缺失含混到清晰多元

时空是文体尤其是叙事文体建构的重要因素,它作为小说的情节语境出现,说明作者认识到时空是情节人物的"现实性"依据。巴赫金曾说:"文学把握现实的历史时间与空间,把握展现在时空中的现实的历史的人——这个过程是十分复杂、若断若续的",他借用了一个物理学概念"时空体",来称呼文学中艺术把握时间和空间之间联系的状况,"在文学的艺术时空体里,空间和时间标志融合在一个被认识了的具体的整体中。时间在这里浓缩、凝聚,变成艺术上可见的东西;空间则趋向紧张,被卷入时间、情节、历史的运动之中"①。

发生于现实时空中的事件往往因外来干扰而发生中断,显得杂碎纷乱。而小说叙述,则把断断续续的事件片段接续、组织起来,展现给接受者一个事件发展的立体流程,不管这个流程表现为合乎逻辑的清晰还是有意识的混乱,都是作家通过修辞而有意为之的,因而,叙事文学的时间往往呈现为叙述者或者作品人物的时间感觉,"光阴似箭,日月如梭",更多是叙述者为了略去无意义时间而把时间单位给压缩了。事件片段的接续,事件发展时间的伸缩,使得叙述发生时值改变,获得新的时间逻辑模式,新的时间序列和结构。而文学作品的空间语境具有强烈的文体性和文化性:文学史上的不同文体作品,所关注、所描绘的空间不同;即使是同一类型的空间,在不同文体中往往也呈现出不同面貌。而不同民族、不同地域对于空间的看法更是往往大相径庭。②

《世说新语》几乎都是当时名流的实事记录,或为几句生动有趣的人物语言,或为少量奇妙的事件梗概,这些叙述几乎都无时空语境,但由于文本的文外语境十分清晰:人物事件的发生与"现时"同步,所以仍能引起人们浓厚的兴趣。而唐传奇,特别是话本小说,改变了以往文学叙事的无时空语境

---

① [苏]巴赫金:《小说的时间形式和时空体形式》,白春仁译,钱中文主编《巴赫金全集》第三卷,河北教育出版社 1998 年版,第 274—275 页。

② 有关文学作品空间语境的文化性和文体性问题,还可参见本书第八章相关内容。

或是时空语境含混的状况,有关时空的交代使得人物遭遇带有特定的时空语境性。

话本小说最有特色的时间语境有历史时间语境、偶然时间语境和文化时间语境。

小说篇首对朝代及历史大事的背景交代,使历史成为个人命运变化的语境依据。如《卖油郎独占话魁》正话开头叙述了宋太祖至哲宗共七代帝王民安国泰的情景,再说到徽宗时金兵入侵,二帝蒙难,高宗偏安江南,"百姓受了多少苦楚",引入瑶琴和秦重的遭遇;《范鳅儿双镜重圆》入话则在描述了"靖康之乱"后,又把叙事镜头聚焦于"溃兵之祸":"只听得背后喊声振天,只道鞑虏追来,却原来是南朝杀败的溃兵。只因武备久弛,军无纪律,教他杀贼,一个个胆寒心骇,不战自走;及至遇着平民,抢掳财帛子女,一般会扬威耀武。"让人们关心动乱历史之中的个人命运。

偶然时间语境促成了偶然事件的发生,连续发生的巧合切断了事件原本的常规流程,牵出许多令人惊奇的故事。如《吕大郎完金还骨肉》中,吕玉遭遇一连串的灾祸:独子失踪四年、陕西讨账被耽搁,在外得疮毒三年,但偶然机遇改变了他的命运:登东拾金,行三五百余里后遇到失金人陈朝奉,还金后在陈家遇到失踪的儿子,归途舍银救人无意中救下了自己的三弟。他的妻子王氏在家也逢凶化吉:被二弟吕宝卖给陕西客商,结果吕宝的妻子反被误抢走。最后夫妻重会,骨肉团圆。唐宋以后的经济发达导致人际交往频繁,关系越来越复杂,"偶然"的发生概率也大大提高,这些都促使人们怀着极大兴趣去思考人生际遇,体会偶然背后的必然,领悟人生哲理。而宋代战乱之中,"偶然语境"更是催发了众多悲欢离合的发生:《范鳅儿双镜重圆》中,自缢在荒屋中的顺哥不仅被失散多年领兵经过的父亲救下,而且在数年之后又在家中见到曾陷入叛贼之中,后改名被招安立功的丈夫,夫妻得以重圆。虽然说书人总是认为这些苦尽甘来的偶然都是行善导致的必然,如"后人评价范鳅儿在'逆党'中涅而不淄,好行方便,救了许多人性命,今日死里逃生,夫妻再合,乃阴德积善之报也"。但"无巧不成书"的巧合却让叙述增加了无穷的趣味。

话本小说的文化时间语境多为民族节日,如元宵、清明、端午、中秋等,这些特殊的日子往往会发生一些奇事,如俞伯牙和钟子期相会于中秋明月下(《俞伯牙摔琴谢知音》),杨思温元宵异乡遇见亡嫂(《杨思温燕山逢故人》),陈可常端午含冤坐化(《陈可常端阳仙化》)……这些节日更是发生各种巧遇的佳期:仕女们往往在游玩中遇到心上人,开始一段美丽的爱情故事,如白娘子与许仙(《白娘子永镇雷峰塔》)、吴清与爱爱(《金明池吴清逢爱爱》)、张舜美和素香(《张舜美灯宵得丽女》)、崔生和庆娘(《大姊魂游完宿愿,小妹病起续前缘》)等。从而使故事语义带有浓厚的民族文化色彩。

魏晋小说的空间语境设置,或空缺,或笼统而含混,难以顾及人物行动与空间语境的关系。如《世说新语·汰侈》中石崇与王恺争豪的故事,没有像后世小说一样渲染二人奢华的家庭环境,《搜神记·李寄斩蛇》对可以烘托李寄勇敢性格的高山、山洞的阴森环境都没有着墨。这说明当时叙述者对空间语境和人物行动之间的关系还没有足够的重视。而唐传奇则不仅有地理位置的明确交代,而且对奇异环境如龙宫、蚁穴以及一些人家的设施等都有精到描写。如《柳毅传》描写龙宫:

　　始见台阁相向,门户万千,奇草珍木,无所不有。……谛视之,则人间珍宝,毕竟于此。柱以白璧,砌以青玉,床以珊瑚,帘以水精,雕琉璃于翠楣,饰琥珀于虹栋。奇秀深杳,不可殚言。

小说的时空多次转换构成分事件叙述,如《柳毅传》随着柳毅行程而发生空间转换:
泾阳道旁—洞庭之阴—龙宫（灵虚殿、凝光殿、凝碧宫、清光阁、潜景殿）—金陵—洞庭—南海洞庭
相对应的分事件有:
路遇—传书—作客（宴饮、遇钱塘、重逢龙女、议婚不成、分别）—回家致富—三次婚姻—和龙女相认—成仙
到了话本小说,人文空间和自然空间成为人物行动依据,事件和性格都具有了"空间语境性"。如《玉堂春落难寻夫》中王三公子第一次游览京城,京城景象令他喜不自禁,这个新的空间足以使王公子把从小受到的传统教育抛在脑后,迅速将自己的行为融入这个世界:他沉迷酒色,为妓女玉堂春

花去了三万两白银,弄得人财两空。虽然最终他还是在京城功成名就,但促成其性格变化和人生跌宕的正是那个极具诱惑力的空间。

奇特的空间转换往往催生奇特事件。如《俞伯牙摔琴谢知音》中,风流才子俞伯牙船经荒山脚下,弹琴而弦断,于是遇樵夫钟子期,引出史上闻名的"知音"故事;病重的宋金被丈人弃于江岸,却遇老僧赠送《金刚经》,又意外得到强盗所藏八大箱金银珠宝;在都城中意外发迹者更是层出不穷。①

总的来说,随着话本小说的成熟,叙述时间的拉长、切换,空间的转换、扩张几乎与故事情节丰富复杂同步。人们的视野在叙述中扩大,情节也因时间长度增加而获得曲折但合乎逻辑的进展,小说由此获得极为丰富的语义。

三、人物情节:从简单设置到人物群及分事件组合出现

苏珊·朗格曾说:"一个故事,为了把复杂的情节组织起来,就用想象和细节描写使它放慢、放宽,这样,它就制造了一种新的结构因素,即人物彼此之间的固定关系。"② 在中国古代短篇小说成熟的过程中,故事人物面貌和性格特征有一个逐步清晰、丰富的过程,他们在故事中的重要性也是逐步增加的。

先秦的文学叙事中,人物仅仅成为生活哲理的载体。如当时广泛流传的寓言故事《刻舟求剑》、《掩耳盗铃》、《守株待兔》等等,其中人物的出现仅仅是为了以讽喻的形式说明一个道理,而不是为了述说一个动人的故事,或者刻意向接受者展现一个人物形象。

魏晋时期,名士成为当时的重要言说对象,但他们在叙述中有时单个出现,成为飘忽而抽象的美学性存在;有时成对出现,构成关系单纯的双方;如果有"第三者"出现,则其形象往往单薄甚至阙如,如《世说新语·贤媛》

---

① "都城意外发迹"的分析可参见本书第八章相关内容。
② [美]苏珊·朗格:《情感与形式》,刘大基、傅志强、周发祥译,中国社会科学出版社1986年版,第329页。

"下发斫柱"中人物有陶侃、陶母湛氏和范逵,但范逵仅仅是个被动接受角色;《德行》三十三是相对详细的叙事篇目:"谢奕作剡令,有一老翁犯法,谢以醇酒罚之,乃至过醉而犹未已。太傅时年七八岁,著青布绔,在兄膝边坐,谏曰:'阿兄,老翁可念,何可作此!'奕于是改容曰:'阿奴欲放去邪?'遂遣之。"参与者有三人,但"老翁"空缺;也有对话,但对话无冲突性,单一事件显现的是简单的劝说和顺从的人物关系。

唐以后小说改变了这种状况,人物群的出现,带来了小说一系列修辞策略如角色配置、角色性格、角色话语的变化等等。

不同性格的亲属关系在角色配置中占有重要地位,普通人的家庭变故在话本小说中得到了细致生动的描写。话本中相当多篇目都是由家庭关系构成角色配置基本框架,不平衡的家庭关系导致一系列屡经周折的故事发生:嫌贫爱富的长辈和贫穷潦倒的女婿,如《宋小官团圆破毡笠》、《陈御史巧勘金钗钿》;粗心的父母同多情的儿女,如《乔太守乱点鸳鸯谱》、《吴衙内邻舟赴约》;节俭勤劳的父亲同散漫使钱的儿子,如《赵春儿重旺曹家庄》、《张孝基陈留认舅》等,而夫妻情人之间不顺当的婚恋故事更是多姿多彩。

人物群的出现,必然会有对话的加入,《柳毅传》中柳毅和钱塘的对话已经显出冲突性,接连几天宴饮作为对话语境的嵌入,更增加了对话的合理性和情趣。话本中的对话长度明显增加,如俞伯牙与钟子期(《俞伯牙摔琴谢知音》)、庄周与妻子田氏(《庄子休鼓盆成大道》)的对话,都由几轮对答组成,而田氏的对答中詈语不断,俗话连篇,同庄子沉稳却通俗的对答相映成趣,他们的对话成为后来事件进展的逆向前提。

魏晋小说除少数篇目外,大多显现的是叙述长度极短的事件片断,唐以后的短篇则不仅注意到事件自身的完整性,且在拉长事件本身叙述长度的同时,采用分事件合成的叙述方法以增加故事语义的丰满程度,按递进、转折、因果等一系列逻辑关系组合的分事件构成话本小说情节的完整流程,也形成小说复杂的"语法结构":

分事件递进排列,使情节逐步走向高潮。如《卢太学诗酒傲王侯》中,知县汪岑一心想去才子卢楠处观花,但卢楠邀他观赏冬梅、春花、夏荷、秋桂均因临时有事未能成行,最后一次赏菊页阴错阳差,惹恼汪岑,卢楠被诬陷问成死罪,直到新知县上任才得以雪冤。文学史上典型的叙事原型"三"在话本中被发挥,三个分事件组合的篇目增多,更有"三"字出现于一些篇名,如《王安石三难苏学士》、《三现身包龙图断冤》、《杜子春三进长安》、《苏小妹三难新郎》等。

转折关系更多是通过困境设置及困境化解体现的。话本往往把人物的艰难困顿渲染到极致:俞良应举途中偶染一疾,钱物使尽,卖驴步行,脚鲜血淋漓,经过八千多里路来到杭州,却金榜无名,店主讨债,衣食无着,没有盘缠不能归家的俞良打算用店主打发他离开的两贯钱买些酒食吃了,跳下西湖,但槛窗离湖太远,酒楼自缢也未成功,处处被人羞辱。陷入困顿的俞良走投无路之时,转折出现了:在酒楼墙壁上醉后题的词"惊动圣目",得到赏识,被授"成都府太守","御赐银两衣锦还乡"(《俞仲举题诗遇上皇》)。为了渲染一些陡生不测的负面转折所造成的恶劣后果,叙述者常用套语制造悬念:"说话的若是同时生,并年长,晓得他这去不尴尬,拦腰抱住,擗胸扯回,也不见得后边若干事件来。"阿米斯在《小说美学》中说:"当我们心怀疑虑,身处困境时,当一条出路闪现在我们面前的时候,我们才会感到审美紧张。对出路的暗示、即将获得解脱的信息、对宽慰的召唤、对自由的允诺,这些才是审美经验的本质。"① 这些突然的冲突引进、周折营造激起的审美紧张,以及事件最终的圆满结局,正构成了小说的独特审美魅力。

小说的故事陈述本身隐含着因果关系,即所述各个事件往往互为前因后果。话本一方面宣扬善恶果报,如《桂员外途穷忏悔》、《金令史美婢酬秀童》;另一方面也更多强调语境、人物行为相互间的促成、决定作用,强调事件本身发展的因果联系,如《老门生三世报恩》、《吕大郎还金完骨肉》等,人物在道德、行为方面成为自己的"责任人"。

总的说来,小说对于因果的完整交代不仅为小说增加了长度,而且满足了人们对事物发展规律的了解欲望,陈述成为人们认知世界的手段之一。

---

① [美]V.阿米斯《小说美学》,傅志强译,燕山出版社1987年版,第15、17—18页。

四、古代短篇小说的长度: 独特的认知视角

应该说,从用最初的语词去表述世界起,谋求语义与世界之间的契合,就成为人类永恒的追求,正是在这样的追求中,人类的话语方式趋于复杂,话语的语义含量也趋于丰富。如果能把人类最早使用的名词视为"独词体"叙述,那么,正是在从最简单的"独词体"到单句、复句,并最终有了复杂结构的叙述发展过程中,人类的思维在改变,人类对世界的认知也在叙述中深化、多层次化。

汤因比把人类认识和表现对象的方法概括为三种:历史的方法;科学的方法;戏剧和小说通过"虚构"形式对事实进行艺术再创造的方法。①

中国古代长期占据权威地位的连绵不断的历史书写,分割出一块专属于上层社会的活动时空,把语义锁定在英雄帝王从起事到成功的模式中。历史由此被定格在语言的永恒之中,也被牢牢地与后世捆绑在了一起。正是语义丰富的史传文学,给小说提供了叙述方式的参照。

此外,讲唱文学也给小说提供了烘染发挥、扩大语义含量的先例。

佛教经典传入中国后,经过改造宣传,其中一部分成为中国具有宗教性质的通俗文学的内容构成。佛经在翻译时,因为一些译者必然关注佛经传播的社会影响和效果,于是在不知不觉间将世俗的观念和要求带入佛经,结果出现译著"巧削原文、掺入私意""葡萄酒被水"的状况。② 佛经俗讲本来是对经文的通俗化阐释,为了激发接受者的兴趣,获得更好的接收效果,俗讲的僧人往往把经文用作"本事"或者简纲,他们充分发挥自己的想象力,把简略的"本事"变成富于趣味的故事叙述。

而讲唱文学如变文,则是以佛经或非佛经传说为依据,由作者们自己自由地去抒写、阐扬而完成的。流传甚广的敦煌佛教变文中的《大目乾连冥间救母变文》,就是将原来印度佛教中的《佛说盂兰盆经》大加渲染而成。此

---

① 〔英〕J. 汤因比:《历史研究》(上),曹未风等译,上海人民出版社 1986 年版,第 57 页。

② 严耀中:《中国宗教与生存哲学》,学林出版社 1991 年版,第 217、220 页。

外,一些历史人物如《史记》中伍子胥、舜的故事,也被渲染演绎、挥洒扩充,成为具有跌宕曲折情节、语义含量更为丰富的《伍子胥变文》《舜子至孝变文》。虽然大多变文十分粗糙,"都是'零缣断绢',很少高明的东西。且别字和缺漏之处,连篇累牍"①,但毕竟为小说的语义扩张提供了营养。

在各种因素的促成下,短篇小说终于走出以往的文体格局,以足够的叙述长度切切实实地关心发生在俗民生活中一切饶有趣味的琐事:劳碌奔忙,是为了功名财富;争吵斗殴,也是人生波澜,这唯一一次可以感知的生命历程的丰富多变值得人们细细描述、津津有味地咀嚼。虽然人生的时间不可改变,空间受到局限,但小说创造的虚拟时空,显示出和现实时空不同的时值和状况:人生叙述的慢镜头拉长了人生时间,扩张了人所能够认识的生存空间,生命突破了其自然流程,获得了新的文学语义,人们对现世体味的细腻深刻,通过描述人生复杂关系的话语量增加得到实现。

话本小说兴起于社会杂语繁富的时代,虽然这时封建意识的解体还没有到来,但各种经济、宗教、伦理等意识形态已经携带着自己的话语体系,交流频繁并集聚到一起。而小说弹性极大的语义容量,可以容纳这些集聚和混杂,形成各类话语对立又通融的态势。"当不同语言特别紧张而有力地相互交锋相互作用的时候,当杂语从四面八方侵入标准语的时候,换言之是在对小说最为有利的时代,杂语成分极容易迅速规范化,从一个体系转移到另一个体系中去。"② 随着杂语在小说中的聚集,汉语自身也完成了进入近代的转型。

各类文体所关注的特定时空中的人物事件构成了以符号形式呈现的大千世界,小说是人类迄今为止含量最为丰富的叙事文学体裁,它的大容量语义可以相对完整地表现人们所认知的外部世界。短篇小说叙事,呈现了人们从纷繁的社会事务中分割出的相对独立的事件单元,它包容了从杂乱的社会关系中选择出的具有特殊认知意义的人际关系,体现了人类试图通过一定长度的叙述认知世界的欲望,传达了人们对于社会的一定量的思考。而话本小

---

① 郑振铎:《中国俗文学史》,商务印书馆 2005 年版,第 195 页。

② [苏]巴赫金:《长篇小说的话语》,白春仁译,钱中文主编《巴赫金全集》第三卷,河北教育出版社 1998 年版,第 210 页。

说，从一个独特的叙述维度介入社会，介入人的生存，用拥有足够长度的叙事优势展现了一个通俗平易却又五彩斑斓的俗民世界，其时空语境的设置使得人物事件具有了"现实性"，人物群和分事件组合的出现构成小说独特的"语法"结构，这些连同其他大量故事因子的介入，促成了短篇小说的长度转换，为那个时代留下了一份丰富而又特殊的"语义档案"。

第六章 作为一种话语秩序的叙述节奏：话本小说修辞诗学研究之三

　　人类在建立社会秩序的同时，也在建立自己符合社会要求的话语秩序，话语秩序或隐或显存在于任何一个交际场合，它表现在多方面：谁说，谁听，说话人出场次序，话语安排的顺序，以及如何插话和转换话题、如何安排话语进展速度等等，即使是说者和听者的表情姿态、衣着装扮，以及交际的场所和时间，也会从侧面显示话语秩序的严正与宽松。经过说话人精心设计的话本，建立了一整套话语秩序，从叙述节奏入手考察话本的话语秩序，仅仅为其中的一个切入点。

　　"节奏"在希腊语中表示运动、计量和均衡，又表示流动，即"在流动的运动中某些组织化、统一性起作用时成立的东西"①。西方美学家把"节奏"视为"时间的秩序"、"运动的秩序"。在中国，上古时期人们就认为"文采节奏，声之饰也"（《礼记·乐记》），即"节奏"是声音的装饰，它是声成为乐的决定性因素。后来节奏被广泛用于包括文学艺术在内的各个领域，成为众多美学家研究的对象。

　　节奏源于人类对自身生命在律动中延续的体验，这种体验由己及物，推至整个宇宙，万事万物因律动显示出生命的蓬勃和生命进程的有序，于是，人

---

① 竹内敏雄主编：《美学百科辞典》，池学镇译，黑龙江人民出版社 1986 年版，第 279—280 页。

类的空间感受在时间的节奏运动中凝固,存在于空间的事件也因在时间流程中的进展而获得节奏。文学作品依托语流传递信息,信息输出的过程中,信息因素的疏密、强弱、长短、缓急在单位时间内发生的变化,必然会作用于接受者的心智,让他们感受到节奏的审美能量。此外,由于按一般自然秩序进展的事件不受干扰、机械死板的节奏让人们感觉审美疲惫,时不时地寻找"心跳"的感觉,成为人们欣赏文艺作品时的审美追求和期待。有才能的叙述者总是敏锐地捕捉事件进展的节奏变化,并有意识地把这种变化修辞化,营造叙述的可欣赏性。

苏珊·朗格不仅肯定了文学语言的节奏给人带来的审美感觉,而且把节奏与人的思维、情感的结构相联系:"语言的这种能力确实十分惊人。仅仅是它们的发音就往往能影响人们关于词汇原意的情感。有韵句子的长短同思维结构长短之间的关系,往往能使思想变得简单或复杂,使其中内含的观念更加深刻或浅显直接。赋予语言以节奏的强词夺理性发音,发音中元音的长短,汉语或其他难得了解的语种的发音音高,都可以使某种叙述方式比起别的方式来显得更为欢愉,或显得倍加哀伤。这种语言的韵律节奏是一种神秘品格,它或许能证明至今还完全没有进行探索的思维与情感的生物学统一性问题。"[①] 巴赫金则认为 "节奏是对给定的内心现实以价值的配置"[②]。

本书将从两个向度考察话本的叙述节奏:结构层面节奏来自事件组接、视角转换等一系列话语模块组构带来的信息量和信息强弱度在单位时间内的改变;语流内部节奏即语句线性流淌的长短、缓急变化,在话本中主要为构句方式和语体的规律变化而带来的节奏变化。

一、话语模块组构: 结构层面节奏和话语秩序建构

凯塞尔《语言的艺术作品》把通过明显的停顿而划分界限的诗组称

---

① ［美］苏珊·朗格:《情感与形式》,刘大基、傅志强、周发祥译,中国社会科学出版社 1986年版,第 299 页。

② ［苏］巴赫金:《审美活动中的作者与主人公》,晓河译,钱中文主编《巴赫金全集》第一卷,河北教育出版社 1998 年版,第 215 页。

为"重点",认为"重点才是节奏的单位;节奏在诗中的秩序是作为重点的秩序而存在的,是作为它的形成和适应而存在的"①。采用散文叙述体的话本小说,具有强烈的结构性倾向,它的内部是一个个相对独立的话语模块,这些模块的内容或为一个个语义关联的独立事件,或为按时间切割的事件阶段,或为说话人出于话本功能的需要而发出的不同角色话语,它们同样成为话本"通过明显的停顿而划分界限"的叙述重点。这些信息分布有着明显差异的话语模块,构成节奏单位,构建着话本的话语秩序。

话本的常规结构多为一系列体现不同功能的话语模块组合而成。入话和正话以连续的、对位的事件结构,形成长短不同的节奏,显示出叙述张力,验证着永恒的人生规律;说话人的视角转换,议论和叙述交叉,构成节奏的强弱变化,强化了话本的道德实用功能。

(一)作为话语模块的连续对位性事件形成长短不同节奏

故事总是展现依照一定时间顺序排列的事件,而我们的日常生活,通常由时间生活和价值生活两部分组成,"故事叙述的是时间生活,但小说呢——如果是好小说——则要同时包含价值生活"②。在话本叙事中,"时间生活"往往服从于"价值生活",因而其话语设置明显表露出价值倾向:出于对故事道德教化价值和审美价值的考虑,事件经过剪辑重新获得时空的修辞化处理和组合,即"能以一朝一代故事,顷刻间捏合"。这种出于道德和审美目的的事件选择及组合,使作品呈现出结构性节奏变化:

话本的入话和正话多为情节相似、语义相近或相反的故事。典型的如《新桥市韩五卖春情》:

入话一连叙述了5个短故事:周褒姒、春秋时夏姬、陈后主二妃张丽华、孔贵嫔、隋萧妃、唐杨贵妃时的君王如何"贪爱女色,致于亡国捐躯";

正话为俗民吴山的长故事:"自家今日说一个青年子弟,只因不把色欲警戒,去恋着一个妇人,险些儿坏了堂堂六尺之躯,丢了泼天的家计,惊动新桥

---

① [瑞士]W.凯塞尔:《语言的艺术作品》,陈铨译,上海译文出版社1984年版,第326页。

② [英]爱·福斯特:《小说面面观》,苏炳文译,花城出版社1984年版,第25页。

市上,变成一本风流说话"。

可以将故事的语义要素展示如下:

故事序列	故事语义要素
入话故事 1:	＋女人美色＋淫荡＋男人贪色＋亡国＋捐躯
入话故事 2:	＋女人美色＋淫荡＋男人贪色＋亡国＋捐躯
入话故事 3:	＋女人美色＋淫荡＋男人贪色＋亡国＋捐躯
入话故事 4:	＋女人美色＋淫荡＋男人贪色＋亡国＋捐躯
入话故事 5:	＋女人美色＋淫荡＋男人贪色＋亡国＋捐躯
正话故事:	＋女人美色＋淫荡＋男人贪色　　　 －捐躯

可以看出:入话的义素相同,形成语义叠加;正话的义素缺项是因为主人公的俗民身份,而末项为负,则是因为主人公及时醒悟彻底悔改得以从死亡边缘逃脱。这些义素同异相对的故事,合成特有的连续、对位结构,成为小说节奏划分的"重点":

在小说开头接受者欲进入情境时,入话成为叙述节奏中的短、弱成分,烘托了正话的长、强节奏,长短交错、详略不同的故事构成叙述节奏的反差。而说话人之所以不厌其烦地连续叙述这些故事,正是要强化语义,导出一致的因果推论,说明事理服从于伦理的道理:尽管主人公属于不同的时空,说话人也总是详细交代人物的籍贯、姓氏和家庭背景,但是这些交代只是为了验证相距千年的朝代、阻隔万里的地区,都上演着同样的伦理事件,过去与现在用一条永恒的道德红线贯穿,天理总是给人一个公平的答案。随着叙述节奏的变换,史上知名人物事件中演化出俗民处世的经验教训,主人公身份更贴近大众,警世功能更明显,接受者感受到的信息能量也更强。

在当时伦理宗教化的背景下,主人公的命运变化往往因修辞化叙述而获得多样节奏。如《宋小官团圆破毡笠》在《警世通言》中共 20 页[①],作者不惜用 5 页半篇幅叙述宋金父亲为一个老和尚断送,此可视为这篇说话的前奏,宋金两度落魄占 2 页多,宋金被刘家收留、成婚占 3 页,剩下篇幅描述其突然发迹与妻子团圆。前奏的内容有老和尚的死,但因为是以行善为主调,

---

① 见冯梦龙编:《警世通言》,人民文学出版社 1994 年版,第 317—337 页。

所以叙述节奏仍显悠长平稳;宋金落难虽节奏紧张,但篇幅不长,所以只造成节奏的短暂起伏;宋金偶然又突然的发迹以及随之而来的团圆成为故事最富戏剧性的部分:先前的寒酸落难与后来的荣华富贵形成鲜明对照,突然出现的欢快节奏让人们在为主人公高兴的同时,也体味到事态发展总是符合于道德逻辑,尽管在五彩缤纷的城市里,在变快了的生活节奏中,人们发财升迁和落拓潦倒的偶然性都大大增加,但"为善得福"总是不变的"道理"。

话本小说的时代,人们希望听到发生在自己身边的"真实"故事,又希望知道偶然的奇遇能够屡屡出现,话本叙述者迎合了人们的这种心理诉求,他们把发生在不同时空的故事编织在一起,以长短强弱交织的叙述节奏,加深或改变着人们对这个世界的固有看法,制造着命运可以突然间起落的修辞幻象,行使着生活导师的职能。

(二)不同的角色话语模块合成多彩节奏

在传统话语系统中,对行为的描述和道德读解往往是一体的。汉儒把对《诗》的语义分析纳入社会道德和政治轨道,《诗》也因此获得了"经"的权威地位,成为道德、政治话语的组成部分。话本对所描述社会现象的解读延续了这种倾向:说话人总是表现出对社会伦理的热切关怀和对现实道德问题的积极介入,及时行使对这些现象的议论和解释权,将道德权威转化为道德议论话语的权威。

《葛令公生遣弄珠儿》,入话叙述楚庄王一个部下在宴会上乘风吹烛灭,牵一美人的衣服,庄王未加追究,后来庄王为此人所救。接下来是一段有声有色的议论:

> 世人度量狭窄,心术刻薄,还要搜他人的隐过,显自己的精明。莫说犯出不是来,他肯轻饶了你!这般人一生有怨无恩,但有缓急,也没人与他分忧替力了。像楚庄王恁般弃人小过,成其大业,真乃英雄举动,古今罕有。

入话的情节描述显示两处节奏变化:饮宴时部下胆大妄为被揭露,但未被惩罚,节奏由松到紧又趋向缓和,庄王身处危难被救,节奏则由紧张到松弛。接着,议论为生动的事件描述融进严正的节奏,将世人与庄王进行对比后,发出"英雄举动,古今罕有"的赞叹,为人们树立了道德楷模,而"刻薄"和"宽厚"所导致的相反结果,使道德宣讲带上浓烈的实用主义色彩,拉近了处世道理和接受者的心理距离。

另《王大使威行部下,李参军冤报生前》,入话叙述了两个发生于不同时空的冤冤相报的故事后,说话人以显在身份出现:

> 这两件事希奇些的说过,至于那本身受害,即时作鬼取命的,就是年初一起说到年晚除夜,也说不尽许多。小子要说正话,不得工夫了。说话的,为何还有一个正话?看官,小子先前说这两个,多是一世再世,心里牢牢记得前生,以此报了冤仇,还不希罕。又有一个再世转来,并不知前生什么的,遇着各别道路的一个人,没些意思,定要杀他,谁知是前世冤家做定的。天理自然果报,人多猜不出来,报的更为直捷,事儿更为奇幻,听小子表白来。

鬼魂"冤冤相报"的故事接二连三地出现,形成超现实世界幻象,营造了恐怖而紧张的节奏,而说话人及时插入,对事件进行解释和议论,并交代说话程序,将接受者拉回到现实之中,也使恐怖紧张的节奏得到舒缓。

当情节发展分解为节奏迥异的两个阶段时,说话人也常常以议论进行节奏转换,完成事件接续。如《陈御史巧勘金钗钿》中,梁尚宾假冒表弟奸骗鲁小姐,为后来事态发展留下悬念,中间夹以假公子和鲁公子的一段交接将紧张引向放松,说话人的长篇议论成为其中的过渡:

> 常言:"事不再三,终有后悔。"孟夫人要私赠公子,玉成亲事,这是锦片的一团美意,也是天大的一桩事情,如何不教老园公亲见公子一面?及至家公子到来,只合当面嘱咐一番,把东西赠他,再教老园公送他回去,看个下落,万无一失。千不合,万不合,教女儿出来相见,又教女儿自往东厢叙话,这分明放一条方便路,如何不做出事来?莫说是假的,就是真的,也使不得,枉做了一世牵扯的话柄。这也算做姑息之爱,反害了女儿的终身。

事情需"三思而后行","姑息之爱害人",议论话语以具有道德内涵的人性恒定经验为主导,在男女情欲故事中插进直观、实用的议论话语,调整了节奏链。

凯塞尔在讨论散文节奏时,提到各个语组中的结语成为加强语气的不可或缺因素,这些结语随同它们安排的重音缓慢地、强调地读出,散文因而获得某种崇高、庄严的成分。① 话本虽是叙事体,但为了帮助接受者读解事件隐含的道德语义,几乎事事有议论,特别是事件发展出人意料时,解释、说明更成为必不可少的成分。如《薛录事鱼服证仙》,在叙述了廉谨仁慈的少府薛伟病中化身为鱼、险些死于庖厨的故事后,说话人有一段说明:

> 我想古语有云,吉人天相。难道薛少府这等好官,况兼合县的官民又都来替他祈祷,怕就没有一些儿灵验?只是已死二十多日的人,要他依旧又活转来,虽则老君庙里许下愿的,从无不验之人,但是阎王殿前投到过的,那有退回之鬼! 正是:须知作善还酬善,莫道无神定有神。

> 薛伟化鱼形成超现实世界幻象,被捉则营造了紧张节奏,说话人及时插入,对事件进行说明和议论,又让接受者进入公允的评论语境,也使节奏趋于舒缓。

说话人的在场行为,往往带有当事人的表演性质;场景的局限,又必然需要说话人以全知视角进行叙述;而话本的社会功能,又让说话人身兼教诲者、评价和议论者,频繁出入于多种角色。不同的角色话语形成节奏曲线,如《灌园叟晚逢仙女》,说话人在描述了一崔姓处士保护花神的故事后,作为教育者出面:

> 列位莫道小子说风神与花精往来,乃是荒唐之语。那九州四海之中,目所未见,耳所未闻,不载史册,不见经传,奇奇怪怪,跷跷蹊蹊的事,不知有多多少少。……只那惜花致福,损花折寿,乃见在功德,须不是乱道。列位若不信时,还有一段《灌园叟晚逢仙女》的故事,待小子说与列位看官们听。若平时爱花的,听了自然将花分外珍重。内中或有不惜花的,小子就将这话劝他,惜花起来。

---

① [瑞士] W. 凯塞尔《语言的艺术作品》,陈铨译,上海译文出版社 1984 年版,第 347 页。

这段教导以诲人不倦的口吻突显了"奇怪"故事中蕴涵的日常生活道理,丰富了话本的节奏类型。

二、句式文体变换:语流层面节奏和话语秩序建构

语流节奏首先来自句中数量不等的音节构成的音步,汉字的单音节形式、汉语语词双音节为主的形式、元音占主要地位的音节构成,富于变化的调值,都成为语流节奏的美学因子。而历代文人在组合语句时,也都将营造节奏感作为一种审美追求,文学的语句组构模式则因文体差异而显现分化。

一般来说,小说属于典型的散文叙事体,语流节奏并非它的重点审美追求。但话本的特有传播形式却促使它融合以往各类文体的语流形式,创造自己特有的节奏美感:格式整齐的 2+2 式四字语句成为话语组合的主要成分,形成张弛有致的语流节奏;诗词俗语的加入,与散文叙述合成静态和动态的变化,形成松紧变换的节奏,调动了接受者的审美注意。

(一)四字为主的话语组合,形成张弛有致的节奏

叙事文学对事件的叙述,归根结底,呈现为词语的按顺序排列[1],话本的语句组配,成为既有规律又富于变化的语流节奏的重要因素。相对于人物对话,在话本中占据主体地位的叙述及场景描写,更多地运用了 2+2 式四字语句:

有一居民,姓宋名敦,原是宦家之后。浑家卢氏,夫妻二口,不做生理,靠着祖遗田地,见成收些租课为活。年过四十,并不曾生得一男半女。

——《宋小官团圆破毡笠》

一日正值八月十五,丽日当天,万里无瑕。秋公正在房中趺坐,忽然香风微拂,彩云如蒸,空中音乐嘹亮,异香扑鼻,青鸾白鹤,盘旋翔舞,渐至庭前。

——《灌园叟晚逢仙女》

---

① [加]诺斯罗普·弗莱:《伟大的代码——圣经与文学》,郝振益、樊振国、何成洲译,北京大学出版社 1996 年版,第 53、31 页。

以上连续出现的四字语句,每一组内都是平仄错落,这种抑扬顿挫的节奏,易于激起人们的听觉兴奋。采用在组合形式上异于日常语言的四字语句,成为话本很多篇章的首选。

汉语单音节词作为独立的语言单位,单位音节承载的信息量大,说话人必须很好地调控语流速度,调整叙述节奏,才能让对方把握滔滔流出的语词的意义。而人们在倾听叙述时,为了应对话语材料的瞬间即逝,又往往会采用相应的聆听策略:在忽略部分词句的同时,又牢牢抓住一些词句,并很自然地根据以往的经验把这些抓住的词句组合成连贯的话语,当然,大家都希望自己抓住的是一些对理解语义特别有用的词句,话本小说中,四字语句发送的多为一句或一段中的主要信息,成为重读部分:

> 话说大唐中和年间,博陵有个才子,姓崔名护,生得风流偶傥,才貌无双。偶遇春榜动,选场开,收拾琴剑书箱,前往长安应举。时当暮春,崔生暂离旅舍,往城南郊外游赏。但觉口燥咽干,唇焦鼻热。
>
> ——《金明池吴清逢爱爱》

以上画线的四字句传达了主要信息,它们和传达次要信息因而轻读的语句组合,形成强弱相间的节奏,暗示了信息有效度。

语流速度可以形成节奏冲力。在小说情节迅速推进时,排列整齐的四字语流连续急速流出,可以形成急促紧张的审美效果,如:

> 那三个正行之际,恍惚见一妇人,素罗罩首,红帕当胸,颤颤摇摇,半前半却。觑着三个,低声万福。那三个如醉如痴,罔知所措。道他是鬼,又衣裳有缝,地下有影;道是梦里,自家掐着又疼。
>
> ——《金明池吴清逢爱爱》

这样的四字语流显现出特有的表情潜力,它把小说激越的情绪变化转为节奏能量,形成带有心理压迫感的节奏冲力。

同为散文叙事体,史传与小说有着渊源关系,但史传中2+2式四字语句使用频率极低,下面是《宋史》中的两段话:

　　三年春，从征淮南，首败万众于涡口，斩兵马都监何延锡等。南唐节度皇甫晖、姚凤众号十五万，塞清流关，击走之。追至城下，晖曰："人各为其主，愿成列以决胜负。"太祖笑而许之。晖整阵出，太祖拥马项直入，手刃晖中脑，并姚凤禽之。宣祖率兵夜半至城下，传呼开门，太祖曰："父子固亲，启闭，王事也。"诘旦，乃得入。

——《宋史》卷一

　　有区希范者，思恩人也。狡黠颇知书，尝举进士，试礼部。景祐五年，与其叔正辞应募，从官军讨安化州叛蛮。

——《宋史》卷四九五

这两段话有事件描述和对话，也有人物介绍，但其中极少量的四字语句，根本不足以形成节奏规模。作为中国古代小说形成标志的唐代传奇，对四六式骈俪句式十分青睐，这种句式与传奇的文言体式、文采斐然的风格相一致，成为文人才华的展现。而话本中随处可见的四字语句模式，其中大部分已经脱落了文言色彩，成为口头传播中受到重视的叙述节奏的有机组成。可以作为佐证的是，随着小说以书面形式走向案头，在完成主要叙述任务时四字语句也逐步淡出。

（二）诗词俗语的加入，合成松紧变换的节奏

　　话本发生在主人公已经脱落了神性和英雄气因而更加俗气也更加富有人情味的时代，"这一阶段的语言很接近那些过去一向易于被接受、广泛被使用、却又特别地被用于在文化上不可能占据优势的普通语言"①。通俗描述性语体呈现为节奏松散的散句，它历来是典型的小说话语形式，然而，出于特殊的传播需要，话本规律性地使用古典诗词、俗语以及对偶、排比句，这些间歇出现的整句与散句组合，合成松紧变换的叙述节奏。

　　诗歌由于其规律性极强的有声结构，成为口述文化的最佳传播媒介。在中国长期占据主流地位的五七言诗歌，曾经给人们带来新的审美感觉：声调

---

① 诺斯罗普·弗莱：《伟大的代码——圣经与文学》，郝振益、樊振国、何成洲译，北京大学出版社1996年版，第25页。

高昂低转、韵脚开合回环,字数整齐对仗,它改变了上古诗歌二言、四言为主的构句形式,也改变了赋、骈体以四六言为主的句式——正是在音节成双出现的句式中,崇尚中庸稳健的传统美学风格凝固为华夏特有的传统话语秩序。而五七言语流节奏则与古人情感自然流淌的舒缓进程、悠然自得的生活方式相适应,构成富于特色的旋律。

在文人陶醉于诗歌吟唱的时代,唐传奇曾采用散文大量插入诗歌的方式。而在早期说唱文学中,韵文承担了叙述的主要分工,情节进展由唱完成。这些文体都显示出对诗体话语的依赖和青睐。在话本中,情节进展完全交给了"说",但诗歌仍作为必不可少的部分参与了其话语组成,当然,话本小说的通俗散文语体显示出相对于诗歌语体的强势地位:诗歌只是以零碎片段的形式成为组装部件,成为连续散文体叙述的补充,叙述主旨的阐发。整散组合的话语格局形成明显的对比性节奏交织,如:

> 自嘉州到魏郡,凡数千里,都是不幸。他两脚曾经钉板,虽然好了,终是血脉受伤,一连走了几日,脚面都紫肿起来,内中作痛。看看行走不动,又立心不要别人替力,勉强捱去。有诗为证:
>
> 酬恩无地只奔丧,负骨徒行日夜忙。
> 遥望平阳数千里,不知何日到家乡。
>
> ——《吴保安弃家赎友》

此处诗以感叹的口吻,把散文体描述的主人公痛苦由眼前拉向未来,造成时间切换,增强接受者怅惘的感觉。整散句式的变换,在调整节奏链的同时,也改变了审视主人公状况的视角,为以散为主的总体节奏调入富于诗味的元素。另如:

> 小员外得了剑,巴到晚间,闭了门。渐次黄昏,只听得剥啄之声,员外不露声息,悄然开门,便把剑斫下,觉随手倒地……众人点灯来照,连店主人都来看。不看由可,看时,众人都吃了一大惊:
>
> 分开八片顶阳骨,倾下半桶冰雪水。
>
> ——《金明池吴清逢爱爱》

散句叙述恐怖事件,整句描述惊诧心理,形成物理空间和心理空间的切换,诗句的突然加入,使叙述暂时中止,但又并非完全静止,而是积聚了叙述能量,夸张地预示了即将出现的痛苦场面,整散夹杂的节奏成为话本渲染奇异场面的首选。

俗语虽然风格与古典诗词大不相同,但它却是俗民们传播价值判断、交流生活经验的主要话语方式,它同样是刻入民族记忆的传统文化重要部分。话本中的俗语在以自己特有的节奏参与话本叙述的同时,又以一种不容置疑的、老到的口吻宣扬着俗民观念。如下文中俗语的加入:

> 二人饮了一回酒,风停雪止,天色已晚。孙富教家僮算还了酒钱,与公子携手下船,正是:
> 逢人且说三分话,未可全抛一片心。
>
> ——《杜十娘怒沉百宝箱》

> 次日差县尉一人,带领仵作行人,押了高氏等去新河桥下验尸。当日闹动城里城外都得知。男子妇人,挨肩擦背,不计其数,一齐来看。正是:
> 好事不出门,恶事传千里。
>
> ——《乔彦杰一妾破家》

这些俗语的出现,截断了原有的叙述链,改变了话语节奏,并在节奏切换时,从小说看似偶然的事件总结出必然原因,把个人教训转换成全民生活经验。

贡布里奇认为,当人们受到的外来作用力有规律地间隔出现时,体内的平衡装置便会做出调整,并把这种力量干扰作为新环境中的一个组成部分加以接受。这种适应过程被美学家称为“预先匹配”,而当人们预期的情况没有发生时,就会发生匹配错误[1],在艺术欣赏中,这种匹配错误往往会给人带来审美冲击。话本叙述中的四字语句和诗句俗语的加入,打乱了接受者在倾听散体叙述时的心理预先匹配,制造了新的审美节奏效应,同时也为话本完成自身社会功能建构了特有的话语秩序。

---

① ［英］E.贡布里奇:《秩序感》,杨思梁、徐一维译,浙江摄影出版社 1987 年版,第20页。

三、叙述节奏：市民社会的一种话语秩序

话本小说的叙述开始于一个生活节奏迅速变化的年代。商品经济的繁荣,城市生活方式的风行,调整了在中华长期占据主导地位的农耕生活方式,传统的依照春秋交替、日月升沉的自然节律安排作息的节奏开始转变,随之而来的是抒情文体轻松舒缓的节奏基调不再独步文坛。生活节奏的变化以及随之而来的事物发展节奏的变化,激发了人们强烈的叙述和聆听欲望,而粗陈梗概式的讲述和唱多于说的俗讲,因其芜杂、稚拙而不能满足市民的聆听要求,于是短篇小说开始繁荣。

"尽管一种事物根据它的意义可能占有优越的地位,但是事实上节奏的成分仍然可以产生新的和完全特别的效果。""节奏成分是感性的语言生命的一个决定性现象"[1],作为特定时代的叙述样式,节奏促成了说话的审美效果:"讲论处,不滞搭,不絮烦;敷演处,有规模,有收拾。冷淡处,提掇得有家数;热闹处,敷演得越久长。曰得词,念得诗,说得话,使得砌。言无讹桀,遣高士善口赞扬;事有源流,使才人怡神嗟讶。"(《醉翁谈录·小说开辟》)

正如中国市民意识融合了复杂的思想来源,处于复杂语境之中的短篇小说话语秩序建构,也往往采用复合话语因素,综合各种节奏源:小说内部语言单元的流动速度及声调变换速度,不同语体在汇合时形成的节奏强弱变化,以及叙述事件的长度、事件的发展速度、事件对主人公命运改变的力度,都形成信息因素传递的规律变化,合成变化多端的叙述节奏,这种节奏在传达人们对新生活的感受的同时,也增强了接受者惊奇、新颖的审美感受和审美期待,迎合了市民在新的情感取向和内在愿望驱动下,新的话语秩序的要求。当叙述节奏成就了话本独特的叙述方式,成为话本实现社会功能的有效修辞手段时,市民叙事文学的话语秩序也在完善。

中国古代小说尽管在印刷术逐步广泛应用之后增加了纸本形式,但它的大众传播方式主要还是口头的,这是话本小说的一大特点。这种方式减少了

---

[1] ［瑞士］W.凯塞尔:《语言的艺术作品》,陈铨译,上海译文出版社 1984 年版,第 354 页。

小说的消费成本,降低了小说的接受条件:任何人,只要在劳作之后的晚上有一段闲暇时间,能够拿出进入说书场的低廉费用,即使他目不识丁,也能够在说书人或舒缓或激昂的说书声中得到极大的审美愉悦。而另一方面,话本的口头传播方式决定了说话人不仅要费尽心机去构思故事情节,还要有效地去组织自己的叙说节奏,以控制接受者的情感反应,增强他们对故事的记忆,在有限时间内完成他的表达目的。这种叙述方式在不断完善之后,成为中国古代白话短篇小说的固定法则,不管是文人辑录的话本还是改编、自创的拟话本,都遵循了这样的法则,形成此类小说特有的话语秩序。说话艺术在民众聆听中获得了生命力,在相当长时期内成为市民文学主流文体。

巴赫金认为,节奏可作两种形式理解,既是建构形式,又是布局形式。节奏作为配置声音材料的形式,通过体验可以接受、可以聆听、可以认知,因此它是布局的形式;而作为一种情感取向,节奏则属于它要实现的内在的愿望与张力的价值,它又是建构的形式。[①] 因而,叙述节奏,就不仅仅是一个叙述单元的分割和排列的简单问题,不是与作品内容没有密切关联的外部审美形式,而是出于特定时期的话语叙述的需要,是特定话语秩序的表现。

韦勒克、沃伦在为"文学"定性时,也提出:"首先,文学是一个与时代同时出现的秩序。"[②] 文学话语秩序与社会秩序有着潜在的复杂关联。宋元以后,中国白话小说走向成熟,这一变化的首要标志就是它全面建立了自己的话语秩序。这种秩序牵涉到话本小说与当时复杂的社会意识形态之间的关系,牵涉到复杂语境中小说接受者的审美倾向和情绪导引。因而,作为话本话语秩序表现之一的叙述节奏,关联着话本叙述如何去维护或颠覆当时的社会秩序。说话人运用多种话语形式营造话本叙述节奏,既满足了市民的审美需要,也以自己的独特行为参与了那个时代市民意识形态的建构。

---

① ［苏］巴赫金:《文学作品的内容、材料与形式问题》,晓河译,钱中文主编《巴赫金全集》第一卷,河北教育出版社 1998 年版,第 319 页。
② ［美］韦勒克、沃伦:《文学理论》,刘象愚等译,北京三联书店 1984 年版,第 31 页。

第七章　话本道德话语的类型及其语义：话本小说修辞诗学研究之四

　　自从有了社会，人类就开始着手建立适应当时社会的道德规范，这些规范凝定为一套严正的道德语言，成为社会意识形态较为稳定的组成部分。随着社会发展，人的行为方式日趋丰富，个人与他人、个人与社会的关系也更为错综复杂，为了调适各类社会关系，多种道德体系应运而生，道德语言系统变得纷繁庞杂，其传播也采用各种修辞方式渗入人们的意识或者潜意识，制导着人们的思想和行为。

　　话本时代，民族矛盾的激化和商品经济的发展，使得道德问题十分突出，道德语言的社会需求十分强烈。这个时期很多人，不论属于什么阶层，不论出于守旧还是维新，都自觉或者不自觉地力争在道德讲坛上占据一席地位，建立自己的伦理思想体系，施展道德话语权力。

　　宋明时期影响极大的理学，主张存天理灭人欲，伦理思想成为理学体系的中心，三纲五常成为严酷的封建社会关系准则。严耀中曾经分析内忧外患十分严重的宋明时期，何以能"各平稳地维持了数百年"："其原因虽有多种，很重要的一条是因在理学熏陶下的士大夫表现了惊人的一致性。绝大多数士大夫根据儒学的伦理规范，形成了关于忠臣与奸臣的标准和在此标准指导下的强大政治舆论。这种舆论从他们留下大量的奏议、论著、诗文中触目皆是，当时却驱使相当多的人抱着'居庙堂之高则忧其民，处江湖之远则忧其君'的信念，为维护君臣父子，上下尊卑这个天理所规定的秩序，不惜抛头颅，洒热血，以求与此天理一齐永生不朽。"①

而另一方面，市民阶层队伍也在快速壮大，在经济、数量等方面占据优势，成为城市社会的构成主体。《市井》一书曾经描述过当时市民社会的秩序："任何一个市井虽然热闹而庞杂松散，但是从整体上看，它们似乎都能依据着某种原则作自我正常运转。令我们奇怪的是，虽然市井的成员来源地可以五湖四海，但是一旦进入某个市井，他就自觉地进入了某种秩序，并遵循这种秩序。这就使市井实际上成为了一个特定的小社会，虽然在坊市制瓦解以后，政府基本上不再积极插手对市井内部运行的管理，我们也没有从文献或实例中发现这方面的信息，但是市井俨然是个无形的有组织社会，一切动作如常。"②

为了维护市井这个共同社会空间的稳定和有序，为了生存和发展，市民需要吸收各种道德话语资源，形成一套适合自身的道德规范；而发达的商品经济带来的社会变化，又引发了对传统价值观念和行为方式的合理置疑，以及固有道德体系的危机。社会对道德语言的需求被激发，道德语言的传播渠道趋于多元化，以话本小说为载体的市民道德修辞应运而生。

一、话本小说传播：民众道德教育最佳方式

世俗味浓厚的话本主要是在瓦肆勾栏以口头讲述方式为市民接受的，不同于纸质文本对接受者有文化水平方面的苛刻要求，古代小说以"说"为主的创作和传播方式，大大降低了它的接受成本和条件：任何人，几乎不需要经过任何训练，都可以通过聆听欣赏这些语言艺术作品，而说话人，则当仁不让地成为那些识字教育匮乏的民众的教育者，话本也因此成为影响整个社会价值系统和行为取向的文体。

① 严耀中：《中国宗教与生存哲学》，学林出版社1991年版，第264页。
② 周时奋：《市井》，山东画报出版社2003年版，第48页。

　　人类很难冷漠面对发生在自己身边的善恶行为,即使是善恶行为的叙述,也会激起接受者的心理反应,黑尔曾经总结这种现象的原因:

> 　　我们之所以会对善感到激动,是因为我们是人。这意味着,我们接受某种情况下一个人如此这般行动是善的这一判断,包含着我们接受这样一种判断:即如果我们置身于类似的情况中做相同的事情的话,也将是善的。而且由于我们确实可能置身于类似情况,所以便对这一问题深有感触。①

感受善恶行为的叙述带给我们的情绪激动,从而得到道德上的升华,成为包括话本在内很多文体的创作主旨。

　　话本小说的道德教谕目的十分鲜明。《拍案惊奇·原序》表现了作者凌濛初对时俗和一些影响甚大的流行文本有伤风化的担心,以及对"三言"教谕功能的赞赏:

> 　　近世承平日久,民佚志淫。一二轻薄恶少,初学拈笔,便思污蔑世界,广摭诬造,非荒诞不足信,明亵秽不忍闻。得罪名教,种业来生,莫此为甚。而且纸为之贵,无翼飞,不胫走。有识者为世道忧之,以功令厉禁,宜其他然也。独龙子犹氏所辑《喻世》等诸言,颇存雅道,时著良规,一破今时陋习。

他声称自己的书也是"主于劝戒,故每回之中,三致意焉"。冯梦龙则在《醒世恒言·叙》中表明自己的小说要成为"六经国史之辅",警醒迷醉的世人:"忠孝为醒,而悖逆为醉;节俭为醒,而淫荡为醉;耳和目章,口顺心贞为醒,而即聋从昧,与顽用嚚为醉。人之恒心,亦可思已。从恒者吉,背恒者凶。"
　　罗烨的《醒翁谈录》则描述了动人的说书接受场景:"说国贼怀奸从佞,遣愚夫等辈生嗔,说忠臣负屈衔冤,铁心肠也须下泪。……嗟发迹话,使寒门发愤;讲负心底,令奸汉包羞。"可见,话本讲述引发了接受者的道德"移情",正是在故事聆听的过程中,人们的道德和审美诉求都得到极大满足。

---

① ［英］理查德·黑尔:《道德语言》,万俊人译,商务印书馆2004年版,第134页。

在中国，道德语言的宣扬和传播历来得到重视。"小说"更是自萌芽起，就在娱乐民众的同时承担了教化功能。先秦时期，诸子常在滔滔议论中，饶有兴味地引用那些广为流传的民间故事，用其中富于哲理和道德蕴涵的寓意去开导君王，民众更是乐于从故事中吸收与自身生存密切相关的浅显道理，广泛流传的《自相矛盾》、《掩耳盗铃》之类的故事显示了当时独特的道德修辞方式及其影响。桓谭《新论·补遗》曾说："若其小说家，合丛残小语，近取譬喻，以作短书，治身治家，有可观之辞。"尽管总是以街谈巷议作为自己主要话语资源，尽管与经世致用的"大道"相差甚远因而一直流于"边缘"，但因为有"治身治家"的"可观之词"，"小说"也有了旺盛的生命力。

中国古代文言和口语的分离导致文学接受层的分化，随着时间推移，古奥难懂的文言作品更多地呈现为书面形式，成为少数知识人的接受专利。而民众的娱乐和教育，主要是通过口头方式进行，例如对话本小说影响极大的佛经教义宣讲，常常加入佛教及世俗故事以吸引听众，虽然这些故事常常离经叛道，但寓教义于其中仍然是主旨。继承俗讲和变文传统的话本小说一直自觉勤勉地执行着自己的教谕功能。正因为认识到小说在国民教育中所起的重要作用，认识到小说的强劲势头，所以革新小说成为近代启蒙的重要任务之一，梁启超曾大声疾呼："欲新一国之民，不可不先新一国之小说。故欲新道德，必新小说；欲新宗教，必新小说；欲新政治，必新小说；欲新风俗，必新小说；欲新学艺，必新小说；乃至欲新人心，欲新人格，必新小说；何以故？小说有不可思议之力支配人道故也。"[①] 梁启超所说的小说支配人道的"不可思议之力"，是通过种种修辞方式完成的，综观话本小说，它以自己特有的话语模式参与了那个时代道德修辞体系的构筑。

二、市民道德修辞的三种话语模式

话语是经过组织的许多句子的总体，"由于经过组织，看上去才像是高于语言学家的语言的另一种语言的信息。话语有自己的单位、规则、'语

---

① 梁启超：《论小说与群治之关系》，《晚清文学丛钞》（小说戏曲研究卷），中华书局 1960 年版，第 14 页。

法'"①。从语言学角度研究作品,解析作品话语及其在作品中的功能是必不可少的程序。

生活于正常环境的人,几乎从懂得语言开始,就不断地接触典型的价值词"善"、"正当"和"应该",并体味和尝试用这些价值词定性的现实行为。"善"虽然是一个在各个社会都受到赞许的、能够激起人们情绪反映的价值词,然而,由于现实状况复杂多变,由于个人自身感觉的不可抗拒,在具体情况下如何做才是善的,以及如何做才能为个人的感觉接受,就成了一个复杂的、让人深感困惑的问题,"善"的语义也因此变得非常复杂。

另一方面,小说这种文体,其特色在于关心发生在"某一个人"身上的"独特"事件,这是小说吸引接受者的前提。话本小说正是通过个人独特事件的叙述,使类似"善"这样的价值词进入多种语境,从而获得多项复杂语义。抽象的道德也在小说这样的艺术作品中得以依附个人性格,借助于对独特事件的描述而化为现实、获得生命。

话本小说施行道德教育功能的话语形成了一个独特系统:古代说书人对于当时语境中"善"的诠释和倡导,是通过叙述并评价那些个人的独特事件,并从中总结道德原则完成的。从这一层面考察话本小说,可以知道,它的道德话语构成分为以下板块:

——基于道德标准的人物和事件议论;

——用于道德指导的格言、俗语引用;

——富于道德内涵的故事叙述。

按照话语语言学理论,作品的句子和由句子组合起来的话语之间有着同源关系,"只要同一个形式结构似乎支配了所有的符号学体系,不论其内容如何之多、规模如何之大。话语可能是个大的'句子'(其组成单位不一定非是句子不可),如同句子就某些特征来说是个小的'话语'一样"②。道德宣讲作为形式结构,支配了话本的符号学体系;话本小说的上述话语板块,分别作为议论句、祈使句和陈述句式在功能层面上契合于小说的道德主题。

---

① 〔法〕罗兰·巴尔特:《叙事作品结构分析导论》,张裕禾译,《马克思主义文艺理论研究》编辑部编选《美学文艺学方法论》(下),文化艺术出版社 1985 年版,第 535 页。

② 同上。

（一）指导与评判：道德修辞的议论句和祈使句

对一个人的行为和想法进行道德指导,最便捷的方法莫过于告诉他:这样做是对还是错,你应该怎么做,因为,"道德原则的作用就是指导行为,道德语言是一种规定语言","有关我们道德语言的混乱,不仅导致理论上的混乱,而且也会导致不必要的实践中的困惑"①。在特殊时期,如果人在道德规定语言方面的需求不能得到满足,就会陷入深深的道德迷茫。当年《渴望》主题歌中的"谁能告诉我,是对还是错",实际道出了社会急剧变化、道德体系大幅度调整的非常时期人们的道德语言诉求。话本小说出现时,中国某些传统封建道德虽然在部分领域仍然面目狰狞,但另一方面它的根基也因为不可阻挡的社会变化而发生动摇。正是在这种状况下,"说书人"竭力通过言说,向人们传输一个既传统又"现代"的道德评判体系:体系中有些信条是延续了几千年的,有些是仍然存在于人们的头脑中,但已经失去了实际操作意义的,还有一些则是处于萌芽状态的新概念。

米兰·昆德拉曾经指出人们对小说的道德评判态度:"人总是希望世界中善与恶是明确区分的,因为人有一种天生的、不可遏制的欲望,那就是在理解之前就评判。宗教与意识形态就建立在这种欲望上。只有在把小说相对性、暧昧性的语言转化为它们独断的、教条的言论之后,它们才能接受小说,与之和解。"② 这段话道出了:同属于道德修辞,小说语言与宗教和意识形态话语有着各自的特性——相对性、暧昧性和独断的、教条的。中国古代,宗教与意识形态一方面彰显自身的权威,通过"独断的、教条的"话语规定人们的行为,另一方面,也通过形形色色的故事陈述中的寓意教育人们,当然,说到底,话本小说的教化功能,还是通过大量使用独断和教条的议论句、祈使句强化的。

由于道德伦理意识发达,中国古代道德话语,有着十分丰富的语料库存。它们大多分布于各类典籍之中,如圣哲专著中的格言和《诗经》中被格言化

---

① ［英］理查德·黑尔:《道德语言》,万俊人译,商务印书馆 2004 年版,第 5 页。

② ［捷克］米兰·昆德拉:《小说的艺术》,董强译,上海译文出版社 2004 年版,第 8 页。

的诗句,后者占据相当权威的地位,圣哲常常以《诗经》中的诗句作为自己道德立论的依据。如《荀子·劝学》曾两处引《诗》:"干、越、夷、貉之子,生而同声,长而异俗,教使之然也。《诗》曰:'嗟尔君子,无恒安息,靖共尔位,好是正直,神之听之,介尔景福。'"《诗》曰:'尸鸠在桑,其子七兮。淑人君子,其仪一兮。其仪一兮,心如结兮。'故君子结于一也。"警策、工整、押韵上口成为古代道德话语的形式特点。

周时奋在《市井》一书中提到市井社会的运作,有着自己约定俗成的规矩和制度,其中很重要的一条就是"口诀化的行为准则",即以俗语、口诀的方式凝定一些人际交往准则。①

话本兴盛的年代,出现在士人、君子口中的格言式说教,已经变为话本中市民顺口溜出的道德俗语,如下面几组道德俗语均见于"三言二拍":

> 理直千人必往,心亏寸步难移。
>
> 量大福也大,机深祸亦深。
>
> 刻薄不赚钱,忠厚不折本
>
> 自古妻贤夫祸少,应知子孝父心宽。
>
> 家严儿学好,子孝父心宽。
>
> 棒头出孝子,箸头出忤逆。
>
> 人心本好,见财即变。
>
> 白酒红人面,黄金黑人心。

这些俗语凝固了俗民的生存经验和智慧,成为丰富的市民道德教育话语资源。

话本小说中,说话人毫不顾忌地以道德导师的身份出现,他的人情练达、世事洞明的议论增加了道德说教的可信度:

说话人对于传统道德范畴的议论和强调构成议论的主要部分。由于话本小说多写家庭关系,"孝悌"每每成为议论话题。如"劝人重义疏财,休忘了'孝弟'两字经"的《滕大尹鬼断家私》,不惜以大段议论宣扬"孝悌":"且说如今三教经典,都是教人为善的,儒教有十三经、六经、五经,释教

---

① 周时奋:《市井》,山东画报出版社 2003 年版,第 50 页。

有诸品《大藏金经》，道教有《南华冲虚经》，及诸品藏经，盈箱满案，千言万语，看来都是赘疣。依我说，要做好人，只消两个字经，是'孝弟'两个字。那两字经中，又只消理会一个字，是个'孝'字。假如孝顺父母的，见父母所爱者亦爱之，父母所敬者亦敬之，何况兄弟行中，同气连枝，想到父母身上去，那有不和不睦之理？就是家私田产，总是父母挣来的，分什么尔我？较什么肥瘠？假如你生于穷汉之家，分文没得承受，少不得自家挽起眉毛，挣扎过活。见成有天有地，物资争多嫌寡，动不动推说爹娘偏爱，分受不均。那爹娘在九泉之下，他心上必然不乐。此岂是孝子所为？"这样的详细议论作者还嫌不足，后面接着又是对俗语"难得者兄弟，易得者田地"的大段议论。

另《赵六老舐犊丧残生 张知县诛枭成铁案》开篇议论"孝"字：

> 话说人生极重的是那"孝"字，盖因为父母的，自乳哺三年，直盼到儿子长大，不知费尽了多少心力。又怕他三病四痛，日夜焦劳。又指望他聪明成器，时刻注意。抚摩鞠育，无所不至。《诗》云："哀哀父母，生我劬劳。欲报之德，昊天罔极。"说到此处，就是卧冰、哭竹、扇枕温衾，也难报答万一。况乃锦衣玉事，归之自己，担饥受冻，委之二亲，漫然视若路人，甚而等之仇敌，败坏彝伦，灭绝天理，真狗彘之所不为也！

故事结尾交代了不孝又吝啬的儿媳丢财亡命的下场后，又议论道："要见天理昭彰，报应不爽。正是：由来天网恢恢，何曾漏却阿谁，王法还须推勘，神明料不差池。"

这些大段的、头尾呼应的议论，形成强大修辞场，增强了道德话语的说服力。

《白玉娘忍苦成夫》开头弘扬仁节忠义等纲常："这首[西江月]词，是劝人力行仁义，扶植纲常。从古以来，富贵空花，荣华泡影，只有那忠臣孝子，义夫节妇，名传万古。随你负担小人，闻之起敬。今日且说义夫节妇：如宋弘不弃糟糠，罗敷不从使君，此一辈岂不是扶植纲常的？又如黄允欲娶高门，预逐其妇；买臣宦达太晚，见弃于妻，那一辈岂不是败坏纲常的？"一连串从古至今的例证配合议论，证实着纲常的永恒。

对于生活常用概念的议论也是道德话语的重要部分。生活常用概念构成了我们生活内容的主体，这些概念的通用语义在进入特定语境时，往往会暗中产生语义信息值的变化，从而引起人们对其审美感觉的转变。如酒、色、财、气四个概念，在关注现世生存的传统社会引人注目，在商品经济发展之后最能体现人欲。对这些概念的道德议论成为小说的热门话题。《蒋兴哥重会珍珠衫》开头就是大段道德议论：

> 是劝人安分守己，随缘作乐，莫为"酒"、"色"、"财"、"气"四字，损却精神，亏了行止。求快活时非快活，得便宜处失便宜。说起那四字中，总到不得那"色"字厉害。眼是情媒，心为欲种。起手时，牵肠挂肚；过后去，丧魂落魄。假如墙花路柳，偶然适兴，无损于事；若是生心设计，败俗伤风，只图自己一时欢乐，却不顾他人的百年恩义，——假如你有娇妻爱妾，别人调戏上，你心下如何？古人有四句道得好：人心或可昧，天道不差移。我不淫人妇，人不淫我妻。

小说对伤风败俗的好色抨击一番之后，结尾又以一首诗再加议论："珠还合浦重生采，剑合丰城倍有神。堪羡吴公存厚道，贪财好色竟何人？"而其中有关珍珠衫的故事似乎只是对道理的诠释。《苏知县罗衫再合》叙述"单为财色二字弄出天大的祸来"的异闻，入话叙述的是李生与身着黄、红、白、黑，暗寓酒、色、财、气四女的一场交往，但他们之间的对话以及所吟十二首诗词全部是对酒、色、财、气之利弊的议论，如开头一首《西江月》议论酒、色、财、气的害处：

> 酒是烧身消焰，色为割肉钢刀，财多招忌损人苗，气是无烟火药。四件将来合就，相当不差分毫，劝君莫恋最为高，才是修身正道。

入话的结束是李生醒悟后所提的一首诗，是对这四个概念的"拨乱反正"：

> 饮酒不醉最为高，好色不乱乃英豪，
> 无义之财君莫取，忍气饶人祸自消。

然而这么大量的议论作者犹嫌不足，接着又补充道："虽说酒色财气一般有过，西看起来，酒也有不会饮的，气也有耐得的，无如财色二字害事。但是贪财好色的又免不得吃几杯酒，免不得淘几场气，酒气二者又总括在财色里面了。"

虽然因果报应、命运是话本小说的常见主题,但是这些因果、命运常常与个人道德行为密切关联,而话本作者也总是不忘用相关议论劝诫接受者。如《大树坡义虎送亲》开场诗后的议论:"这八句诗,奉劝世人,公道存心,天理用事,莫要贪图利己,谋害他人。常言道:使心用心,反害其身。你不存天理,皇天自然不佑。"结尾则以诗进一步劝人行善,"但行刻薄人皆怨,能布恩施虎亦亲。奉劝人行方便事,得饶人处且饶人"。《施润泽滩阙遇友》宣扬拾金不昧可得好报:"还带曾消纵理纹,返金种得桂枝芬。从来阴骘能回福,举念须知有鬼神。"《两县令竞义婚孤女》结尾则劝人积德:"试看两公阴德报,皇天不负好心人。"

中国不绝的历史书写,为后世提供了"史鉴"。古人熟知的道德楷模和历史事件被频频用于话本对世事的议论中,如坚贞不乱的柳下惠、鲁男子,誓不再嫁的卫共姜,投江全节的钱玉莲。与之形成对照的是反面例子,如淫荡好色不理国事的陈后主、隋炀帝、唐明皇,戏诸侯的褒姒,私通夏姬的陈灵公。

作为道德修辞,话本不惜对正面人物作道德上的全面提升,而反面人物的下场又总被归于道德败坏。《赵太祖千里送京娘》入话借隐士石老人和二儒议论汉、唐、宋三朝创业之事为宋的道德取胜定位:

> 隐士曰:"宋朝何者胜于汉唐?"一士云:"修文偃武。"一士云:"历朝不诛大臣。"隐士大笑道:"二公之言,皆非通论。……"二儒道:"据先生之意,以何为胜?"隐士道:"他事虽不及汉唐,惟不贪女色最胜。"二儒道:"何以见之?"隐士道:"汉高溺爱于戚姬,唐宗乱伦于弟妇。吕氏武氏几危社稷,飞燕太真并污宫闱。宋代虽有盘乐之主,绝无渔色之君,所以高、曹、向、孟,闺德独擅其美,此则远过于汉唐者矣。"二儒叹服而去。正是:要知古往今来理,须问高明远见人。

尽管贪恋女色同样是宋代很多帝王的毛病,但这段议论却让接受者在听信了对宋代皇帝褒扬的同时,也接受了政治评论的道德倾向。

话本中结尾的散场诗也往往是对正话事件的道德评价,如《沈小官一鸟害七命》散场诗为:"积善逢善,积恶逢恶。仔细思量,天地不错。"《吕大郎

还金完骨肉》的结尾,作者对吕大还金得以阖家团圆,吕二卖嫂结果却卖了自己的妻子一事发出议论:

> 本意还金兼得子,立心卖嫂反输妻,
>
> 事件惟有天工巧,善恶分明不可欺。

话本小说含有道德语义的祈使句常以对偶形式出现,如:

> 休逞少年狂荡,莫谈花酒便宜。(《蒋兴哥重会珍珠衫》)
>
> 得闭口时须闭口,得放手时须放手。(《小水湾天狐诒书》)
>
> 劝君诸善奉行,但是诸恶莫作。(《施润泽滩阙遇友》)
>
> 不看僧面看佛面,休把淫心杂道心。(《赫大卿遗恨鸳鸯绦》)
>
> 劝君莫做亏心事,古往今来放过谁。(《沈小官一鸟害七命》)

这些节奏鲜明、简洁明了的祈使句在市民中辗转传播,成为准俗语,大有发展为流行性俗语的趋势。

巴赫金曾经谈及格言等语义的独立性:"很说明问题的一点是,以格言、名言、箴言形态出现的个别思想、论点、提法,虽脱离语境和人的声音,也能以无人称形式继续保持自己的原意","在作品中,它们分散在人物议论和作者议论中;离开了人的声音,它们仍保持着自己的与人称无涉的全部格言意义"。①

用于议论和祈使的格言、名言、箴言等类似话语,因其无语境、无人称,而获得了"放之四海而皆准"的天然权威性,成为永恒的言行准则。而话本中的道德话语系统,更是经过广泛的传播,成为民众行为的参照标准。

(二)叙述事件:道德修辞的陈述句式

尧斯《审美经验论》曾谈到说教性故事对于俗民的教育作用:"从语词对他已不够的那个人起,俗人习惯于靠典范来劝说。"像寓言故事和典范的其他形式一样,说教性故事利用了被具体显示出来的事物的那种审美的

---

① 〔苏〕巴赫金:《陀思妥耶夫诗学问题》,白春仁、顾亚铃译,钱中文主编《巴赫金全集》第五卷,河北教育出版社 1998 年版,第 126 页。

明显性。①

在实施正常的道德教育时，祈使句和议论句往往因权威性过强、过于生硬而遭接受者拒斥，它的使用也因此大受限制。于是，调动各种修辞手段去获得道德教育的最佳效果，就成为重要社会话题。在小说世界里，在叙述事件中流露道德倾向的"陈述句式"在行使教育功能方面无疑更有优势。

在辗转传播扩散的过程中，很多"原生态"的故事获得了来自传播者、演绎者的价值判断："作为社会行为的传奇表现，必然有一部分情节可能联系到公众的价值观念。在许多原本没有道德评判的故事中，有时也可能会通过某一次讲述而补入教化倾向，以表达善恶有报等民间观念。这种倾向未必是下意识的，但它的介入必然会导致与价值观念相关的故事细节的引进。"②

故事陈述是所有小说的话语主体。话本的故事陈述，几乎篇篇蕴含着道德语义："忘恩负义"的人得到恐怖的结局，如《桂员外途穷忏悔》，叙述桂迁穷途末路险些自尽，得到施济慷慨资助，后忘恩负义，除女儿以外全家变狗；好色荒淫是祸乱根源，《乔彦杰一妾破家》把乔彦杰家破人亡归于他贪淫，娶淫妇为妾。

为方便聆听，话本小说常常采用由一个个话语单位组织起来的极分明的分层结构，这些分层之间的逻辑联系也为道德语义所决定：一些小说的故事叙述由有着明显"互文性"的入话和正话构成，它们各叙述不同事件，事件的道德语义或互相说明，或反证，或映衬，可以把它们视为两个并列关系的陈述句，后句是对前句的修辞化扩展：

入话（得胜头回）：陈述一个或几个几乎是众所周知的真实或貌似真实的简短事件，时间：较远的古代

正话：陈述一个与入话相应的较长故事，渲染主人公沉浮起落的曲折经历。时间：较近的朝代或当代。

这两个故事的深层语义指向在逻辑上一致：宣扬遵循或者违背某一道德原则的结果。如《喻世明言·李公子救蛇获称心》，入话叙述春秋时期孙

---

① ［德］汉斯·尧斯：《审美经验论》，朱立元译，作家出版社 1992 年版，第 200 页。

② 施爱东：《故事传播与记忆的实验报告与数据分析》，吕微、安德明编《民间叙事的多样性》，学苑出版社 2006 年版，第 216 页。

叔敖为他人免受伤害而杀死两头蛇,结果官至宰相。正话长度约为入话的 5 倍:主人公李元探望父亲途中游玩,救了一条被孩童戏打、外形奇异的蛇,这条蛇是龙王之子,李元因此进龙宫、娶龙女,中高科。这两个故事的情节杀蛇和救蛇互相映照,其间的逻辑联系是充分道德化的:积善逢善,积恶逢恶。从下图可以看出两个故事的起点和终点归于同一道德原则:

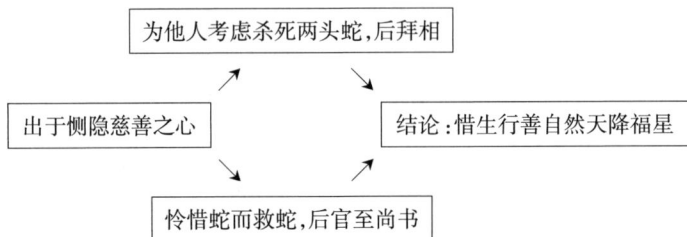

```
              ┌──────────────────────────┐
              │ 为他人考虑杀死两头蛇,后拜相 │
              └──────────────────────────┘
                  ↗                ↘
┌──────────────────┐        ┌──────────────────────┐
│ 出于恻隐慈善之心    │        │ 结论:惜生行善自然天降福星 │
└──────────────────┘        └──────────────────────┘
                  ↘                ↗
              ┌──────────────────────────┐
              │ 怜惜蛇而救蛇,后官至尚书     │
              └──────────────────────────┘
```

《金玉奴棒打薄情郎》,入话陈述汉朝名臣朱买臣落魄时为妻所弃,后当上会稽太守,羞辱其妻,正话描述穷秀才莫稽与团头女儿金玉奴成亲后得其帮助,富贵后却嫌贫弃贱,推妻入江。金玉奴被莫稽上司所救,再嫁莫稽,莫稽在新房内被金玉奴安排竹棒痛打,被狠狠羞辱。入话妻弃夫和正话夫弃妻形成对照,其道德语义指向一致:休得嫌贫爱富,两意三心,自贻后悔。

话本的很多陈述,结尾都是主人公因自身道德行为而境遇发生逆转:

道德高尚带来的是金钱、地位、家庭的全面胜利,这样的结局或让听众心怀恐惧之情,或让听众产生艳羡心理,但都显示了社会和自然本身永恒道德秩序的威力。因而《古今小说序》认为话本小说陈述话语的感人力量甚至超过了经典:"试今说话人当场描写,可喜可愕,可悲可涕,可歌可舞;再欲捉刀,再欲下拜,再欲决脰,再欲捐金;怯者勇,淫者贞,薄者敦,顽钝者汗下。虽小诵《孝经》《论语》,其感人未必如是之捷且深也。"

三、陈述句与议论句、祈使句:语义的一致与冲突

上文提到的话本小说三种句式,陈述句在描述人物行为中显现道德倾向,议论句和祈使句作为规定话语用于指导行为,然而,将它们互相对照,我们可以发现另一个问题:这些句式所显示的道德观大多是一致的,如无论进

入什么语境,重视家庭和亲情都是被肯定的。但有时它们的语义也会互相矛盾悖逆,如:在财富道德观方面,话本小说在陈述中流露出崇富倾向,但议论句和祈使句却宣扬钱财如粪土;在生命道德观方面,一些主要事件的陈述和议论句主调是重视生命,一些次要事件的陈述却显示出对生命的漠视;有时,议论句在竭力推崇忠厚,但陈述句却流露出对狡诈的欣赏。

矛盾最突出的是情色道德观方面。话本对于情色总体是拒斥的,其议论句总是抨击性交往,祈使句主张压抑性欲望,而事件陈述句往往渲染性愉快、强调性行为和欲望的合理性,如《乔太守乱点鸳鸯谱》的作者虽然以"只因一着错,满盘俱是空"的议论为故事中人物行为及后果定性,但又通篇着力渲染充满人欲的事件发展过程,设置最终彻底"遂人欲"的结局:弟弟扮女装代姐姐去和生病的姐夫完婚,不知情的婆家让小姑陪宿,三对美貌男女的婚姻因此而阴错阳差,最后经风流聪明的乔太守"乱点",都成就了良缘,传为美谈。一些被明确定性为"淫荡""不道德"的偷情行为,作者对偷情经过和偷情人感受的陈述也往往一定程度上颠覆了小说议论的语义:《乔彦杰一妾破家》中,商人乔俊外出卖丝,小妾周氏与雇工董小二私通,此篇开场诗和散场诗议论为"若论破国亡家者,尽是贪花恋色人"、"从来好色亡家国,岂见诗书误了人",但作者细细描述的周氏对董小二的勾引、二人的"任意快乐",以及对偷情事件"一夜快乐,不必细说"、"少女少郎,情色相当"的总结,大大冲淡了头尾呼应的议论的警醒意味。

在有些篇目中,甚至陈述句本身也会显现出语义的矛盾。如《闻人生野战翠浮庵 静观尼昼锦黄沙衖》虽然在篇末不忘陈述主角后来的遭遇以警醒世人:

> 此后闻人生在宦途时有蹉跌,不甚像意。年至五十,方得腰金而归。……闻人生曾遇着高明的相士,问他宦途不称意之故。相士道:"犯了少年时风月,损了些阴德,故见如此。"

但小说对闻人生和尼姑们交往的细细叙述却渲染了人欲:大比之年,秀才闻人生去杭州,所雇航船搭载了装扮成和尚的女尼静观,两人相爱同宿,后闻人生和静观同去翠浮庵,闻人生又与庵中的几个女尼同宿。在女尼外出时闻人生与静观逃走,闻人生会试得中二甲,才与静观成婚。此外,此篇小说的开头和结尾都强调"世间齐眉结发,多是三生分定",似乎是为闻人生与静观的性交往寻求合理性解释。话本中有为数不少的僧人偷情的篇目,虽然那些僧人在故事结尾会遭受因果报应,但其中偷情双方的性感受往往成为重点描述对象,显示出故事陈述对"人欲"的看重。

凌濛初曾在《拍案惊奇凡例》中声明:"是编矢不为风雅罪人。故回中非无语涉风情,然止存其事之有者,蕴藉数语,人自了了。绝不作肉麻秽口,伤风化,损元气",不过,话本还是偶有色情描写。

这些句式道德语义的矛盾,可能出于以下原因:

华夏文化处于多元状态,道德话语系统兼收并蓄,话本小说道德话语溯其根源有以下几种。

源自华夏本土的,如先秦诸子的理论,其中具有代表性的为儒墨道法四家的道德理论。汉代以后,儒家思想成为治理社会的主导意识,道德被宗教化,天理成为道德的依据,三纲五常在长时期内全面规范了社会关系;作为"在生存意识基础上建立起来的一种特殊宗教",道教重视生命永恒和生存快乐,宣扬修炼成仙,但它又认为"积精成功","积善成神",即成神成仙需要在修炼中发扬道德,这样,"道教的发展,把体现群体共存原则的圣人之道与天道相合,加重了神仙形象中的道德成分",促成了积善成仙说的风行。①所以我们常常看到话本人物因行善而成仙,而仙人又总是会除暴安良。

来自域外的,如佛家宣扬自我克制、社会责任心和救世思想,"佛教虽不主张有群体利益,却十分强调社会道德责任。因为佛教是将人生问题作为说教的起点与中心,认为人生的疾苦或痛苦的让你只能采用净心和遵循道德规律的方法加以消除,这种道德规律非常重视同情之心和社会责任,也同样重视个人品德的修养"②。

来自市民阶层自身生活的体验和道德感悟。现实语境对市民的影响是最实在的,他们重视现实生存,重视生存过程中的自身感受,在生存中积累了自己对于纷繁世事的看法,以及处理繁杂事务的经验,这些看法和经验同样

---

① 严耀中:《中国宗教与生存哲学》,学林出版社 1991 年版,第 141 页。
② 同上书,第 166 页。

会顽强地体现在话本小说的道德话语中。

源于前两种文化的道德话语语义往往因为无语境而不可变更,而市民阶层丰富的生活阅历和生命感觉则为道德话语设置了随机应变的语境,这样一来,纷繁复杂的各种道德句式之间很容易出现语义冲突。

20世纪初,孔乙己的"君子固穷"连同他的破长衫,统统遭到小市民的嘲笑,鲁迅在展现一个于人无害的没落文人悲哀人生的同时,也预告了作为体系而存在的传统封建道德语言的命运。今天,作为体系存在的传统道德语言,已很少能在人们心底激起趋同行动的欲望,社会转轨,道德是否也会转轨? 已经成为一个紧迫的问题摆在面前,审视古代文学作品中的市民道德话语及其传播,可以为建构今天的社会道德话语体系提供有益的参考。

第八章　作为空间修辞幻象的城市和山水：话本小说修辞诗学研究之五

修辞幻象是"语言制造的幻觉"。修辞作为言语形式，赋予语言的世界以审美化的构形，让语言描述的现实以非现实的幻象形式投射于主体的意识中。特别是当信息资源完全被表达者控制的时候，表达者制造的修辞话语，也就制造着控制接受者的语言幻觉。语言表达的修辞化一方面使人们更容易接近外部世界；另一方面又阻隔人们对外部世界的洞察，因为语言提供的，不是一个真实的世界，而是一个对真实世界进行选择、分割、重组、包装后的修辞文本，它不是世界的真实图像，而是经过重新编码的世界，当人们通过语言来认知一个对象的时候，对象的现实状况往往被遮盖了，真实的对象可能在语言中提升、压抑或者变形。

语言结构与人们的经验之间存在许多相似关系。城市、山水等经验物象进入文本，成为修辞幻象，就是缘于这种相似关系。人生在世，受到的约束和困扰各有不同，但是有两种困扰却是一样的，即时间和空间的困扰，而修辞幻象这种"语言制造的幻觉"往往可以让人们在幻觉中摆脱一些现实之中的烦难和困窘。当时间的自然流程无法改变时，人们只能借助神话、科幻等文体实现幻想中的穿越，相比之下，空间限制的实际突破要容易得多，于是人们总是积极行动，改变自己局促的生存空间。在人们对空间的向往和改变中，空间具有了特殊的人文性质：

空间本来只是一个连续系统,并无天然的、不变的疆界,只是各民族在探寻最合适自身的生存方式时,按照特有的结构来划分和译解空间,并建立起自己对于所划分空间的特殊认知方式,这种认知凝固成人们对这些空间的表述;而各民族的不同文体作品在表述世界时,又通过特有的修辞设计,去为空间定性,寻求人物行动和空间之间的关系,形成一些作品人物行动及命运与空间环境的独特对应,文学作品的空间修辞由此显示出文体性和文化性。

在诗歌尤其是中国抒情诗中,田园山水大多是人们涤荡性情、寄思怀远的浪漫场所,空间与人的包括心理变化在内的行动形成特有的联系。如李白《独坐敬亭山》,以青山为知己:

众鸟高飞尽,孤云独去闲。
相看两不厌,只有敬亭山。

话本叙述时代,城市生活方式的风行,使得人们的关注热点由自然转向城市;商品经济的繁荣,让人们的观赏注意力从自然景物转向豪华消费品;话本主人公的行为由以往的徜徉山水变为物质享乐与物质追求,豪华浮奢的风尚猛烈地冲击着曾经占据主流地位的淡泊清和的审美趣味。而事物发展逻辑及节奏的改变,使得空间的分割和转换随之变化,人们眼中的空间具有了新鲜意味,与人物行为之间也有了新的对应关系:城市在话本这一市民文体中,成为极具诱惑力的空间,而以往极具亲和力的自然山水却具有了不利生存的负性因素。

空间对于大多数人来说,更多意味着一种行动场所,人们的特定空间感觉首先与他在那里的活动、收获有关,同他在那里感受到的快乐或痛苦有关。此外,人们有意识地转换自己的生活空间,通常都是希望实现人生追求,寻找所期望的机遇。因而,很多文学人物生活空间的转换往往伴随着他的行动以及随之而来的一系列新鲜事件的发生。在话本小说中,作者一方面热切地讲述着主人公前往城市以后得到的财富和机遇,城市尤其是都城成为那个时代众多人物身份、命运转变的符号;另一方面又渲染着村野山水中的潜在危机,山水中的凶险遭遇成为人物劫难的组成部分。话本小说特有的修辞设计,把人们的审美注意引向那个转型时代新的生活空间中人们的命运

和行动;空间与人物命运之间密切关联,城市和自然山水成为性质对立的空间修辞幻象,

一、城市:话本小说叙事空间的重心

话本小说中的空间描述包括空间地理位置描述和空间场景描述。

话本作者有着浓重的空间地理位置意识,几乎所有故事或者故事片段的开头都会注明故事发生地,而这些发生地多在大大小小的城市。如《喻世明言》中,除了上面提到的第三卷《新桥市韩五卖春情》以外,前二十卷的故事发生地为:湖广襄阳府枣阳县(一卷),江西赣州石城县(二卷),河南府西京(四卷),博州、新丰和长安(五卷),山东兖州城(六卷),长安(九卷),北直顺天府香河县城(十卷),东京(十一卷),江州、姑苏和余杭(十二卷),长安(十四卷),郑州(十五卷)、全州(十七卷)。而发生地远离城市的故事,如七、八、十六、十八、十九、二十卷,多是叙述主人公在村郊山野遭遇不测,或在蛮荒之地遭遇凶险。只有十三卷为发生在深山的修道成仙故事。

或者以城市为参照:如《新桥市韩五卖春情》故事发生在临安府"去城十里,地名湖墅;出城五里,地名新桥";《灌园叟晚逢仙女》故事发生在"江南平江府东门外长乐村中,这村离城只去三里"。此外,话本描述的地理线索如河流、道路多汇集于城市。这样一来,话本的空间就以城市为中心分割成城内和城外。这些清楚明细的空间地理位置交代增强了故事的真实感,更表明了作者把城市视为人物活动的中心地带,城市以及围绕城市发生的故事才是那个时代最值得人们投以审美关注的。从而形成以城市空间为中心的叙事。

空间原本是静态空洞的,正是人创造的物质及人的行动、经历充实了空间,使得它获得了生气和活力。话本小说中,高大厚实的城墙内部,是流光溢彩、充满诱惑的城市风景,《玉堂春落难寻夫》借助第一次进入京城的王景隆的视线,对这种由物质构成的场景大加渲染:

> 二人离了寓所,至大街观看皇都景致。但见:
>
> 人烟凑集,车马喧阗。人烟凑集,合四山五岳之音;车马喧阗,尽六

部九卿之辈。做买做卖，总四方土产奇珍；闲荡闲游，靠万岁太平洪福。处处胡同铺锦绣，家家杯斝醉笙歌。

　　公子喜之不尽。忽然又见五七个宦家子弟，各拿琵琶弦子，欢乐饮酒。公子道："王定，好热闹去处。"二人前至东华门，公子睁眼观看，好锦绣景致。只见门彩金凤，柱盘金龙。……公子往里一视，只见城内瑞气腾腾，红光闪闪，看了一会，果然富贵无过于帝王，叹息不已。

王三公子游大街、逛酒楼，春院胡同的景致把诱惑推向高潮：

　　花街柳巷，绣阁朱楼。家家品竹弹丝，处处调脂弄粉。黄金买笑，无非公子王孙；

　　红袖邀欢，都是妖姿丽色。正疑香雾弥天霭，忽听歌声别院娇。总然道学也迷魂，任是真僧须破戒。

现代小说《子夜》中来自农村的吴老太爷曾经在20世纪上海大都市中"风化"，虽然他的后代都已经成了道地的都市人，而宋朝的尚书公子王景隆则迅速在奢华的都城找到了自己与之行为的对接点，他把自己人生的喜怒哀乐全部融注于京城之中，最终也是在京城功成名就。

　　话本竭力铺叙一些城市人家的富贵气象：《宋小官团圆破毡笠》中时转运来的宋金迁寓城市之后，"买家奴伏侍，身穿罗绮，食用膏粱"，"就于南京仪凤门内买下一所大宅，改造厅堂园亭，制办日用家火，极其华整。门前开张典铺，又置买田庄数处，家僮数十房，出色管事者千人。又畜美童四人，随身答应。满京城都称他为钱员外，出乘舆马，入拥进赀"；《桂员外途穷忏悔》中桂迁掘得施家埋在底下的银两后，移居绍兴会稽西门城内，"门景甚是整齐"："门亭高耸，屋宇轩昂，花木点缀庭中，桌椅摆列堂上。一条甬道花砖砌，三尺高阶琢石成。"小说借前来求助的施还的视线进一步展现桂府的气派和桂迁的骄横："守门的问了来历，引到仪门之外，一座照厅内坐下。厅内匾额题'知稼堂'三字，乃名人杨铁崖之笔。名帖传进许久，不见动静。伺候约有两个时辰，只听得仪门开响，履声阁阁，从中堂而出。施还料到必是主人，乃重整衣冠，鹄立于槛外，良久不见出来。施还引领于仪门内窥觑：只见桂迁峨冠华服,立于中庭,从者十余人环侍左右";《葛令公生遣弄珠儿》中的申徒泰立功归来后,葛令公为之筹办婚事:"库吏奉了钧帖,将六十万钱资妆,都搬来旧衙门内,摆设得齐齐整整,花堆锦簇","前厅后堂,悬花结彩","进到内宅,只见器用供帐,件件新,色色备,分明钻入锦绣窝中"。

话本对于节日城市风景的描绘更是浓墨重彩:上元佳节,已有京都气象的唐代成都,"闾阎繁富,库藏充饶",处处点放花灯,"家家门首扎缚灯栅,张挂新奇好灯,巧样烟火,照耀如同白昼。狮蛮社火,鼓乐笙箫,通宵达旦"(《独孤生归途闹梦》);宋代汴京,道君皇帝每年正月十四车驾幸五岳观凝祥寺,有红纱贴金烛笼二百对;元夕加以琉璃玉柱掌扇,快行客各执红纱珠珞灯笼。上元后一日,城内更是"华灯宝烛,月色光辉,霏霏融融,照耀远迩"(《杨思温燕山逢故人》)。而宋神宗时京城的元宵佳节,"家家户户点放花灯","十街九市,欢呼达旦","一轮明月当空,照耀如同白昼,映着各色奇巧花灯,从来叫做灯月交辉,极为美景",宣德门楼上"设着鳌山,灯光灿烂,香烟馥郁,奏动圣乐,箫鼓喧阗。楼下施呈百戏,供奉御览",作者更以诗《上元应制》证实元宵盛景:"雪消华月满仙台,万烛当楼宝扇开。双凤云中扶辇下,六鳌海上驾山来。镐京春酒沾周宴,汾水秋风陋汉才。一曲升平人尽乐,君王又进紫霞杯。"(《襄敏公元宵失子 十三郎五岁朝天》)

即使是对相比之下较为暗淡的俗民区,说话人也怀有浓烈的兴趣。俗民区鳞次栉比地排列着店铺、妓院、作坊、住宅,房屋里的陈设或富贵,或简朴,但对它们的描写都可以满足人们对这些幽深曲折的空间内部的好奇:

> 王九妈引着秦重,弯弯曲曲,走过许多房头,到一个所在,不是楼房,却是个平屋三间,甚是高爽。左一间是丫鬟的空房,一般有床榻桌椅之类,却是备官铺的;右一间是花魁娘子卧室,锁着在那里。两旁又有耳房。中间客坐上面,挂一幅名人山水,香几上博山古铜炉,烧着龙涎香饼,两旁书桌,摆设些古玩,壁上贴许多诗稿。
>
> ——《卖油郎独占花魁》

许宣看时,见一所楼房,门前两扇大门,中间四扇看街槅子眼,当中挂顶细密朱红帘子,四下排着十二把黑漆交椅,挂四幅名人山水古画。

对门乃是秀王府墙。……许宣转到里面,只见:四扇暗槅子窗,揭起青布幕,一个坐起,桌上放一盆虎须菖蒲,两边也挂四幅美人,中间挂一幅神像,桌上放一个古铜香炉花瓶。

——《白娘子永镇雷峰塔》

俗民区里生活着"寻几贯钱养家度日"的商人、妓女、工匠和下层官吏,他们忙碌于吃喝、盘算……进行着低层次的人生追求,转弯抹角的房屋最深处常常发生一些不为外人知晓的行为:卖珠子的薛婆在王三巧家歇宿,"你问我答,凡街坊秽亵之谈,无所不至",又把商人陈大郎引上了王三巧的床,"自此无夜不会"(《蒋兴哥重会珍珠衫》);男扮女装的新娘和前来陪宿的小姑暗中成就了姻缘(《乔太守乱点鸳鸯谱》)。话本正是对这些新鲜又神秘的事件揭秘,让接受者体味故事人物富足安逸的生活:美味的饮食、简单却不失体面的服装、琳琅满目的小商品,热闹的街景,窥视那个时代发生在狭窄而阴暗的老式房屋深处的故事,那些失落了诗意却充满人性的隐秘事件。

话本小说中不乏后来发达的文人,他们解脱困顿的希望往往在都城实现,那里总是有着他们出其不意的出头机遇。《穷马周遭际卖馎媼》中,马周穷困潦倒,处处碰壁,于是他把发迹的希望寄予远方的都城,作者为马周设置的心理活动代表了当时大多数文人的心声:"他想着冲州撞府,没甚大遭际,则除是长安帝都,公侯卿相中,有个能举荐的萧相国,识贤才的魏无知,讨个出头日子,方遂平生之愿。"正是在"果然是花天锦地"的长安,在皇帝三道圣旨的催促下,马周得以施展才华,平步青云,又与"丰艳胜人"有一品夫人之相的王媪成婚,得遂平生心愿。这一故事中有趣的现象是:随着马周从博州经新丰到长安,他所至的城市规模和他的机遇同步升级;上京应举的赵旭虽因文卷上有一字差错而下第,但结果还是在都城茶肆中得遇皇帝,到西川做官,兼管军民(《赵伯升茶肆遇仁宗》);金榜无名又身无分文的俞良本打算用客店主人打发他离开的两贯钱"买些酒食吃了,跳下西湖,且做个饱鬼",没想到大醉后题的词"惊动圣目",被授"成都府太守","御赐银两衣锦还乡"(《俞仲举题诗遇上皇》)。虽然在科举时代文人命运的根本改变一贯是在京都,但是话本把这些文人的京都发迹写得如此神奇,却实在是出于有意识的修辞设计。

在城市中人们甚至会得到意外的钱财和运气。《杜子春三入长安》中杜子春挥霍无度,米粮大缺,朋友亲戚无可投靠,但他在三入长安时都遇到素昧平生的老者慷慨周济,共得银四十三万两,最后由老君提携升天;平民出身的秦重,逃难至临安,在这里,他与"红颜知己"花魁娘子结婚,夫妇俩幼年逃难时失散的亲人得以团聚,"家业挣得花锦般相似,驱奴使婢,甚有气象",生下的两个孩子"俱读书成名"(《卖油郎独占花魁》)。

古代对于发达城市空间的描绘,战国时期已可见端倪。后来的汉赋则竭力渲染都城的富丽辉煌。然而,直到小说叙事,空间才开始与人的性格、命运相联系。在话本中,城市不仅拥有优裕的生活条件,且成为人们好运连连的空间。

二、山水:与城市相对立的修辞幻象

与奢华且满是机遇的城市形成鲜明对照,远离城市的自然山水变得色彩暗淡,有时甚至危机四伏。

自然空间在话本中往往被描写得十分凄苦。《羊角哀舍命全交》故事发生在春秋时期,历来关于此事的叙述都十分简略,话本对这一素材进行修辞处理后,有大量篇幅渲染山野凄凉和儒人跋涉其中的艰难:

> 迤逦来到雍地,时值隆冬,风雨交作。有一篇《西江月》词,单道冬天雨景:"习习悲风割面,濛濛细雨侵衣。催冰酿雪逞寒威,不比他时和气。 山色不明常暗,日光偶露还微。天涯游子尽思归,路上行人应悔。"左伯桃冒风荡雨,行了一日,衣裳都沾湿了。
>
> 行不两日,又值阴雨,羁身旅店中,盘费馨尽。止有行粮一包,二人轮换负之,冒雨而走。其雨未止,风又大作,变为一天大雪。怎见得?你看:"风添雪冷,雪趁风威。纷纷柳絮狂飘,片片鹅毛乱舞。团空搅阵,不分南北西东;遮地漫天,变尽青黄赤黑。探梅诗客多清趣,路上行人欲断魂。"……皆说:从此去百余里,并无人烟,尽是荒山旷野,狼虎成群,只

好休去。……又行了一日,夜宿古墓中。衣服单薄,寒风透骨。次日,雪越下得紧,山中仿佛盈尺。

这种自然空间的渲染折射出那个时代人们对于荒山旷野的恐惧心理。

在很多话本小说中,山水更成为兴妖作怪之处:《郑节使立神臂功》把如画山水中隐藏着的危机描述得令人心惊:张员外到东岳还愿,乘兴游山,但见"山明水秀,风软云闲。一岩风景如屏,满目松筠似画。轻烟淡淡,数声啼鸟落花天;丽日融融,是处绿杨芳草地"。然而就在这里,他却发现了自己丢失的香罗木,见到一个说话暴雷也似的黄巾力士,被吓得"神魂荡漾,口中不语";清明时节杭州城内"和风扇景,丽日增明",管弦动,语笑喧,而城外的西山驰猷岭,却是一派阴森恐怖景象,本该山清水秀、花红莺啭的地方,成了处处藏妖聚怪的鬼窟(《一窟鬼癞道人除怪》)。书生孟沂路遇美人,两人赏花玩月,酌酒吟诗,家人寻去时,只见"水碧山青,桃株茂盛,荆棘之中,有冢累然",原来这个风景优美的地方有薛涛坟墓,所遇之女是薛涛之精灵(《同窗友认假作真　女秀才移花接木》)。

山水成为强盗聚啸的地方:《张淑儿巧智脱杨生》中,杨元礼和一群同年兴冲冲地去赶考时,"行到河南蒙县地方相近,离城尚有七八十里。路上荒凉,远远的听见钟声清亮。抬头观看,望着一座大寺":

> 苍松虬结,古柏龙蟠。千寻峭壁,插汉芙蓉;百道鸣泉,洒空珠玉。螭龙高拱,上逼层霄;鸱吻分张,下临无地。颤巍巍恍是云中双阙,光灿灿犹如海外五城。

正是在这一幽深的环境里,发生了一起惊心动魄的特大凶杀案,同年皆被杀死,杨元礼从后窗逃出,跳在乱棘丛中,"用力推开棘刺,满面流血,钻出棘丛,拔步便走。却是硬泥荒地。带跳而走,已有二三里之远。云昏地黑,阴风渐渐,不知是什么所在。却都是废冢荒丘"。二次脱险后,他仍然在"黑地里走来走去,原只在一笪地方,气力都尽"。但当他一进入城市,一切都大变:刚进城,正值穷途的杨元礼就劈面撞见他贩货去山东的叔父,叔父把随从送与元礼伏侍,又借他白银一百二三十两,还替他叫了骡轿送他进京。杨元礼在山野中的恐怖遭遇,和后来在城市中得到的飞黄腾达及报仇机会,形成强烈反差。

即使是一些人工刻意营造的奇异自然景观,沉溺于其中而不理俗务的人也免不了横遭厄运:卢楠的园子里处处名花异卉、怪石奇峰(《卢太学诗酒傲王侯》),花痴秋先的园子里"花卉无所不有,十分繁茂",门前湖边桃红柳绿,湖中莲菱飘香(《灌园叟晚逢仙女》),这些美丽的自然环境却险些为他们招来了杀身之祸。虽然他们最终也有人或神的搭救,但其遭遇却使山水自然在人们眼中的魅力大打折扣。

三、城市叙事取代山水抒情:田园诗意的失落

表面上看起来,人们在漫长的年代里面对的是同一外部空间,但古代叙事文学的空间修辞设计却呈现出差异:神话空间是想象中充斥着神灵怪异的规整山水;魏晋小说缺少连缀事件的描述,又以描述时人言谈以及奇闻怪事为主,空间描述被忽略;游仙故事中,凡人与善解人意的美丽仙女的遇合总是被设置在远离人世的青山绿水间,王嘉把山洞里的景物描写得美轮美奂:

> 其山又有灵洞,入中常如有烛于前,中有异香芬馥,泉石明朗。采药石之人入中,如行十里,迥然天清霞耀,花芳柳暗,丹楼琼宇,宫观异常。乃见中女霓裳冰颜,艳质与世人殊别,来邀采药之人,饮以琼浆金液,延入璇室,奏以箫管丝桐。俟令还家,赠之丹醴之诀。
>
> ——《拾遗记》卷十

而在话本小说中,蒹葭苍苍的芦苇荡是强盗出没的地方(《临安里钱婆留发迹》);绿树成荫的柳林是杀人谋财的场所(《沈小官一鸟害七命》);月明如昼的采石江边,金玉奴被薄情的丈夫推堕江中(《金玉奴棒打薄情郎》);在山罗青黛、涧水潺湲的恒山,崔衙内看到的是血水中浸着浮米的酒缸以及形形色色的怪物(《崔衙内白鹞招妖》)。

人们的空间感受通常是方向不定、混杂的,当话本叙述者把原本混杂的、甚至子虚乌有的事物通过修辞设计有序地聚焦到人们眼前时,他已经构筑了

一个虚幻的修辞性空间，人们的空间关注由此被引导到合乎叙述逻辑的特定方向，话本空间感受的特性也因此得以凸显：城市成为个人发展的有利环境，而山水则表现出太多不利生存的负面因素，城市和山水由此而成为一组对立的修辞幻象。

空间的价值和意义是在人的目光中实现的，曾几何时，"少无适俗韵"的陶渊明厌恶"车马喧"，认为山中自有深意；王维则乐于"独坐幽篁里，弹琴复长啸"。而在话本的大多篇目中，山水之间"随意春芳歇，王孙自可留"的潇洒和浪漫已经很少存在，充斥着各种物质的城市显现出强大的向心力，成为人们向往和迷恋的空间，这种空间取向导致了历来为人们所称道的生活田园诗意的失落。

众所周知，温馨的家庭氛围、充满情趣的家庭生活历来成为中国文学吟诵的对象。在古诗中，和睦的家庭常常和亲切的自然融为一体："故人具鸡黍，邀我至田家"和"绿树村边合，青山郭外斜"互相映衬，"山重水复疑无路，柳暗花明又一村"的地方又总是"莫道农家腊酒浑，丰年留客足鸡豚"。然而在话本里，作者的修辞重心已转移至城市居民的平庸生活以及其家庭内部的激烈争斗：

王员外的大女儿夫妇俩为了夺得家庭财产，谋害妹妹丈夫全家，逼妹妹玉姐改嫁，在听到玉姐上吊时，姐姐"心中暗喜，假意走来安慰，背地里只在王员外面前冷言酸语挑拨。又悄悄地将钱钞买嘱玉姐身边丫鬟，吩咐如再上吊，由他自死，不要声张"（《张廷秀逃生救父》）；范二郎和周胜仙一见钟情，但媒人前往周家说媒时，父亲周大郎却因要将女儿嫁给大户人家而断然拒绝，女儿听到"不肯教他嫁范二郎，一口气塞上来，气倒在地。妈妈慌忙来救，被周大郎牵住"，前来救人的迎儿也"被大郎一个漏风掌打在一壁厢"（《闹樊楼多情周胜仙》）；弟兄俩为了冒领赏金，竟然残忍地将父亲杀害（《沈小官一鸟害七命》）。有时只是为了负气，也会逼死亲人：杨氏为了一文钱吵闹，被邻居大骂一通后，丈夫邱乙大认为自己丢了脸，竟然逼迫妻子在邻居的门上吊死：

那婆娘怎肯走动，流下泪来，被邱乙大三两个巴掌，搡出大门。把一条戏索丢与他，叫道："快死快死！不死便是恋汉子了。"说罢，关上门儿进来。长儿要来开门，被乙大一顿栗暴，打得哭了一场睡去了。……单剩杨氏在门外好苦，上天无路，入地无门。……自悲自怨了多时，恐怕天明，慌慌张张的取了麻索，去认那刘三旺的门首。……忙忙的把几块乱砖衬脚，搭上麻索子于檐下，系颈自尽。

——《一文钱小隙造奇冤》

巴赫金曾经谈到，在西方田园诗里，一般不会出现与田园世界格格不入的主人公，即使在乡土小说中，"偶尔出现这样的主人公，他脱离了一个完整的局部地区进入城市，后来或者死去，或者浪子回头，重返家乡这块完整的地方"。直到家庭小说和家族小说出现，田园诗成分才得到根本的改造："在家庭小说中，家庭已非田园诗里的家庭。它脱离了狭窄的封建的局部地区，脱离了在田园诗里哺育它的无时不在的自然环境，脱离了家乡的山河、田野和森林。"① 中国古代山水田园诗曾经参与构成文坛文学主流，曾经以它清新的诗意影响了中国文学和文人的人格，而话本小说的空间修辞无疑对山水田园诗的空间性质及其特有诗意进行了有意味的颠覆，话本小说的空间修辞设计显示了：由山水田园组成的自然环境不再是人们理想的生活空间，城市生活成为了人们生活的主体，城市将成为文学修辞的中心空间，山水田园以及生活于其中的宁静和诗意将离我们远去。

---

① ［苏］巴赫金：《小说的形式和时空体形式》，白春仁译，钱中文主编《巴赫金全集》第一卷，河北教育出版社 1998 年版，第 431 页。

第九章 情爱叙事修辞设计的异质性：
话本小说修辞诗学研究之六

与历史叙事相比，话本小说的叙事因子似乎先天缺乏吸引力：这些小说的主人公大多地位寻常，他们不能像历史叙事中的主角那样，以骄人的政治地位去震撼接受者；话本小说所述事件多发生于俗民日常生活之中，虽然这些事件的时间语境交代十分明确——所述事件的发生往往和历史变迁等因素有着密切联系，但通常历史是作为大背景出现，不像历史叙述中骇人政治事件总是发生于改朝换代的重要关头；话本小说情节多发生于俗民所居空间之内，而不是历史人物纵横捭阖的朝廷或叱咤风云的战场。因此，讲述这类故事，就必须通过修辞设计，使叙事因子及流程突破传统认知模式和一般预设而获得"异质性"，激起大众的接受兴趣。

话本小说的主题类型众多，针对不同的主题，故事讲述者往往采用不同的修辞设计，如"转运汉"类型，主角或设置为"心思慧巧，做着便能，学着便会。琴棋书画，吹弹歌舞，件件粗通"（《转运汉遇巧洞庭红 波斯胡指破鼍龙壳》）；或设置为"自幼习学文章，《诗》《书》《礼》《乐》，一览下笔成文，乃是个饱学的秀才"（《赵伯升茶肆遇仁宗》）或是"自幼精通经史，广有学问，志气谋略，件件过人"（《穷马周遭际卖䭔媪》）；这些人"倒运"时的困境，往往被渲染到极致：文若虚坐吃山空，挥霍尽祖上家业后，"思量做些生意",置办了一些名人题画的扇子。"岂知北京那年自交夏来,日日淋雨不晴,并无一丝暑气","交秋早凉,虽不见及时,幸喜天色却晴",想把存放在箱子里的扇子卖出几把,却都粘成一团,本钱一空。"频年做事,大概如此。不但自己折本,但是搭他做伴,连伙计也弄坏了。"(《转运汉遇巧洞庭红 波斯胡指破鼍龙壳》)但他们"转运"的经历又十分突然而神奇。此外还有"破镜重圆""浪子回头""生死至交""知恩图报"等主题,都采用了相应的修辞设计,意在渲染其"异乎寻常"的性质。

本章以情爱叙事为分析案例,解析故事讲述者是如何以独特修辞设计,使这类小说获得"异质性"。本文所论及的情爱叙事,是指故事讲述那些互相爱恋的青年男女——他们大多未婚,如崔莺莺和张生,有的虽然已婚,心中却另有所恋,如步非烟——通过自身行为实现与恋人厮守的目的。他们的厮守,或短暂,或长久,但不管结果如何,这些青年男女,都是情爱叙事中的积极行动主体,按照自己的意愿去选择爱人;而情爱叙事修辞设计的异质性,是相对于传统认知、其他文体如传统情爱诗歌和唐以前的故事叙述而言的。本来,情爱事件的一般预设,多来自传统文化规定。人们长期以来对于男女情爱的认知和逻辑推断,已经形成一种思维定势,如媒妁对于婚姻的重要已经获得法律有效性,男女发生情爱关系必须经过明媒正娶,父母对子女的婚姻有决定权,如果"不待父母之命,媒妁之言,钻穴隙相窥,逾墙相从,则国人父母皆贱之"(《孟子·滕文公下》)。面对强大的情爱固有认知,小说叙说者必然要通过特有的修辞设计,改变人们的相关思维定势和逻辑推断,以获得最佳传播效果;在中国文学史上,情爱是发达的诗歌文体屡见不鲜的吟咏对象,众多的爱情诗歌,其喻义所指甚至已经扩大到情人相思以外的范畴,但是诗歌短小、抒情的特点决定了它多以男或女为抒情主人公抒发单边相思之情,极少有二人之间行动呼应的叙述。而唐以后小说的成熟,包含了叙事对人物群的行动及心理观察、描写的细腻,而这又正是情爱故事叙述的前提:主人公的恋爱行为和心理成为主要叙述因子。这些小说在描述恋爱主角行动的同时为其设置了特殊的时间和空间前提,呈现别样面貌的人物、时间和空间成为故事"异质性"的必要构成。

一、人物修辞设置:年轻女性从边缘到 中心地位的转换

　　唐传奇以后情爱叙事的人物设置变化在于:年轻女性表现出行动自主的风貌,成为主要叙述对象。

　　由于传统的重男轻女观念,在日常生活中,男婚和女嫁,前者往往更受重视,姑娘的"德言工貌"、教养程度和家庭富贵是婆家关注的对象,《魏书·高允传》曾曰:"古之婚者,皆拣择德义之门,妙选贞闲之女,先之以媒妁,继之以礼物,集僚友以重其别,亲御轮以崇其敬",由此可见对于择媳的慎重。而"嫁出门的女,泼出门的水""嫁鸡随鸡,嫁狗随狗",成为社会对于"女嫁"的习惯认知,往往让人们忽略了选婿的存在。这种社会性认知影响了叙事作品,在文学叙述中,"选婿"往往被另类化:中国传统民间故事或关注姑娘的父母如何设置难题考验男子,如"难题求婚"故事;或关注那些怪异甚至残疾的候选人在被挑选过程中如何歪打正着蒙混过关,制造笑料,如"傻女婿"的故事。而直接承担选婿后果的姑娘们则被剥夺话语权,在选婿过程中处于遮蔽地位。

　　虽然魏晋时已有一些大胆的歌咏情爱的诗歌,且魏晋名士放荡不羁,但《世说新语》中关涉男女关系的多为婚姻故事,绝少提及他们的情爱经历,如"雅量第六"中王羲之"坦腹东床"反被相中为女婿;"假谲第二十七"中温峤为自己做媒迎娶"甚有姿慧"的堂表妹,温峤的媒人公开身份和情人的隐在身份最终合一,增添了故事的情趣,但是总体来说,故事流程依然遵循传统媒妁惯例,作为婚姻当事人的男女之间并没有直接交往,因而女性在叙述中,不是被遮蔽就是被边缘化。

　　也许是因为神鬼的另类身份使得她们具有一定程度上不受人间婚姻惯例约束的条件,《搜神记》中情爱故事要多得多,但一个主要类别"神女下嫁凡人"中,男女结合的过程简单而直接,神女都是听从天意或者父母的安排,依靠自身的神力优势很顺当地找到男人,而非自己选择恋人,如《董永与织女》故事开始于"路遇",织女遵照天帝之令和董永做了十天夫妻,织

缣百匹的任务完成后就凌空而去。杜兰香来到张传门前时,也只是让"婢女通言:'阿母所生,遣授配君,可不敬从?'"(《杜兰香与张传》)。神女知琼下嫁时,"馔具醴酒,与超共饮食",但在这种适宜谈情说爱的时机,神女也只是说道:"见遣下嫁,故来从君。不谓君德,宿时感运,宜为夫妇。不能有益,亦不能为损。"(《弦超与神女》)因而,在这些故事中,男女双方都没有选择自身行动的自主权,没有成为真正的行为主体。《搜神记》幽婚故事中女性的自主风貌开始有所显露,如吴王小女与韩重"私交信问",因婚姻不能遂愿而"气结死",死后灵魂邀韩重至坟墓,"留三天三夜,尽夫妇之礼"(《紫玉韩重》)。《王道平妻》、《河间郡男女》则叙述了姑娘为意中人坚守抗婚的故事。但总的来说,应该在选婿中占据主要地位的年轻女子在叙事中仍然被边缘化,作者对她们自身的婚恋行为描述也流于粗疏。

唐代以后,伴随着小说的成熟,"选婿"不仅成为情爱小说的一重要主题,且其中心人物设置较以前有了大的改观:姑娘们作为行为主体,和男子共同占据叙述中心地位。而这些美丽的妙龄女郎以大胆热情、生气勃勃的姿态出现在小说之中时,小说面貌也为之一新。

西方符号学把民间故事中的主体分为价值占有者的状态主体和希望得到这一状态主体的行为主体,其中状态主体多为公主,她们不仅年轻貌美,而且是财富和地位的象征;行为主体则为年轻的英雄,他们智勇双全,机缘也特别帮忙,经过多轮行动之后,得到公主。在这些故事中,叙述焦点落于行为主体英雄,状态主体公主往往处于静态的被动地位。而中国唐以后的短篇小说,很多姑娘,她们即使是出身于普通人家,也不再处于由"父母之命,媒妁之言"决定终身大事的被动地位,不再是男子婚姻行为的被动接受者,而是有着选择自己婚恋对象的勇气,以及与"选择"相应的一系列行动。

唐传奇中相当一部分女主角开始表现出行动自主的风貌:她们自己选中恋人,坚持自己的决定,为自己设计行动,通过自身努力去争取实现爱情理想。如倩娘爱上表兄王宙,"常私感想于寤寐,家人莫知其状",知道父亲许嫁别家后,"女闻而抑郁",其魂魄竟然半夜"徒行跣足"追赶恋人(《离魂记》);莺莺则瞒着母亲,待情人于西厢(《莺莺传》);红拂慧眼识英雄,连夜私奔李靖(《虬髯客传》);飞烟私通赵象,事情败露后"但云:'生得相亲,死亦何恨？'"（《飞烟传》）。

话本则用更多篇幅描述这些女子的外貌、心理、眼光、胆识和行动，以突出她们作为行为主体的能力和经历。

姑娘的美貌往往用相当篇幅渲染，虽然这种渲染仍带有浓重的男性玩味女性外貌的痕迹，但在很大程度上，"美貌"已经和恋爱经历联系到一起，成为她们成就自身婚恋的"能力"。如《张舜美灯宵得丽女》中，素香"生得凤髻铺云，蛾眉扫月，生成媚态，出色娇姿"，以至于舜美一见到她，就"沉醉顿醒，悚然整冠，汤瓶样摇摆过来"。《宿香亭张浩遇莺莺》描写莺莺："新月笼眉，春桃拂脸，意态幽花未艳，肌肤嫩玉生光。莲步一折，着弓弓扣绣鞋儿；螺髻双垂，插短短紫金钗子。似向东君夸艳态，依栏笑对牡丹丛"，以至于"浩一见之，神魂飘荡，不能自持"。后来这些年轻男女经过周折成就了婚姻。此外，女子的恋爱心理同样得到重视，相当一部分女子被设置为通诗书、能文笔的才女，可以和情郎酬答应唱，她们所写的那些含蓄蕴藉的诗词成为展现其细腻缠绵的恋爱心理的最佳载体。

这些姑娘往往都有不受他人左右的判断和自己的智慧眼光，有的甚至还有和情人私奔的勇气。同为"难题求婚"故事，《苏小妹三难新郎》突出的是苏小妹自己罕见的聪慧和决断；《同窗友认假作真 女秀才移花接木》中两位才貌双全的小姐，都是自己择配：蜚娥射箭卜己心事，在两位同学中为自己择偶；景小姐选中自己心仪的对象后，坚持与对方达成婚姻（《同窗友认假作真 女秀才移花接木》）。《陶家翁大雨留宾 蒋震卿片言得妇》中得胜头回叙述曹姓女子不顾母亲嫌表兄家里无官无钱，计划半夜与表兄私奔，是因为他"生得聪俊"，且和她"从小往来"，彼此了解；正话叙述陶幼芳不愿嫁给自幼许下的双目失明的褚姓子，计划同"少年美貌"的表兄私奔。虽然陶幼芳因阴错阳差而经受挫折，但她并不后悔，依靠一己之力坚持到底。

话本小说中，本来具有青年男女婚姻决定权的父母被置于幕后，如果有父母的参与，他们有时也是被设置为叙事的反向动力——糊涂势利的父母往往成为女儿婚恋的障碍，成为青年男女恋爱过程需要克服的因素，情爱叙事因此而变得波澜起伏。

《荀子·非相》曾总结人与禽兽的根本区别："夫禽兽有父子而无父子

之亲,有牝牡而无男女之别。"古代"父子之亲"隐含着父亲拥有主宰儿女亲事的绝对权威;而"男女之别"则意味着男女不能越过父母媒人自己直接接触。但话本小说中,配合聪明大胆的青年女主角,亲属设置多选择"势利""糊涂"的父母:家产富厚的罗惜惜父亲认定:"而今时势,人家只论见前,后来的事,那个包得?小官人看来是好的,但功名须有命,知道怎么?"坚持把女儿许给巨富之家。女儿和情人私下幽会被发觉后,父母竟然作为奸情事报官处理(《通闺阃坚心灯火 闹图圈捷报旗铃》)。娇鸾因父爱女"慎于择配,所以及笄未嫁,每每临风感叹,对月凄凉……他虽父母亦不知也。"后来王娇鸾的意中人周廷章遣来媒人,王父"亦重周生才貌。但娇鸾是爱女,况且精通文墨。自已年老,一应卫中文书笔札,都靠着女儿相帮,少她不得,不忍弃之于他乡,以此迟疑未许",以致娇鸾和廷章私相往来(《王娇鸾百年长恨》)。父母的态度和行为成为男女情爱发展的逆向动力。

此外,古代短篇情爱小说的人物设置,在父母之外,还增加了一个传信、促成的女性人物,她们多为小姐身边的丫鬟、姨娘,或是可以方便进出小姐家门的老尼、道姑、卖婆,且大多能言善道。如《蒋兴哥重会珍珠衫》中日逐串街走巷卖珍珠的薛婆,《王娇鸾百年长恨》中的亲戚曹姨,《宿香亭张浩与莺莺》、《闲云庵阮三偿冤债》中的尼姑、《陆五汉硬留合色鞋》中惯走大家卖花粉、专一做媒作保的陆婆等等,这样的人物设置,使得青年男女的私相传递成为可能。

在女性行动受到极大限制的时代,姑娘不得不外出时,往往乔装成男性。外表的男性身份,不仅为她们赢得了行动的方便,还可以使她们绕开"男女授受不亲"的障碍,更近距离地观察自己相中的对象,有了同异性接触的便利。此类小说,竭力渲染男装女子的奇异经历,打破人们对于男女性别的传统角色区分,成为短篇小说情爱叙事的一大亮点。话本小说中屡屡出现女扮男装的修辞设置:祝英台男装外出读书,和梁山伯结为兄弟,后二人死作夫妻,化为彩蝶;黄善聪被父亲假扮男孩出外经商,父亲死后,善聪以男子身份和李秀卿结为异性兄弟,合伙生理,同屋居住,历经九年,终合二姓之好(《李秀卿义结黄贞女》);翠浮庵尼姑静观归庵途中,自称和尚搭便船,再遇逸致翩翩的闻人生,后成就婚姻(《闻人生野战翠浮庵　静观尼昼锦黄沙弄》);父亲和假扮男孩的刘方外出经商,父亲死后她同刘奇以弟兄相处,最终在诗中透露自己女子身份,与刘奇花烛成亲(《刘小官雌雄兄弟》);蜚娥风姿绝世,从小习得一身武艺,最善骑射,她改名胜杰,妆做男子进学,后既为蒙冤的父亲昭雪,又自己择得良缘(《同窗友认假作真　女秀才移花接木》)。

这些短篇小说中"聪明多情的女儿 + 糊涂势利的父(母)+ 奔走于恋人之间的女性小人物"的配置,以及姑娘们女扮男装的角色设置,使得情爱叙事枝节横生,妙趣十足。

二、空间修辞设置:闺房对外的秘密通道

古代女性生存的典型空间为闺阁绣楼,"大门不出,二门不迈"成为姑娘们的行为规则,幽深而封闭的空间闭锁着她们的情感和心灵。

在唐以前的志人小说中,情爱主题匮乏,空间设置阙如。只有一些游仙小说中,荒凉山野和幽深洞穴成为美丽又善解人意的女性神仙生活的地方,也成为他们和凡人实施婚恋的超现实浪漫场所,但这些小说的空间描述十分简略。唐传奇尤其是宋元以后的话本,其空间设置移到了人们生活的日常居处,且成为叙事动力:情爱叙事中秘密通道的设置,不仅使闺阁绣楼通达外部世界,而且促成了男女主角的相遇和相恋。

窗户成为闺房密室向外的窥探通道,这一特殊的通透空间,为姑娘们展现了新鲜的外部世界,带来了异样的生活气息。《吴衙内邻舟赴约》中,吴衙内向对面船张望,"那知因缘有份,贺知户船中后窗也开在那边。秀娥走到窗边;四目相视,且惊且喜",于是两人互掷用绣帕和锦带包裹着的诗笺传情,又相约幽会,成就了一番姻缘。《陆五汉硬留和色鞋》中,潘寿儿临街泼水,正待下帘,"忽听得咳嗽声响,往下观看,一眼瞧见个美貌少年,人物风流,打扮乔画,也凝眸流盼。两面对觑,四目相视",后来"那女子开帘远望,两下又复相见。彼此以目送情,转加亲热"。黄秀才附搭韩公之船去荆州,听得中舱玉娥弹筝,于是通过窗户递词传情,玉娥也"遂启半窗,舒头外望","四

目相视,未免彼此送情",他们又趁无人之时通过窗户细语交谈,约定再次相见日期(《黄秀才徼灵玉马坠》)。景小姐父母双亡,寄居外婆家,但她不似林黛玉那样哀戚悲观,当她在窗口看到住在对面饭店的俊俏书生时,就求外公为自己行聘(《同窗友认假作真 女秀才移花接木》)。窗户成为青年男女相见传情的特殊通道。

花园是大户人家闺房密室通向外部的一个半开放空间,它深深隐蔽在家居的后面,安静幽雅,少有人来却花木繁茂,是难得出门的年轻姑娘的游乐场所,又成为公子们吟诗读书或骑马经过的地方。于是,年轻男女在这样一个美丽浪漫的地方相遇并相恋。卓王孙家"园中有花亭一所,名曰瑞仙。四面芳菲烂熳",卓文君园中赏月,遇司马相如抚琴挑逗,彼此有意(《俞仲举题诗遇上皇》)。王娇鸾和曹姨、侍儿后园打秋千,"正在闹热之际,忽见墙缺处有一美少年,紫衣唐巾,舒头观看,连声喝采",后来娇鸾和少年私自写下合同婚书,来往既频,恩情愈笃(《王娇鸾千年遗恨》)。宣徽院使之女每年春天于园中设秋千之戏,男子拜住经过,"在马上欠身一望,正见墙内秋千竞就,欢哄方浓。遥望诸女,都是绝色。"后拜住与宣徽女儿经过一番周折成亲(《宣徽院仕女秋千会 清安寺夫妇笑啼缘》)。

入窗翻墙成为青年男女私下幽会的渠道。唐传奇中已有张生和赵象越墙幽会的情节,话本中李莺莺和张浩不仅翻墙幽会,且最后成就了美满姻缘(《宿香亭张浩遇莺莺》);罗惜惜接连一个多月在后墙下安好竹梯,和情人张幼谦会合(《通闺阁坚心灯火 闹图圄捷报旗铃》);而秀娥(《吴衙内邻舟赴约》)和潘寿儿(《陆五汉硬留和色鞋》)都曾约会情郎翻窗入户,虽然后者被假冒者所骗,以致酿成悲剧,但无疑窗户成为这些热情女子对外行动的一个重要空间形式。

三、时间修辞设置：偶然巧遇中的特殊机缘

恰好在同一时间相遇,是难得外出的姑娘们和男子互生情愫的时间前提。巴赫金曾经谈到希腊传奇中奇特的时间设置:"无限的传奇时间里的一切时间点,全是受着一种力量的支配,这就是机遇。因为正如我

们看到的那样,整个这种时间都是由偶然的同时性和偶然的异时性组成的。传奇里的'机遇时间',是非理性力量干预人类生活的一种特殊的时间。"① 而西方中世纪传奇中,骑士和姑娘也常常在同一时间到达同一道路的同一地点,从而展开一段恋爱故事。因而,巴赫金认为道路时空体在西方文学中的意义是巨大的,很少有作品能够回避任何形式的道路情节,有大量作品直接就建筑在道路以及途中相逢奇遇的时空体之上。②

在中国游仙小说中,男女相遇总是出自女性神仙的有意安排,伴随顺利婚姻而来的往往是这些神秘女子带给男人的财富和长生。唐以后的小说则为普通男女情爱的发生和发展提供了极具修辞效果的时间设置:节日游玩、赶考或迁徙,在这些人生的动态历程中,青年男女总是因巧遇而互相吸引;而男方恰巧拾得女子遗落的东西,也会为青年男女牵出爱情红线。

上元时节,灯市富盛,张生在元宵节的阑珊灯火中拾得上有题诗的红绡帕子,来年元宵又在原处巧遇遗帕女子,两人远涉江湖,偕老百年;张舜美与素香也在临安繁盛的灯市上两度巧遇,约会后双双私奔(《张舜美灯宵得丽女》);玉兰小姐赏玩华灯后听到阮三的吹唱,于是"一夜不曾合眼,心心念念,只想着阮三",双方结下情缘(《闲云庵阮三偿冤债》)。

清明是仕女外出踏青游玩的传统节日。话本小说中许多青年男女的爱情正像春天的草木一样,在这一浪漫时节萌发并迅速开花结果。许仙和白娘子在清明时节的纷纷落雨中巧遇于船上,又因为付船钱和借雨伞而触动情丝,彼此有意,成就姻缘(《白娘子永镇雷峰塔》);吴清和两个爱爱先后巧遇于清明时的金明池上,经过一番周折,最终如愿(《金明池吴清逢爱爱》);乐和清明时节在西湖上巧遇幼时同学顺娘,"两人捉空以目送情,彼此会意",后在八月十八观潮时两人落水,出水后家人允诺婚姻,成为恩爱夫妻(《乐小舍拚生觅偶》);娇鸾清明打秋千时巧遇美少年廷章(《王娇鸾百年长恨》),朱重清明重逢难中的美娘(《卖油郎独占花魁》),崔生同兴娘私下成就的情缘也始于清明(《大姊魂游完宿愿　小妹病起续前缘》)。

---

① ［苏］巴赫金:《小说的时间形式和时空体形式》,白春仁译,钱中文主编《巴赫金全集》第三卷,河北教育出版社 1998 年版,第 285 页。

② 同上书,第 289 页。

赶考是古代书生的人生大事,在他们求取功名之时,往往巧遇一个多情的姑娘,经过曲折经历后,成就美满婚姻。闻人生在科举途中,重逢对己有意的尼姑静观,于是两人"得谐鱼水",科举完毕后奉旨成婚(《闻人生野战翠浮庵 静观尼昼锦黄沙弄》);舜美则因乡试来杭,淹留邸舍中,在灯市巧遇素香(《张舜美灯宵得丽女》);崔护赶考时暂离旅舍外出游赏,口渴求饮而巧遇"人面桃花"的女孩(《金明池吴清逢爱爱》)。迁徙途中,一些青年男女恰巧相遇,一见钟情,经过一番努力,也终成眷属。吴衙内和贺秀娥举家乘船迁居,遇到狂风,两船恰巧相遇,于是这一对年轻人的爱情在这巧遇之中萌发结果(《吴衙内邻舟赴约》);而黄秀才和玉娥(《黄秀才徼灵玉马坠》)、黄贞女和李秀卿(《李秀卿义结黄贞女》)等,都是在离家外出时巧遇而结成良缘。

姑娘失落之物由年轻男子拾取,更与时间巧合分不开。为了使得青年男女的后续交往"顺理成章",作者往往设置一个"拾得遗物—重逢生情"的情节。唐代《流红记》已经把红叶题诗的故事渲染得十分神奇,话本一些情爱叙事延续了这种修辞设计:《张舜美灯宵得丽女》入话叙述贵官公子张生元宵灯会拾到系有香囊并题了诗的红绡帕子,帕上有字约来年相见,第二年灯会张生果然见到坐于车中的女子,于是颂诗一首,而女子"闻生吟讽,默念昔日遗香囊之事谐矣,遂启帘窥生,见生容貌皎洁,仪度闲雅,愈觉动情。遂令侍女金花者,通达情款",第二天两人双双私奔,偕老百年;崔生拾得兴娘遗下的金凤钗,兴娘来寻,成其好事(《大姊魂游完宿愿 小妹病起续前缘》);王娇鸾在花园中遗落一幅手帕,和拾帕者周廷章诗词唱和,私相往来(《王娇鸾百年长恨》)。

讲述者对时间巧合的修辞设置,不仅增加了短篇小说的情趣,同时也提高了小说中男女情爱在那个年代产生的可信度。

从表面上看来,小说只是记载了一些看似自然的事件连续而又曲折的进展历程,但实际上,"叙述性陈述并不是由于它们在文本上有着比邻性(contigucte)才可以拼拉连耦,而是从远处就可以实现,这是因为某个陈述呼唤——甚至是一再呼唤——先于它而存在的其反面,因此,一些新的叙述单位(它们相对于叙事文的脉络来讲是断续的,但它们却是由把它们的谓语——

功能结合在一起的聚合关系组成的）在这方面就像是一些典型的连耦"①。唐代以后的短篇小说中新叙事因子的加入,并非出自小说事件本身看似"自然的"组合关系,而是突破了以往的叙述模式,在多种叙述因子中进行选择而产生的。而在多种聚合关系中的最终选择,不仅成就了传播过程中小说的异质性,激发了大众的接受兴趣,且在一定程度上改变了人们对于"男女情爱"的习惯认知,为"情爱"设置了新的叙述方式。

---

① 　J. 格雷马斯:《成果与设想（代序）》,库尔泰《叙述与话语符号学》,怀宇译,天津社会科学出版社 2003 年版,第 6—7 页。

第十章　喜剧性修辞设置：话本小说修辞诗学研究之七

相较于古代其他文体，话本小说作为典型的市民文学，表现出轻松谐趣的风格。小说所分布的各类喜剧性修辞设置，营造出这这个时代特有的喜剧效果。表现出"乐而不淫"、"戏而不谑"的总体特点。

英国学者赫斯列特认为，笑和泪的本质，关系到人生的实况，"人们所干出来的种种愚蠢和荒谬，或者他们所遭遇到的种种奇特的偶然之事，都由于没有理由来要求我们的同情，所以就只能提供我们以娱乐，并且产生笑的结果"①。话本小说的喜剧意味，有些来自无需人们抱以同情的愚蠢荒谬，更多来自种种奇特的偶然之事，充斥其中的喜剧性修辞设置，是让接受者产生不同笑声的来源。

喜剧性修辞设置在话本小说中呈现为三种类型、两种分布：

三种类型为：

喜剧性情节设置；

喜剧性性格设置；

喜剧性结局设置。

两种分布为：

---

① 伍蠡甫主编：《西方文论选》（下卷），上海译文出版社 1979 年版，第 38 页。

其一为小说本身并非喜剧性文本,但其中某些部分具有喜剧性修辞元素。如《宋四公大闹禁魂张》、《王安石三难苏学士》等拥有喜剧性情节,《钱秀才错占凤凰俦》中的颜俊属于喜剧性性格,《葛令公生遣弄珠儿》《卖油郎独占花魁》等设置了喜剧性结局;

其二为各种喜剧性修辞设置汇入同一部小说,构建了一个道地的喜剧性文本。如《乔太守乱点鸳鸯谱》、《杜子春三入长安》、《吕洞宾飞剑斩黄龙》等。在《吕洞宾飞剑斩黄龙》中,各类喜剧性修辞设置互相配合,把佛道两教的纷争,化为极富喜剧情趣的斗法,显示了古代中国对宗教的特殊认知和对宗教矛盾的独特处理方法,促成了一个富于文化意义的喜剧性文本生成。

一、修辞设置: 非喜剧性文本中的喜剧性修辞元素

就性质来说,有很多话本小说并非喜剧性文本,但是其中却含有一些喜剧性修辞元素,这些元素为文本加入了诙谐、欢乐的成分。

(一)喜剧性情节设置

一般来说,事物的进展都遵循一定的逻辑和理据,人们往往把合乎当时社会规范、合乎逻辑的事件视为正常,反之则视为荒唐。在一本正经、道貌岸然的语境中,在庄严宏大、清醒理性的文体里,那些荒唐、违反常规的事件叙述一直是被排斥的,但现实人生往往恰恰因一些不合理却又无大碍的"插曲"而增添了色彩,因而,体味这些看似不合理的"插曲",同时也是在咀嚼丰富人生。话本小说时代,社会交流增多促使"荒唐事件"增加,市民对于现实人生的特殊喜好促使喜剧性情节设置频频出现于故事叙述之中。一些超出常规的奇事巧遇往往妙趣横生:

冒名顶替是喜剧性情节设置的重要类型。被假冒者因为自身或者外在条件的限制,需要一个能够弥补的人顶替自己去完成某项任务,但最终"露馅"。《钱秀才错占凤凰俦》中,富家子弟颜俊极其丑陋,却想娶绝美的女子傅秋芳,只好让家贫却有才貌的表弟钱青代自己前去行聘和亲迎。经过一番周折,最终鸡飞蛋打,颜俊"满面羞惭","抱头鼠窜而去";《姚滴珠避羞惹

羞》中,妓女郑月娥相貌颇似走失的姚滴珠,被其兄带回家,上演了一出真假滴珠的闹剧。

青年男女乔装打扮成异性所引发的一系列趣事更是喜剧性十足。《乔太守乱点鸳鸯谱》中,因为怕重病的新郎命不长,新娘的弟弟被打扮成新娘前去成婚,晚上美貌的小姑子前来陪孤单的"新嫂嫂"同睡,结果上演了一场让人捧腹的闹剧;《刘小官雌雄兄弟》《李秀卿义结黄贞女》则是女孩乔装男性长期与男人共同在外闯荡,最终暴露真实性别,与喜爱的男人结成连理。①

阴错阳差却最终成就姻缘的奇闻成为话本喜剧性情节的重要构成。《陶家翁大雨留宾 蒋震卿片言得妇》中,蒋震卿和同伴避雨时,因开玩笑说路边人家是丈人家,被主人拒之门外。而主人家对蒋震卿的抱怨又被女儿听到,女孩以为是自己的情郎前来约她私奔,不想遇到的却是蒋震卿,结果另成一番姻缘;《姚滴珠避羞惹羞 郑月娥将错就错》中,姚乙寻找出走的妹妹姚滴珠,遇到面貌酷似妹妹的妓女郑月娥,为了息讼,姚乙让月娥冒充妹妹一同回家。后姚滴珠被找到,月娥嫁给姚乙,被当地"传为笑谈"。

厮打辱骂场景的渲染是民间诙谐文化的特色之一,也是民间文化狂欢化的主要构成。在漫长时间里,西方对于悲喜剧的文体要求截然不同,厮打辱骂的场景只能出现于喜剧文体。中国小说中,厮打辱骂同样成为营造喜剧氛围的重要因素。

看过《红楼梦》的人都难以忘怀"茗烟闹书房"的有趣情形,话本作者也不忘瞅准机会,对厮打场面细细描摹。《钱秀才错占凤凰俦》中,一对新人回"夫家"时,颜俊野蛮粗鲁的举止言行,和钱青文雅有礼的举动相映成趣:

> 颜俊此时:怒从心上起,恶向胆边生。一巴掌把小乙打在一边,气忿忿的奔出门外,专等钱青来厮闹。恰好船已拢岸。钱青……只为自反无愧,理直气壮,昂昂的步到颜家门首,望见颜俊,笑嘻嘻的正要上前作揖,告诉衷情,谁知颜俊以小人之心,度君子之腹,此际便是仇人相见,分外眼睁,不等开言,便扑的一头撞去,咬定牙根,狠狠的骂道:"天杀的!

---

① 关于"青年男女乔装异性"还可参见本书"情爱叙事修辞设计的异质性:话本小说修辞诗学研究之五"中的相关内容。

你好快活!"说声未毕,查开五指,将钱青和巾和发,扯做一把。乱踢乱打,口里不绝声:"天杀的!好欺心!别人费了钱财,把与你见成受用。"

结果双方家人也打成一团,引来重重叠叠的人群围观,街道"拥塞难行","震天喧嚷"。作者形容此场景用的对偶句更是将喜剧推向高潮:"九里山前摆阵势,昆阳城下赌输赢",九里山是汉代名将韩信摆六十四卦阵势之处,项羽在此中十面埋伏;汉光武帝刘秀曾率军和王莽在昆阳激战。原本崇高、悲剧的战争场景化为百姓粗鲁、卑下的厮打场面,喜剧色彩十分浓烈。

《乔太守乱点鸳鸯谱》中更有大段的厮打伴随粗俗辱骂的描写,读来十分可笑:

> (刘)妈妈尽力一摔,不想用力猛了,将门靠开。母子两个都跌进去,搅做一团。刘妈妈骂道:"好天杀的贼贱才,到放老娘着一交!"

> (刘妈妈)骂道:"老忘八!依你说起来,我的孩儿应该与这杀才骗的!"一头撞个满怀。刘公也在气恼之时,揪过来便打。慧娘便来解劝。三人搅做一团,滚做一块,分拆不开。

> (裴九老)便骂道:"打脊贱才!真个是老忘八。女儿现做着怎般丑事,哪个不晓得的!亏你还长着鸟嘴,在我面前遮掩。"赶近前把手向刘公脸上一揪道:"老忘八!羞也不羞!待我送个鬼脸儿与你戴了见人。"刘公被他羞辱不过,骂道:"老杀才,今日为甚赶上门来欺我?"便一头撞去,把裴九老撞倒在地。两下相打起来。

由于整个故事拥有喜剧性布局,特别是设置了喜剧性结尾,这些无碍大局的厮打辱骂场景自然成为重要的喜剧性构成。

《苏小妹三难新郎》的人物性格不具喜剧性,结局也颇顺理成章,但情节设置极富喜剧意味。传统社会中人们注重的是"父母之命""郎才女貌",而出身名门又聪明过人的苏小妹,不仅婚姻自己做主,而且新婚夜出三道题考新郎。作为小姐代言人的青衣小鬟口齿伶俐,秦少游自恃有才满不在乎,甚至"微微冷笑",二者的神情、对话相映成趣。结果少游还偏偏被"容易"

的第三题给难倒,慌迫之际,只好接受大舅子苏轼的暗中启发,得以过关,最终少游"意气扬扬,连进三盏,丫鬟拥入香房",秦少游答题时的窘迫和此时的洋洋得意形成极具讽刺意味的对比。本来,"考女婿"是民间文学中的常见母题,但大多民间传说中的"命题者"和"主考官"都是岳父母,考题不乏刁难性质,新女婿也常常凭运气或自身道德得以取胜。而《苏小妹三难新郎》中,考试全由新娘自己安排,考的是新郎自身的文才,整个过程被设置得跌宕起伏,小说呈现出异于传统类型的新鲜面貌。

有时作者会在恐怖紧张的情节中加入喜剧性插曲,以调节氛围。话本中的妖精作怪,往往被渲染得神奇而恐怖,但那些擒妖者先夸口后失败的情节,却往往博人一笑。如《假神仙大闹华光庙》中,假冒吕洞宾和何仙姑的妖怪每天夜里从窗中来去,与魏生共寝,"如此半载有余,魏生渐渐黄瘦,肌肤销铄,欲食日减。夜里偏觉健旺,无奈日里倦怠,只想就枕"。魏父找来自称"湖广武当山张三丰老爷的徒弟,传得五雷法,普救人世"的裴道捉妖,一番虚张声势的驱妖举动之后,裴道正要烧符,"这符都是水湿的,烧不着";斫出的剑被妖精接着,"拿去悬空钉在屋中间,动也动不得",连裴道的道冠儿也被扔在尿桶里,"捞得起来时,烂臭",夜里裴道又被妖怪扛来的大石板压住,动不得。《白娘子永镇雷峰塔》写道士夸下海口要捉蛇精,却反被白娘子捉弄,狼狈不堪:"白娘子口内喃喃的,不知念些什么,把那先生却似有人擒的一般,缩做一堆,悬空而起","白娘子喷口气,只见那先生依然放下,只恨爹娘少生两双翼,飞也似走了"。这些捉妖者一连串有趣的出丑化解了恐怖,为话本增添了笑料。

喜剧性情节设置,是话本小说的主要喜剧性修辞元素。这种设置,显示了话本小说年代作者和接受者的认知体系中,事物发展往往可以不遵循寻常事理甚至礼教的设定,怪事巧遇不仅改变了许多事情原来的逻辑走向,更能为人生增添无穷乐趣。

(二)喜剧性性格设置

受儒家思想影响,中国人注重谨言慎行,"言多必失""三思而后行"成为普遍实用的言行戒条。因而,话本小说中,受嘲笑被排斥的另类形象主体是那些狂妄自大、轻率、马虎的人。

聪明伶俐、快嘴快舌型形象本是话本的开心笑料。早期话本《快嘴李翠莲》,其情节并不复杂,结局亦颇为凄恻,但李翠莲直率乐观的性格设置,通篇韵语、滔滔不绝的话语表述,快刀斩乱麻式的处事方法,却让人忍俊不禁。在以散文体为主的"三言二拍"中,李翠莲式的人物已为狂妄自大型所取代。如《张淑儿巧智脱杨生》中几个赶考举人轻浮幼稚,进京途中,不仅衣着光鲜,且让管家把银两换成铜钱,"放在皮箱里头,压得那马背郎当,担夫疼软。一路上见的,只认是银子在内",在宝华禅寺醉酒之后,"大家你称我送,乱叫着某状元、某会元,东倒西歪,跌到房中",丑态百出,这些狂妄举动给他们招来了杀身大祸。

《钱秀才错占凤凰俦》中颜俊的名字和外貌反差极大:"面黑浑如锅底,眼圆却似铜铃。痘疤密摆泡头钉,黄发蓬松两鬓。牙齿真金镀就,身躯顽铁敲成。揸开五指鼓鎚,枉了名呼颜俊。"颜俊"虽则丑陋,最好妆扮,穿红着绿,低声强笑,自以为美。更兼他腹中全无滴墨,纸上难成片语,偏好攀今掉古,卖弄才学"。媒人说女方家要相女婿时,他极为自信:"他要当面看我时,就等他看个眼饱"。待到抽签说他亲事不谐,他才"取镜子自照,侧头侧脑的看了一回,良心不昧,自己也看不过了。把镜子向桌上一撒,叹了一口寡气,呆呆而坐。准准的闷了一日"。黑格尔谈到"可以成为喜剧动作对象内容"时认为:"个别人物们本想实现一种具有实体性的目的和性格,但是为着实现,他们作为个人,却是起完全相反作用的工具。因此那种具有实体性的目的和性格就变成一种单纯的幻想。"[①] 貌丑、无才本身并非喜剧性元素,但是颜俊却自以为俊美有才,并希望凭借这些"有利条件"娶到美貌富有的妻子,就成为道地的喜剧性形象。

散漫、马虎也是被贬斥的喜剧性性格。生活常规使得人们的正常生活得以持续,当性格的散漫、马虎极大影响到家庭境况时,人物性格的突显往往营造喜剧性效果。《杜子春三入长安》中杜子春平生只知花钱,败光了祖上百万家私后,数次接受一素不相识的老者巨额接济,竟然从不问老者姓名。

---

① ［德］黑格尔:《美学》(第三卷下),朱光潜译,商务印书馆1984年版,第292页。

小说对杜妻韦氏着墨不多，但仅仅数笔就显示出她"不是一家人，不进一家门"的喜剧性性格：每当家中钱花完，她不是想到如何管束丈夫，节俭度日，而是想到那个素昧平生的老头是否还能再次出现并赠送银子："倘或前日赠银的老儿尚在，再赠你些，也不见得"，"我教你问那老儿姓名，你偏不肯问，今日如何？"；《蔡瑞虹忍辱报仇》中蔡武和夫人只知嗜酒："二人也不像个夫妻，倒像一对酒友。"蔡武回答女儿戒酒劝告的"口号"是："每常十遍饮，今番一加九。每常饮十升，今番只一斗。每常一气吞，今番分两口。每常床上饮，今番地上走。每常到三更，今番二更后。再要裁减时，性命不值狗"，虽然这油嘴滑舌的答话已经完全违背了父女对话的常规，但却凸显了蔡武嗜酒如命的喜剧性性格。

尧斯《审美经验论》谈及杜普莱尔的喜剧理论时说："受排斥的个人总是被看成另一团体的成员，即他不是被作为一个个人笑话的，而是因为他是一个典型的异类。这是社会的笑的独有特征。这种嘲讽，通过一个仅仅被假设的团体的特性的对立因素，也能够变成喜剧性的，就像受到嘲笑的个人被进行某种抽象的分类时，或者由于被安排到一个假设团体中因而被置于界限之外时那样。"[1]"三言二拍"中，这些狂妄轻率、大大咧咧的形象作为与"常规"相悖的"假设团体"成员，构成喜剧性性格主体。

（三）喜剧性结局设置

黑格尔认为："运用外在偶然事故，这种偶然事故导致情境的错综复杂的转变，使得目的和实现，内在的人物性格和外在情况都变成了喜剧性的矛盾，而导致一种喜剧性的解决。"[2] 文本的喜剧性效果通常来自两种截然不同的结局：成功和失败。一些看来不可能完成的目的，或者一些由于人物性格及由此产生的行动，以及受外在条件的限制难以完成的目的，结果因为一些偶然机遇而成功，这会让接受者开心大笑；但有时候文本人物无碍大局的失败也能够让人发笑，这主要指一些自信满满的人物，如后文将要分析的吕

---

① ［德］汉斯·尧斯：《审美经验论》，朱立元译，作家出版社 1992 年版，第 236 页。

② ［德］黑格尔：《美学》（第三卷下），朱光潜译，商务印书馆 1984 年版，第 292—293 页。

洞宾。

话本小说很多篇目都有传统常见的"大富大贵"和"大团圆"收场。其中最具喜剧意味的是那些获得意外惊喜的结局:有些人物可能经历一波三折,可能历尽艰难,甚至处于极为凶险的境地,但结果因为偶然机会,或否极泰来,或化险为夷,结局称心如意。

"转运汉"是话本的一个重要母题。这类小说总是先竭力渲染"倒运人"的穷途末路,再描述"外在偶然事故"之后出现的皆大欢喜局面。《转运汉遇巧洞庭红 波斯胡指破鼍龙壳》中,文若虚处处倒霉,故此混名叫做"倒运汉"。本来文若虚的性格具有喜剧性:"嘴头子诌得来,会说会笑,朋友家喜欢他有趣,游耍去处少他不得",但这种性格只是成为他不花钱"白搭去海外"的条件,作者并未描述他如何"在船中说说笑笑",而是细细描写他的发财结局:卖出偶然携带的异域稀有洞庭红得到近千两银子,又在荒岛意外得到价值连城的鼍龙壳而发大财,成为富商,立起家业;《宋小官团圆破毡笠》中,贫病交加的宋小官被老丈人欺骗弃于江岸,但在这里他意外得到治病延年的《金刚经》,又得到八大箱财宝,于是"凶中化吉,难过福来"。在"夫妻重逢"一段,小说特意设置了让人开心的喜剧性噱头:万贯家财的宋小官并未及时和守节未嫁的妻子相认,而是乔装富商,搭乘老丈人的船,故意重演自己当初上船的一幕,以致妻子怀疑这位富商就是自己原来的丈夫,但受到父母的嘲笑,直到宋小官说出自己被弃经历,"夫妻二人抱头大哭",岳父母向女婿赔礼,但宋金仍要出一口气:"丈人丈母! 不须恭敬,只是小婿他日有病痛时,莫再脱赚。"——这是一个充分喜剧化的结局设置:好人大富大贵、夫妻团圆,有缺点的人也得到应有的教训。这样,无论在道德层面还是在审美心理层面,接受者都得到莫大满足。

一些落魄文人,也往往因为意外机会而青云直上。如"俞仲举"虽字与"中举"谐音,但他八千里路至临安赶考,却金榜无名,穷途末路时偶遇上皇而被赐官,衣锦还乡;鲜于同字"大通",却官运总不亨通:他八岁举神童,年年科举不中,后来一系列阴错阳差,反让他六十一岁中了正魁。

话本小说中,富贵和功名成为众人追求的目标,小说人物追求过程的艰难、目标实现的偶然,成就了浓厚的喜剧性。

二、喜剧性文本：各类喜剧性修辞设置的合成

"三言二拍"中，《吕洞宾飞剑斩黄龙》不是经典篇目，但它却是喜剧性设置较为齐全、也是一个非常典型的以喜剧性手法化解佛道矛盾的作品。

这一文本设置了三个主要人物：以狂妄自大的吕洞宾为中心，配以沉稳宽容的师傅钟离权，小心低调却又法力高强的慧南长老。这种性格配置构成明显的喜剧性人物关系。

在深得人们喜爱的道教八仙中，吕洞宾虽然位列第六，但知名度最高。以他为主角的"黄粱美梦"（也有把"黄粱梦"的主角说成是卢生的），反讽意味极浓；而"三戏白牡丹""狗咬吕洞宾""度铁拐李"之类的故事，更使吕洞宾成为人们心中聪明善良而又狂放不羁的人物。虽然在广为流传的"钟离权十试吕洞宾"的过程中，吕洞宾充分显示出面对身边变乱的淡定，以至于师傅对他十分满意，授以炼丹之法和上真秘诀。不过，从《飞剑斩黄龙》看来，虽经修炼，吕祖狂放本性未改：他不明白为什么已经一千一百多岁的师傅一生之中只度得他一人成仙，在钟离权面前夸下海口：三年中度三千余人为神仙。

其实八仙传说中的钟离权也是一位酒不离口、闲散放浪之人。但在《飞剑斩黄龙》中，钟离权却表现出宽容和周到：他并未严厉训斥徒弟，而是"呵呵大笑"，宽宏地降低"考核标准"："吾教汝去三年，但寻的一个来，也是汝之功。"并提供优厚条件：传给他"能飞取人头"的降魔太阿神光宝剑。叮嘱徒弟三件事：休寻和尚闹；休丢失宝剑；三年限满，违限当斩首灭形。师父的谆谆教诲，吕洞宾句句"依得"，但后来事件证明他并未把师父的话放在心上。吕洞宾的自大轻率和钟离权的宽宏细心形成喜剧性反差，"师徒打赌"构成喜剧性情节展开的起点。

《飞剑斩黄龙》情节设置沿用了民间叙事常用的"三次曲折"模式，即：度殷氏，因其眉间怒气太重未成——度王太尉，因其易发怒而不成——度傅太公遭拒后同慧南斗法，吕洞宾彻底失败。

第三次曲折是作者描绘的重点：吕洞宾出山已近三年，"一人不曾度

得","心中闷倦",他去度正在斋僧的傅太公,不料遭到拒绝,太公还明显对道家表现出轻蔑:"偏不敬你道门! 你那道家说谎太多",却对黄龙寺慧南长老大加赞扬,引出吕洞宾和长老的斗法。

慧南是斗法的胜利者,但话本并未把他刻画为一个自信满满的人物,而是有意识显现出他的低调和恐慌,以突出故事的喜剧性。斗法共三个回合:

吕洞宾一进黄龙山,慧南长老"集众上堂说法,正欲开口启齿,只见一阵风,有一道青气撞将入来,直冲到法座下。长老见了,用目一观,暗暗地叫声苦:'魔障到了! '"慧南参禅得胜,但并未得意,反而显示出明显的"惊恐":"大众! 老僧今日大难到了。""老僧有神通,躲得过;神通小些,没了头。"

第二回合是吕洞宾放出降魔宝剑飞取慧南人头,结果宝剑"似石沉沧海,线断风筝,不见回来",他"慌了手脚"。

吕洞宾二进黄龙寺寻剑是第三回合,也是文本描述重点。这一回合显现出黄龙的细心又不乏风趣的安排:"山门佛殿一齐开着,却是长老吩咐门公,教他都不要关门","两枝大红烛点得明晃地,焚着一炉好香,香烟缭绕,禅床上坐着黄龙长老",以至于吕洞宾不但轻率地以为"早知这和尚不准备,直入到方丈,一剑挥为两段",而且蛮有把握地叫他还剑,甚至想到要"拔剑在手,斩这厮"。知道吕洞宾心理的慧南不仅没有立即严惩这个有些狠毒却又不自量力的对手,反而还让他去拔插在地上的剑,吕洞宾满怀信心,"大踏步上前,双手去拔剑,却便似千万斤生铁铸牢在地上,尽平生气力来拔,不动分毫"。最后慧南让护法神把吕洞宾押入困魔岩参禅,甚至还不忘交代"每日天厨与他一个馒头",从"恐慌"到胸有成竹,慧南的性格被渲染得极富情趣。

吕洞宾在困魔岩中,知道许多人围观自己的宝剑,深感丢人,趁护法神不在,溜回师父身边认错:"双膝跪下,俯伏在地",钟离权早知结果,呵呵大笑,却又佯装不知地问徒弟度得几人,"将宝剑来还我"。此时吕洞宾趁机溜走的行为为他的性格增添了喜剧性人情味,文本更用一系列对比显现出主角的荒诞和可笑:吕洞宾后来的无奈顺从与他原先的狂傲嚣张、度人不成又丢剑的结果与原先夸下的海口、出山时的"听话"和他犯了师傅所说所有禁条……而钟离权的风趣沉稳也与吕洞宾的狼狈不堪相映成趣。

在大多数民间故事中,主人公往往三次曲折均获成功,或至少第三次曲折后成功。《飞剑斩黄龙》却在极浓厚的喜剧氛围中屡屡渲染吕洞宾的失败,但这并不妨碍吕洞宾最终得到钟离权和慧南的宽恕:师傅当年"斩首灭形"的条件只是对徒弟的吓唬,关键时刻还是出手相助;而慧南长老则收吕洞宾为弟子,佛道融合、功成行满的结局设置为这个文本画上了喜剧性句号。

黑格尔认为,"喜剧的真实核心"应该是:主体以非常认真的样子,采取周密的准备,去实现一种本身渺小空虚的目的,在意图失败时,因为目的本身无足轻重,所以他并不感觉遭受到什么损失,反而能高高兴兴地超然于这种失败之上。[1] 在《飞剑斩黄龙》中,吕洞宾追求虚名,连连失败后又得意外收获,足可以使他、也足可使读者"高高兴兴"。

三、话本小说喜剧性修辞的特点及其成因

同其他幽默诙谐的文本相比,话本小说喜剧性修辞设置有自己的特色,也有其特有成因:

民间笑话和俳优戏、俳优小说是短篇小说也是后世戏剧的喜剧性源头。但话本小说与民间笑话以及喜剧有明显区别:除了上文提及的颜俊极丑却自以为美而被嘲笑,话本小说并不把单纯的丑和生理残缺作为嘲笑对象,也很少穿插一些游离于主要情节之外的插科打诨,而是通过各个方面带有幽默意味的修辞设置,以达到文本"乐而不淫"、"戏而不谑"的喜剧性审美效果。

巴赫金认为拉伯雷"是民间诙谐文化在文学领域里的最伟大的表达者",并指出西方文艺复兴时代诙谐言语的特点:"中世纪僧侣(以及所有中世纪的知识分子)和普通大众全部非官方的、不拘形迹的言语都深刻地渗透着物质—肉体下部的要素:淫词秽语和骂人的话、指天赌咒和发誓、对流行的神圣文本和格言进行滑稽改变和颠倒使用;不管什么碰到这种言语,都应当从属于强大的双重性的下部的贬低和更新的力量。在拉伯雷时代不拘形迹

---

① [德]黑格尔:《美学》(第三卷下),朱光潜译,商务印书馆 1984 年版,第 292 页。

的言语始终都是这样。"①

虽然具有在勾栏瓦肆中传播的典型话本体制,但除了少数篇目有较露骨的性描写(这些描写后多被删去),话本小说并不以粗鄙夸张的语言、滑稽扭曲的形象制造笑料。相比较而言,作为中国俗民文学典型的"三言二拍",其喜剧性修辞设置显得"温柔敦厚"。

"三言二拍"的喜剧性修辞设置之所以具有这样的特点,除了传统儒家"中庸"文化等根深蒂固的影响之外,或许还有以下原因:

"三言二拍"在风格体制方面仍然沿袭了话本形式,但已经摆脱了纯民间文学质朴不乏粗俗的审美趣味,带有一定的文人审美倾向。这种倾向虽然叛逆性稍差,但有利于提升俗民的审美趣味品格。

西方文艺复兴时期,虽然和"三言二拍"作者的时代几乎同时,但是由于"整整一千年积淀起来的非官方的民间诙谐闯入文艺复兴时期的文学中","诙谐与时代最先进的思想体系、与人文主义知识、与高超的文学技巧相结合","它的全民性、激进性、自由不羁、清醒和物质性已从自身近乎自发的存在阶段转向艺术的自觉和具有坚定的目的性的状态。换言之,中世纪的诙谐在其发展的文艺复兴阶段已成为时代新的自由的、批判的历史意识的表现"。② 因而其尖刻、笑谑意味十分浓烈。

而对各种思想的包容,使得"三言二拍"的喜剧性修辞设置不具尖刻性。"三言二拍"作者兼容并蓄了当时的各派思想;此外,话本小说创作、传播到编写的过程十分复杂,吸收各种价值观的机会极多,造成文本中各种倾向并存,因而各种派别、思想之间多温和批评而少辛辣讽刺。如《飞剑斩黄龙》虽然显现了佛道争端、元代以后道教的颓败之势,并借吕洞宾的行为批评道教救世方式以及部分追求功名的道教徒,但它不以宗教的任何一方为严厉讽刺对象,而是喜剧性地表述和处理佛道纷争,这正和中国长期对宗教的包容态度一致。而文本中的思想批评,也往往向道德伦理批评转化。

华夏各类主流文学文体历来或以富贵堂皇,或以清丽飘逸为修辞主旨,

①　〔苏〕巴赫金:《弗朗索瓦·拉伯雷的创作与中世纪和文艺复兴时期的民间文化》,夏仲宪译,钱中文主编《巴赫金全集》第六卷,河北教育出版社 1998 年版,第 101 页。
②　同上书,第 84—85 页。

古代历史叙事则因历代王朝周期性的交替而具有宿命和悲怆意味。市民阶层壮大后,小说文体以其汹汹来势挤占了文学传播空间,相对轻松富裕的城市生活以及各色城市人物的乐天性格,外化为话本小说的喜剧精神。话本小说不仅以特有的喜剧性修辞设置,给文学领域带来了轻松愉快的审美趣味,且在修辞风格方面和其他文体形成互补,行使了自身特有的功能。

下篇 《红楼梦》修辞诗学研究

第十一章 真与幻:《红楼梦》修辞诗学研究之一

"梦幻"是中国古代文学的常见主题。历代作家,把"梦幻"写得真假难辨、多姿多彩。《红楼梦》叙事中以真为幻、真幻颠倒的修辞设计,是对古代梦幻之作的总结,也是对它的突破。

尼采曾经这样表述艺术哲学意义上现实与梦幻的关系:

> 凡是具有哲学倾向的人们,经常会感到我们日常现实世界也是一种幻象,它掩盖了另一个完全不同的实在世界。叔本华认为,在某些时候能够把所有人类和事物都看作纯粹幻影或梦象的能力,乃是真正具有哲学才能的象征。一个对艺术刺激敏感的人,其对梦幻世界的态度很像哲学家对哲学世界的态度:他仔细地观察,并且从他的观察中获得乐趣,因为他借这些形象来解释生命,借这些过程来描述生命。①

曹雪芹正是凭借自己对艺术刺激的极度敏感,在书中设置了虚幻形象和真实世界相互交错的叙事结构,去解释和描述现实生命,揭示繁华尘世的虚假和荒诞。

① F.尼采:《悲剧的诞生》,刘琦译,作家出版社 1986 年版,第 15 页。

一、《红楼梦》整体构架：真与幻互相映照

在文本层面，作为作者对人生的认知和体悟，梦形成《红楼梦》的整体构架，组成几组真幻互相映照的错综关系：

（一）辛酸和荒唐互为镜像

小说从虚无缥缈的大荒山青埂峰下顽石的遭遇，以及"甄士隐梦幻识通灵"开始，把读者引向虚幻的情境之中，并明确表示要借助"梦幻"警醒世人：

> 作者自云曾历过一番梦幻之后，故将真事隐去，而借"通灵"说此《石头记》一书也，更于篇中间用"梦""幻"等字，却是此书本旨，兼寓提醒阅者之意。（第一回）

隐去真事、借助"梦幻"警醒世人已显出违背常规理性的荒诞，与之形成呼应，书中梦幻之流绵延不绝，被逐步推向高潮。而宝玉失玉、得玉、二游太虚幻境，梦幻的影响力达到顶点。最后一回则以偈语点明题旨：

> 说到辛酸处，荒唐愈可悲。由来同一梦，休笑世人痴！（第一百二十回）

从开篇的"满纸荒唐言，一把辛酸泪"，到终篇时的"说到辛酸处，荒唐愈可悲"，辛酸是真实的滋味，荒唐假托给了幻象。这就对书中"昌明隆盛之邦、诗礼簪缨之族、花柳繁华地、温柔富贵乡"的真实性，以及"不敢稍加穿凿，至失其真"的"离合悲欢，兴衰际遇"的合理性进行了彻底解构。

（二）现实与虚幻的情节节点

《红楼梦》中迭出的梦幻，组成现实与虚幻世界的二重隐喻关系，形成重要的情节节点：

第五回贾宝玉梦游太虚幻境，这儿"朱栏玉砌，绿树清溪，真是人迹不逢，飞尘罕到"，是拒绝男人的真如福地，红楼女子的永恒天地，也是作者眼中的真实世界。宝玉受到来自这一世界独特的人生启蒙教育，这种教育的实

际宗旨同宝玉日常所接受的教育是相违背的：

> 警幻道："……淫虽一理，意则有别。如世之好淫者，不过悦容貌，喜歌舞，调笑无厌，云雨无时，恨不能天下美女供我片时之趣兴：此皆皮肤滥淫之蠢物耳。如尔则天分中生成一段痴情，吾辈推之为'意淫'。惟'意淫'二字，可心会而不可口传，可神通而不能语达。汝今独得此二字，在闺阁中虽可为良友，却于世道中未免迂阔怪诡，百口嘲谤，万目睚眦。今既遇尔祖宁荣二公剖腹深嘱，吾不忍子独为我闺阁而见弃于世道，故引子前来，醉以美酒，沁以仙茗，警以妙曲，再将吾妹一人，乳名兼美表字可卿者，许配与汝。今夕良时，即可成姻：不过令汝领略此仙闺幻境之风光尚然如此，何况尘世之情景呢。从今后，万万解释，改悟前情，留意于孔孟之间，委身于经济之道。"（第五回）

警幻理解并赞赏宝玉的"意淫"，把他推为闺阁良友。只是因为受宁荣二公的委托，才引领他看破红尘进入仕途经济之道。尽管警幻的教育未能完全奏效，但此次的经历却对这个孩子提出了一连串人生重要问题如功名、富贵、亲情、生命、情欲等，这些为宝玉最终的遁世埋下伏笔。年幼的宝玉也是在幻境中独立完成了自己的"成年礼"，并在离开幻境时初次领略到灯红酒绿、脂浓粉香所遮蔽着的悲愁惨烈：

> 二人携手出去游玩之时，忽然至一个所在，但见荆榛遍地，狼虎同行，迎面一道黑溪阻路，并无桥梁可通。……警幻道："此乃迷津，深有万丈，遥亘千里，中无舟楫可通，只有一个木筏，乃木居士掌柁，灰侍者撑篙，不受金银之谢，但遇有缘者渡之。……"话犹未了，只听迷津内响如雷声，有许多夜叉海鬼，将宝玉拖将下去。（第五回）

与第五回相应，一百一十六回宝玉再次游历太虚幻境，重阅金陵十二钗簿册，"两番阅册，原始要终之道"，而那些原本亲近的女子的古怪态度、迎春等一干人变作鬼怪形象，都大幅度增加着这次再教育的强度，宝玉纷扰的尘缘被斩断，火热的情思也几乎全被冷却，最终走上出家之路。

二、大观园和太虚幻境：真实世界与 幻象世界的隐喻

大观园和太虚幻境分别是处于真与幻这两个世界的异质同构的形相,隐喻男性社会以外的现实和超现实天地。《红楼梦》中大观园被渲染得富丽堂皇,充斥着让人眼花缭乱的虚幻的物,如十八回"元妃省亲"一节中的描写：

> 园内帐舞蟠龙,帘飞绣凤,金银焕彩,珠宝生辉,鼎焚百合之香,瓶插长春之蕊。

> 苑内各色花灯闪烁,皆系纱绫扎成,精致非常。……园中香烟缭绕,花影缤纷,处处灯光相映,时时细乐声喧：说不尽这太平景象,富贵风流。

> 清流一带,势若游龙,两边石栏上,皆系水晶玻璃各色风灯,点的如银光雪浪,上面柳杏诸树,虽无花叶,却用各色绸绫纸绢及通草为花,粘于枝上,每一株悬灯万盏,更兼池中荷荇凫鹭诸灯,亦皆系螺蚌羽毛做就的,上下争辉,水天焕彩,真是玻璃世界,珠宝乾坤。船上又有各种盆景,珠帘绣幕,桂楫兰桡。

> 只见庭燎绕空,香屑布地,火树琪花,金窗玉槛,说不尽帘卷虾须,毯铺鱼獭,鼎飘麝脑之香,屏列雉尾之扇。真是：金门玉户神仙府,桂殿兰宫妃子家。

这个物质世界虽然五彩缤纷、奢侈豪华,但难以掩盖其苍白虚幻的本质,它与太虚幻境互相映照,是后者在尘世中的镜像。第十七回《大观园试才题对额》的描写隐含了这一点,书中写宝玉随贾政游大观园,看到正殿前的玉石牌坊,

> 宝玉见了这个所在,心中忽有所动,寻思起来,倒像在那里见过的一般,却一时想不起那年那月的事了。

石牌坊原题作"天仙宝境",与"警幻仙境"互相呼应,后来奉贾妃之命换

名为"省亲别墅",虽然这一题名把大观园从超尘脱俗的仙境拉回到充满人情味的人间,但称为"别墅",也增添了它的临时、短暂的意味。

表面看来,在大观园中,众多女孩子得到了安宁和自由。她们处于"混沌世界天真烂漫之时,坐卧不避,嬉笑无心"。相当一部分人还可以"吃穿和主子一样,又不朝打暮骂","平常寒薄人家的女孩儿也不能那么尊重"。但是这些女孩毕竟沉溺于红尘之中,在"嬉笑无心"的背后,时时有着唇枪舌剑、明争暗斗,虽然混沌天真,阿谀奉承、欺上压下、残害同类的也不乏其人。女孩子"做稳了奴隶"的地位是如此短暂、脆弱,她们的命运完全取决于主子的利益和心境,如果小有偏差触犯了主子,她们只能毁灭。

林黛玉是宝玉身边那些易于消逝的生命的代表。她虽然身份高贵,但父母早亡、寄人篱下的遭遇,使她实际上不得不把自己的命运完全交给别人,黛玉时时体验到这一点:

> 今至其家,都要步步留心,时时在意,不要多说一句话,不可多行一步路,恐被人耻笑了去。(第三回)

> 今日寄人篱下,纵有许多照应,自己无处不要留心……不知前生作了什么罪孽,今生这样孤凄!真是李后主说的"此间日中只以眼泪洗面"矣!(第八十七回)

尤其是临终以前的一段描写:

> 紫鹃等看去,(黛玉)只有奄奄一息,明知劝不过来,惟有守着流泪。天天三四趟去告诉贾母,鸳鸯测度贾母今日比前疼黛玉的心差了些,所以不常去回。况贾母这几日的心都在宝钗宝玉身上,不见黛玉的信儿,也不大提起,只请太医调治罢了。黛玉向来病着,自贾母起直到姊妹们的下人,常来问候。今见贾府中上下人等都不过来,连一个问的人都没有,睁开眼,只有紫鹃一人,自料万无生理。(第九十七回)

黛玉短暂的一生,恰似经历了春萌夏盛秋衰冬败的一个循环。黛玉对自己的境遇有着深深的触痛,又仿佛对自身生命的过早凋落有着预感,所以她在贾府一直抱有"临时观念",心头总是萦绕着"回家"的念头,"身子干净地回南"成为她临终对一切都灰心绝望之后的执著向往,不受污染地离开贾府这充斥着肮脏、冷漠和欺骗的地方,离开大观园这块她得不到真爱的地方,那个"家"虚无缥缈却冰雪洁净,空幻却没有欺骗,是她拥有生命时的最后退路,是失去生命时的最后安慰。和那些来自幻境、造历幻缘的女孩一样,黛玉也把"死"作为最后手段,把死后魂归之处作为自己的最终归宿。死亡成为脱离尘世、求得精神涅槃的途径和安顿。而最终,这些尘世中寄人篱下、受人摆布的女子都被太虚幻境这一永恒世界接纳为至高的神仙妃子和花神。

《红楼梦》对沉溺于红尘之中的宝玉的住所——怡红院的描写,如足以乱真的女子画像、卧房门上的大镜子、回环的道路等,增添了它扑朔迷离的意味。作者第一次对大观园作全面铺写时,就有意把对怡红院的描写独立出来,置于酷似太虚幻境的牌坊描写之后,并着笔写了贾政等走入怡红院的情形:

> 未到两层,便都迷了旧路,左瞧也有门可通,右瞧也有窗隔断,及到跟前,又被一架书挡住,回头又有窗纱明透门径。及至门前,忽见迎面也进来了一起人,与自己的形相一样——却是一架大玻璃镜。转过门去,一发见门多了。

> 忽见大山阻路,众人都迷了路,……(贾珍)乃在前导引,众人随着,由山脚下一转,便是平坦大路,豁然大门现于面前。(第十七回)

为了增强怡红院的虚幻色彩,作者在第四十一回里,又详细描写了最为世俗、现实的刘老老酒醉后在怡红院屡屡碰壁,怡红院成为宝玉迷途知返的隐喻符号:

宝玉自小就沉溺于粉白脂红、温柔富贵之中,他对黛玉的爱情主要是出于敬重,但他对众多女子的感情归根结底出自对短暂而纯洁的青春生命的迷恋,因此,宝玉对身边环绕着的美丽女性总是遏制不住动情,以至于他不仅"见了姐姐忘了妹妹",而且见到别的美女,甚至听到有关美女的传说他都会心动神往。然而世事烦难、韶华易逝,盛衰反复难测,这又使得他对现实越来越不存什么幻想。宝玉对于现实抗拒的最后一招总是"过一日,是一日,死了就完了。""倘或我在今日明日、今年明年死了,也算是随心一辈子了。"和历史上众多的士人一样,宝玉很自然地从庄禅之中寻求慰藉。二十一回宝玉受了袭人的气,结果"说不得横着心:'只当他们死了,横竖自家也要过的。'如此一想,却倒毫无牵挂,反能怡然自悦。因命四儿剪烛烹茶,自己看了一回《南华经》",宝玉受庄子影响,意趣洋洋地写下自己与周围女子的交往感受,为《胠箧》续笔,写完后,他"头刚着枕,便忽然睡去,一夜竟不知所之"。自从二十二回听宝钗念《寄生草》,宝玉仿佛"心有灵犀一点通",逐步悟得禅机,此后常常一反自己爱繁华喜热闹的本性,从庄禅之道中寻得安宁。宝玉一生所经历的,是人生及其环境从盛极一时跌入全面衰败的时期,当他不得不面对身边许多花朵般少女的逝去时,他对现实的失望也达到顶点。宝玉最后见到贾政时亦悲亦喜的表情,虽然表现了他对亲情的最后留恋,但当僧道决然甚至有些残忍地把他从现实的幻觉中扯开时,他也毫不回顾地走向那个"真实世界"。

在现实与梦幻的交错之中,玉和贾宝玉、甄贾宝玉又构成另两组互相映照的隐喻关系:

第一回中,顽石经锻炼而通灵成玉,在女娲补天时又落选,于是有了无才补天的烦恼和怨愧,进入红尘的欲望和欣喜,它被虚无的"茫茫"大士和"渺渺"真人携入人间,因其"通灵"而沉溺于红尘。又因未能改其冥顽浑沌之本性而与这个世界的主流格格不入。宝玉是在红尘之中迷失了自身的石头之幻象,宝玉从失心到得心的噩梦,突现了宝黛二人关系的关键性进展,加深了二人结局的惊心动魄程度。玉之离世,"一为避祸,二为撮合,从此尘缘一了,形质归一",通灵宝玉重新返回时,宝玉也从尘世中觉悟。

甄贾宝玉是现实世界里相分裂的两个"自我",两人的交往因而极具戏剧性:五十六回宝玉梦见甄宝玉时,两人还是同名同貌同性:同样喜欢年轻女孩,同样厌弃功名经济,甄贾宝玉此时是二而一的。到第一百一十五回甄贾宝玉会面,原先贾宝玉梦中寻觅、渴望见到的另一个自我,这时性情上已与他彻底背离,同样的太虚阅册和人生磨难,使甄贾宝玉走向不同的"觉醒":甄宝玉淘汰了往日的迂想痴情,改变了"少时也曾深恶那些旧套陈言"的习性,以那些"显亲扬名"、"著书立说""言忠言孝"的大人先生为楷模,志于"立德立言"。而贾宝玉则同这个背离了的自我冰炭不投,对之深恶痛绝,结果神魂失所,人事不省。甄宝玉的背离,由和尚送来的真宝玉填补,贾宝玉也彻底离弃了尘世中的"自我",走向"真境"。

此外,书中凤姐梦秦可卿、贾瑞梦凤姐、湘莲梦尤三姐、宝玉梦晴雯、袭人梦宝玉等,都为繁花似锦的世界笼罩了一层迷离恍惚的色彩,渲染着现实的虚假和荒诞,原本虚幻的梦成为主宰现实、主宰人物命运的真实力量。真与幻的互相映照,构成了连环结构,展现人生背离自身的生命历程、回到原来起点的怪圈,这种回归,不是实现了人生价值之后的更高意义上的回归,而是否定此在意义、掏空人生价值的回到原处。

与梦相对应,在话语层面,《红楼梦》中出现很多虚幻类义语象,如镜子、语谶等。和尚手中的风月宝鉴和镜子,渲染了色空观念。金陵十二钗判词和第二十二回的元宵灯谜以不容置疑的口吻宣判了那些金陵奇女子的悲惨命运。二十九回贾府显赫排场的烧香活动中,神前所拈剧目《白蛇记》、《满床笏》《南柯梦》,预示了贾府的由盛至衰的命运。另外还有元宵节夜宴上的笑话"聋子放炮仗——散了",铁槛寺、馒头庵、水月庵、迷津、觉迷渡等,合成了具有强大渲染力的修辞场,颠覆着现实世界的真实和合理。

三、"梦幻"修辞的文化分析

自古以来,人类对于生存于其中的变动不居的世界的感觉和想象,常常伴随着日益发展起来的自我认识,成为让人苦恼的一大困惑。"幻"字的构形就体现了这一点,《说文》:"幻,相诈惑也。从反予。"段玉裁注:"倒予字也。"反"予"是一个颠倒的"我"。本来直立是人脱离动物的重要特征,历经艰难获得直立的"我",却总是被这个充满欺骗、迷惑的世界倒挂起来,品味颠倒人生的荒唐和苦痛。

在生产力极为低下的人类早期,当原始人虔诚地举行祭祀仪式,狂热地跳着图腾舞时,他们会在幻觉中,随着部落的其他人一道,进入一个有祖先神佑护的世界,他们在幻觉中进入的虚幻世界不仅是神奇的,而且是温暖安全的,同人们所置身于其中的充满威胁和恐怖的世界成为对照。另一方面,梦境也构成野蛮人灵魂观念的基础,泰勒《人类早期历史与文明发展的研究》

曾说:"梦者的灵魂出门旅行,归来时他带着所有旅行时记得的东西回到了自己的家门。"在泰勒看来,后来发展了的种种原始宗教的复杂化了的观念都是从这种最简单的灵魂观念上发展起来的。[①] 在当时,还没有什么人对另一世界的真实性产生怀疑。

随着岁月的流逝,人类对于现实世界的感受越来越真切而复杂,在享受现世人生的同时,也饱尝了苦难。在认识到古老神祇不可靠的同时,也意识到现实的荒诞。在走出神话时代之际,人们并不能建立起理性可以解释一切的足够信心。对于现实世界的拒斥,转化成对于另一世界的向往和想象。沉溺于这种想象,现实世界的真实性发生动摇。如果说,在"庄周梦蝶"之前的文本如《左传》中,梦幻还是来自另一世界的对具体行为的告诫,带有浓重的巫术色彩,那么自庄子发出是"庄周梦蝶"还是"蝶梦庄周"的疑问之后,对于现实人生真实性的哲学质疑就开启了中国的梦幻文学之流,迭出的梦游、仙游作品,都不断消解着现实世界的真实和合理,增强着人们对另一世界的痴情和迷恋。但《红楼梦》以前写梦的作品如《枕中记》等,梦与主体所处的现实之间界限是清楚的,梦是现实以外的虚幻,是主体对于生命经历强烈要求的虚假实现,所以这些写梦作品,无论主角在梦中经历了多么辉煌复杂或痛苦难熬的过程,当他最终从梦中走出时,随着现实清晰面目的显露,他都可以得到一份清醒。直到《红楼梦》,作者以总体为梦,现实为梦,梦取代真实,构成了大梦幻文本。

在西方文学中,梦幻也常进入文学书写。在荷马时代,人在梦境中相遇活人或死者的幻想是哲学沉思和迷信恐惧的一个重要主题。

柏拉图认为,灵魂依附肉体是罪孽的惩罚,只是暂时现象,它因而失去原本的真纯,仿佛蒙上一层尘障,看不清人间的事物。灵魂经过努力脱离肉体,飞升到天上的世界,如果修行很深,可达到最高境界,这时灵魂可以如其本然地观照真实本体,即尽善尽美、永恒普遍的理式世界。等到灵魂再度依附肉体,投往人间,看到人间事物,它可以隐约地回忆起自己原来在最高境界见到的景象,这是根据现实世界的摹本回忆起理式世界的蓝本,它会因此而感受

---

① 转引自朱狄:《原始文化研究》,北京三联书店 1988 年版,第 30 页。

到如醉如狂的欣喜。① 柏拉图的学说源于当时东方国家的灵魂轮回说,又被提到哲学的认知高度。这样一来,现实世界成了虚幻的,理式世界才是真实的,仅仅生活在现实世界永远也不可能认识真实本体。柏拉图的学说为古希腊文学中的梦幻现象提供了哲学解说。

尼采曾经谈到西方梦幻文学所显示出的阿波罗文化特质——静穆和迷幻,他说:"作为一个个体而言,荷马与阿波罗大众文化的关系正如个别梦幻艺术家与种族和一般自然的梦幻能力的关系一样。荷马的'天真'必须看作阿波罗幻象的完全胜利。"② 他认为,是阿波罗文学调节了古代原始而粗野的酒神精神,使世界获得安宁。这样,西方早期梦幻文学已经浸润着现实秩序的和谐。中世纪的梦幻作品则渲染着天堂的辉煌和人生的苦难,但丁的《神曲》里,虽然梦境中有很多恐怖场景,但梦幻的总体结构和秩序被安排得有条不紊,显现出理性和清醒。

追求来世、蔑视现世生命的意义,是人们追求美好生存环境的努力落空、希望破灭之后的选择,在中国,古代宗教的杂多体现了生命意义和生存方式选择的随机性:一个个体之所以能够接受数种宗教,正因为可以面对多种生命价值的选择,希望自己对不利生存环境的解脱有更稳妥的方法、更方便的途径,当然这些依赖宗教的选择和途径都是非现实的。曹雪芹在对人生的细细体味中,消解现实生存的真实和合理。这种体味和消解化成了以整体为梦、现实为梦的《红楼梦》文本建构方式,《红楼梦》对待现实和梦幻的态度,磨蚀了以往小说的历史传统,终结了古代梦幻文学之流,接续了审视现实的目光,把中国小说引向对现实更为清醒辛辣的揭露与讽刺阶段。

---

① [古希腊]柏拉图:《斐德若篇》,柏拉图《文艺对话集》,朱光潜译,人民文学出版社 1980年版,第 122—123 页。

② [德] F.尼采:《悲剧的诞生》,刘琦译,作家出版社 1986 年版,第 24 页。

第十二章　爱与怨:《红楼梦》修辞诗学研究之二

　　虽然"爱"是永恒的文艺主题,但历览古今文学作品,很少有人能如曹雪芹把爱情写得那么惊心动魄、催人泪下。当我们细读《红楼梦》时,却发现:

　　曹雪芹写宝黛爱情,几乎没有写宝黛二人花前月下甜言蜜语、卿卿我我,更不写肌肤之亲。即使在第十九回"意绵绵静日玉生香"中,宝黛同床而卧,亲密无间,已经与袭人有过云雨情的宝玉与黛玉之间仍然一派纯洁。所以脂评本曰:"若是别部书中写此时之宝玉,一进来便生不轨之心,突萌苟且之念,更有许多贼形鬼状等丑态邪言矣。"

　　与通常的爱情叙事相反,曹雪芹写宝黛相爱,着墨多在二人的哭闹争吵,黛玉临终的最后一句话,仍是对宝玉的不理解和怨恨。

　　以怨写爱,成为《红楼梦》叙事的特殊修辞设置,成为宝黛悲剧最浓重的一笔。

　　与中国传统作品中的恋人"相见时难"相比,《红楼梦》中宝黛爱情的发生语境又有着自身特色:

　　其一,宝黛是一对有着报恩前缘、又有着真挚爱情的恋人;

　　其二,宝黛处于几乎天天见面、没有明显外来压力的情境之中。

这样朝夕相处、耳鬓厮磨的恋人,其刻骨铭心的相爱方式却是接连不断、纷繁细碎的矛盾冲突,从而使"爱"的倾诉在《红楼梦》中转化为了"怨"的宣泄。

一、"还泪":"爱"向"怨"转化的悲剧预设

黛玉来到人间,本是为了报答灌溉之恩:

> (神瑛侍者)常在西方灵河岸上行走,看见那灵河岸上三生石畔有棵"绛珠仙草",十分娇娜可爱,遂日以甘露灌溉,这"绛珠草"始得久延岁月。后来既受天地精华,复得甘露滋养,遂脱了草木之胎,幻化人形,仅仅修成女体,终日游于"离恨天"外,饥餐"秘情果",渴饮"灌愁水"。只因尚未酬报灌溉之德,故甚至五内郁结着一段缠绵不尽之意,常说"自己受了他雨露之惠,我并无此水可还,他若下世为人,我也同去走一遭,但把我一生所有的眼泪还他,也还得过了。"(第一回)

中国古有"滴水之恩当涌泉相报"之说,然而黛玉的报恩之举却是要把"一生所有的眼泪"还给恩人,这样一来,原本虚空的人生,只能借"还泪"向有价值的人生转换,一无所有的生命在无奈之中走向他途。当"欠泪的,泪已尽"时,黛玉的生命也走到了尽头。对于"精着来、光着去"的生命个体,"还以一生的眼泪"实在是中国式生命痛感的体现。

流泪之举的生理、心理特点暗中预设了所报之恩向"怨"的悲剧性转化,也为宝黛之间的正常情爱转向不正常的表达做了铺垫。尽管癞头和尚曾经警告林家:黛玉的病"若要好时,除非从此以后总不许听见哭声,除父母之外,凡有外姓亲友之人一概不见",但是林黛玉还是宿命地在父母双亡后留在了贾府,而且,宝黛的交往又总是伴随着"流泪":

有着恩爱前缘的宝黛第一次见面,宝玉就因黛玉无玉而摔玉,而且"满面泪痕"地为黛玉抱不平,结果引起黛玉当晚第一次为宝玉而"淌眼抹泪",伤心不已。

第五回题为"游幻境指迷十二钗,饮仙醪曲演红楼梦",但作者不忘在前面加上一段文字叙述宝黛之间的"爱"与"怨":

> 便是宝玉和黛玉二人之亲密友爱处,亦自较别个不同:日则同行同坐,夜则同息同止,真是言和意顺,略无参商。
>
> (宝玉)如今因与黛玉同随贾母一处坐卧,故略比别的姊妹熟惯些。既熟惯,则更觉亲密;既亲密,便不免一时有求全之毁,不虞之隙。这日,不知为何,他二人言语有些不合起来,黛玉又气的独在房中垂泪,宝玉又自悔言语冒撞,前去俯就,那黛玉方渐渐的回转来。(第五回)

"这日不知为何",以及作者连用的两个"又"字,暗示了两人的冲突之多——多到难以找出冲突的原因。而"言语不和——黛玉哭泣——宝玉认错俯就",几乎成为宝黛后日交往的主要行为模式:

十七回"大观园试才题对额"后,黛玉误以为宝玉将她做的荷包给了小厮而赌气剪破做了一半的香囊,得知真相后又愧又气,更听了宝玉一句玩笑话"我连这荷包奉还","越发气起来,声咽气堵,又汪汪的滚下泪来","赌气上床,面向里倒下拭泪","禁不住宝玉上来'妹妹'长'妹妹'短赔不是"。

第二十回,黛玉因见宝玉和宝钗同去贾母处而生气,和宝玉斗嘴后赌气回房,恰好宝钗又把前来赔不是的宝玉拉走,于是黛玉"越发气闷,只向窗前流泪","没两盏茶的功夫",宝玉二度前来劝慰,"林黛玉见了,越发抽抽噎噎的哭个不住"。宝玉"打叠起千百样的款语温言来劝慰"。

第二十六回,宝玉听到黛玉春困吟出的"每日家,情思睡昏昏",又看见她刚睡起的模样,不觉心痒神荡,斗胆说了一句:

> 若共你多情小姐同鸳帐,怎舍得你叠被铺床。

结果黛玉放下脸来哭了。黛玉这次的生气因为晴雯晚间不开门而大大升级,在怡红院外,她"不顾苍苔露冷,花径风寒,独立墙角边花阴之下,悲悲戚戚呜咽起来",夜间,"林黛玉倚着床栏杆,两手抱着膝,眼睛含着泪,好似木雕泥塑的一般,直坐到二更天才睡"。第二天上午,尽管大观园中因祭饯花神而热闹非常,但黛玉却独自在埋香冢哭诉《葬花词》,结果宝玉一再解释赔礼。

冲突最激烈的,是第二十九回,宝黛二人因"金玉良缘"而发生口角。

宝玉"心里干噎,口里说不出话来,便赌气向颈上抓下通灵宝玉,咬牙狠命往地下一摔","脸都气黄了,眼眉都变了",黛玉哭得"脸红头涨,一行啼哭,一行气凑,一行是泪,一行是汗,不胜怯弱"。在听到贾母"不是冤家不聚头"的抱怨之后,二人又"好似参禅的一般,都低头细嚼这句的滋味,都不觉潸然泪下。虽不曾会面,然一个在潇湘馆临风洒泪,一个在怡红院对月长吁。却不是人居两地,情发一心!"后来宝玉前去赔罪,"只见林黛玉又在床上哭",而宝玉说黛玉若死他去做和尚时,却触怒了黛玉,挨了她一番指责。"宝玉心里原有无限的心事,又兼说错了话,正自后悔,又见黛玉戳他一下子,要说又说不出来,自叹自泣:因此自己也有所感,不觉掉下泪来。"

正是在不断的哭闹流泪中,宝黛二人的爱情也在升级和成熟:宝玉由起初"见了姐姐忘了妹妹",到后来生生死死都痴情于黛玉,以至于和宝钗成婚后毫无反顾地出家。以"怨"写"爱"成为曹雪芹爱情叙述的修辞特色。

在《红楼梦》中,以林黛玉"还泪"为代表,构成了一个整体"哭泣"的世界,其他女子也终生呜呜咽咽,流尽眼泪。因而在《红楼梦》中,有很多凄苦的语象,如离恨天、灌愁海以及痴情、结怨、朝啼、暮哭、春感、秋悲、薄命等司,共同合成了强大的修辞场,使得整部书都被泪水浸泡。

二、"爱"转向"怨":交流阻隔与信息不足

行为言语是人类情感的交流方式。在行为方面,贾宝玉可谓对黛玉关怀备至:"凭我心爱的,姑娘要,就拿去;我爱吃的,听见姑娘也爱吃,连忙干干净净收着等姑娘吃。一桌子吃饭,一床上睡觉。丫头们想不到的,我怕姑娘生气,我替丫头们想到了。"时时处处,宝玉都毫无顾忌地维护黛玉,即使是评诗,宝玉也希望黛玉能够次次夺魁。

然而在言语交流方面,宝黛二人总是或因对话受阻,或因话语的有效长度不足而造成误解,以至于酿成冲突,形成"爱"向"怨"的转化。

(一)对话受阻造成冲突

《红楼梦》中,黛玉与宝玉相处十多年,从两小无猜到互相爱慕,两人借

对话敞开心扉的机会应该很多,然而,同其他小说中的爱情描写相比,宝黛之间能够顺畅对话的机会却很少。

不能用语言表达真心,而互相假意试探,冀希望于对方的了悟,是造成冲突的重要原因。第二十九回中作者对宝黛的复杂微妙心理有大段细腻分析:

> 原来那宝玉自幼生成有一种下流痴病,况从幼时和黛玉耳鬓厮磨,心情相对;如今稍知些事,又看了那些邪书僻传,凡远亲近友之家所见的那些闺英闱秀,皆未有稍及黛玉者,所以早存了一段心事,只不好说出来。故每每或喜或怒,变尽法子暗中试探。那林黛玉偏生也是个有些痴病的,也每用假情试探。因你也将真心真意瞒起来,只用假意,我也将真心真意瞒起来,只用假意,如此两假相逢,终有一真,其间琐琐碎碎,难保不有口角之事。即如此刻,宝玉的心内想的是:"别人不知我的心,还有可恕,难道你就不想我的心里眼里只有你! 你不能为我解烦恼,反来以这话奚落堵我,可见我心里一时一刻白有你,你竟心里没我。"心里这意思,只是口里说不出来。那林黛玉心里想着:"你心里自然有我,虽有'金玉相对'之说,你岂是重这邪说不重我的? 我便时常提这'金玉',你只管了然自若无闻的,方见得是待我重,而毫无此心了。如何我只一提'金玉'的事,你就着急? 可知你心里时时有'金玉',见我一提,你又怕我多心,故意着急,安心哄我。"看来两个人原本是一个心,但都多生了枝叶,反弄成两个心了。那宝玉心中又想着:"我不管怎么样都好,只要你随意,我便立刻因你死了也情愿。你知也罢,不知也罢,只由我的心,可见你方和我近,不和我远。"那林黛玉心里又想着:"你只管你,你好我自好,你何必为我而自失。殊不知你失我自失。可见是你不叫我近你,有意叫我远你了。"如此看来,却都是求近之心,反弄成疏远之意。如此之话,皆他二人素习所存私心,也难备述。

作者曾描写宝玉对黛玉的试探。如第二十三回,宝玉借《西厢记》对黛玉传达爱的信息,结果却被敏感的黛玉认为是"说混账话"欺负她:

> "我就是个'多愁多病的身',你就是那'倾城倾国的貌'。"黛玉

听了,不觉两腮连耳的通红了,登时竖起两道似蹙非蹙的眉,瞪了一双似睁非睁的眼,桃腮带怒,薄面含嗔,指着宝玉道:"你这该死的,胡说了!好好儿的,把这些淫词艳曲弄了来,说这些混账话,欺负我。"说到"欺负"二字,就把眼圈儿红了,转身就走。

有时宝玉一心讨好或者呵护黛玉,但沟通的信息错位,反而弄巧成拙:

第六十四回黛玉祭奠父母,宝玉怕他过于伤心,赶去劝慰:"只是我想妹妹素日本来多病,凡事当各自宽解,不可过作无益之悲。若作践坏了身子,将来使我……","觉得以下的话有些难说,连忙咽住",明明是关切和担心黛玉,却招来了对方的哭泣:

> 只因他虽说和黛玉一处长大,情投意合,愿同生死,却只是心中领会,从来未曾当面说出。况兼黛玉心多,每每说话间,怕造次得罪了黛玉,致彼哭泣。今日原为的是来劝解黛玉,不想把话又说造次了,接不下去,心中一急;又怕黛玉恼他,又想一想自己的心实在的是为好,因而转急为悲,早已滚下泪来。黛玉起先原恼宝玉说话不论轻重,如今见此光景,心有所感,本来素昔爱哭,此时亦不免无言对泣。

第二十二回凤姐拿戏子比黛玉,大家心里都知道,但不敢说,唯有湘云接口说出。宝玉听了,连忙瞅了一眼湘云,这一眼所传递的语义信息,在湘云和黛玉各自的接受中,产生了语义变异,惹来了黛玉对宝玉的气恼:"你不比不笑,比人比了笑了还利害呢!""你为什么又和云儿使眼色!这安的是什么心?莫不是他和我顽,他就自轻自贱了?",宝玉"细想自己原为他二人,怕生隙恼,方在中调和,不料并未调成功,反已落了两处的贬谤"。

深深爱着对方,时时关心对方,却又在日常对话中连连惹对方生气,信息交流不通畅造成了宝黛之间的尴尬局面。

(二)欲言而难言及话语有效长度不足造成误会

话语交流,尤其是在复杂状况之下的交流,话语的长度十分重要:双方交流的信息量必须足够达到双方互相理解、不至误会的地步。

但欲言又止、难以言说的微妙场景常常发生在宝黛之间:

　　黛玉还有话说,又不能出口,出了一回神,便说道:"你去罢。"

　　宝玉也觉心里有许多话,只是口里不知要说什么,想了一想,也笑道:"明儿再说罢。"一面下台阶,低头正欲迈步,复又忙回身问道:"如今夜越发长了,你一夜咳嗽几次? 醒几遍?"(第五十二回)

　　(宝玉)又觉得出言冒失了,又怕寒了黛玉的心。坐了一坐,心里像有许多话,却再无可讲的。黛玉因方才的话也是冲口而出。此时回想,觉得太冷淡些,也就无话。宝玉一发打量黛玉设疑,遂讪讪的站起来说道:"妹妹坐着罢,我还要到三妹妹哪里瞧瞧去呢。"……黛玉送至屋门口,自己回来,闷闷的坐着,心里想道:"宝玉近来说话,半吞半吐,忽冷忽热,也不知他是什么意思。"(第八十九回)

　　原来黛玉立定主意,自此以后,有意糟蹋身子,茶饭无心,每日渐减下来。宝玉下学时,也常抽空问候。只是黛玉虽有万千言语,自知年纪已大,又不似小时可以柔情挑逗,所以满腔心事,只是说不出来。宝玉欲将实言安慰,又恐黛玉生嗔,反添病症。两个人见了面,只得用浮言劝慰,真真是"亲极反疏"了。(第八十九回)

彼此深爱着的宝黛之间,偶尔也有动情的对话,但按设想本应敞开心扉的诉说,出口却成了"三言两语"。这对恋人对话的有效长度,远远不能和西方小说的类似描写相比。难以达到应有效果。

第二十回中,面对赌气回房的黛玉,宝玉不仅"打叠起千百样的款语温言来劝慰",且解释道:"头一件,咱们是姑舅姊妹,宝姐姐是两姨姊妹,论亲戚,他比你疏。第二件,你先来,咱们两个一桌吃,一床睡,长的这么大了,他是才来的,岂有个为他疏你的?"

这番话打动了黛玉,引出宝黛互相吐露心声:

　　"我为的是我的心。"

　　"我也为的是我的心。你难道就知道你的心,不知道我的心不成?"

脂评本在此评点说:"此二语,不但观者不解,料作者亦未必解;不但作者未必解,想石头亦不解;不过宝、林二人之语耳。石头既未必解,宝、林此刻更自己亦不解,皆随口说出耳。"这两句话,虽是宝黛之间难得的内心交流,但毕竟信息量太少,以至于双方没有通过此次难得的机会达到彼此绝对信任的地步。照说两人还可以有进一步倾诉的可能,但关键时刻,话题却又被黛玉拉远到衣服穿着上:"你只怨人行动嗔怪了你,你再不知道你自己恼人难受。就拿今日天气比,分明今儿冷的这样,你怎么到反把个青肷披风脱了呢?"事不凑巧,在"情完未完"(脂砚斋语)之时,湘云的到来打断了二人的对话。

第三十二回黛玉听到宝玉在背后把自己引为难得的知己,"不觉又喜又惊,又悲又叹",想到自己的处境,不仅滚下泪来,被随后走来的宝玉看到,"禁不住抬起手来替她拭泪",后又倾诉肺腑之言:

> 宝玉瞅了半天,方说道"你放心"三个字。
>
> 林黛玉听了,怔了半天,方说道:"我有什么不放心的?我不明白这话,你到说说怎么放心不放心?"
>
> 宝玉叹了一口气,问道:"你果不明白这话?难道我素日在你身上的心都用错了?连你的意思若体贴不着,就难怪你天天为我生气了。"
>
> "好妹妹,你别哄我。果然不明白这话,不但我素日之意白用了,且连你素日待我之意也都辜负了。你皆因总是不放心的原故,才弄了一身病。但凡宽慰些,这病也不得一日重似一日。"

黛玉虽再次声称:"果然我不明白放心不放心的话",但终于被真正打动:

> 如轰雷掣电,细细思之,竟比自己肺腑中掏出来的还觉恳切,竟有万句言语,满心要说,只是半个字也不能吐,却怔怔的望着他。此时宝玉心中也有万句言词,不知从哪一句说起,却也怔怔的瞅着黛玉。

这是一次非常难得的交流机会,但却非常短促,且黛玉没有听宝玉"我说一句话再走"的劝告,而是"头也不回竟去了",没有听到宝玉后面更为关键的话:

> 我的这心事,从来也不敢说,今日我大胆说出来,死也甘心!我为你

也弄了一身的病在这里，又不敢告诉人，只好捱着。只等你的病好了，只怕我的病才得好呢。

　　——睡里梦里也忘不了你！

可惜，这是一段只有诉说，没有倾听的零交际。如果黛玉听到这样的话，建立起对宝玉的足够信心，她去世时或许不会那样悲哀。对于黛玉来说，比死更让她伤心的是宝玉的"背叛"。可是，她哪里知道宝玉的爱情呼唤呢？

　　直到最后一次见面，宝黛二人尤其是黛玉应该有很多急于要说的话，在都迷失"本性"的情况下，两人很可能说出平时不能、也不敢说出的话，但这最后一次见面，"两个人也不问好，也不说话"，除了迷迷痴痴地傻笑外，只说了短短的一句：

　　"宝玉，你为什么病了？"
　　"我为林姑娘病了！"

这已经是他们两人迷失本性之后最直露的信息交流了，这样的交流显然大大违背了当时的礼俗，因此"袭人紫鹃两个吓得面目改色，连忙用言语来岔"，黛玉临终前唯一可以和宝玉交流心曲的机会就这样被截断了。

　　就宝黛二人相处的时间之长和关系密切程度而言，他们除了"雨过天晴"后的交流，较长而顺畅的对话不多见。第十九回"情切切静日玉生香"中，宝黛在安静甜美的气氛中说笑，但并非直接谈情说爱；而第三十二回"诉肺腑"及第三十三回"因情感妹妹"之后，宝黛关系进入和谐发展的阶段，但是仍然难有口无遮拦的爱情诉说。宝玉挨打后让晴雯送绢子给黛玉，是一次成功但却是间接的交流：

　　　这黛玉体贴出绢子的意思来，不觉神痴心醉，想到宝玉能领会我这一番苦意，又令我可喜。我这番苦意，不知将来可能如意不能，又令我可悲。要不是这个意思，忽然好好的送两块帕子来，竟又令我可笑了。再想到私相传递，又觉可惧。他既如此，我却每每烦恼伤心，反觉可愧。如此左思右想，一时五内沸然，由不得余意缠绵，便命掌灯，也想不起嫌疑避讳等事，研墨蘸笔，便向那两块旧帕上写道……（第三十四回）

两块帕子记录了黛玉的爱情期待,又见证了她对宝玉的愤恨离世。当黛玉的爱情期待被击碎之后,在"焚稿断痴情"的与世决绝的举动中,黛玉的生命悲剧被推向高潮。

三、以"怨"写"爱"的文化分析

热烈、浪漫、诚挚,应该是情爱表述的基本风格。而中国文学史上存在的为数不少的怨妇诗,却浓墨重彩地写"爱"中之"怨";历代情歌,也往往把不能见面的恋人之间的情感想象、猜疑、埋怨表现得缠绵悱恻。中国古典文学特有的感伤风格,有一部分就起于由"爱"生成的"哀怨"。

情爱与哀怨之间之所以会发生如此不合逻辑的转换,主要因为古代恋人的示爱发生于特殊的中国古代传统文化语境中。

(一)在中国实行了数千年的礼教传统,阻塞了直接示爱的话语通道

若无特殊情况,古代青年男女直接单独接触机会极少。另一方面,"非礼勿视,非礼勿听,非礼勿言,非礼勿动"成为人们的行事准则,青年男女一旦言行涉及情爱,便被视为淫乱。所以即便是宝黛二人言行中规中矩,将儿孙尤其是已婚儿孙淫乱视为正常的贾母还说:"如今大了,懂的人事,就该要分别些,才是做女孩儿的本分,我才心里疼他。若是他心里有别的想头,成了什么人了呢!"又说:"咱们这种人家,别的事自然没有的,这心病也是断断有不得的。林丫头若不是这个病呢,我凭着花多少钱都使得;若是这个病,不但治不好,我也没心肠了。"

当然,上述状况有时反而造成情爱的"逆反"表达:青年男女一旦有接触机会,往往"一见钟情",从言语到行为,情爱表述即刻升温。这种情爱叙事在当时流传极广,以至于大观园里不仅宝黛私下传看《西厢记》《牡丹亭》,宝钗也十分熟悉这些文本。此外,来贾府说书的"女先儿"和唱戏的女孩子表演的皆是同类内容,以至于"史太君破陈腐旧套",不仅从家庭文化而且从创作根源上把这些情爱叙事狠狠批了一通:"开口都是书香门第,父

亲不是尚书就是宰相,生一个小姐必是爱如珍宝。这小姐必是通文知礼,无所不晓,竟是个绝代佳人。只一见了一个清俊男人,不管是亲是友,便想起终身大事来,父母也忘了,书礼也忘了,鬼不成鬼,贼不成贼,那一点儿是佳人?便是满腹文章,做出这些事来,也算不得是佳人了。……再者,既说是世宦书香人家,小姐都知礼读书,连夫人都知书识礼,便是告老还家,自然这样大家人口不少……你们自想想,那些人都是管什么的?”“编这样书的,有一等妒人家富贵,或有求不遂心,所以编出来污秽人家。再一等,他自己看了这些书看魔了,他也想一个家人,所以编了出来取乐。”

情爱的正常表达遭到抵触,缺少通畅的对话成为重要交际障碍,于是恋人之间的猜疑、埋怨便往往占据情爱表述的空间。古代有相当一部分“怨妇”诗成为文学史上的独特政治文化载体,这也从一个侧面说明了由“爱”转为“怨”的诉说在文学史上的代表性。

（二）传统语言观使得体味言外之意成为审美诉求

在中国,传说中伏羲已经制作八卦去描述千变万化的外物,《周易》则对卦象做出具体阐释。随着理性的崛起,春秋到战国时期对于“言”的使用和重视达到新的高度,一些内涵丰富的道理和体验都需要用概念、语言去表述,“言”与“意”之间的偏差鲜明起来,随之有了“言”不能“表物”、“尽意”的苦恼。如《老子》第一章、第二十五章对于“道”的表述:

> 道可道,非常“道”,名可名,非常“名”。
> 有物混成,先天地生。寂兮寥兮,独立而不改,周行而不殆,可以为天地母。吾不知其名,强字之曰“道”,强为之名曰“大”。

用概念、语言去指称、解说的“道”,已经不是“常道”。看起来,表述“道”唯有依靠“言”,但“言”又似乎显得不能胜任,非常勉强,于是产生中国文化史上著名的“言／意之辨”。

《庄子·秋水》有一段表述:

> 可以言论者,物之粗也;可以意志者,物之精也。

庄子对言意关系的认识,既保守又自信:"可以意志者"好像排除了"可以言论者"的可能性,因此,他往往借助"可以言论"的"形象"(物之粗),暗示"不可言传"的"道"(物之精),庄子的哲学文本,常常借用文学寓言的文体形式,在某种程度上,也许可以归结为他对言意关系的认识。当我们读解庄子的文本时,同时面对着一个哲人和一个诗人:他的文学寓言中,流贯着一种深邃的哲思;他的哲学思辨中,又充溢着瑰丽的诗性解说。从纯文学的角度,不可能真正读懂庄子,也不可能真正理解庄子关于言/意关系的表述,必须在文学之外设立阐释路径。因此,庄子追寻了一条依傍语言而又超越语言的道路。

在庄子看来,重要的不是如何言说,而是主体如何进入言说,但又不落言筌,即所谓"得意忘言"。庄子的见解成为相当一部分人的言语审美追求,如史上有名的魏晋名士清谈,言语都十分简短;著名的禅宗问答,更是意在言外。

《红楼梦》中一班聪慧的小姐,平时交流就十分含蓄。有着前缘的宝黛,对彼此情感要求甚高,但其爱情表述却是将本可明晰的话语交流转换为曲折隐晦的试探、猜测、旁敲侧击。这种曲线交流虽然大大增强了言语的审美意味,但极易形成误会和矛盾,在这种情况下,爱的倾诉极易转为怨的宣泄。

第十三章 狂与醒:《红楼梦》修辞诗学研究之三

在文学作品中,作家塑造狂人形象,都有着特定的修辞意图:揭示罕有的清醒。通常,"狂"与"醒"是一对相反的概念符号,人们往往会从世俗的认识习惯出发,去判断和区分"狂"与"醒",即使绝大多数人陷于谬误和虚伪之中时,这种判断标准仍然难以改变。因而,有些对人生思考深刻、对现实把握清醒、对社会变化敏感的人,由于不能随波逐流、人云亦云,不能将真实自我遮蔽起来,就会陷入迷茫和痛苦,表现出违背常规的举动和言语,结果常常被归为"狂人"。在这里,世人所认同的"狂"和"醒"从根本上被置换:所谓"狂人",其实对一切看得很清楚,因而是觉悟的;而那些沉迷在俗世缠绕中,自以为清醒的人,实际上却糊涂。文学中的"狂"成为觉悟之人的外表显示,透过"狂",我们看到的是清醒和睿智、脱俗与本真。

本章以《红楼梦》中的"狂"与"醒"主题为分析个案,并在文学、文化的大语境中探讨"狂"与"醒"主题。

一、"狂"与"醒":《红楼梦》的重要主题

在《红楼梦》的开头,曹雪芹便表明:"你道此书从何而来?说起根由,

虽近荒唐,细谙则深有趣味",又声称自己"本意原为记述当日闺友闺情,并非怨世骂时之书",是用"假语村言,敷演出一段故事来,以悦人耳目",让读者"在醉淫饱卧之时,或避世去愁之际,把此一玩",但他所题一绝却又声明:"满纸荒唐言,一把辛酸泪,都云作者痴,谁解其中味。"一本由"痴"作者写出的"根由荒唐"的书,其中却别含滋味:在"痴""狂""荒唐"中读出"清醒"和"觉悟",是《红楼梦》的主旨之一。而这种滋味解读的引导,在很大程度上由小说中的两类独特人物承担。

《红楼梦》中描述的"狂"与"醒",大致可分为两种类型:

(一)癫狂与清醒睿智

《红楼梦》中引人注目的人物,除了美丽鲜活的女子,还有几个疯疯落脱的僧道。作者笔下,这些僧道外貌的落脱腌臜和风神不凡形成对比,如第一回的几处描写:

> 俄见一僧一道源源而来,生得骨格不凡,风神迥别。
> 二师仙形道体,定非凡品。
> 那僧则癫头跣足,那道跛足蓬头,疯疯癫癫,挥霍谈笑而至。
> 一个跛足道人,疯狂落脱,麻屣鹑衣。

第二十五回对僧道的描写更为详细:

> 一个癫头和尚与一个跛足道人。见那和尚是怎的模样:
> 鼻如悬胆两眉长,目似明星蓄宝光。
> 破衲芒鞋无住迹,腌臜更有满头疮。
> 那道士又是怎生模样:
> 一足高来一足低,浑身带水又拖泥。
> 相逢若问家何处,却在蓬莱弱水西。

第一百十七回的描写与上面形成呼应:"真人不露相,露相不真人"的和尚"满头癞疮,浑身腌臜破烂"。

这些僧道总是在情节发展的关键时刻不失时机地按照"显在"和"隐

在"的两种方式"出场",承担自身在文本中的特殊功能:

1. 点明题旨

表面看起来《红楼梦》"大旨谈情,亦不过实录其事",其题旨却深含哲理。第一回中作者借僧道的话和诗,对英莲生世、甄家命运作出预言:英莲虽然生在殷富人家,娇生惯养,却五岁就被人贩子拐骗,后来又被呆霸王薛蟠强占为妾,被夏金桂虐待,受尽磨难。而富裕且行善好施的甄家也在元宵大火后,一败涂地。人生无常、乐极悲生,在宗教层面上解释,是凡事皆有定数,从哲学的意义上理解,是事物向对立面转化。这种贯穿全书的主旨,正是在书的开头就被这疯疯癫癫的僧道明白不过地点出。照常人看来清醒不过的人,因为陷入尘世太深,反被这两个疯人笑为"痴"。

甄士隐在女儿被拐骗、家道破落后,再次见到疯道人,他口里唱着《好了歌》,并做了"终极"解说——

> 可知世上万般,好便是了,了便是好。若不了,便不好,若要好,须是了。

这首《好了歌》成为《红楼梦》的立意宗旨,决定了全书的深层悲凉风格。

在第二十五回中,宝玉凤姐被马道婆施了魔法,险些丧命。结果是僧道摩弄了一番玉,又说了些"疯话",使得宝玉和凤姐身安病退。在僧道癫癫狂狂的话语中,同样隐含着混合着佛、道思想的哲理:

> 天不拘兮地不羁,心头无喜亦无悲,
> 却因锻炼通灵后,便向人间觅是非。

只有远离文明,混混沌沌,无欲无求,才能进入自由境界,一旦"锻炼通灵",堕入如梦般的人生,成为能思考、有欲求的人,是非烦恼就会接踵而至。必须及早退步抽身,才能真正醒悟。

2. 支撑全书叙述框架,规定事态发展

疯癫僧道频频以"显在"出场方式支撑全书叙述框架,规定事态的发展:

第一回,宝玉由茫茫大士、渺渺真人携入尘世,后经几世几劫又由僧道带回,空空道人委托曹雪芹传述《红楼梦》,这已经把长线情节进展规定为一个终点回归起点的圆。同时僧道预言甄家短期内的衰败命运,以短线映证贾家由盛而衰的命运。僧道带甄士隐出家,展示色空观念。

宝玉继"失心""失玉"后又"失相知"以至于"饭食不进",和尚送玉、接引宝玉二至太虚幻境、出家,送玉回青埂峰。这是把第一回的压缩叙述扩演为一个完整复杂的情节"圆圈"。

而对书中人物人生和结局的预示,往往由疯癫僧道以"隐在"方式完成。如第三回黛玉回述幼时疯和尚的"不经之谈",预示她人生的短暂悲凉;第八回中癞和尚赠言的金锁与宝玉合对,正式开启了金玉良缘和木石姻缘的情感纠葛;第九十二回妙玉扶乩,请的是拐仙——跛道人,仙乩所书"入我门来一笑逢"更在全书接近尾声时预言了主人公的结局。

总的来说,特殊人物疯癫僧道的出场,承担了重要文本功能,是《红楼梦》的重要修辞设置。

(二)痴狂与脱俗本真

与僧道的疯癫相映衬,《红楼梦》描述宝玉,用得最多的关键词构成了反义义场:外表聪明灵秀——内里痴狂疯傻。

如第三回用两次描写,赞美了宝玉的外貌:"面若中秋之月,色如春晓之花,鬓若刀裁,眉如墨画,面如桃瓣,目若秋波。虽怒时而若笑,即嗔时而有情";"面如傅粉,唇若施脂,转盼多情,语言常笑。天然一段风骚,全在眉梢;平生万种情思,悉堆眼角",但紧接着作者便不惜笔墨,突出了宝玉的痴狂:"无故寻愁觅恨,有时似傻如狂。"

王夫人则描述宝玉"若这一日姊妹们和他多说一句话,他心里一乐,便生出多少事来……他嘴里一时甜言蜜语,一时有天无日,一时又疯疯傻傻"。就连傅试家的两个婆子也嘲笑宝玉是"外像好里头糊涂,中看不中吃","时常没人在跟前,就自哭自笑的;看见燕子,就和燕子说话;河里看见了鱼,就和鱼说话;见了星星月亮,不是长吁短叹,就是咕咕哝哝的"。

但细读文本,可以从几个方面解剖宝玉的"疯癫傻狂":

1. 对异性的痴迷和关心

《红楼梦》中,贾宝玉是女性崇拜论者,对于女性的美十分痴迷。贾宝玉

"一直有个呆意思存在心里。你道是何呆意？因他自幼姐妹丛中长大,亲姊妹有元春探春,叔伯的有迎春惜春,亲戚中又有湘云、黛玉、宝钗等人,他便料定天地间灵淑之气,只钟于女子,男儿们不过是些渣滓浊沫而已。因此把一切男子都看成浊物,可有可无。"(第二十回)因而他不惜以独特的语言赞美他心目中的女性:

> 女儿是水做的骨肉,男子是泥做的骨肉,我见了女儿便清爽,见了男子便觉浊臭逼人!(第二回)

宝玉对女子,无论小姐、丫鬟都体贴入微。听说迎春受夫家虐待时,宝玉十分难受,对王夫人说了一番将迎春接回家住的话,被王夫人斥为"发了呆气","别在这里混说了"。宝玉对待下层女子的态度也被当时社会视为怪异。在搜检大观园时,宝玉见"入画已去,今又见司棋亦走,不觉如丧魂魄一般",他"一闻得王夫人进来清查,便料定晴雯也保不住了,早飞也似的赶了去",听到王夫人的决定,他"心下恨不能一死"。一有机会,便独自迫不及待地去看望晴雯。后来又"一夜不曾安稳,睡梦中犹唤晴雯,或魇魔惊怖,种种不宁。次日便懒进饮食,身体作热。此皆抄检大观园,逐司棋、别迎春、悲晴雯等羞辱、惊恐、悲凄之所致"。第三十五回宝玉自己烫了手,却反去关心玉钏儿,遭到两个婆子的嘲笑:"果然竟有些呆气。他自己烫了手,倒问别人疼不疼,这可不是呆了吗!""大雨淋的水鸡似的,他反告诉别人'下雨了,快避雨去罢。'且是连一点刚性也没有,连那些毛丫头的气都受的。爱惜东西,连个线头儿都好的,糟蹋起来,那怕值千值万的都不管了。"

作者为贾宝玉设置了一个"镜像"式人物——前半生的甄宝玉,其言行与贾宝玉同出一辙:甄宝玉不但见了女孩子就温厚和平,聪敏文雅,而且每逢挨打吃疼不过时,还"姐姐""妹妹"乱叫以解疼。他说:"必得两个女儿伴着我读书,我方能认得字,心里也明白,不然我自己心里糊涂。又常对跟他的小厮们说:这'女儿'两个字,极尊贵、极清净的,比那阿弥陀佛、元始天尊的这两个宝号还更尊荣无对的呢!你们这拙口臭舌,万不可唐突了这两个字,要紧。但凡要说时,必须先用清水香茶漱了口才可。设若失错,便要凿牙穿腮等事。"

所以警幻仙子这样评价贾宝玉:"如尔则天分中生成一段痴情,吾辈推之为'意淫'。……汝今独得此二字,在闺阁中,固可为良友,可于世道中未免迂阔怪诡,百口嘲谤,万目睚眦。"警幻仙子用心良苦,特地安排了"迷津",以警醒宝玉,但宝玉仍然"执迷不悟"。

2. 对出身贫贱朋友的敬重

《红楼梦》中年轻的富贵公子、显赫的达官贵人甚多,但宝玉却对秦钟等出身贫贱的朋友情有独钟:

> 那宝玉一见秦钟,心中便如有所失,痴了半日,自己心里又起了个呆想,乃自思道:"天下竟有这等的人物! 如今看了,我竟成了泥猪癞狗了! 可恨我为什么生在这侯门公府之家? 要也生在寒儒薄宦的家里,早得和他交接,也不枉生了一世。我虽比他尊贵,但绫锦纱罗,也不过填了我这粪窟泥沟:'富贵'二字,真真把人荼毒了!"(第七回)

元妃晋封时,宝玉为秦钟患病而"怅怅不乐",贾府上下皆大欢喜,"独他一个皆视有若无,毫不介意,因此众人都笑他越发呆了"。听说柳湘莲等人的不幸,他更是"闲愁胡恨,遭遇一重不了一重添,弄的情色若痴,语言常乱,似染怔忡之症"。为蒋玉函挨打,他还说:"我便为这些人死了,也是情愿的。"

3. 对人们所推崇的时文、官场的厌恶和拒斥,对自身看法的坚守

宝玉平素深恶时文八股一道,"说这原非圣贤之制撰,焉能阐发圣贤之奥,不过是后人饵名钓禄之阶",他常常口出狂言:

> 我最厌这些道学话。更可笑的,是八股文章,拿他诓功名,混饭吃,也罢了,还要说"代圣贤立言"! 好些的,不过拿些经书凑搭凑搭还罢了。更有一种可笑的,肚子里原没有什么,东拉西扯,弄的牛鬼蛇神,还自以为博奥。(第八十二回)

尽管贾政屡屡刻意让宝玉和贾雨村等周旋,但宝玉"懒与士大夫诸男人接谈,又最厌峨冠礼服贺吊往还等事"。当听到宝钗、湘云等说到仕途经济时,宝玉便大觉逆耳,不是拿脚就走,就是下逐客令。还说:"好好的一个清净洁白的女子,也学的钓名沽誉,入了国贼禄鬼之流! 这总是前人无故生事,立

意造言,原为引导后世的须眉浊物。不想我生不幸,亦且琼闺绣阁中亦染此风,真真有负天地钟灵毓秀之德了!""独有黛玉自幼儿不曾劝他去立身扬名,所以深敬黛玉。"

贾宝玉本来欣赏"诋尽流俗"的甄宝玉,但见面后,听其"一派酸论","愈听愈不耐烦",便称其为"禄蠹","又发呆话":"他说了半天,并没个明心见性之谈,不过说些什么'文章经济',又说什么'为忠为孝'……只可惜他也生了这样一个相貌,我想来有了他,我竟要连我这个相貌都不要了。"并因此勾起旧病,神魂失所。

当贾政喜欢"稻香村"的"里面纸窗木榻,富贵气象一洗皆尽",问宝玉"此处如何"时,众人都忙悄悄的推宝玉,教他说好,但宝玉不听人言,应声道"不及'有凤来仪'多矣":

> 众人见宝玉牛心,都怪他痴呆不改。今见问"天然"二字,众人忙道:"别的都明白,为何连'天然'不知? '天然'者,天之自然而有,非人力之所成也。"宝玉道:"却又来! 此处置一田庄,分明间的人力穿凿扭捏而成。远无邻村,近不负郭,背山山无脉,临水水无源,高无隐寺之塔,下无通市之桥,峭然孤出,似非大观。争似先处有自然之理,得自然之气,虽种竹引泉,亦不伤于穿凿。古人云'天然图画'四字,正畏非其地而强为地,非其山而强为山,虽百般精而不相宜……"未及说完,贾政气的喝命:"又出去!"刚出去,又喝命:"回来!"命再题一联:"若不通,一并打嘴!"

宝玉的"长篇大论"挑战了父亲的权威,贾政气得呵斥连连、思维混乱,所以畸笏叟此处评点曰:"所谓奈何他不得也,呵呵!"

可见,宝玉的"痴狂疯傻"表现于对年轻女性、对出身低微朋友的敬重,对人们纷纷追逐的名利的厌恶,对自己看法的坚守。其实,在曹雪芹时代,这显现的是一份难得的清醒。

二、借"狂"写"醒":文学的传统修辞设计

借描写"狂人"的疯狂言行去揭示其深层所隐含的清醒和睿智,是中

国,也是世界性的传统修辞设计。

在希腊神话中,就已经出现了亦狂亦醒、意味深长的修辞符号"卡桑德拉"。阿波罗神庙的女祭司卡桑德拉拒绝了阿波罗的求爱,因此受到惩罚:她有准确预言的能力,但是又没有人会相信她。所以当卡桑得拉披头散发地发出毁灭即将来临的警告时,人们都把她当作疯子来羞辱和嘲笑。古希腊人通过卡桑德拉的境遇,把步入文明时代的人的痛苦和恐惧表现得淋漓尽致:原始社会那淳朴而天真的一切无可奈何地逝去,对于原始习俗的"理想化"和留恋,人类在社会剧烈变革过程中所付出的牺牲、经历的磨难,步入文明时所面临的种种规范,都给人类带来了心理和行为上的巨大压力,汇合成人们在命运脚下的颤栗。文明不但诞生于血与火,而且它必然带来人的异化,正是这种异化,造成"狂"与"醒"的概念扭曲,也使得"狂"成为文学史上审美张力极大的主题符号:莎士比亚悲剧《李尔王》中的李尔,在明白事情真相时陷入疯狂,这时他才认识到世界真实的一面。而莎剧中那些疯疯癫癫的弄人,更是出语"警策",道出事情的真谛。

巴赫金曾经对文学作品中的"疯狂"主题作出精辟分析,他说:

> 疯癫这一主题,对一切怪诞风格来说,都是很典型的,因为它可以使人用另外的眼光,用没有被"正常的",即众所公认的观念和评价所遮蔽的眼光来看世界。但是,在民间怪诞风格中,疯癫是对官方智慧、对官方"真理"片面严肃性的欢快的戏仿。这是节庆的疯癫。①

借"狂"写"醒",作为中国传统文学主题,它反映了中国几个特殊历史时期的文化现象。

在"君权至上"专政体制下,中国古代出现了一些佯狂之人。商代时,就有箕子因谏纣不听,而披发佯狂,去做奴隶。春秋时有楚狂人接舆披发佯狂后,又自髡,见到大哲人孔子,他还疯疯癫癫地唱歌嘲笑他:"凤兮凤兮,何德之衰,往者不可谏,来者犹可追,已而已而,今之从政者殆而。"他认为孔子在这种道无德衰之世,还迷恋从政为官,实在太糊涂。

---

① [苏]巴赫金:《弗朗索瓦·拉伯雷的创作与中世纪和文艺复兴时期的民间文化》,夏忠宪译,钱中文主编《巴赫金全集》第六卷,河北教育出版社1998年版,第46页。

汉代以后,对于个人欲望的约束进一步得到强调,德也被理解为自我节制的一种能力,成为汉王朝这个大一统群体为保障自身存在而向下属提出的要求。为了有效推行这种要求,统治者人为制造等级差别,给得到功名爵禄的人以荣宠声色方面合法满足的特权,从而把个人欲望实现导向做官的道路。这样一来,修身、自治以修德,就与升官的标准相联系,而具有极强的制约力和诱惑力。通过一定自我约束以得到官位,从而合法享受荣华富贵,成为众多的人生存奋斗的途径。但汉魏之间的社会动乱,击碎了这种在群体保障中得到个人欲望满足的安排,个体生命得到重视,衡量个体地位也有了新的标准,如王弼《周易·颐卦注》中说:"夫安身莫若不竞,修己莫若自保,守道则福至,求禄则辱来。"当时很多名士以自守退让、明哲保身的态度避开祸乱,有的甚至立志不仕,对社会及其规范采取公开不合作态度,形成一个隐逸于社会之外、身心自由狂放的游离性群体。他们冲决礼的束缚,违时绝俗、狂傲猖放成为当时士人的形象特点,又成为魏晋风度的典型标志。刘义庆《世说新语》有相当多的篇幅专门记述这些人的狂态。如阮籍是当时有名的狂士,他常率意独驾,不由径路,车迹所穷,辄恸哭而反。《世说新语·栖逸》记阮籍邻居的女儿未嫁而卒。籍与无亲,生不相识,却因其有才色,而往哭尽哀而去。

葛洪《抱朴子》"疾谬"、"刺骄"对这些狂士的狂放言行做了细致描述:

> 蓬发乱鬓,横挟不带。或亵衣以接人,或裸袒而箕踞。……其相见也,不复叙离阔,问安否,宾则入门而呼奴,主则望客而唤狗。其或不尔,不成亲至,而弃之不与为党。及好会,则狐蹲牛饮,争食竞割,掣拨淼摺,无复廉耻。

> 或乱项科头,或裸袒蹲夷,或濯脚于稠众,或溲便于人前,或停客而独食,或行酒而止所亲。

"狂"作为对于传统礼俗特有的抗拒和冲决行为,一直在后世延续。

在中国发展出的禅宗,以"顿悟"作为成佛了道的捷径,出现了狂禅之风,禅宗人士信奉僧家自然是众生本性,追求解脱无碍。这种风气发展到极

端,便是以疯癫的语言呵佛骂祖,颠覆以往的话语权威,表现个人对佛理、人生的"参悟":

> 道流佛法无用功处,只是平常无事,屙屎送尿,着衣吃饭,困来即眠。
>
> ——《古尊宿语录》卷四

> 这里无佛无祖,达摩是老臊胡,释迦老子是干屎橛,文殊、普贤是担屎汉,等觉妙觉是破执凡夫,菩提涅槃是系驴橛,十二分教是鬼神簿、拭疮疣纸,四果三贤,初心十地是古冢鬼,自救不了。
>
> ——《五灯会元》卷七

一些禅宗人士更以放荡癫狂的行为,如手拿猪头,口诵净戒,趁出淫房,未还酒债等等,显示对传统观念的背叛。

狂禅之风也曾受到激烈的批评,如柳宗元指责这些狂禅者是流荡舛误,迭相师用,妄取空语,颠倒真实。不过,禅宗仍然受到渴求挣脱束缚的士大夫的欢迎,明代禅宗与心学结合,禅悦之风大盛,以至有的人竟以古代"越礼任诞之事"为榜样,仿而行之,他们或紫衣挟妓,或徒跣行乞,遨游于通邑大都。虽然这种风气一度受到严重打击,但清代以后,它仍然成为一些士大夫的重要精神补充。

在这里,世人所认同的"癫狂"和"觉悟"从根本上被置换,"觉悟"的合理性也被完全消解:所谓癫狂的人,其实对一切看得很清楚,因而是觉悟的;而那些沉迷在俗世缠绕中,自以为清醒的人,实际上却糊涂。这正如古代一个故事所说:过去一个国家,除了国王以外,所有的人都因为喝了狂泉而发狂,可是他们都觉得自己很正常,反而把国王当成疯子,国王最终在众人的强迫下,也喝了狂泉的水,于是大家认为国王的狂病治好了,非常高兴。文学中的"狂"主题就这样充满了哲理。

通过描写"醉狂"表现"本真之我",也是中国文学的传统现象。

上古饮食被当作宗教礼仪行为的一部分,《礼记·礼运》认为礼起于饮食:"夫礼之初,起诸饮食,其燔黍捭豚,污尊而抔饮,蒉桴而土鼓,犹若可以致其敬于鬼神。"

随着生产力的发展,人们改变了以往随地坐下、用手抓食的原始饮食习惯,而使用食器、酒具,中国上古的饮食器具十分齐备,正说明了中国古代饮食文化和饮食礼仪的发达。

但饮宴这种聚会形式,往往使人们开怀痛饮;酒这种烈性饮料,又使得饮者精神高度亢奋,于是愈加狂饮;而饮酒造成的热烈狂欢的氛围,也常常会使得"酒不醉人人自醉",人们在这种场合,会抛却礼仪,失去温文有礼的常态,陷入醉狂,肆无忌惮地显露出自我本真的一面。

以"醉狂"为主题的中国古代文学作品,对醉狂的态度有欣赏,也有贬抑。在《诗经》中,我们已经可以看到对于饮宴狂欢场面的描述,特别是宾客醉酒以后:

> 宾既醉止,载号载呶。
> 乱我笾豆,屡舞僛僛。
> 是曰既醉,不知其邮。
>
> ——《诗经·宾之初筵》

由于醉饮狂欢场面具有极强的吸引力,人们在行招魂之礼时,也用这种醉狂场面来引发魂灵对人世的怀念:

> 竽瑟狂会,搷鸣鼓些。
> 宫庭震惊,发激楚些。
> 吴歈蔡讴,奏大吕些。
> 士女杂坐,乱而不分些。
>
> ——《招魂》

以上还只是对狂放无羁的醉态作外观的描绘。魏晋六朝时期,酒深层次进入名士的精神和生活,名士对酒的沉迷,促成了当时众多的醉狂描述;想必这些口头和书面醉狂描述,也反转来加剧了当时的嗜酒风气。

酒后抛却世俗约束,吐露自己的"真言"成为热门话题。当时的饮酒歌基调或豪壮慷慨,或低回感伤,如政治家兼军事家曹操,他终生忙于社会政治活动,被世人称为"奸雄",但酒后也会发出自己悲凉的感慨:"对酒当歌,人生几何？譬如朝露,去日苦多。慨当以慷,忧思难忘。何以解忧,唯有杜康。"
(《短歌行》)

更有一些名士改变了以往把酒作为生活重要调剂的做法,视酒为人生的全部寄托,把人生价值和欢乐置于杯酒之中,如《世说新语·任诞》载名士毕卓述说自己的心愿:

> 一手持蟹螯,一手持酒杯,
> 拍浮酒池中,促足了一生。

陶渊明曾作《饮酒》诗二十首,在醉狂中寻觅人生"深味":"不觉知有我,安知物我贵。悠悠迷所留,酒中有深味。"而张翰则明明白白地告诉别人,身后名不如即时一杯酒。

醉狂成为名士狂放不羁、傲物任性精神的外化,《世说新语》有很多篇目描写阮家子弟的醉狂:

> 阮公邻家妇有美色,当垆酤酒,阮与王安丰常从妇饮酒,阮醉,便眠其妇侧。夫始殊疑之,伺察终无他意。
> （阮籍）嗜酒能啸,善弹琴。当其得意,忽忘形骸,时人多谓之痴。
> 诸阮皆能饮酒,仲容（咸）至宗人间共集,不复用常杯斟酌,以大瓮盛酒。围坐,相向大酌。时有群猪来饮,直接上去便共饮之。
>
> ——任诞第二十三

日常视为丑陋的醉狂之态成为狂士们炫耀、肯定的行为:

> 阮籍嗜酒荒放,露头散发,裸袒箕踞。其后贵族子弟……皆祖述于籍,谓得大道之本。故去巾帻,脱衣服,露丑恶,同禽兽。甚者名之为通,次者名之为达也。
>
> ——德行第一

> 刘伶恒纵酒放达,或脱衣裸形在屋中。人见讥之,伶曰:"我以天地为栋宇,屋室为裈衣,诸君何为入我裈中？"
>
> ——任诞第二十三

文学史上以酒为题的作品甚多。刘伶曾在《酒德颂》中描绘了"大人先生"的醉态:"行无辙迹,居无室庐,幕天席地,纵意所如。止则操卮执觚,动则挈榼提壶,唯酒是务,焉知其余,……先生于是方捧罂承槽,衔杯漱醪,奋髯箕居,枕麴藉糟,无思无虑,其乐陶陶。兀然而醉,豁然而醒,静听不闻雷霆之声,熟视不见太山之形,不觉寒暑之切肌,利欲之感情。俯观万物,扰扰焉,如江汉之载浮萍。"后世李白、辛弃疾等也写下了很多醉狂佳作。这些酒后吐露真言和随心所欲行事的人正是通过"醉狂"显露出本真不羁的自我。

三、借"狂"写"醒"的文化分析

在人类早期社会,原始初民认为自己与图腾是一体的,其间存在着一种神秘的互渗关系,因而,初民在入迷地举行图腾崇拜仪式、狂热地跳着图腾舞蹈的时候,"是要通过神经兴奋和动作的忘形失神(在较发达的社会中或多或少也有类似的情形)来复活并维持这样一种与实质的联系,在这种联系中汇合了实在的个体、在个体中体现出的祖先、作为该个体的图腾的植物或动物种"[1]。原始初民正是在这种迷狂、热烈的仪式中,感到自己在部族中的地位、体会到自身生命的实质。

原始社会的巫师也多由那些有生理缺陷和性格疯癫的人担任,巫师通神时更必须进入疯狂状态。人类学家马林诺夫斯基在《文化论》中把巫师性格作为巫术四大要素之一,他说:

> 巫术的超自然性在这里表现于法师的反常性格。残废、半癫、驼背、白痴、双生、神经衰弱、同性恋、性欲反常等人物,常是因为他们性格的不健全而获得法师的资格。巫术亦常是妇女的特权,尤其是那些特殊状态中的妇女,如丑婆、处女、孕妇等,所举行的巫术效力更大。[2]

另据秋浦《鄂伦春社会的发展》所述,在鄂伦春族,"突然得疯癫病,咬

---

① ［法］列维－布留尔:《原始思维》,丁由译,商务印书馆 1987 年版,第 85 页。
② ［英］B. 马林诺夫斯基:《文化论》,费孝通等译,中国民间文艺出版社 1987 年版,第 72—73 页。

牙切齿,乱蹦乱闹,也是要成为萨满的一种征兆"①。

即使是那些精神正常的巫师,在与神交通时,也得陷入迷醉和疯狂,以获得与神沟通的方便。林惠祥在《文化人类学》中这样描述神巫通神的情形:

> 在几分钟后,他的全身便渐颤动,面皮稍稍扭动,手足渐起痉挛,这种状况渐加剧烈,直至全身搐搦战栗,犹如病人发热一样。有时或兼发呻吟呜咽之声,血管涨大,血液的循环急激。此时这神巫已经被神附体。以后的言语和动作都不是他自己的,而是神所发的了。神巫口中时时发出尖锐的叫声。

当应答大众问话的时候,神巫的眼珠前突,旋转不定,他的声音很不自然,脸色死白,唇色青黑,呼吸迫促,全身的状态像个疯癫的人。其后汗流满身,眼泪夺眶而出,兴奋的状态乃渐减。最后神巫叫声"我去了",同时突然倒地。或用棒捶击地面。神巫兴奋的状态过了些时方才完全消失。②

这些神巫让人信服的"预见"和"道理",正来自他们的癫姿痴态、狂言疯语。

此外,在《山海经》中,一些神异的动物也有类似于疯狂的特征,如《大荒西经》:"有五采之鸟,有冠,名曰狂鸟。"郭璞注曰:"《尔雅》云:'狂,梦鸟。'即此也。"袁珂按:"狂,《玉篇》作焉,疑即凤凰之属:所谓狂者凰也,梦者凤也。"③ 在此,"凤凰"与"梦狂"语音相通,语义也因此相通。"狂",在上古时代也就具有不一般的神异意义。

总之,上古时代那些性格疯癫、行为狂乱的人,获得了与神交通的特权,具有和神交通的特异功能以及超现实的特殊力量,人的异常和法力的超自然在此形成同构关系。只是随着社会的发展,人们开始用理性的眼光、文明的标准去打量这些人在生理和性格、行为方面的"不正常",结果不仅是这些人的预言在人们心中失去效应,他们自身也成为理性否定和嘲笑的对象,成为非正常的"狂人"。

---

① 秋浦:《鄂伦春社会的发展》,上海人民出版社 1980 年版,第 170 页。
② 林惠祥:《文化人类学》,商务印书馆 1934 年版,第 328 页。
③ 参见袁珂:《山海经全译》,贵州人民出版社 1990 年版,第 302 页注⑩。

对于"非理性"的"狂"的审视,在历史上由来已久,人们从各个不同角度对"狂"的精神现象作出阐释。

在中国,《红楼梦》第二回中曹雪芹借贾雨村之口,运用中国传统的"气"和"正"、"邪"的理论,对宝黛等人"痴狂"的来源作了探讨,他认为天地生人,大仁者乃秉天地之正气而生,大恶者乃秉天地之邪气而生,太平无为之世,清明灵秀之气充斥朝野,所余之秀气,飘荡之中,遇到一丝半缕误而泄出的残忍乖僻之邪气,两不相下,必至搏击掀发后始尽,其气必赋人,发泄一尽而散。男女偶秉此气而生的,既不能成仁人君子,也不能成大凶大恶,其聪俊灵秀之气,在万万人之上,乖僻邪谬不近人情之态,又在万万人之下,他们或为情痴情种,或为逸士高人,或为奇优名倡。按"贾雨村"的解说,"痴狂"是天地间正邪之气相争的结果。

在西方,古希腊哲学家柏拉图对迷狂的阐释非常著名,他把迷狂分为以下四种:

第一种是那些女预言家和女巫、女仙们,在迷狂中为人们预言、指路,为人们带来福泽,因而古代制定名字的人把"预知未来那个最体面的技术"称为"迷狂术"。

第二种是人们通过迷狂的仪式,为一些家族禳除天谴的灾祸疾疫,使其永脱各种苦孽。

第三种迷狂,是由诗神凭附而来,它成为创作灵感来临时的特殊心态,柏拉图认为诗人在迷狂中创作的诗比神志清醒的诗要好得多,他在《伊安篇》中借苏格拉底的口说:

> 科里班特巫师们在舞蹈时,心理都受一种迷狂支配,抒情诗人的心灵也正是如此。他们一旦受到音乐和韵节力量的支配,就感到酒神的狂欢,由于这种灵感的影响,他们正如酒神的女信徒们受酒神凭附,可以从河水中汲取乳蜜,这是她们在神智清醒时所不能做的事。抒情诗人的心灵也正象这样,……因为诗人是一种轻飘的长着羽翼的神明的东西,不得到灵感,不失去平常理智而陷入迷狂,就没有能力创造,就不能做诗或代神说话。①

---

① ［古希腊］柏拉图:《伊安篇》,柏拉图《文艺对话集》,朱光潜译,人民文学出版社1980年版,第8页。

第四种迷狂,来自人对上界的回忆。柏拉图认为不朽的灵魂是完善的、羽毛丰满的,它飞行上界,主宰全宇宙,如果失去了羽翼,它就会下落,一直到附上尘世的肉体,成为灵魂和肉体的混合物。虽然这些"可朽的动物"从上界跌落到人间,但是其中一些人可以借助反省,回忆到灵魂随神周游时,望见永恒本体境界中的一切,这样的人如哲学家,漠视凡人所重视的东西,聚精会神观照神明的事物,就会被众人看成疯狂,柏拉图借苏格拉底之口说:

> 有这种迷狂的人见到尘世的美,就回忆起上界里真正的美,因而恢复羽翼,而且新生羽翼,急于高飞远举,可是心有余而力不足,像一个鸟儿一样,昂首向高处凝望,把下界一切置之度外,因此被人指为迷狂。现在我们可以得到关于这种迷狂的结论了,就是在各种神灵凭附之中,这是最好的一种。①

柏拉图的神秘主义理论,对欧洲哲学有着深远的影响。如新柏拉图主义者认为世界本原是超越一切对立之上的太一,经验和理性都无法认识它,只有人陷于狂乱痴迷时,才能认识真理。

福柯《癫狂与文明》一书梳理了西方社会对"癫狂"的认知和态度,并分析文艺复兴以后一些文学作品中的"癫狂"现象:"在莎士比亚著作中,癫狂与死亡和谋杀同属一类;在塞万提斯的作品中,意象则受到幻想者的推断和满足感的约束,……毫无疑问,两者都更多地证明了出现在 15 世纪的对癫狂的悲剧性体验",因为在他们两人的作品中,疯癫导向的只是困扰并因此导向死亡。到了 17 世纪,"癫狂"在文学中优先地占据了一个居中的位置,由此它构成了情节的关键而非结局;构成了情节的突变而非最终的解脱。②

而在 18 世纪,歌德轰动欧洲的小说《维特》描写了一个精神意识异于常人的形象。

歌德写《维特》前已经有一个主题较长时间浮现在他心上:这位主人

---

① [古希腊]柏拉图:《斐德若篇》,柏拉图《文艺对话集》,朱光潜译,人民文学出版社 1980 年版,第 116—126 页。

② [法]米歇尔·福柯:《癫狂与文明 理性时代的精神病史》,周宪译,中国人民大学出版社 2003 年版,第 26—28 页。

公天生有着最细腻的感觉,在某种程度上过着一种灵魂最深处的生活。后来歌德听说年轻的耶路撒冷由于荣誉感遭受损害以及爱情不幸而自杀的消息,在突然的直觉中想出了小说的本事,于是写出了《维特》,歌德说他要描写一位天生有深刻纯洁的感情和真正的明察秋毫的慧眼的少年,他沉湎在狂热的梦幻之中,埋藏在冥想之下,一直到最后。在这时期中发生的各种不幸的激情,特别是一场没有结果的恋爱,使他自尽,把一颗子弹射进自己的脑袋。瑞士文艺理论家沃尔夫冈·凯塞尔在《语言的艺术作品》中这样评价《维特》:"我们必须把这部小说作为一部富有感觉的人的小说,而不是作为一部失恋的小说来看待。对于一位已经订婚的女人的恋爱是一个连带的动机,而不是一个中心的动机,更不是小说的动机。"①

《维特》之所以在欧洲引起巨大反响,并不是因为书中所写的所谓"婚外恋"和失恋、自杀的情节,而是因为它把一个感觉极为敏锐丰富、对周围一切的观察过于细腻、有着狂热的梦幻冥想,且又十分自尊的人置于全书中心位置,以前,这种人被视为反常的人,是"疯子",但是现在,究竟应该怎样理解和对待维特这样人的感觉、感情,包括他们被常人指责的怪癖行为、怪诞想法,再进一步说,这些怪人的所思所为,有时候是不是比我们这些常人更合理,更应该得到尊重,这些问题被歌德以"呐喊"的方式提出,在西方历史上,对人的感觉、以及内心情感世界的重视,在这里又上了一个新的台阶,它不仅预示着浪漫主义狂飙的来临,而且预示着对人的感觉和内心的重视必将带来丰硕的成果,这些成果突出表现在 20 世纪的各门科学如哲学、精神分析学中。

现代精神分析学,使人类对于"狂"的分析和理解登上一个新的高度。精神分析学是在对精神病的治疗过程中逐渐产生和发展起来的,所以它具有极强的实践性和可操作性,此外,精神分析的应用范围也很广:它不仅成为治疗精神病的有效方法,更成为探索人类精神的手段。正是精神分析学,第一次使得人类的精神现象,包括病态的、非正常的以及潜在的精神现象,都成为社会关注的对象、科学研究的课题,因而它在 20 世纪获得了广泛而深刻的世

---

① ［瑞士］W. 凯塞尔:《语言的艺术作品》,陈铨译,上海译文出版社 1984 年版,第 88 页。

界性影响。

精神分析学以一整套理论,对"狂"做了深入细致的研究。精神分析学认为,人格是由三部分构成:本我、自我和超我。其中,本我是人的各种本能冲动的总和,它奉行"快乐原则",它的最初和唯一的目的是要达到一种绝对不受约束的本能欲望的满足。由于社会总是以貌似文明的种种"应该",来要求社会中的每一个人,不允许本我无限制地追求满足,本我不得不屈从社会规范,这样一来,本我与现实之间就产生了冲突,为了调节这种冲突,本我的一部分分化出来,形成"自我",它代表的是理性和良好的理智。自我在本我和现实之间竭力周旋,但是往往顾此失彼,由此形成的失衡往往会给人造成巨大精神压力,甚至会导致精神失常。

人的全部精神活动由意识和无意识两部分组成,意识像浮在水面的冰山,只占很小一部分,而无意识像水下的冰山,它的体积更大,起主要的决定作用,它不但是意识的来源,而且是真正的精神现实。无意识常常会显现于人的行为层面。此外,抵抗、压抑、转移、升华,是精神分析学的几个重要概念。人的一些羞于言明的事遭到某种力量的顽强"抵抗",被阻止在意识系统之外,强制停留于无意识系统,这就是"压抑",不过"抵抗"和"压抑"并不能使各种本能、欲望消失,它们总是寻求着得到表现的机会,因为公开表现不可能,于是只能借助某种掩盖的方式:或进入梦境,或表现为漫无边际的幻想,或呈现出精神病患者的疯狂状态,或者在宗教、科学、文艺等活动中转换为一种变相发泄。因此,根据精神分析学说,"狂态"是人的无意识与意识争斗、最终借"非正常形态"表现的结果,这种情况不同程度地存在于所有人身上,精神分析学家荷妮在《自我的挣扎》中说:

> "应该"对一个人的人格与生活底效应,随着对他们的反应或他们经历的方式而有所不同,但是某些效应是不可避免而且是规则的,虽然其程度大小有异。"应该"总会产生一种紧张的感觉,一个人愈试图在行为中去实现他的"应该",则此种紧张程度愈大。……他也许会感到莫名的障碍、紧张或被困扰。或者,要是他的"应该"与他所受教化的期望一致,他也许感到这种紧张是微乎其微的。然而"紧张"也可能

强烈得促使一个积极者的欲望从活动与义务中隐逝。①

当然,本书所描述的种种"狂态",并非是道地的精神失常状态,这些人的狂态,往往是个人的见解、价值观念与整个社会发生冲突时,而转向其他形式的表现。但在这些人的狂态下,我们同样可以体味到当时社会施加在这些人身上的巨大压力。

在中国,先秦时期,屈原的巫身份及其狂傲精神,楚文化的浪漫狂放因子,狷狂不羁的老庄精神,使得与文明规范相冲突的"狂",获得某种程度的认可甚至赞许,这就为后世精神受到严重压抑的知识分子打开了一条审美方面的发泄通道,也为他们找到了一种以狂态对抗社会的独特形式。中国知识分子,没有像西方人那样,寻求一条通往天国的精神救赎道路,也较少去寻找一条可以寄托终生的科学研究道路。古代社会提供给他们的,除了使人精神倍受折磨的仕途,以及通过文艺创作实现自我,就是以疯言狂行、避世远害的方式,表示对社会的不合作态度。因而在中国,狂意味着独特的反抗和叛逆,文学中的"狂"主题,是这种现象的独特反映,而源源不绝的"狂"主题也给崇尚温柔敦厚的中国文学注入了尼采所说的酒神精神。

《红楼梦》是中国古代小说的集大成者,它不仅代表了古代小说创作的最高成就,而且聚焦了历代哲士文人的苦恼与思索,困惑与解脱,在小说展现出的纷纭复杂的情境之中,作者对人生矛盾的痛苦体验得到哲理化提升,并化为推动叙事进展的对立统一的辩证修辞范畴。这些范畴体现了作者希图破解生存之谜的努力,也使作品显现出特殊的艺术张力。

---

① K. 荷妮:《自我的挣扎》,李明滨译,中国民间文艺出版社 1986 年版,第 80—81 页。

第十四章　人物出场:《红楼梦》修辞诗学研究之四

　　相对于戏剧,小说叙事没有时空限制;相对于叙事诗,小说的语言不用考虑韵律,因而,小说是相对自由的叙事文体。不过,这并不意味着小说的创作可以随意而为。在一部小说中,人物和情节的设置等,都是作者必须考虑的问题。

　　人物出场安排是小说作者修辞设计的必然程序。"人物出场"作为"主谓宾"短语,关联到"人物"、"出"、"场"三要素:

　　对出场人物的处理;

　　人物"出"之方式;

　　人物所出之"场"的描述。

正是在对这些要素处理的同时,作者也显现了自己对书中人物和事件的评价、态度。小说对这些要素的处理,各有不同,《红楼梦》第三回中的"林黛玉进贾府"一节历来脍炙人口,这不仅因为其中的精彩描写——曹雪芹的精彩之笔实在多多,同时也因为此节承担了重要的文本功能:

　　《红楼梦》中的"主要人物"大多在此"出""场";确立了作品人物两个相矛盾的评价视角:纯评论视角和主导性叙述视角。

一、《红楼梦》人物的叙述地位

根据人物所占描述篇幅多少确定其在书中的叙述地位,《红楼梦》中的人物可以分为以下几类:

中心人物: 宝玉、黛玉、宝钗;

次中心人物: 金陵十二钗,包括正册中的其他人物以及副册和又副册中的一些人物;

次要人物: 贾母、王夫人等;

边缘人物: 一些偶尔出现的家人、婆子、小丫鬟、小厮。

中心人物的事件即宝黛钗的爱情故事构成小说的主要部分,作者以各种方式增加他们的出场频率,突出他们的叙述地位。

次中心人物十二钗的命运遭际为中心人物的遭遇或起烘托,或起反衬作用:如"眉眼像林妹妹"的晴雯被撵出大观园后不幸夭亡,性格温柔和顺却有心机的袭人嫁给蒋玉菡,而宝钗守寡。

次要人物虽然在小说中着墨不多,但其身份和行为往往可以推动情节进展,甚至改变情节原有的发展方向,因而他们往往也很重要,如贾母、王夫人对待宝黛爱情的态度决定了事件的结局。

边缘人物如贾府众多的丫鬟、小厮、婆子,他们的存在或是为了显示贾府的大家气派:庞大的佣人队伍,明细的佣人分工,总在彰显着贾府的富贵;或是为了表现贾府内部的复杂矛盾,如焦大出现极少,却由他揭开贾府肮脏内幕,柳家的、王善保家的等人的争斗,是贾府内部矛盾的一角;或是增加小说情趣,成为其"主子"叙述的烘托,如焙茗的顽劣淘气,紫鹃的天真忠义,莺儿的乖巧可爱等。

边缘人物的偶然出现,也可能对情节进展有重要影响,如傻大姐虽然只出现在第七十三回"痴丫头误拾绣春囊"、第九十六回"泄机关颦儿迷本性",但此人却承担了重要文本功能:一是引起"抄检大观园",这次举动不仅决定了很多人的命运,且与甄家抄家接连发生,由此显示贾府衰败的走势;二是在关键时刻揭开钗玉婚姻内幕,引出黛玉爱情和生命最终毁灭的结局。

二、《红楼梦》"人物""出"之方式

小说,尤其是长篇小说,由于人物众多,情节曲折丰富,各类人物的出场方式也是千姿百态,可以从以下方面审视《红楼梦》中的人物出场。

（一）人物正式出场之前的"前出场"

人物正式出场之前已有相关描述作为人物性格铺垫,可以视之为"前出场"。中国古代小说,虽然也有人物直接出场的案例,但大多会为人物的正式出场设置一个"前出场"。《红楼梦》中"甄士隐梦幻识通灵"、"冷子兴演说荣国府",即贾府人物和宝黛的"前出场"。而宝黛钗的"前出场"尤为充分:

宝玉"前出场"三次,大多为长篇幅:第一次是顽石被弃于青埂峰下的遭遇;第二次是甄士隐梦中见僧道送"蠢物"及"一干风流冤家"投胎入世;接着借冷子兴之口写宝玉专爱脂粉钗环的性格;即便是宝玉即将出场之时,作者仍先以王夫人的话制造悬念:"一个孽根祸胎,是家里的'混世魔王'","你以后总不用理会他,你这些姐姐妹妹都不敢沾惹他的","他嘴里一时甜言蜜语,一时有天没日,疯疯傻傻";以黛玉母亲的话形成铺垫:"有个内侄乃衔玉而生,顽劣异常,不喜读书,最喜在内帏厮混;外祖母又溺爱,无人敢管。"这样的扑朔奇异的"前出场"可以激起人们强烈的阅读期待。

黛玉的"前出场"首次在甄士隐梦幻之中,作者借甄士隐和道人对话显示其绛珠仙草的来历;第二次在第二回,叙述林家家境时描写黛玉"年方五岁","夫妻无子,故爱如珍宝,且又见他聪明清秀,便也欲使他读书识得几个字,假充养子之意";第三次在贾雨村和冷子兴的对话中,贾雨村说:"怪道我这女学生言语举止另是一样,不与近日女子相同。度其母必不凡,方得其女。今知为荣府之外孙,又不足罕矣。"在正式亮相贾府前,作者在展现黛玉行程的同时描述了其心理。黛玉的几次"前出场",加深了人们关于林家的印象:虽是钟鼎之家却人丁不旺,黛玉人物不凡但生世凄凉。

同样,薛宝钗的出场也作了如此修辞设计。宝钗首次正式出场是第七回"周瑞家的送宫花"之时,此前她已三次"前出场":第三回的结尾有一段交

代:"探春等却都晓得,是议论金陵城中所居的薛家姨母之子",虽然仅为虚写,但薛家的有钱有势及人脉为宝钗的出场增添了气势;第四回薛家进京,宝钗再次"前出场":"还有一女,乳名宝钗,生得肌骨莹润,举止娴雅,当日有他父亲在日,酷爱此女,令其读书写字,较之乃兄竟高过十倍。自父亲死后,见哥哥不能依贴母怀,他便不以书字为事,只留心针黹家计等事,好为母亲分忧解劳。"此回用大段篇幅描述了宝钗的性格和进京缘由;直到第五回,宝钗仍处于"前出场"状态:"不想如今忽然来了一个薛宝钗,年岁虽大不多,然品格端方,容貌丰美,人多谓黛玉所不及。而且宝钗行为豁达,随份从时,不比黛玉孤高自许,目无下尘。故比黛玉大得下人之心,便是那些小丫头子们,亦多喜与宝钗去顽。因此黛玉心中便有些悒郁不忿之意,宝钗却浑然不觉。"至此,作者仍有意识避开宝钗的正式出场,所以脂砚斋在第五回开头"如今且说林黛玉"后评曰:"不叙宝钗,反仍叙黛玉,盖前回只不过欲出宝钗。非实写之文也。此回若仍续写,则将二玉高搁矣,故急转笔仍归至黛玉,使荣府正文方不至于冷落也。今写黛玉神妙之至,何也? 因写黛玉实是写宝钗,非真有意去写黛玉。"

对于《红楼梦》中的独特人物——自幼假充男儿教养的"凤辣子",作者在第二回借冷子兴之口作出描述:"到上下无一人不称颂他夫人的,琏爷到退了一射之地。说模样又极标致,言谈又爽利,心机又极深细,竟是个男人万不及一的",凤姐的"前出场"虽然次数不多,却因独特而让人难忘。

(二)主要人物聚集出场及其亮相等级

中国古代长篇小说典型的串珠式结构,与人物陆续出场方式有关。此类小说中的人物,即使处于核心地位的,也不能贯穿始终,总是某几个人物成为某几回的主角。《三国演义》中众多的文臣武将,最先亮相的是三国中一方重要人物刘关张,其他英雄则陆续出现。《水浒传》中,"洪太尉误走妖魔"的鲁莽行为为一百零八将的聚集埋下宿命的伏笔,但这些好汉的出场却是挨个来的,"路遇"成为众多人物出场的机缘,成为人物描述线索转换的契机:当某一人转入异地时,总是途中遇到另一人物,引出新的故事。如《水浒传》第一回由王进路遇史进,引出朱武、鲁达、李忠,接着叙述线索转换到鲁智深的重头戏"拳打镇关西"、"大闹五台山"、"倒拔垂杨柳"、"大闹野猪林";由鲁智深路遇林冲,叙述线索转到林冲的重头戏;再转入杨志等一连串好汉的出场。巴赫金曾经多次谈道:"相逢——这是史诗里最古老的组织情节的一个事件(尤其是在长篇小说里)。特别需要指出,相逢情节与同样具备统一的时空定规的近似情节,有着紧密的关系,如离别、出逃、寻获、丢失、结婚等。……相逢情节同其他的重要情节,也紧密地联系着,其中如辨认——不识的情节。"① 虽然在那个动荡年代,那些不安现状的人物,其相逢有着一定的客观合理性,但不能不承认,"路遇"式出场出自作者的修辞设计。

西方小说主角往往贯穿始终,其他人物出场大多由主角经历引出。如司汤达的《红与黑》是以于连的一生作为叙述主线的,与其性格发展相关的人物随着于连生活环境的转换而出场,德·瑞那夫人虽然在开头和尾声都占据了大量篇幅,是于连性格发展起点和终点阶段的重要人物,但在小说中间部分却长时间隐身。展现主角人生的西方小说多采用这种围绕主角经历牵出其他人物出场的方式。

虽然总的来说,《红楼梦》也部分沿用了中国古代小说人物的传统出场方式,很多人物如秦可卿、湘云、抱琴、岫烟、妙玉,以及刘姥姥、尤二姐、尤三姐等,还有作者着墨较多的丫鬟如鸳鸯、晴雯、麝月、司棋等,都是陆续出场、随之退出的。但在《红楼梦》第三回的"林黛玉进贾府"中,作者还是有意设置了一个不一般的迎客场景,以此完成主要人物一次性登场:

除宝钗紧随黛玉在第四回中步入贾府,金陵十二钗的一些次中心人物在后来的章回中陆续登场外,贯穿全书的中心人物如宝黛、次中心人物中的凤姐和迎春三姐妹、李纨、袭人,次要人物中的贾母、王邢二夫人,以及一些边缘人物,都在此回花团锦簇,纷纷亮相。

虽然是聚集亮相,但作者对他们的亮相采用了不同的等级设置:有平淡级的,华丽级的,以及介于二者之间的。

平淡级亮相,如邢王二夫人和李纨,只是由贾母介绍"这是你大舅母,——这是二舅母。——这是你先前珠大哥的媳妇珠大嫂子",和黛玉对

---

① [苏]巴赫金:《小说的时间形式和时空体形式》,白春仁译,钱中文主编《巴赫金全集》第三卷,河北教育出版社 1998 年版,第 291 页。

话则以"众人"对其统称。而后来黛玉跟随舅母去拜见舅舅,更多地是为了展现贾府的富贵环境,而不是为了突出邢王二夫人的形象。而在"十二钗正册"中排列第十一的李纨,第三回出场形式也极简,对其补充描述是在第四回完成的:"原来这李氏即贾珠之妻。珠虽夭亡,幸存一子",虽然李氏母族中男女无有不通诗读书者,但其父李守中信守"女子无才便是德",不十分令女读书,故李纨"只以纺绩井臼为要","虽青春丧偶,居家处膏粱锦绣之中,竟如槁木死灰一般,一概无见无闻,惟知侍亲养子,外则陪侍小姑等针黹、诵读而已"。

介于平淡和华丽级之间的亮相如迎春三姐妹。她们由"三个奶妈并五六个丫鬟拥着"进来,不过此节对迎春、探春的外貌神态描写也只共占两行篇幅:"第一个肌肤微丰,合中身材,腮凝新荔,鼻腻鹅脂,温柔沉默,观之可亲。第二个削肩细腰,长挑身材,鸭蛋脸面,俊眉修眼,顾盼神飞,文彩精华,见之忘俗",描写惜春仅用 8 个字"身量未足,形容尚小"。

上述人物描写可以说都是作者为了突出全书亮点人物所做的功夫,功夫做足了,亮点人物也就华丽登场了:

王熙凤是《红楼梦》最先华丽级登场人物,作者采用了典型的动态描述方式:当"人人皆敛声屏气,恭肃严整如此"之时,未见凤姐其人,先闻其笑,再闻其语:"我来迟了,不曾迎接远客!"接着才通过黛玉视线对凤姐进行华丽级描述:"一群媳妇丫鬟围拥着一个人从后房门进来。这个人打扮与众姑娘不同,彩绣辉煌,恍若神妃仙子:头上戴着金丝八宝攒珠髻,绾着朝阳五凤挂珠钗;项上戴着赤金盘螭璎珞圈;裙边系着豆绿宫绦,双衡比目玫瑰佩;身上穿着缕金百蝶穿花大红洋缎窄裉袄,外罩五彩刻丝石青银鼠褂;下着翡翠撒花洋绉裙。一双丹凤三角眼,两弯柳叶吊梢眉;身量苗条,体格风骚;粉面含春威不露,丹唇未启笑先闻。"接着作者屏蔽了其他人,只写凤姐的言行举止,对其音容笑貌描写接近两页篇幅。

过后才是宝黛相互观察的重头戏。

为了满足人们的阅读期待,作者为宝玉设置了重复出场的方式:

第一次出场作者不惜以大段篇幅描写黛玉眼中的宝玉:"一位年轻公子,头上戴着束发嵌宝紫金冠,齐眉勒着二龙抢珠金抹额,穿一件二色金百蝶穿花大红箭袖,束着五彩丝攒花结长穗宫绦,外罩石青起花八团倭缎排穗褂;登着青缎粉底小朝靴。面若中秋之月,色如春晓之花,鬓若刀裁,眉如墨画,面如桃瓣,目若秋波,虽怒时而含笑,即瞋视而有情。项上金螭璎珞,又有一根五色丝绦系着一块美玉。"

紧接着是宝玉见过母亲后的第二次出场。作者又通过黛玉目光浓墨重彩地描写宝玉,不仅写其家常衣饰和外貌神态:"越显得面如傅粉,唇若施脂,转盼多情,语言常笑。天然一段风骚,全在眉梢;平生万种情思,悉堆眼角",且托名后人《西江月》插入虚贬实褒的评论。

联系第八回薛宝钗看宝玉,可见作者将其目光更多聚焦于衣饰:"头上戴着累丝嵌宝紫金冠,额上勒着二龙抢珠金抹额,身上穿着秋香色立蟒白狐腋箭袖,项上挂着长命锁、记名符,另外有一块落草时衔下来的宝玉",接着是对宝玉、金锁的细致描绘。可见在作者的设计中,黛玉和宝钗的目光有别。

而在宝玉眼中,黛玉形容"与众各别":"两湾似蹙非蹙罥烟眉,一双似喜非喜含情目,态生两靥之愁,娇袭一身之病。泪光点点,娇喘微微。娴静时如姣花照水,行动处似弱柳扶风。心较比干多一窍,病如西子胜三分。"此次黛玉出场,完全撇开服饰描写,诚如脂评所说:"不写衣裙妆饰,正是宝玉眼中不屑之物,故不曾看见。黛玉之举止容貌,亦是宝玉眼中看,心中评;若不是宝玉,断不能知黛玉终是何等品貌。"

而相比之下,宝钗亮相较为低调,她的第一次出场通过周瑞家的视线和她自己对"冷香丸"的介绍完成:"只见薛宝钗穿着家常的衣服,头上只散挽着鬓儿,坐在炕里边,伏在小炕桌上同丫鬟莺儿正描花样子呢,见他进来,宝钗才放下笔,转过身来,满面堆笑。"

宝钗第二次亮相被脂砚斋评为"这方是宝卿正传",通过宝玉视线夹杂评论完成:"先就看见薛宝钗坐在炕上作针线,头上挽着漆黑油光的鬓儿,蜜合色绵袄,玫瑰紫二色金银鼠比肩褂,葱黄绫绵裙,一色半新不旧,看去不觉奢华。唇不点而红,眉不画而翠,脸若银盆,眼如水杏。罕言寡语,人谓藏愚;安分随时,自云守拙。"这一回中钗玉的亲密关系首次显现,宝黛钗首次聚会,钗黛首次正面交锋。

作为中心人物的宝钗没有在第三回出场,应该也是作者有意识的修辞设置:第三回的宝黛相见,几乎暂时屏蔽了其他在场人物,他们的眼中只有彼此,如果另一"人多谓黛玉所不及"的宝钗出现,势必影响宝黛二人的出场氛围。

此外,若按脂评所说将第八回"与前写黛玉之传一齐参看,各尽其妙,各不相犯",可以见出作者设计的钗黛同异之处:同为癞头和尚开出的治病方法,宝钗吃冷香丸,黛玉需出家或不见亲戚;"冷香丸"制作的繁琐程序同黛玉可以"多配一料"的"人参养荣丸"形成对比;"坑死人"的冷香丸竟然在"一二年间可巧都得了",而黛玉则不得不寄人篱下,以宝钗之幸运对比黛玉之不幸。

正是第三回中宝黛相互全方位的观察一方面满足了人们的观看期待,另一方面又激起读者新的阅读期待。可以说,通常小说情节的进展正是通过读者阶段性阅读期待的满足和新的阅读期待不断被激发而完成的,而"林黛玉进贾府"则通过人物出场满足和制造着阅读期待,从而展开后续叙述。

三、《红楼梦》出场人物的"场"描述

人们常常称赞巴尔扎克在《高老头》中选择旅馆作为开篇场景:旅馆对外的开放性,使得巴黎社会各式各样的人物都可能在这里出现;旅馆对人们的约束较少,人物可以较为自由的方式亮相。公共场所作为开头场景有利于在小说中占有几乎同等重要地位且互相牵制的数个人物同时上场,巴尔扎克这种"场"选择与他要展现巴黎社会这个大舞台的创作意图一致。

中国古代小说大多在人物出场前先做"场"描述。"场"描述有以下主要类别:历史场、地理场、环境场。

出于避当代讳,古代作品常常依托一个虚拟的历史场;地理场涉及人物所处地理方位,是大环境;而环境场是与书中人物密切相关的小环境,包括居住环境和家境等等。

黛玉进贾府前,小说用了两回介绍故事因果报应色彩极浓的缘起。《红楼梦》缘起的历史场和地理场依托于超现实时空:女娲炼石补天之时、"此石自经锻炼"和"几世几劫"之后的大荒山无稽崖青埂峰;而石头所记"朝

代年纪、地舆邦国却反失落无考",都为《红楼梦》增添了梦幻迷离的色彩;而姑苏、维扬地方甄家和贾雨村的故事则实现了从超现实时空向现实的对接。中国古代长篇小说多采用这种超现实的开头,如四大名著的其他三种,也都以命运定数作为开篇。这是古人珍爱自己创作出的角色,为他们的悲剧结局想象出的他们自己认为最合理的解释。而林黛玉进贾府,伴随着各色人物的出场,"红楼梦"之"梦"也正式开始。

黛玉自身"家庭环境场"出现在第二回"贾夫人仙逝扬州城":"至如海,便从科第出身,虽系钟鼎之家,却亦是书香之族","进如海年已四十,只有一个三岁之子,偏又于去岁死了","堪堪又是一载的光阴,谁知女学生之母贾氏夫人一疾而终"。黛玉的出身、家境,暗示了她后来的凄凉遭遇。

相比之下,贾府以及大观园作为环境场,是作者着力描写对象。

贾府给读者的第一印象是通过黛玉的"移步换形"完成的,贾府的富贵中有淡雅、热闹中显规矩,尽在黛玉视线中显现,正是贾府这样的环境铸就了其中的人物性格,第三回的环境描写展现了贾府人物共同的"环境场"。

大观园总体面貌是在两次接连描写中初次展现的:"大观园试才题对额"中,随着宝玉等人游览路线的展开,潇湘馆、怡红院、蘅芜苑和稻香村成为重点描述对象;而"荣国府归省庆元宵",则更多突出大观园夜景的富丽奢华。

大观园的局部描写是在后文逐步完成的,这些局部与在其中居住、活动的人物关联更紧密:如潇湘馆的"凤尾森森,龙吟细细","湘帘垂地,悄无人声","一缕幽香从碧纱窗中暗暗透出",与黛玉的清雅沉静;蘅芜苑的"异香扑鼻,那些奇草仙藤愈冷愈苍翠,都结了实,似珊瑚豆子一般,累垂可爱。及进了房屋,雪洞一般,一色玩器全无","床上只吊着青纱帐满,衾褥也十分朴素",与宝钗的沉稳素净。这些局部成为各具特色的个人"环境场"。

四、人物出场与主导性视角的确立

小说主要人物出场,随之而来的是小说主导性叙述视角的确立。叙述视角,在很多小说中,意味着同时是评价视角:小说中的评价,不全部是直接说出,有时是在作者有意识设计的叙述中显现的。

不同于很多小说的叙述视角和评价视角相一致,《红楼梦》中存在两种互相矛盾的视角:一是对宝玉大加贬抑的纯评价性视角,另一是通过情节设置褒扬宝玉的叙述视角。与之相呼应,不同于宝玉或曰作者对黛玉的钟爱,贾府上下人等很多对黛玉贬斥有加。

《红楼梦》中常常可见对宝玉的贬抑性评价,第三回尤为突出:

> 看其外貌最好,却难知其底细,后人有《西江月》二词,批宝玉极恰,其词曰:
>
> 无故寻愁觅恨,有时似傻如狂,纵然生得好皮囊,腹内原来草莽。潦倒不通世务,愚顽怕读文章,行为偏僻性乖张,那管世人诽谤!
>
> 富贵不知乐业,贫穷难耐凄凉,可怜辜负好时光,于国于家无望。天下无能第一,古今不肖无双,寄言纨绔与膏粱:莫效此儿形状!

所以周汝昌《红楼小讲》曾说:

> 照一般情形讲,作家既然竭尽心思去描写刻画他的主人公,那一定是把最美好的词语来赞美颂扬他。……可是,曹雪芹却一反常例,他专门以贬笔写宝玉,他对宝玉很多不敬之词,一部书中几乎尽是说宝玉的坏话。

但另一方面,我们阅读《红楼梦》,又可以体会到,小说对宝玉的实际评价是褒扬的,完全推翻了那些以"世人""后人"等身份所说的"宝玉的坏话"。贬与褒互相矛盾的视角,在"林黛玉进贾府"中开始显现,一直在小说的后续部分延伸,而通过描述显示对宝黛的褒扬,在全书成为主导性视角。

布斯《小说修辞学》曾经讨论"早期故事中专断的'讲述'":"在文学中,从开头起,就以奇特的方式直接地和专断地告诉我们各种思想动机,而不是被迫依赖那些我们对自己生活中无法回避的人们所作的可疑的推论。"① 虽然在后来的很多小说尤其是现代长篇小说或者短篇小说里,这些直接而专断的思想动机表达方式可能是看不到的,但是这并不妨碍读者会跟随作者

---

① [美]W.C.布斯:《小说修辞学》,华明、胡晓苏、周宪译,北京大学出版社1987年版,第5页。

的修辞设计而决定自己的好恶——作者修辞所起的决定作用是不可忽视的。所以布斯说:"如果我们分享了看到滑稽而高尚的主人公得到应有好报的快乐,其原因并不能从素材的内在特点中去找,而要到把能够被多种不同方式使用的素材加工成这个生动情节的巧妙构思中去找。"①

《红楼梦》中对宝黛尤其是对宝玉的褒扬,来自于作者对于主导性视角的修辞设计,这主要表现在两方面:

(一)宝黛视角所显现的价值观是小说也即作者本人的价值观

中国古代小说的作者,往往托身为说书人或写书人,成为书中的显在角色,这样的设计,便于作者以"说书的"、"在下"等自称直接介入事件点评,有意识地选择自己的叙述语言,以表示自己对故事情节的价值判断。

《红楼梦》的评论视角往往十分清晰,但叙述视角十分复杂。在第一回中,作者和叙述者就呈现为扑朔迷离的层层套叠关系:一僧一道携石头入红尘,几世几劫之后空空道人见到石头上所记故事——此故事是谁所述不得而知,后经贾雨村之手,再传给曹雪芹成书。因而,虽然实际作者是曹雪芹,但据《红楼梦》所说,他只行使了披阅增删的职能;小说的叙述、情节选择、判断和评价都由叙述者完成,而书中所说《石头记》的叙述者是未知的,后来"假语村言"是否、如何参与了《红楼梦》的叙事,也都是作者有意识地留给读者的谜团。这种为《石头记》缘起所做的十分繁复的修辞设计,拉开了叙述者、传阅者以及实际上的作者曹雪芹同故事之间的距离,增添了《红楼梦》的"梦幻"色彩。不过,叙述者在此回对宝玉的贬斥是显而易见的:本是无用的蠢材,虽经锻炼,仍然是性灵而质蠢。

除了叙述者的总体视角之外,由于小说人物众多,出场不断。人物每一次出场都会在相应的情节叙述中留下自己的观感甚至评价,也就是说,这些人物都带着自己的"有色眼镜"去看待发生在自己身边的这些故事。这样一来,《红楼梦》的叙述视角就更为错综复杂:在不同章回中,分别有凤姐、袭人、刘姥姥的视角等。例如在"林黛玉进贾府"中,叙述就是通过黛玉和

---

① 〔美〕W. C. 布斯:《小说修辞学》,华明、胡晓苏、周宪译,北京大学出版社 1987 年版,第 16 页。

众人错综的视角呈现的:

黛玉作为"被看"的对象,聚焦了贾府中众多重要人物的视线;同时黛玉又作为"镜子",映照出这些人物的主要情性——

贾母眼中的黛玉。女儿早逝,老太太把自己对女儿的思恋和疼爱转移到外孙女身上,黛玉成为母亲的化身,所以见了面老太太不断地回忆女儿。

众人不乏挑剔的眼光中的黛玉。众人看到老太太对黛玉宠爱有加,内心想法复杂:这个外孙女漂亮聪明,又读过书,文学素养极高,不像那几位小姐只是"识得几个字罢了",黛玉后来显现出的才气和得宠程度果然超过了迎春姐妹。那么,第一次见面,黛玉显现出来的不足是什么呢? 就是她的身体:众人知她有先天不足之症。天真的黛玉也老老实实地告诉她们,自己打会吃饭起就吃药,一个癞头和尚还打算化她出家。黛玉的体弱多病,后来成为她和宝玉婚姻的一个重要障碍。

王熙凤口中的黛玉。因为要讨老太太欢喜,王熙凤把黛玉作为老太太的化身和讨好老太太的工具。

虽然视角众多而复杂,对宝黛的评价也来自多方面,但这并不意味着《红楼梦》的视角杂乱无章,隐藏的作者仍然确定了主导性视角,以审视书中最关键的人物及其关系。作者将主导性视角落于作者所钟爱的人物宝黛身上,宝黛的观察和评价代表了作者,也引导了读者的看法:

只有在宝玉的目光中,黛玉才被充分展现:她的情、愁、闲静和聪敏美丽尽收眼底;反之,作者也为黛玉设置了切合她特有身份、心理的聪慧目光:不仅宝玉的外貌,其多情的内心世界也是由黛玉慧眼识得。

宝黛与众不同的观察视角,以其"视角惯性"制约了后来的叙述:《红楼梦》对"情"浓墨重彩的描述、对"情"的推重……作者的叙述和评价是与宝黛的生存体验相一致的,宝黛的出场意味着作者的价值评判在此基本定性。

(二)小说描述性话语作为人事观察显示了小说也即作者的价值观

叙事文体话语系统包括描述性话语、评论性话语。由于更强调对事件的描述,构成叙事文体主体的是大量的描述性话语。

在较早的叙事文学如神话以及民间故事中,作者、评论性话语、描述性话语之间的关系统一而单纯。作者常常爱憎分明地去塑造一组对立的人物:他确立一个备受人们爱戴、崇敬的主角,把所有的赞扬都献给他,而对其他人物的评价则视他们与这一人物的关系而定:支持、帮助并尊崇主角的,就是正面人物,反之则是反面人物。这种人物性格与其所产生时代的价值标准和要求相一致,且易于把握:接受者很容易领会作品的意思,根据作者的意图去判定故事人物是善是恶。

随着社会生活日益丰富,人际交往增多,文学本身的发展,作品评论性话语与描述性话语的关系,甚至评论性话语自身的关系,都越来越趋于复杂。

曹雪芹突破了很多古代小说塑造人物笔法单一的限制,设计出身负贬抑性评论却深受喜爱的人物。

考察《红楼梦》的话语系统,可以发现,对宝玉的贬抑之笔只属于《红楼梦》话语系统中评论话语这个子系统,这个子系统与文本描述话语系统的价值判断互相矛盾,而描述性话语的褒扬性显然占据上风:

对宝玉的贬抑首先来自于他讨厌读书,是"蠢物","腹内草莽","无能"又"无才",然而,第十七回"大观园试才题对额"中,平时温文有礼的宝玉不顾众清客的情面,惧父如虎的他也不怕贾政的呵斥责骂,不仅发挥自己的才情,更凭借自己对大观园的热爱和体验,为各处景致拟题匾额和对联;当贾政和一班清客对着蘅芜院的满园异草都不认识时,宝玉却将这些香花异草的名字甚至其出处娓娓道来:

> 这些之中也有藤萝、薜荔,那香的是杜若、蘅芜,那一种大约是茝兰,这一种大约是清葛,那一种是金镫草,这一种是玉蕗藤,红的自然是紫芸,绿的定是青芷,想来《离骚》、《文选》等书上所有的那些异草,也有叫作什么藿蒳薑荨的,也有叫作什么纶组紫绛的,还有石帆、水松、扶留等样,又有叫什么绿荑的,还有什么丹椒、蘼芜、风连。……

第五十一回"胡庸医乱用虎狼药"中,晴雯受凉生病,大夫为她开的药方上有药性强烈的紫苏、桔梗、防风、荆芥、枳实和麻黄等,宝玉看了后,立刻就说这是"虎狼药",不能给身体虚弱的女性吃,可见,宝玉具有一定的医药知识。《红楼梦》中的情节以宝玉和贾府中女儿们的日常生活为主,即便这样,我们还是可以看到宝玉对一些文化经典相当熟悉。因此,宝玉只是不愿读所谓的"圣贤书",他掌握的被贾政视为"歪才情"的知识量超出了很多人。

另外,书中评论话语不止一处说到宝玉淘气、乖张、顽劣。但描述性话语却显示,宝玉是个善良、可以委屈自己却对别人细心照顾的人:他对黛玉体贴入微,一直关心她的饮食起居;和姐妹们玩耍,也尽量照顾她们的心理;姐姐们的婚姻不幸,他着急愤怒,甚至想把受孙绍祖欺侮的迎春接回家;贾母玩牌、猜谜,他也会有意识地让她赢,逗她开心。对待社会地位低下的仆人,宝玉同样和颜悦色:丫鬟们生病了,他会悄悄地请个大夫来,给她们看病;见到仆人们向他问好,他也总是含笑伸手叫他们起来。因而,贾府中的"姐姐妹妹们"甚至丫头、小厮们都和宝玉十分亲密。

任何评价,都离不开一定的标准。《红楼梦》写作时,中国的最后一个封建王朝虽然仍处于繁荣阶段,但延续了几千年的传统思想也暴露出严重弊端。社会发展,思想变革,与之相适应的一系列价值标准也需调整。《红楼梦》中对于宝玉的贬抑性评价正是恪守了封建传统的评价标准,而作者曹雪芹对于宝玉"笔贬意扬"的行为,则说明关于人的新的评价标准正在萌芽,并逐步得到人们的认可。

布斯认为:"在小说中,提出它们的行动本身就是作者的一种介入","即使最高度戏剧化的叙述者所作的叙述动作,本身就是作者在一个人物延长了的'内心观察'中的呈现"。[1] 布斯以《卡拉马佐夫兄弟》为例说明作者有意识修辞设计的无处不在:"曹西玛老头皈依宗教的故事在逻辑上说可以放置在任何地方。在小说开始前很久,曹西玛故事的事件已经发生了,除非把它们放在故事开头,这种情况自不必谈,否则就没有任何正当理由把它们放在一个地方而不放在另一个地方。不管把它们放在哪儿,它们都将引起对作者的有选择的出现表示注意。"[2] 小说人物如何出场,无疑出自作者有意识的修辞设计。考察《红楼梦》的人物出场,可以让我们深层次了解作者的功力,了解这部娓娓道来的小说为什么在开始的几回就吸引了我们的全部兴趣。

---

① ［美］W.C.布斯:《小说修辞学》,华明、胡晓苏、周宪译,北京大学出版社1987年版,第20页。
② 同上。

附录一　语句体式和叙述模式:《山海经》修辞诗学研究

人对世界的关注是从他自身以外的另一个"存在"——神开始的,对有关神的一切的描述、歌颂,成为人类最古老的叙事,这种叙事,延续了极为漫长的过程,韦尔斯曾指出此期神话讲述的主要特点:

> 叙事的能力随着词汇的扩大而增长。旧石器人朴素的个人幻想,没有体系的拜物伎俩,和基本的禁忌,开始代代相传,形成了前后更加一致的体系。人们开始讲故事,讲他们自己,讲部落,讲它的禁忌和为什么必须这样做,讲这个世界和为什么会有这个世界等等的故事。①

《山海经》约成书于春秋末到汉初,但其主要内容,可能是由原始社会末期酋长兼巫师的禹、益口述而世代流传下来的②,在漫长的成书过程中,《山海经》的内容必然会有增减改变,但从其叙述结构和总体风格看,全书是统一的,呈现为一个恢宏阔大、五彩缤纷、奇诡怪异的铺排式结构整体。这说明,《山海经》在产生之初,不是零言碎语的记述,而是一个有一定规模的话语系统。漫长的成书历程,并没有改变文本的总体风

---

① H. 韦尔斯:《世界史纲》,吴文藻等译,人民出版社1982年版,第132页。
② 袁珂:《山海经全译·前言》,袁珂译注《山海经全译》,贵州人民出版社1991年版,第4页。

貌，后人做的工作，应是在已经定型的话语系统中，按既定的叙述脉络"添砖加瓦"而已。

《山海经》作为中国早期神话总集，展现了华夏初民对于外部世界的认知，其特有的叙述"逻辑"和"理由"，浓缩了初民所想象的世界全貌，融入了初民对世界的崇敬、虔诚、敬畏等等复杂而深厚的感情，更显示了初民在讲述自己所了解的世界时所显示出的自豪：《山海经》的叙述，流动着庄严宏大的气势和力量，这种气势和力量，来自它的神圣内容，来自它少有变化的仪式化庄严语式，来自它与内容、语式格调相和谐的宏大有序的平面铺排叙述结构——这一切，形成了一个完美的整体，共同展现《山海经》作为华夏早期文体的庄严性。

格式塔完形心理学认为，任何"形"都是一个格式塔，这些格式塔都是知觉经过积极活动组织或者建构的结果和功能，因而其研究出发点为构成"整体"的"形"。作为一个由各种要素或成分构成的格式塔整体，在人们的知觉里，已经不等于其所有构成要素和成分机械相加的总和，而是成为一个完全独立于这些成分的全新的整体。整体大于部分之和，是格式塔心理学的重要美学原则。

长期以来，由于过于强调文本与现实之间反映与被反映的关系，人们忽略了文学作品作为一个"完形"是知觉经过了积极组织和建构的结果；而在分析文本时，中国传统的串讲式解读方法又往往关注文本的各组成要素，基本上采用的是"移步换形"法，对文本的修辞分析，更把这种对字句的关注发挥到极致。以至于文本整体特征、文本整体对部分的影响与改造的分析往往被漏失。

一个文本，同时也是一个"完形"，它是由各种经过选择的修辞元素精心组织而成的、展现独特魅力的有机整体。读《山海经》，可以感觉到其中流动着庄严宏大的气势和力量，这种气势和力量，来自形成文本这一"完形"的所有修辞元素：包括它的神圣内容，庄严而恒定规整的仪式化庄严语式，以及它宏大有序的叙述结构。《山海经》规整有序的语言形式和叙述结构，成为跨入文明社会时华夏辽阔国土、有序山川的异质同构形式。

一、《山海经》：规整恒定的语句体式

古代神话是那一特殊时代的"官方权威"话语，它以威严而不容置疑的口吻规定当时的人们应该崇敬什么、相信什么，做什么。

"权威话语"的典型句式应该是祈使句和陈述句，而不是疑问句。

祈使句被用来要求对方去使某事成为事实。在神话中，祈使句表现为神对人的命令，或者是人对神的祈求。希腊德尔福神庙中的"认识你自己"，就以不容置疑的语气向人提出终生行为和思考的指向。中国古代《蜡辞》通篇为祈使句，表现的是人对自然的希求。

陈述句被用于告诉对方某事是事实。黑尔认为："人们关于陈述句的那种感觉，即被认为是唯一的那种'严格的'陈述句是不容怀疑的，而其他语句则恰恰相反。"[①] 神话中的陈述句多用来歌颂神的神奇且无可怀疑的性质、行为、言语和力量。

《山海经》通篇由十分规整的"严格的"陈述句组成，其中多为存现句，其基本句型为：

> 某方位，某地（山、水），有（多）某物（神），物（神）如何。

上述基本句式有时稍许扩展，有时在一段中多次出现，如《西次三经》：

> 又西二百里，曰长留之山，其神白帝少昊居之。其兽皆文尾，其鸟皆文首。是多文玉石。实惟员神魂氏之宫。是神也，主司反景。
>
> 又西二百八十里，曰章莪之山，无草木，多瑶碧。所为甚怪。有兽焉，其状如赤豹，五尾一角，其音如击石，其名如狰。有鸟焉，其状如鹤，一足，赤文青质而白喙，名曰毕方，其名自叫也，见则其邑有讹火。
>
> 又西三百里，曰阴山。浊浴之水出焉，而南流注于蕃泽，其中多文贝。有兽焉，其状如狸而白首，名曰天狗，其音如榴榴，可以御凶。

---

① R.黑尔：《道德语言》，商务印书馆 2004 年版，第 11 页。

苏珊·朗格曾经指出时态的文本功能:"对时态及其文学运用的研究,是一种解决诗歌创作问题的有启发性的方法。……人们在动词形式的运用中,找到了揭示文学范围真正本质的方法,在这个范围中,生命形象得以创造,同时,也证明了现在时态是一种比语法学家和修辞学家一般了解的要远为微妙的手段,它具有比刻画眼前行为和事件远为广泛的用途。"[①] 她又说:"现在时是一种无时间规定的时态","单纯现在时态的最重要用法,是叙述某种一般性事实"。[②] 时态不仅表现了所描述事物的发生与叙述时间之间的时间差,而且可以唤起人们相应的审美联想和审美情感。《山海经》的无时间性存现句式,是汉语无时态特征的典型句式。这种永恒现在时态的句式,不仅体现了神话将所有事物都纳入一个永恒不变的时空系统的特点,并且庄严宣告了所述事物的确定性及永恒存在性,给人的审美感觉是凝重、权威而恒定的。

《山海经》各个山经之间、各个山经内部,以及次经内部,语句序列模式都基本相同。如各经开头:

> 北山经之首,曰单狐之山,多机木,其上多华草。漨水出焉,而西流注于泑水。其中多芘石。

> 西山经华山之首,曰钱来之山,其上多松,其下多洗石。有兽焉,其他状如羊而马尾,名曰羬羊,其脂可以已腊。

> 中山经薄山之首,曰甘枣之山。共水出焉,而西流注渔河。其上多枏木。其下有草焉,葵本而杏叶,黄华而荚实,名曰箨,可以已瞢。

各经结尾也基本相同,如:

> 凡南次三经之首,自天虞之山以至南禺之山,凡一十四山,六千五百三十里。其神皆龙身而人面。其祠皆一白狗祈,糈用稌。

> 凡北次二经之首,自管涔之山至于敦题之山,凡十七山,五千六百九十

---

① [美]苏珊·朗格:《情感与形式》,刘大基、傅志强、周发祥译,中国社会科学出版社 1986 年版,第 301—302 页。

② 同上书,第 309 页。

里。其神皆蛇身人面。其祠:毛用一雄鸡瘗,用一璧一珪,投而不糈。

各经内部的语句序列也都基本遵循同一模式,如"北次二经"内部中的几段:

> 又北五十里,曰县雍之山,其上多玉,其下多铜,其兽多闾麋。
> 又北二百里,曰狐歧之山,无草木,多青碧。
> 又北三百五十里,曰白沙山,广员三百里,尽沙也,无草木鸟兽。
> 又北四百里,曰尔是之山,无草木,无水。

这些叙述,不避重复,在简单而极有规律的语句序列中,显示出人对神永恒不变的虔诚和崇敬。卡西尔曾经强调:"神话和语言一样,在心智建构我们关于'事物'的世界的过程中执行着做出规定和做出区别的功能;对于这种功能的洞见,似乎是一种'符号形式的哲学'所能教导我们的全部内容","神话观念,无论初看上去显得多么丰富多彩,多么千变万化,多么庞杂无章,其实是有着自身的内在合规律性的"。① 《山海经》规整恒定的语句模式,正是把当时各部族复杂多样的神话观念整合进一个有序的框架,它在深层体现了庄严肃穆的气派,这些句式也成为那个值得自豪的时代的永恒纪念。

二、《山海经》:平面铺排的叙述模式

考察《山海经》的叙述结构,可以发现,文本内部呈现为平面铺排式的较为整齐、清晰的网络状,并分为三个层级:

(一)《山海经》的一级结构

《山海经》的一级结构即《山经》和《海经》两部分,《山经》为《五藏山经》的简称,在这一层面,《山经》与《海经》构成二元对应系统。

《山经》的主要内容是山川地理,矿产,以及奇禽异兽,怪蛇怪鱼,奇异的花草树木,以及这些物产的用途等,如《中次七经》:"又东七十里,曰半石之山。其上有草焉,生而秀,其高丈余,赤叶赤华,华而不实,其名曰嘉荣,服之者不霆。来

---

① [德] E.卡西尔:《语言与神话》,于晓等译,北京三联书店1988年版,第42页。

需之水出于其阳,而西流注于伊水,其中多鯩鱼,黑文,其状如鲋,食之不睡。合水出于其阴,而北流注于洛,多鱼,状如鳜,居逵,苍文赤尾,食者不痈,可以为瘘。"

《海经》主要记叙海内外禀性及外形都十分奇异的国家和民族以及神奇事物、神话历史。如《海内南经》中记叙了"海内东南陬以西"的瓯、闽、郭山、桂林八树以及伯虑国、枭阳国等国,其中枭阳国"在北朐之西,其为人人面长唇,黑身有毛,反踵,见人笑亦笑;左手操管"。另《大荒北经》记叙了一段"原始初民心目中的远年历史":"大荒之中,有山名曰融父山,顺水入焉。有人名曰犬戎。黄帝生苗龙,苗龙生融吾,融吾生弄明,弄明生白犬,白犬有牝牡,是为犬戎,肉食。有赤兽,马状无首,名曰戎宣王尸。"《山海经》中的远古历史基本上是以山水之间部族血缘关系的连接而体现的。

山的高峻威武,海的幽谧深邃,促成了远古人们对山海的崇敬和膜拜。这不仅是中国人自然崇拜的源头,也是大量山水诗文的创作原点。《山海经》有关山海的叙述,说明了在当时人们的认知中,山海之间皆存在着利害皆备的奇异事物,这显示了山海的神秘,以及与人既亲和又疏离的关系;而《山海经》中叙述格局的排布,显示了山海成为华夏初民生活于其中的空间主体。

(二)《山海经》的二级结构

《山经》和《海经》的下位层次,构成《山海经》的二级结构。二级结构的内部排列极有规律:

山经

南山一	西山一	北山一	东山一	中山	中次五	中次九
南次二	西次二	北次二	东次二	中次二	中次六	中次十
南次三	西次三	北次三	东次三	中次三	中次七	中次十一
	西次四		东次四	中次四	中次八	中次十二

海经

海外南——海外西——海外北

海内南——海内西——海内北——海内东

大荒东——大荒南——大荒西——大荒北

海内经

从以上可知,在当时人的认知中,山与海遵循南西北东中的方位,呈现为有序排布的状态。其中南山与北山分别有三条线索、西山与东山分别有四条线索,其排布互相对称。而中山线索为十二条,显示其中心地位。《海经》排列线索虽然不如《山经》那样齐整,但其前两部分基本延续了南西北东的规律。而"大荒经"采取东南西北的顺序,可能是因为其创作时间较晚。

从表面看来,《山海经》的二级结构大多以南西北东为方位历数顺序,似乎违反了中国人历数方位从东开始的习惯,但实际上,在商以前,古人的方位概念是二维的,即南与东、西与北可混用。《海经》内部的"海内"和"海外"两部分同样构成二元对应系统。

总的来说,《山海经》这样平面铺排式的叙述方式经过阅读整合,可以产生"整体大于部分之和"的完形效果:所述范围能够覆盖人们现实以及想象中的阔大"山海"所有区域。

(三)《山海经》的三级结构

《山海经》各经内部的叙述线索构成其三级结构,此级结构模式较为复杂,但仍有一定规律,尤其是《山经》,规律十分明显。

从叙述线索上看,《山经》多取同向延伸式,且每篇结尾都有总括和祭祀仪式介绍。

如《南山经》内部除"南次二经"一处以"东南"开头外,其他均以"又东……里"为线索。如《南山经》的结构如下:

> 南山经之首——又东三百里——又东三百八十里——又东三百七十里——又东三百里——又东四百里——又东三百里——又东三百里——又东三百五十里——总括与祭仪作结。

> 南次二经之首——东南四百五十里——又东三百四十里——又东三百五十里——又东三百七十里——又东四百里——又东五百里——又东五百里……总括与祭仪作结。

《西山经》则多以"西"或"又西"延伸,少量以"西南"、"西北"、"北"开头。

《北山经》中,"北山经之首"全以"又北"延伸,"北次二经"中仅一处以"又西"开头,其他均延"又北"延伸,"北次三经"延伸方向较多,以北向延伸为主，此外有东北、东、东南。

《东山经》中的"东山经之首"叙述路线向南延伸，"东次二经"仅一处以"西南"开头，其余皆为南向延伸。

《山经》中其他各经的线索规律皆大同小异，不再赘述。

《山经》的每一经末段，叙述格局基本相同：包括此经山的总数及行经长度介绍，图腾神外形及祭祀物品介绍。这些成为山水铺排叙述的有机组成部分，同样极有规律。如：

> 凡荆山之首，自翼望之山至于几山，凡四十八山，三千七百三十二里。其神状皆彘身人首。其祠：毛用一雄鸡祈瘗，用一珪，糈用五神之精。禾山，帝也，其祠：太牢之具，羞瘗，倒毛；用一璧，牛无常。堵山、玉山，冢也，皆倒祠，羞毛少牢，婴毛吉玉。
>
> ——《中山十一经》

> 凡洞庭山之首，自篇遇之山至于荣余之山，凡十五山，二千八百里。其神状皆鸟身而龙首。其祠：毛用一雄鸡、一牝豚刉，糈用稌。凡夫夫之山、即公之山，尧山、阳帝之山皆冢也。其祠：皆肆瘗，祈用酒，毛用少牢，婴毛一吉玉。洞庭、荣余山神也，其祠：皆肆瘗，祈酒太牢祠，婴用圭璧十五，五采惠之。
>
> ——《中山十二经》

这样的规律叙述表明，当时广大区域的各类祭祀也实现了规范化定格。

《海经》中，《海外南经》的叙述采取中心辐射方式，即先以灭蒙鸟为中心，依次向西南、东南、东、东南、东、南、南辐射。其余除临时改换中心为厌火国外，都以赤水为中心，一连向东辐射。其他海外各经仍采取基本有规律的同向延伸方式，如《海外西经》以结匈国为起点，除一处折向东外，其他十七处皆向北延伸。《海外北经》则以长股国为起点，向东延伸。《海外东经》向北延伸。《海内南经》大多向西、西北延伸，《海内西经》以下延伸方向较乱，且很多叙述段落不以方向统领。袁珂先生解释这种现象的原因是有图为叙述依据。①

---

① 袁珂：《山海经全译·前言》，袁珂译注《山海经全译》，贵州人民出版社1991年版，第5页。

　　从方位上看，《海外南经》的内部叙述取西南角到东南角，《海外西经》取西南角至西北角，《海外北经》取东北至西北角，《海外东经》取东南至东北角，并相应以南方火神祝融、西方金神蓐收、北方海神禺强、东方木神勾芒结尾。

　　《海内南经》取位海内地区东南角以西，《海内西经》取海内地区西南角以北，《海内北经》取海内西北角以东。按袁珂先生的看法，此经方位与《海外北经》似相反实相同。《海内东经》与《海外东经》方位相反，即东北角以南地区。《大荒东经》以下依次为东海海外、南海之外、西北海之外、东北海之外，最后是《海内经》取位东海之内的地区。

　　总体上说，《山海经》的叙述所囊括的空间包括当时的华夏本土及周边地区，涉及少数民族如匈奴、异邦如朝鲜、倭国等，行文呈大范围平面铺展结构。这又是一本时空错综、叙述庞杂的书，因为它在空间叙述中编织进古华夏从女娲、帝俊、黄帝直到鲧禹治水的神话历史片断，空间铺展中夹有大时间跨度的跳跃回环。虽然它的叙述内容简略且有诸多重复舛误、散漫疏略之处，如方位方面海外经与海内经互有重合矛盾，但总体结构是清晰的，有规律的，甚至一定程度上是严谨的，可以看出，当时的作者努力将以上古神话内容为主的中华大地的时空状况纳入一个清晰、有规律的平面铺排叙述框架。

　　"在艺术中，假如让某一主要形式（或是某种主题）发生一系列的变化，但在它变化的每一阶段上都能被识别出原来的或基本的格式塔，这种特殊的变化方式就被称为某一主题的发展或展开。由于其中每一阶段上的形都是最初的或最基本的形的变态，或者说，都保留着一种始终不变的基本形。所以虽则有一连串变化，它们之间还保持着紧密的联系和研制，它们都是同一母体中产生的，都属于同一血源，因而有着家族的类似和'性格'上的统一与和谐。"① 综观《山海经》的全文叙述，我们可以清晰地把握到其叙述模式的"基本形"及其有规律的变形。

　　在交通阻隔、交往范围狭小的上古时期，人交往的一个重要方向是垂直向上的，即人与神的交流，随着人的活动区域扩大，人自身的地位越来越重

---

① 　[美]鲁道夫·阿恩海姆：《视觉思维》，滕守尧译，光明日报出版社 1986 年版，第 18 页。

要,他们的关注目光也越来越多地由垂直方向转为水平方向。这种水平方向基本上表现为两种类型,即空间方面的平面铺展式和时间方面的纵向深入式,中国人偏于前者,而古希腊人偏于后者(本文第三部分还将述及这一问题)。由《山海经》的总体结构我们可以感到,当时的作者已经突破个人具体活动空间的概念,转向对阔大空间和空间关系的表现。卡西尔认为:

> 对空间和空间关系的表现所意味的则多得多。要表现一个事物,仅仅能够为了实际的用途而以正确的方法操纵它那是不够的。我们必须对这个对象有一个总体的概念,并且从各种不同的角度来看待它,以便发现它与其他对象的各种关系,[换言之],我们必须在一个总体化的体系中指定这个对象的位置并规定它在体系中的地位。①

《山海经》清晰的平面铺排模式,是这种阔大空间和空间关系的话语凝聚,它体现了日益清明起来的理性精神,从这里我们可以感受到华夏文明照进早期文学的霞光。

三、《山海经》叙述结构的文化成因

《山海经》叙述结构的文化成因,至少表现在以下三个方面:

(一)《山海经》的叙述结构是汉民族思维模式在神话中的投射

华夏早期的经济方式孕育了汉民族思维的平面铺排结构模式。远古华夏生产方式体现为采集——农业连续体,采集、农作对初民的思维发展起着至关重要的作用。地处温带、亚热带的中国是生物富集区域,充分发达的采集导致思维分辨能力的加强、分类能力的提高,当人们将极为丰富的采集收获物按其特征分门别类地铺展于眼前、以便于分配或收藏时,那幅五彩缤纷的图画必然会引起人的身心陶醉,这种陶醉来自人的本质力量得到实现的欣喜感,自身与自然之间的亲和感,即将享受到的味觉和嗅觉快感、饱足之后的

---

① ［德］E.卡西尔:《人论》,甘阳译,上海译文出版社 1985 年版,第 59 页。

身心舒适感,也来自对于这幅多彩图画的整体以及其中每一种漂亮收获物的视觉美感。这幅图是神的赐予,也是人自身力量的显现,它作为献给神的祭礼,后来又作为献给王的贡赋。据柳诒徵《中国文化史》载,唐虞之时,中国就有较为完备的贡赋制[①],《虞传》则曰:"九共以诸侯来朝,各述其土地所生美恶,人民好恶,为之贡赋政教。"可见当时贡奉各地物产并描述本地经济文化状况已成为一种风气。法国的格拉耐这样描述中国的古老蜡祭:蜡祭是对宇宙万物的感谢祭,人们向天祈求来年丰收,对公社奉献大量牺牲,掌管鸟兽以及田产的官罗氏把人们贡奉的猎物和女子呈献给王,在蜡祭中,各地按收获的多寡而贡献,在大飨宴上,"社会契约得到更新,然而,这个大飨宴又是契约者表明各自价值的场合。竞争给予他们以表示能力的机会。他们根据各自的地位占有座席。他们凭自己的财力进行献纳。献纳的多寡能够标志地位的高下"[②]。而君主也在这幅平面铺展的大图画中,得到王权威重和物欲满足的莫大快乐。

此外,赋与溥、敷、铺、布音义相通,许慎《说文·水部》:"溥,大也。"朱骏声《说文通训定声·豫部》:"赋,假借为敷。"《广雅·释诂三》:"赋,布也。"王念孙疏证:"赋、布、敷、铺,并声近而义同。"因而这几个字都有大、铺布的意思。大丰收、大贡赋、大飨宴等等的大面积平面铺布形式,长期不断地刺激人们的感官和意识,使得汉民族的思维模式明显地体现出平面铺排的结构特征。这种思维模式也外化为中国文化艺术特有的构建形式。从早期文明繁复的食器、丰富多样的食物,到后来规模宏大的乐舞、繁缛富丽的衣饰和连绵不断的建筑群落,以及合宇宙总体于一幅画面的绘画,我们都可以深切地感受到这一点,而《山海经》的平面铺排叙述结构也同样是这种思维模式的外在投射。

(二)《山海经》的铺排结构是国家意识确立时的产物

《山海经》的铺排结构,与九鼎图像的平面铺排形式相映照,是国家意识

---

① 柳诒徵:《中国文化史》上,中国大百科全书出版社 1988 年版,第 64 页。
② [法] M. 格拉耐:《中国古代的祭礼与歌谣》,张铭远译,上海文艺出版社 1989 年版,第172 页。

确立时的产物,是中国传统的集祖先、国家、乡土为一体的爱国情怀的凝聚。

众多学者认为,《山海经》本于九鼎或九鼎图,其中的神怪和各经划分,与九鼎图物及其划分有关。《左传·宣公三年》中王孙满曾对九鼎做过一番描述:"昔夏之方有德也,远方图物,贡金九牧,铸鼎象物,百物而为之备,使民知神奸。故民入川泽山林,不逢不若,魑魅罔两,莫能逢之。用能协于上下,以承天休。"这段话将九鼎图像视为对于神奸之物的简单物质再现,是对九鼎功能的低调定位,王孙满以"德"转移他人视点,更是借此冲淡九鼎所体现的咄咄逼人的政治气势和经济压力。其实,九鼎图像多为夏所管辖或征服、消灭的各方国兽形神,其中很多是图腾,地位极其重要。夏是我国第一个奴隶制国家,其诞生以长期兼并战争为前奏,伴随着血与火。初创时,夏氏族集团和其他十多个方国之间的联盟松散,王权软弱,经济军事力量单薄,因而,融合其他部落,以保持安定,巩固王权,发展经济,成为首要任务。当时,九鼎上的图腾汇集就如同"一篇联合的宣言书,一面九洲方国的联合旗帜,成了夏代奴隶制王朝的象征,成了统治天下的权力所在"[1]。而采取平面铺排叙述结构的《山海经》,正是与客观上采取平面铺排形式的九鼎图像互相映照,组成异质同构的与当时上层建筑相适应的意识形态,发挥重要作用。

《山海经》是古代的巫书,多含古神话,巫在上古的职责,包括交通神人和教育民众,而讲述神话是他们履行职责的重要手段,神话的很大部分源于部族集团为生存发展而进行的集体活动,这些故事的讲述在当时具有不一般的意义:

> 它们(按:指神话)的真实性不是源于逻辑,而是某种历史。它们首先源于宗教的尤其是巫术的规则。神话对崇拜目的的效力,对于保存世界和生命的效力,存在于语言的魔力之中,存在于它们具有的感召力。[2]

贝塔佐尼考察的澳洲一些民族,"几乎是无穷无尽地追溯本氏族的祖先,通过讲述这些故事,不仅使部落的传统充满活力和进一步增强,而且促进

---

① 于民:《春秋前审美观念的发展》,中华书局1984年版,第83页。

② [意大利]拉斐尔·贝塔佐尼:《神话的真实性》,朝戈金等译、刘魁立主编,A. 邓迪斯编《西方神话学论文选》,上海文艺出版社1994年版,第138页。

各个图腾部族的繁衍"①。《山海经》的接受者正是在了解本集团各方面状况的同时,受到热爱国家的教育。

对于敌对部族,《山海经》的讲述与九鼎图有关神奸的描绘,也具有同样的神奇作用,因为:

> 在巫术的范围里,人们所描绘的图画和人们讲述的故事具有同样的效力。某甲一旦掌握了某乙的肖像,就能使某乙处于自己的支配之下,即使不是肖像而是掌握了某乙的名字,其结果也是一样的。②

卡西尔也认为,"在神话思想中,神的名字乃是神的本性的一个组成部分。如果不能用神的真正名字来称呼它,那么符咒与祈祷就都是无效的了,这也同样适用于符号化的活动。宗教的典礼、献祭,如果要有效力的话,总是必须以同一不变的方式和同样的程序来实行"③。因而,九鼎的图像创制和《山海经》的话语叙述,包括其中对于神名的统一化、祭祀活动的规范化,都是国家政治的组成部分,它不仅具有使民知神奸的功能,而且具有主宰、控制这些神奸的神秘力量,拥有描画百物的九鼎,拥有《山海经》的叙述话语权,就是拥有控制这些神奸的力量和权威。

总之,《山海经》和九鼎,在宗教层面都具有控制神奸的神秘力量,在世俗层面则具有团结民众、巩固政权的功能,《山海经》以当时具有神秘力量的语言去阐释、配合九鼎图像,将巫术活动与民众教育相结合,成为上古百科全书式的"教科书"。今天看来,夏的版图不算辽阔,但在交通阻隔的上古,它已够让人大开眼界,足以引起"芒芒禹迹,画为九州"的赞叹了,当时这种大国的自豪感,一定程度上成为华夏文明不断延续的内在心理动力。而自九鼎铸造和《山海经》叙述所体现的那种与其他部族融合、对其他宗教包容为主的态度,成为后世中华民族的大政基调,是后来大版图建立的基础。黑格尔认为,史诗是民族精神标本的展览馆。中国上古缺少史诗,但民族的自豪

---

① [意大利]拉斐尔·贝塔佐尼:《神话的真实性》,朝戈金等译、刘魁立主编,A. 邓迪斯编《西方神话学论文选》,上海文艺出版社 1994 年版,第 138 页。

② 同上书,第 143 页。

③ [德]E. 卡西尔:《人论》,甘阳译,上海译文出版社 1986 年版,第 47 页。

感、忧患感、责任感却通过九鼎的铸造和《山海经》的讲述强烈地体现出来。这样说,不是赞同书中有关神奸的划分,而是深切感到,华夏的民族意识、爱国情怀,早在四千多年前,就已作为民众教育常授不懈的内容,渗入民族品格之中。

(三)《山海经》的叙述结构是上古华夏大规模群体行动者经验与想象的结晶

汉代刘秀在给皇帝的《上〈山海经〉表》中说明《山海经》的由来:

> 《山海经》者,出于唐虞之际。昔洪水洋溢,漫衍中国,民人失据,崎岖于丘陵,巢于树木。鲧既无功,而帝尧使禹继之。禹乘四载,随山刊木,定高山大川。益与伯翳主驱禽兽,命山川,类草木,别水土。四岳佐之,以周四方,逮人迹之所希至,及舟舆之所罕到。内别五方之山,外分八方之海,纪其珍宝奇物,异方之所生,水土草木禽兽昆虫麟凤之所止,祯祥之所隐,及四海之外,绝域之国,殊类之人。禹别九州,任土作贡,而益等类物善恶,著《山海经》。

上古华夏大规模同心协力的群体行动,对中华民族历史影响最为深远的,莫过于治水。当时的治水大军,在中华大地上奔波忙碌十三年,将山川河谷,梳理了一遍,致使洪水前后地势,有所变迁。地势改变必然导致人们对地理的重新认识,于是有了现实以及想象中的地理叙述冲动;鲧禹治水,虽然表面上看来,只是治水方式由"堙"到"疏"的变化,其实这里面隐含着重大的政治变化:前者的"堙"是"各自为政",只顾及小面积区域;后者的"疏",必然需要通盘筹划与合作:通盘筹划使得原来彼此隔绝的部族建立沟通,合作使得分散的部族走向统一。这就使得尧至禹时的治水,成为中国有史以来对民族命运影响最大的治水运动,运动的全民族性推动了方国联盟的初步统一,推动了第一个国家的诞生,国家以及国家版图的概念也随之产生。南征北战的治水经历,既使以禹为代表的群体行动者,对中华大地及周边地势有了感性认识,又刺激了他们的好奇感,激发了他们的大胆想象。由于洪水,以前的文物大多被涤荡,人们现在面对的是新面貌的大地,前所未有的国家。由于群体行动本身呈现为场面宏大的平面铺排阵势,记述这个国家的总体状况,必然会与这些行动者的经历同构,采取宏伟的平面铺排模式。

卡西尔说:"记忆乃是更深刻更复杂的一种现象,它意味着'内在化'和强化,意味着我们以往生活的一切因素相互渗透。""符号的记忆乃是一个过程,靠着这个过程,人不仅重复他以往的经验而且重建这种经验,想象成了真实的记忆的一个必要因素。"① 上古的这些"地理学家",正是用自己的想象,去补充通过劳作获得的实际见闻和经验,造就了这一本神奇怪异、饶有趣味的书。而《山海经》的叙述结构,也是这样一个融汇着记忆与想象的、具有明显"反思"特征的符号载体,在当时,它较为完美地体现了大规模群体行动者经验与想象的宏大气魄。

四、互文性语境中《山海经》叙述结构的 审美文化意义

《山海经》以神话形式,展现了华夏初民对外部的关注视野,其中中华地理之有序,与叙述结构之有序,互相映照,从它宏大有序的平面铺排叙述结构,我们可以感受到中国文化对规整有序的铺排,以及庄严宏大气势的崇尚。"序",也成为中华传统文化中的一个核心范畴。

"序"的本义是堂的东、西的隔墙,是重要建筑的空间分隔部件。"序"同"叙",即"次序",以及按次序区分、排列。在华夏文化传统中,"序"成为审美、政治等各个社会生活领域的追求。《周礼·春官·宗伯》曰:"职丧掌诸侯之丧,及卿大夫、士凡有爵者之丧,其禁令,序其事。"《周礼·乐师》:"乐师掌国学之政,以教国子小舞。……凡乐掌其序事,治其乐政。"贾公彦疏:"掌其叙事者,谓陈列乐器及作之次第,皆序之,使不错缪。"

"序"为"叙",是把对世界的观察和感受符号化的过程。如果将《山海经》与《诗经》和《史记》对读,这一点会更为鲜明。因为这几部重要典籍,正是以具有中国特色的话语结构,分别从外向、内向两大向度,空间、时间

---

① [德] E. 卡西尔:《人论》,甘阳译,上海译文出版社 1985 年版,第 66 页。

两大视角,有序传达了汉以前中国人较为完整的生存状况的丰厚信息,共同展现着华夏文明的辉煌。

人类意识最初萌发,注意力主要在于对周围环境的外向观察,与此同时,人对自身的内向观察也越来越强烈地补充着这种外向观察。《诗经》的视点就是以对人自身的内向观察为主,它体现的是上古中国人对自我权力、道德要求、生存状态的诗意化关注。虽然《诗经》的每首作品所撷取的只是关注目光的片断,只能反映一个很小的方面,但把经过精心编排的三百多篇置于一处,仍然可以见出其总体上平面铺排的涵盖面极大的有机结构。《诗经》的一级结构风雅颂来自各个阶层,二级结构中,十五《国风》按区域分布,大雅、小雅组成二元系统,颂则按朝代分布。

从《山海经》的写定时代汉代看,它与《史记》又共同展现了汉以前华夏的整体面貌。《山海经》主要是地理博物的平面铺排,《史记》则是历史传记的多向长度延伸,同样呈现为有序的生气勃勃树形分布结构。杨义在《中国叙事学》中对《史记》的宏大结构做过精彩阐述:"《史记》需要以一个宏大的富有立体感和生命感的结构,去包罗从轩辕黄帝到汉武帝几千年间政治、军事、制度、文化、外交以及种种人物的历史轨迹。它创立的十二本纪、十表、八书、三十世家和七十列传的结构体系,如一株充满生命力的大树,于主干上刻下历史发展的年轮,又舒展出丰茂的枝叶,容纳了千姿百态的历史事件、历史人物和历史制度的变迁,在体例上设计了一个具有非常完整的时间空间维度和层面,而又相互呼应、互动互补的历史叙事世界。"[①] 这两部典籍的叙述结构,是涵盖了阔大空间和悠久时间的同样富于生命感的结构,《史记》的创作和《山海经》的写定,都是汉帝国的辉煌气象、博大气派,在人们心中催发的了解自身和环境的强烈渴求的结果。

《山海经》和荷马史诗是东西方民族重大事件的产物,都是在民族精神逐步确立之中完成的;作为两大民族的早期经典,它们也都在民族精神的巩固和丰富中发挥了自己的重要作用。

如上所述,《山海经》产生于大规模的治水运动之后,中国走向统一和

---

① 杨义:《中国叙事学》,人民出版社1997年版,第36页。

文明的阶段。初步统一的国家、有序的版图,热爱乡土的民族精神,都在这样的运动以及《山海经》的叙述中,得以确立和展现。

而古希腊政治统一的局面至希腊末期才完成,跨海征战、异乡迁徙,是这一民族的重要生活内容。正是出于这样一种非同寻常的民族经历和需要,以纵向延续为叙述线索的史诗得以产生:"英雄故事和史诗的出现是为了满足一种新的精神需要,因为人们这时感到需要一种强有力的个人性格和不比寻常的丰功伟绩。""如果没有原来那些跨海迁移时期的苦难所产生的刺激,这些规模宏大的作品却无论如何也不会出现的。我们到此接触到了这样一个公式:戏剧……发生在本土,史诗则产生在移民当中。"① 荷马史诗《伊利亚特》描写的是希腊人征战特洛亚的历史,叙述者从这场历时十年之久的战争中选择了最关键、最有震撼力的十天,又对其中的三天做了浓墨重彩的描绘。这就把整个战争原有事件流程的自然时间顺序进行了重新编排,而要了解战争缘起及完整流程,又必须借助倒叙和插叙。

同样是为了生存而奔波忙碌,华夏初民治山理水,把目光聚焦在广袤的国土上,努力使这片土地更适宜于生存,现实的和想象的神奇地理状况有序地铺展在对这片国土的描述之中,因而,《山海经》采用了平面铺排的叙述模式,时间似乎在这里凝固成永恒;希腊人则更多跨海征战、迁移,其间遇到的以及想象遇到的神奇经历构成史诗的内容,因而,史诗采取了纵向延续的叙述模式,时间在腥风血雨、辗转飘泊中流逝。"叙"的不同编排,表现了两大民族视线投向的不同焦点、以及认知习惯的差异。

---

① 〔英〕汤因比:《历史研究》(上),曹未风等译,上海人民出版社1986年版,第131—132页。

附录二 中国古代女性审美话语分析

中国古代对于女性形象的审美描述,应该是进入文明时代以后的事。早期艺术中虽然已经有成年女性塑像,如甘肃大地湾出土距今约六千多年的彩陶瓶,设计十分巧妙:瓶口为一端庄美丽的女性头部,瓶身呈现为浑圆突出的孕妇腹部,陶瓶浅淡红底色上绘黑色变形鸟纹,恰似孕妇的衣裙。但总的来说,那些艺术作品对女性生殖功能的关注胜于对女性相貌的重视。

在华夏早期神话中,也难以看出先民对女性外表的审美兴趣。如《山海经》中虽然已经出现女娲、常羲、魃等多位女神,但对其事迹语焉不详,对其外表的审美描述更是阙如。《山海经·中次七经》记载了炎帝女儿瑶姬的死亡遭遇:

> (姑瑶之山)帝女死焉,其名曰女尸,化为瑶草。其叶胥成,其华黄,其实如菟丘,服之媚于人。

《文选·别赋》注引《高唐赋》:"帝之季女,名曰瑶姬,未行而亡,封于巫山之台,精魂为草,实为灵芝。"《山海经》描述了"服之媚于人"的瑶草的外表和功能,但对这位女神自身的风采却丝毫没有触及。

另《山海经·北山次经》:

> (崇吾之山)有鸟焉,其状如乌,文首、白喙、赤足,名曰精卫,……

是炎帝之少女名曰女娃，女娃游于东海，溺而不返，故为精卫。常衔西山之木石，以堙于东海。

同样，神话对女娃所化之精卫鸟做了较为细致的描述，却没有描绘这位少女的外貌。

古代文学对于女性姿容最早的审美描述见于《诗经》，如《鄘风·君子偕老》中，对那位"委委佗佗，如山如河"、"鬒发如云""扬且之皙也"的美女的描述，另有"有女如玉"（《召南·野有死麕》）、"颜如舜华"（《郑风·有女同车》）、"静女其姝"（《邶风·静女》）的赞美。及至楚辞和《神女赋》、《洛神赋》，对女子的审美描述更为细腻详尽，在早期神话中被忽略了外貌的瑶姬、洛神等女神，被描绘得光彩夺目、惊艳天下，为后来的女性审美提供了标准化模式和程式化话语模式。此后，有关女性外貌的描写在抒情诗体文学中高频出现，及至戏曲、小说，由于拥有更为广阔的描述空间，其中的女性审美话语的铺叙性特征更为明显。总的来说，中国古代女性审美形成了库存极为丰富、富于自身特色的话语系统。

一、中国古代女性审美的丰富语料库存

古代女性审美语料库的库存异常丰富，有大量合成词、成语用于指称美人、美人身体的各个部位、美人的用品、女子的行为以及与女子相关的事物。如：

1. 指称美人的语词 [①]

香蛾　香弓　香闺　檀的　芳卿
玉姝　玉儿　玉奴　玉娥　玉鬟　玉童　玉京人　玉娉婷　玉搔头
桃李人　桃根桃叶　红妆　红袖　红裙　红裳　粉色　粉面　粉黛
朱唇粉面　朱唇玉面　朱唇皓齿　柳腰莲脸　玉翼婵娟 [②]

---

① 以下举例及释义，均参考罗竹风主编《汉语大词典》第十二卷"香"部、第九卷"艸"部，汉语大辞典出版社 1993 年版。

② "朱唇粉面、朱唇玉面、朱唇皓齿、柳腰莲脸"等成语，既可以形容女子美丽容貌，亦可以代称美女。

以上语词有相当一部分是借与美女相关的事物代称美女的,如"香蛾""香弓"、"香闺""玉鬟"等。

2. 指称美人容貌及美人身体的各个部位的语词

指称女子美丽容貌的语词如:

香蕊　芳容　芳泽　绝色　粉艳

花容月貌　羞花闭月　沉鱼落雁　柳弹花娇　桃夭柳媚

古人以白皙或者白里透红的女子面容为美,所以指称或形容美人脸颊的词,常常以玉、月为喻,或者以桃、杏、莲、芙蓉等的粉红色花朵为喻:

玉颊　玉脸　玉颜　玉靥　玉色　月貌

桃花面　桃花脸　桃杏腮　桃腮　桃腮

杏腮　杏脸　杏脸桃腮

莲脸　红颜　芙蓉面　花腮　花面　粉脸

此外,古代女子用胭脂淡抹双颊的盛妆称为"桃花"、"桃花妆",描述美女面容的艳丽常用"桃色"、"蕙色"等。

属于"古代女性审美语义场"的还有大量描述美女身体各部位的语词,例如:

香云、香丝、香蝉:女子美丽的鬓发。

杏花烟:女子鬓发之美,如杏花含烟。

玉鬟:女子美丽的发髻。

玉蝉:女子蝉鬓的美称。

花髻:女子美丽的发髻,美发。

粉颈:女子洁白细腻的颈项。

柳眉、柳叶眉、柳黛:女子细长秀美的眉

柳眉星眼:女子细长的眉和明亮的眼。

羞蛾:女子美丽的眉毛。

杏眼:如杏子形状的眼睛,多用以形容女子的美目。

秋波：美女眼睛目光清澈明亮。

朱唇粉面、朱唇玉面：美女红艳的嘴唇、白皙的面庞。

香腮：美女的腮颊。

香辅：美女面颊上的微窝。

朱唇皓齿：美女红艳的嘴唇、洁白的牙齿。

檀口、朱唇：美女红艳的嘴唇。

朱樱：一种樱桃，喻指女子小而红的口。

香口：美称女子的嘴巴。

玉齿：女子洁白美丽的牙齿。

玉粳：女子细密洁白的牙齿。

玉肌：女子白润的肌肤。

玉体：美女白润的身体。

香玉：美女的体肤芳香白润。

玉软：女子肌肤洁白柔软。

香腻：女子肌肤芳香滑腻。

红玉：红色宝玉，古人常用以比喻美人肤色。

玉柔：女子洁白柔软的身体或者手。

玉臂、玉藕：美称女子白嫩的手臂

玉腕：女子洁白温润的手腕或者手。

玉指、玉尖：美女白皙的手指。

纤手：女子纤长的手指。

玉纤纤：美人的手纤细如玉。

玉笋：女子白皙纤长的手，或女子的小脚。

柳腰：女子纤柔的腰肢。

玉腰：美女的腰肢。

莲瓣：女子的绣鞋，亦指女子的小脚。

玉钩：女子的小脚。

香弓：美称女子的弓足。

玉步：女子的行步。

莲步：美女的脚步。

香尘：因女子步履而起的芳香之尘。

桃羞杏让　燕妒莺惭：形容女子妆饰华美。

还有描述女子的体态风韵的,如:

柳腰花态：女子婀娜娇美的体态。

柳娇花媚：女子妖娆妩媚。

柳弱花娇：女子苗条柔弱而美丽。

柳情花意：形容女子的媚态。

羞花闭月、沉鱼落雁：形容女子貌美。

柳悴花憔：女子消瘦的愁容。

香消玉减：比喻女子消瘦憔悴。

玉惨花愁：比喻女子忧愁貌。

芳心：指女子的情怀。

蕙兰：多指女子芳洁纯美。

玉精神：女子的美好神态。

蕙质、蕙质兰心：女子美好的仪态和秉性。

香魂、芳魂：美人的魂魄。

月韵：女子风韵秀逸。

芳龄：指称女子青春之期。

美女的日常用品、居室自然也是美丽、芳香宜人的:

芳襟：指美人的衣襟。

香尖：旧指妓女的小鞋。

香钿：旧时女子贴在额头鬓颊饰物的美称。

香煤：古代女性画眉的化妆品。

香泽：女子发油一类的化妆品。

香雪：比喻女子用的花粉。

香奁：女性盛放香粉、镜子等物的妆具,又借指闺阁。写女子身边琐事、多绮罗脂粉之语的诗词,被人们称为"香奁体"。

香骑:美女的坐骑。

香箧:女子的衣箱。

香巢、香房、香闺、香阁、香闺绣阁、蕙闺、兰房、兰闺、玉闺、红楼:女子的居室。

香辇:帝王后妃所乘之车。

即使是指称美女死亡的语词,也突出其香美的特点,如:

香埋　蕙损兰摧　香消玉碎　香消玉损　香消玉殒　月缺花残

这些合成词,一部分是喻指性合成词,如:桃花、莲瓣、杏花烟、香雪;此外多由形容词性语素,以及具有比喻性质的名词性语素参与组构,如:

"形容词+喻象"类合成词:香蛾 香蕊

"喻象+身体部位名词"类合成词:柳眉 桃腮 杏眼 樱唇

"形容词+形容词"类合成词:香腻

"形容词+身体部位名词"类合成词:香腮

"形容词+女子用品名词":香闺 兰房

可以见出,属于"古代女性审美语义场"的语词,其语义大多通过隐喻化修辞方式生成。其喻象往往是"柳"、"花"、"桃"、"杏"、"玉"、"月"等美丽的自然物;而使用形容词性语素的,形容词性语素多为"芳"、"香"、"红"、"粉""润"等。

二、中国古代女性审美的铺叙性描述

古代女性审美话语进入文本时,往往呈现铺叙性特征:用对偶、排比句式,对女性姿容做全面、反复、细腻的描写。

《诗经·卫风·硕人》首开目观的铺叙传统:

硕人其颀,

衣锦褧衣，

……

手如柔荑，

肤如凝脂，

领如蝤蛴，

齿如瓠犀，

螓首蛾眉。

这是对硕人的身材、衣饰、手、肤、领、齿、头部和眉进行全面描写。

《神女赋》和《洛神赋》更是把美丽女性的容貌姿态全面拉进了文学的特写镜头，这些女神的身材、皮肤、仪态，以及最能体现曲线的身体的局部，如肩、腰、颈项，最能引人注目的发、眉、唇、齿、眸、靥，无一不美：

貌丰盈以庄姝兮，苞温润之玉颜。眸子炯其精朗兮，瞭多美而可观。眉联娟以蛾扬兮，朱唇的其若丹。素质干之醲实兮，志解泰而体闲。

——宋玉《神女赋》

秾纤得衷，修短合度，肩若削成，腰如约素。延颈秀项，皓质呈露，芳泽无加，铅华弗御。云髻峨峨，修眉联娟，丹唇外露，皓齿内鲜，明眸善睐，靥辅承权，瑰姿艳逸，仪静体闲。

——曹植《洛神赋》

即使是篇幅短小的抒情诗词，也对女性美貌尽力铺叙，如温庭筠《菩萨蛮》：

小山重叠金明灭，鬓云欲度香腮雪。懒起画蛾眉，弄妆梳洗迟。　照花前后镜，花面交相映。新贴绣罗襦，双双金鹧鸪。

这首《菩萨蛮》虽然仅有8句44字，却铺写了女性的眉、额饰、鬓发、脸腮、衣饰，再配合以晨起梳妆的动作描写，形成女性审美话语的场效应。

叙事文学文体成熟之后，女性审美描述话语仍然在文本中占据一席地位。

戏曲的出现使女性审美话语直接进入舞台表演，《西厢记》张生见莺莺的感觉是：

> 我见他宜嗔宜喜春风面,偏宜贴翠花钿。只见他宫样眉儿新月偃,斜侵入鬓云边。未语前先腼腆,樱桃红绽,玉粳白露,半晌恰方言。
>
> ——《西厢记》第一本第一折

> 恰便似檀口点樱桃,粉鼻儿倚琼瑶,淡白梨花面,轻盈杨柳腰。妖娆,满面儿扑堆着俏,苗条,一团儿真是娇。
>
> ——《西厢记》第一本第四折

其中的新月眉、鬓云、樱桃、玉粳、檀口、琼瑶、梨花面、杨柳腰,都是女性审美的常用词语。而汤显祖《牡丹亭·惊梦》,则反复用"沉鱼落雁、羞花闭月"来渲染女性美貌:"不提防沉鱼落雁鸟惊喧,则怕的羞花闭月花愁颤。"由于中国戏曲采用的是一套写意化审美动作程式,所以这些表现细腻的话语由男性角色在舞台演唱时,也是传达美的信息,而不会让人反感。

对市民生活给予更多关注的话本,其中的女性审美描述更是以骈体铺叙形式出现。以下几则女性审美描写出于"三言二拍":

> 水剪双眸,花生丹脸,云鬓轻梳蝉翼,蛾眉淡拂春山;朱唇缀一颗樱桃,皓齿排两行碎玉。意态自然,迥出伦辈,有如织女下瑶台,浑似嫦娥离月殿。
>
> ——《一窟鬼癞道人除怪》

> 眼横秋水,眉拂青山。发似云堆,足如莲蕊,两颗樱桃分素口,一枝杨柳斗纤腰。未领略遍体温香,早已睹十分丰韵。
>
> ——《金明池吴清逢爱爱》

> 鬓挽乌云,眉弯新月。肌凝瑞雪,脸衬朝霞,袖中玉笋尖尖,裙下金莲窄窄。雅淡梳妆偏有韵,不施脂粉自多姿。便数尽满院名姝,总输他十分春色。
>
> ——《玉堂春落难逢夫》

水、花、云、蝉翼、蛾眉、樱桃、玉、新月、春桃等都是女性审美的传统喻象,而织女、嫦娥、玉女、西子、王嫱等世所公认的美女则成为传统比附对象,一些程式化表述如"新月笼眉,春桃拂脸"、"意态幽花未艳,肌肤嫩玉生光"、"着弓弓扣绣鞋儿"、"插短短紫金钗子"更是反复出现于不同篇目。李渔《闲情偶寄·声容》曾说:"昔形容女子娉婷者,非曰步步生金莲,即曰行行如玉立",也可见古代女子审美话语的程式化特征。

三、中国古代女性审美话语的文化特色

女性审美是人类审美活动的重要组成部分,它鲜明展现了地域和时代文化特色。布克哈特《意大利文艺复兴时期的文化》曾经指出:文艺复兴时期"关于人的发现并不局限于个人的和民族的精神特征;在意大利,人的外貌成为迥不同于北方人所表现的兴趣的主题"。布克哈特谈到,薄伽丘在《爱弥多》里描写了一个白面、金发、碧眼的女人和一个皮肤、头发、眼睛都带浅黑色的女人,这里边"有着应该被称为古典式的笔触":"在'宽广开阔的前额'这些个字里边,含有一种超过优雅漂亮的庄严仪表的感觉;他所写的眉毛不是如拜占庭人的理想那样,像双弓,而是一条波状的线,鼻子微带钩形;宽大饱满的前胸,长短适度的两臂,放在紫色披风上的美丽动人的手——所有这些既预示了未来时代的对于美的理解,也不自觉地接近了古典主义的美的概念。"[①] 布克哈特的一系列论述,给我们展现出意大利文艺复兴时期关于人的外貌,尤其是女性外貌审美的地域和时代文化特征。蔚为大观的中国古代女性审美话语同样显示了鲜明的文化特色。

(一)审美感觉的全面激活

古人的审美接受,具有身心投入的特点。同样,在进行女性审美时,古人所有的感觉器官都被激活,女性审美话语也往往把女子的外表、声音,甚至香味等等全方位地展现在接受者眼前。

视觉在女性审美中占据主要地位,即使一些篇幅不长的描写也全面展现女性的美丽,如"鼻端面正,齿白唇红,两道秀眉,一双娇眼。鬓似乌云发委

---

① [瑞士]雅各布·布克哈特:《意大利文艺复兴时期的文化》,何新译、马香雪校,商务印书馆 1979 年版,第 338—340 页。

地,手如尖笋肉凝脂"(《警世通言·金令史美婢酬秀童》),"面似桃花含露,体如白雪团成;眼横秋水黛眉清,十指尖尖春笋"(《醒世恒言·钱秀才错占凤凰俦》)。由于仅仅诉诸文字,这些细腻的目观描写不至于显得轻浮。

古人对女子的视觉审美描述,不仅注意静态的外表描绘,且注重通过言笑举止突出其动人神韵,这就让人在感受到这些女子娇媚的同时,亦体味到其生命的鲜活靓丽。《诗经·硕人》中,硕人的一颦一笑是那样的妩媚迷人:"巧笑倩兮,美目盼兮。"《洛神赋》则描绘了洛神的神态:"翩若惊鸿,婉若游龙",洛神的轻盈活泼:"步踟蹰于山隅。于是忽焉纵体,以遨以嬉。左倚采旄,右荫桂旗。攘皓腕于神浒兮,采湍濑之玄芝。"洛神的哀戚悲伤:"于是洛灵感焉,徙倚彷徨。神光离合,乍阴乍阳。竦轻躯以鹤立,若将飞而未翔。践椒涂之郁烈,步蘅薄而流芳。超长吟以永慕兮,声哀厉而弥长。""扬轻袿之猗靡兮,翳修袖以延伫。体迅飞凫,飘忽若神。凌波微步,罗袜生尘。动无常则,若危若安。进止难期,若往若还。转眄流精,光润玉颜。"

古代女子的美丽外表已经让人悦目赏心,她们身上又总是带着如兰似麝的香气,这种幽幽芬芳更让人心醉神迷。前面已经提及,汉语中大量以"芳""香"为语素的参构词以及有香味的"花"都可以用来指称美女。在古人的描述中,芳香几乎分布于美人的全身:美人的气息是香的,如巫山神女"陈嘉词而云对兮,吐芬芳其若兰"(宋玉《神女赋》),洛神"含词未吐,气若幽兰"(曹植《洛神赋》);脸蛋是香的:"鬓云欲度香腮雪"(温庭筠《菩萨蛮》);全身肌肤都是香的,"意态幽花未艳,肌肤嫩玉生香"(《警世通言·一窟鬼癞道人除怪》)。《红楼梦》中的薛宝钗和林黛玉,身上都有异香。"比通灵金莺微露意 探宝钗黛玉半含酸"一回描述:"宝玉此时与宝钗就近,只闻一阵阵凉森森、甜丝丝的幽香,竟不知系何香气",同时作者给宝钗体香以神话般的解释:吃了冷香丸的原因;而"情切切良宵花解语 意绵绵静日玉生香"中,宝玉躺在黛玉的对面,"只闻得一股幽香,却是从黛玉袖中发出,闻之令人醉魂酥骨",而且"这香的气味奇怪,不是那些香饼子、香毬子、香袋子的香",脂评曰:"此则黛玉不自知骨肉中之香耳。"

听觉方面,古人多用莺啼燕啭形容女子说话声音的清脆娇柔,如《西厢记》第一本描述莺莺:"恰便似呖呖莺声花外啭,行一步可人怜。"女子身上环佩的叮当声、衣裙的窸窣声,也让人生出无限遐想。

　　美人的皮肤总是细腻芳洁,柔滑如脂,给人以想象中的触觉美感,如"皓质呈露,芳泽无加"(曹植《洛神赋》),"氛氲兰麝体芳滑"(《玉台新咏·游女曲》),"玉肌香腻透红纱"(韦庄《伤灼灼》)。此外,"玉"和"凝脂"因为温润滑腻、白皙透明,而成为女性审美话语中高频出现的喻象。

　　在审美活动中,观察者进入审美体验时,其知觉的专一、集中,使得观照者"全部的精神,皆被吸入于一个对象之中,而感到此一个对象即是存在的一切"①。中国古代女子正是作为美的存在,激活了观照者所有的审美感觉,让人享受到女性审美中的沉酣。

(二)环境、衣饰作为女性形象的外在投射

　　古代美女的所处环境,往往成为其美丽形象的外在投射,与她们的体态姿容互相映照,让人充分领略到这些女子的"内宇宙"与"外宇宙"相通互融的和谐与美丽。《诗经·周南·桃夭》中"灼灼其华"的桃花就与那位"宜室宜家"的女子互相映衬,《湘夫人》则完全以"嫋嫋兮秋风,洞庭波兮木叶下"的景物描写取代了对美丽哀伤的湘水女神的审美描述,《牡丹亭》中杜丽娘的形象在姹紫嫣红、赏心悦目的春日花园中鲜亮展示。《红楼梦》第六十二回写史湘云醉卧芍药裀,这位天真烂漫的少女与缤纷的花朵融为一体:"业经香梦沉酣,四面芍药花飞了一身,满头脸衣襟上皆是红香散乱。手中的扇子在地上,也半被落花埋了,一群蜜蜂蝴蝶闹嚷嚷的围着,又用鲛帕包了一包芍药花瓣枕着。"

　　古代女子的居住环境也与其形象互相映照,显示出各具特色的美丽。如修竹环抱、湘帘垂地的潇湘馆衬托出林黛玉的清雅灵秀、娇弱飘逸,雪洞一般的房屋、满是异草仙藤的蘅芜苑衬托了薛宝钗的冷静持重、丰润妩媚。

　　中国古代有着积淀丰厚的衣饰文化,历代衣装服饰不仅五彩缤纷,而且成为人物品格的有机组成部分。在女性审美话语中,衣饰同样成为女子形象的外在显示。《陌上桑》中的罗敷"头上倭堕髻,耳中明月珠,缃绮为下裙,

---

　　① 徐复观:《中国艺术精神》,春风文艺出版社 1987 年版,第 84 页。

紫绮为上襦"。而《红楼梦》第六十八回写王熙凤趁贾琏外出,将尤二姐赚入大观园:"二姐一看,只见头上都是素白银器,身上月白缎子袄,青缎子掐银线的褂子,白绫素裙",凤姐的这番打扮与她出场时的衣饰恰成对照,凤姐在换上雅淡衣饰的同时,也掩藏了她咄咄逼人、泼悍毒辣的性格,但接受者却可以从中更深地体会其精明厉害。

(三)他人反应中的"我性"经验

文学作品归根结底是表达"我性"经验,但是表达者"我"常常为挣脱自身局促的活动空间,调整呆板的视觉角度,将自身经验置于他人反应之中。人们常常称道希腊史诗《伊利亚特》中,荷马通过老人见海伦的反应显示海伦超凡的美丽。其实,在中国古代女性审美话语中,借他人反应传达我性经验十分常见,而且所取的"他人"范围更广。

有自然界中美丽的动植物,如"沉鱼落雁,羞花闭月","桃羞杏让、莺惭燕妒",连燕、莺、鱼、花、月、桃、杏也在美女面前自惭形秽,这就不禁让人充分感受到女子自身的娇艳,且体味到描写话语的浓郁诗意氛围。

当然,"他人"更多是形形色色的人。如古代美人,"远惭西子,近愧王嫱";也有审美现场的观众,如《陌上桑》:"行者见罗敷,下担捋髭须。少年见罗敷,脱帽著帩头。耕者忘其犁,锄者忘其锄。来归相怨怒,但坐观罗敷。"《西厢记》第一本写莺莺佛殿拈香,更是借本应清心寡欲的僧众极度夸张的反应渲染莺莺的美貌:"大师年纪老,法座上也凝眺;举名的班首真呆傍,觑着法聪头做金磬敲。老的小的,村的俏的,没颠没倒,胜似闹元宵。……大师也难学,把一个发慈悲的脸儿来朦着。击磬的头陀懊恼,添香的行者心焦。……贪看莺莺,烛灭香消。"

女性审美话语,借众多的他人反应,让接收者在不知不觉中成为他人中的一员,产生步入审美现场的幻觉。

附录三　讽谏:中国古代修辞策略和认知调整

　　讽谏是中国古代政体下发生的特殊言语行为,古人将一系列修辞策略成功运用于讽谏,不仅显示了言语双方认知体系对言语活动的制约,更显示了这一言语行为对其认知体系的调整。

　　每个人、每个社会,都有自己对于世界的一个相对稳定的认知体系,西方著名学者米歇尔·福柯认为,"认知体系"是一种文化中支配其语言、感知手段、交流、方法、价值观念以及行为层次的一套准则,是限定某一时期的话语的一套独特秩序。后来,福柯用"理性构成"代替"认知体系",这一新的概念认为,人的知识结构是由某一共同的语言主题或某些理性构成的。"理性构成"涉及的重要下位概念为角色、理性行为、规则、权力、知识等。① 解构主义者福柯对于这些概念的语义做出自己独到而深刻的分析,在他的认知体系理论中,话语受制于规则、知识,而规则和知识,都出自人的设计,打上了权力关系的印迹。因而,话语既受认知体系的规约,又决定、改变着人的认知。福柯的理论揭示了理性构成中诸成分与权力关系的实质:说到底,规则、知识都出自人的权力设定,因而也是可以改变的,成功地创设话语环境,采用

_____

　　① ［美］索尼娅·福斯、安·吉尔:《米歇尔·福柯的修辞认知理论》,顾宝桐译,大卫·宁等《当代西方修辞学:批评模式与方法》,中国社会科学出版社 1998 年版,第 196—201 页。

恰当的修辞策略,可以对人们的认知体系进行微调,从而达到言说的目的。

虽然福柯著作中的主要分析对象是近现代的,但是他的观点却有助于我们分析许多话语现象,包括中国古代别具特色的讽谏。

在古代社会,人们对社会的认知是在特定的社会体制——君主专制下形成的,君权神授,君主拥有至高无上的权力。在《规训与惩罚》中,福柯从不同角度解析了"权力"。他描述了18世纪发生在巴黎格列夫广场令人毛骨悚然的酷刑:因谋刺国王,达米安被以极端残忍的方式公开处决。这种公然无视人的尊严以及生理承受极限的行刑,显示了国王的权力,以及挑战这种权力的可怕后果。当然,权力也会以较为温和的方式出现,如作为理所当然的、强制性的"规则",如学校、医院以至监狱中实施的一系列"规训"。总的来说,无论以极端方式,还是以微妙、潜在的方式存在,权力都是无处不在的。

中国古代专制体制,在权力运作之下,运用包括言语在内的各种手段,尽其所能地构筑起强大的认知体系,这个体系内部有一整套角色规定、规则和知识,它制约着包括言语在内的社会行为,威严地规定着人们所拥护、服从和反对、拒斥的事物。君尊臣卑的政治角色定位,来自于专制政治的"规则",这就决定了君臣的话语角色定位是"命令和服从";政治话语的内容是国家大事;当君臣之间看法不同时,国君的话具有决定价值;一般来说,臣子的意见必须转换为国君的命令才能为人们所接受。在这样的对话关系中,君臣的个人角色被遮蔽,他们都是在政治表述中扮演符合规则的角色,说着按照规则他应该说或必须说的话。

另一方面,中国古代社会有着崇智尚德的传统,言语活动受到人们的重视。讽谏成为专制体制孕育出的极具特色的政治修辞,其功能得到历代重视。从根本上说来,社会危机都是因利益冲突而起,但化解这些危机却可以借助于语言:因为一切冲突的解决都离不开合适的定位,对冲突的任何定位都离不开语言,此外,在应对冲突的各种行为中,语言行为不仅在费效比方面最为经济,而且也可以让冲突双方获得足够的面子。

成功的讽谏,可以使人们的社会认知系统中的部分"知识"和"规则"在特殊语境中得到调整,从而突破权力的许可,打开另外一条能够为双方接受的小小通道。在讽谏中,话语权重新分布:君臣的话语角色变为被说服和说服的关系，君主话语的绝对权力得到修正和补充。大臣们也往往利用这一变化，扩大自己的话语权，对君主施加一些言语影响。在这样的社会集团关系之中，可以出现权力的暂时流动，君主的一些行为导致的社会危机也可以借此消除。当然，在大多数情况下，最后关头国君的话具有决定性价值作为固有的"规则"并没有改变。

由于古人特有的重体验胜于重逻辑的语用观，以及话语材料在实际运用中灵活多变的特性，讽谏活动中的修辞策略呈现出多彩的风貌。

一、政治话题转向个人话题

政治事件与国家命运息息相关，当关涉到君主的政治事件危及国家安全、命运时，讽谏便成为化解危机的重要手段。而在讽谏中降低重大政治事件信息的刺激性，转换事件的诠释角度，以达到更为温和人性的接受效果，就成为讽谏者的修辞策略。

《触龙言说赵太后》是古代讽谏的著名成功案例：

公元前265年，赵惠文王驾崩，年幼的孝成王继位，其母赵太后代掌国政。秦起大兵图谋吞并赵国，赵向齐求援，齐提出条件："必以长安君为质，兵乃出。"

国家存亡是关系全体国人命运的大事，如果换一种政治体制，可能会经过国家某一群体成员之间的讨论表决来定夺处理对策。但在君主专制体制下，赵国危急之时，不管大臣们的意见如何有道理，国家命运最后都取决于统治者的个人决定。

《触龙言说赵太后》的文外语境，是在此之前大臣们已经与太后有过话语交锋，因为双方都回避不了关键问题：送长安君做人质，所以交锋的激烈程度可想而知：大臣们一定急于直奔主题，其话语，请求中不乏逼迫，恭敬中暗含威胁。人多势众的大臣们轮番言语轰炸，咄咄逼人地施展着言语暴力，他们的话语权无形中极度膨胀，暗中打破了君臣之间原有话语权分布的静止状态。太后显然意识到这一点，她成功地利用了自己的"角色"所拥有的话语特权："老妇必唾其面"的最后通牒，不仅表现了她对此前话语交锋的强硬态度,也显示她对此后可能参与言语交锋者的话语权的全面剥夺。

话语角色在话语交流中的地位不容小觑,不同的话语角色分布,实际上暗中规定了话语权分布的失衡:"谁在说话? 在所有说话个体的总体中,谁有充分理由使用这种类型的语言? 谁是这种语言的拥有者? 谁从这个拥有者那里接受他的特殊性及其特权地位? 反过来,他从谁那里接受如果不是真理的保证,至少也是对真理的推测呢?"① 古代君臣与角色相应的话语权分布,决定了在当时情况下,只有太后可以以"必唾其面"让属下闭嘴,而大臣们面对如此语言强势束手无策,"送长安君为人质"只能陷入僵局。

虽然按照规则,讽谏涉及的多是牵动国家前途和命运的政治话题,然而,在中国古代,几乎与专制政体处于同等重要地位的,是古老稳定的家族体系网络,它同样建构起完整的认知体系以及与之相应的"规则",这个家族认知体系强调家庭成员之间的血缘、伦理和亲情关系,以及上下辈之间的义务和责任。

一般情况下家国之间的关系是平衡、和谐的,但一旦这种和谐被打破甚至发生冲突,当事人必须作出选择时,尽管"国破何以家为"之类的话语在中国人的认知体系中占据相当分量,但要作出放弃家庭的决定还是相当艰难的。

中国家国一体的形制,使得这两种"认知体系"之间总是保持着互相缠绕难分难解的关系。国家之间的征战与救援,把家庭搅进了国际关系的处理中:齐国发兵救赵的条件是"必以长安君为质",这就把国家政治事件转化为与之纠缠的、取决于个人处理的家庭私事,国家命运聚焦于母亲是否愿意奉献幼子做人质的亲情问题,国家毁灭的场景为即将到来的母子生离死别的惨痛场景所取代。

正是在这种情况下,触龙完成了一次短时高效且意义重大的言语活动。

按当时政体的"规则",太后和触龙的话语权分布有明显差别,赵国危难之时,君臣话语交流的核心离不开危难的解救方法。但触龙在切入话题时,却巧妙地将政治话题转换至个人、家庭话题,这样,太后与触龙的话语角色定位就暂时摆脱了当时专制政治的"认知体系"规约,进入另一条轨道。

---

① 〔法〕米歇尔·福柯:《知识考古学》,谢强、马月译,北京三联书店 2003 年版,第 54 页。

在共存意识占主导地位的古代社会,群体内部的亲和气氛,会减轻个体孤独无力的感觉,但个人往往也容易被忽视。尤其在群体和个体利益发生冲突的时候,个体服从群体就成了不可违背的规则。威严的太后正是在这里显现出她的弱势:她是一个孤苦的女人,丈夫去世,她缺少正常情况下可以得到的支持和关心。她是一个艰难无助的母亲,女儿远嫁,她违背母亲的正常心理,希望女儿不要回来;儿子幼小,她必须把他抚养成人。眼下,那么多人都对这位小儿子虎视眈眈,保护儿子是这位母亲的本能和责任。虽然太后是个有魄力的女人,但作为女性承担男性社会的君王角色,面对众多的重大问题,其内心负担可想而知。

触龙作为男性官员,角色身份和其他大臣是一样的。但他成功地把自己转换为面对多重个人问题的弱势形象:病足而不能疾走;殊不欲食而自强步;已衰老而怜爱的儿子出路未定,愿及未填沟壑而托之。触龙的话语又明显地体现出个体之间的小心体贴:"窃自恕"、"恐太后玉体之有所郄","日食饮得无衰乎",这就使他的父性角色暗中向母性角色移位,让母性很强的太后产生认同心理。接着,触龙才自然地转换到同个人话题相纠结的政治话题:真爱子女,就必须让子孙有功于国,否则无以自托于赵。

触龙说服赵太后,虽然在家与国这两种认知体系极具张力的冲突中展开,但由于触龙冷静地体察到这两种认知体系在人们心中的分量,实现了政治话题向个人话题的转换。在短时交流之后,家国之间的利益冲突达到一致,家国之间的紧张关系归于和谐。对个人窘境的体察、对母性的体味,使触龙有了成功进行这次政治话语交际的基本素质。正是在个体人性沟通的情况下,太后爽快地答应:"诺,恣君之所使之。"

二、 紧张语境化为轻松语境

话语的角色效应,与话语发布的场所即语境息息相关。官员会议、办公室的话语效应不同于马路边的交谈;法官的法庭发言效应不同于私下会话;医院,可以成为"医生使用他的话语和话语可以找到其合理起源及其应用点

（它的特殊的对象及证明手段）的机制所在地点"①。

　　传统礼制是中国古代社会规则的核心部分,维护尊卑秩序成为每个人的基本义务。"非礼勿视,非礼勿听,非礼勿言,非礼勿动"(《论语·颜渊》)规训着古人的一言一行,权力在此显示出强大的控制力。在这样的大语境中,人们循规蹈矩、谦恭有礼。

　　古代朝廷王宫更是等级森严的语境,王权在此得到集中显现。君臣交往中,"君要臣死,臣不得不死"成为人们头脑中根深蒂固的"规则"。所以当臣子们就重大问题向君王劝谏时,气氛往往十分紧张,他们冒着"文死谏"的危险,小心谨慎,严肃敬栗,惟恐言语有一点差池。

　　话语目的和规则难以改变,但语境却是可以变动的,成功地利用相对宽松的语境,可以消除"犯上"话语可能带来的危险,达到言说目的。

　　中国文化的一道特色风景是宴饮,它为古人提供了独特的小语境。本来古代宴饮被纳入传统礼仪,有着不可忽视的政治功能,如上古时期的蜡祭大飨宴,是参加者表明各自价值的场合,他们凭自己的财力进行献纳,根据各自的地位占有座席。宴饮这种具有特色的聚会形式,每每让参加者感受人际亲密,享受成功喜悦,使得环境更为融洽,秩序更为明确稳定;另一方面,人们在享受美味佳肴时,个人基本需求得到畅快满足,酒这种烈性饮料,又总会使饮者精神兴奋、话语滔滔,而醉酒者的失言、失态也往往得到人们的谅解。因而,宴饮作为轻松随便的私人化场合,为古人创造了礼制严格规约之外的语境,许多原本艰难的话题都在觥筹交错之中展开。

　　《史记·滑稽列传》中,齐威王罢长夜之饮,是因为淳于髡利用了宴饮场合进行讽谏:楚大兵夜退,"威王大悦,置酒后宫,召髡赐之酒",在和谐欢快的语境中引出了相关话题:当淳于髡回答齐威王"先生能饮几何而醉"时,描述了不同场景之下他的不同酒量,并总结说:"酒极则乱,乐极则悲,万事尽然,言不可极;极之而衰。"以此讽谏。

　　在中国,因为酒可以成为人际关系的润滑剂,醉狂之后的失态往往可以得到谅解。因而一些人在醉狂之中可以言平时所不敢言,为平时所不能为,

① ［法］米歇尔·福柯:《知识考古学》,谢强、马月译,北京三联书店 2003 年版,第 55 页。

显露真我。据刘义庆《世说新语》载,晋武帝不觉得太子愚笨,一心想把帝位传给他,很多大臣直言劝谏。一次,武帝坐在凌云台上,卫瓘"因如醉跪帝前,以手抚床曰:'此坐可惜!'帝虽悟,因笑曰:'公醉邪?'""醉",为双方提供了除去尴尬的台阶。另据《宋史·儒林传》载,陈亮拒官不做,每天与狂士饮酒,醉中戏为大言,言语冒犯了皇帝。后来他与侍郎何澹结下仇恨,何在孝宗皇帝处诬告陈亮图谋不轨。孝宗经过一番了解后,说:"秀才醉后妄言,何罪之有!"于是赦免了陈亮。"醉"为言语"犯上"的狂士撑开了一把保护伞。据魏泰《东轩笔记》述,客人张绩在一次宴会上乘醉拉扯主人的家妓,主人王韶不但不加责备,反而以令客失欢的罪名罚家妓喝酒,宴饮的宽松语境为醉狂之人提供了特权。

此外,古代的俳优表演也是严正社会生活之外的特色语境,按照当时"理性构成"的规则,俳优地位极为低下,在正常的国家政治生活中根本没有话语权,但有些俳优却成功地利用了表演的轻松语境,把滑稽表演和笑话转变为政治修辞,改变了自己的单纯搞笑"角色",也从而改变了社会对他们的"认知"。据《史记·滑稽列传》记载,暴虐的秦始皇曾打算把北鄙应当设防御敌的边地改建成大游猎场,昏聩的秦二世则荒唐地想把长城全刷上漆。他们身边的俳优均表示"赞同",并且说,不设防搞猎场太好了,敌人来了,可以让麋鹿去顶;城墙上漆很好,敌人来了爬不上那么滑的墙,只是不好盖那么大的荫室好让漆阴干。俳优的特殊身份和搞笑的特殊语境,强化了话语的幽默色彩,却掩藏起其中的讽刺意味和矛头指向。结果,他们的言外之意自然为帝王所接受。

谏者成功地创设和利用轻松语境,正是因为按照"规则",这些语境可以提供极大的话语自由,使讽谏话语变得隐晦幽默而被接受。

三、逻辑推理转为形象诉说

我们日常所推崇、被视为言语行为依据的"知识",在福柯看来,也有着"角色"和"权力"的介入。福柯以医生为例说明特殊角色的权力在创建"知识"方面的重要性,在现代社会,"医生的身份包含着能力和知识的标准、机制、系统、教育规范,确保——不是没有任何界限标志的——知识实践和试验的合法条件","医嘱不能出自随便什么人之口;它的价值,它的成效,它的治疗能力本身,或者笼统地讲,它的作为医嘱的存在与按规章确定下来的角色是不可分的,这个角色有说出医嘱的权利,因为医生要求医嘱有解除痛苦和死亡的权力。"①

各个民族都把经典看作是"放之四海、古今而皆准"的"知识"。经典往往可以突破文体的界限,成为指导社会行为的"宝库"。

在中国,《诗经》是最早的诗歌总集,但在古人的认知系统中,《诗经》超越了纯文学的界限,具有多方面功能,比如它可以使接受者"多识于草木鸟兽之名",可以"正得失,动天地,感鬼神"(《毛诗序》),可以作为教化的材料。《诗经》中的诗句也成为人们社会"知识"系统的重要组成部分,得到当时理性构成的认可。

讽谏是向国君进言,信息发出者除了有足够的勇气外,还必须谨慎而机智地选择话语方式。《诗经》在古人认知体系中作为固有"知识"的分量,使得讽谏者很自然地把它当作话语材料的首选,《诗大序》就曾说:"上以风化下,下以风刺上,主文而谲谏,言之者无罪,闻之者足以戒。"此外,古人认为《诗经》的修辞手法也具有强烈的政治色彩,郑玄《毛诗序》说:"赋之言铺,直铺陈今之政教善恶。比,见今之失,不敢斥言,取比类以言之。兴,见今之美,嫌于媚谀,取善事以喻劝之。"这些总结虽然可能违背了创作者的初衷,但却符合上古用诗的传统。

上古诗歌献纳成为君王听政的组成部分,据《国语·周语》:"故天子听政,使公卿至于列士献诗,瞽献曲,史献书,师箴,瞍诵,百工谏,庶人传语。……而后王斟酌焉,是以事行而不悖。"《国语·晋语》中范宣子则说:"吾闻古之王者德政既成,又听于民。于是乎使工诵谏于朝,在列者献诗。"

《左传·襄公二十六年》,卫侯侵袭戚国后,杀死晋兵三百人。后卫侯被晋囚禁,齐侯和郑伯为此赴晋。在宴会上,宾主分别赋诗,轻松友好的氛围为后来的劝说作了铺垫,晋侯最终同意释放卫侯。后劳孝舆《春秋诗话》评论

---

① [法]米歇尔·福柯:《知识考古学》,谢强、马月译,北京三联书店2003年版,第55页。

此事说:"二三君子善于解纷,但于杯酒赋咏间,宛转开讽,而晋怒可平,卫难以解。"

《荀子·大略》说:"善为《诗》者不说。"即善于用《诗》表达己意的人,可以不使用日常语言,诗句成为谏阻的现成话语材料。《国语·周语》载周景王二十一年打算铸造大钱,单穆公劝阻,引用《大雅·旱麓》:"瞻彼旱麓,榛楛济济。恺悌君子,干禄恺悌。"说明消耗民资民力对国家不利。

《诗经》有时甚至代替了"谏书"。据《汉书·儒林传》载,昌邑王嗣立又以行淫乱被废后,他的老师王式也被判死罪,"治事使者责问曰:'师何以亡谏书?'式对曰:'臣以诗三百五篇朝夕授王,至于忠臣孝子之篇,未尝不可不为王反复诵之也,至于危王失道之君,未尝不流涕为王深陈之也。臣以三百五篇谏,是以亡谏书。'使者以闻,亦得减死论。"王式作为昏君的老师,没有上谏书给君王因而获罪,但是他认为自己给王讲解《诗经》中的"忠臣孝子之篇"和"危王失道之君",就是以《诗经》代替了谏书,由此可见《诗经》在古代政治修辞中所占的重要地位。

《诗经》作为固有"知识"被频频用于政治生活,形成了中国讽谏特有的言此意彼的形象诉说方式,这一方式削减了直言劝谏咄咄逼人的气势。《礼记·经解》曰:"孔子曰:'如其国,其教可知也。温柔敦厚,诗教也。"孔颖达《正义》曰:"温,谓颜色温润;柔,谓性情和柔。诗依违讽谏,不切指事情,故曰温柔敦厚诗教也。"汉代立"六经",《诗经》的美、谏、风、刺成为文学的四大功用,以形象化诉说为基本特征的文学作品的直接政治功用被发挥到极致。这一点在汉赋中也得到体现,汉大赋在对物质世界竭尽铺饰夸诞之描写之后,"其要归引之节俭,此与《诗》之风谏何异"。(《史记·司马相如列传》)

另外,中国古代寓言没有发展为独立的语篇,很多都裹挟在讽谏中,成为讽谏的形象诉说话语。如战国时苏代为解决燕赵争端,游说赵王罢兵,但他先没有涉及正题,而是说起虚构的"鹬蚌相争,渔翁得利"的见闻,赵王接下来的一句"得非苏卿识禽语乎",说明他还没有领悟苏代形象诉说的策略。苏代又点出"臣恐强秦之为渔父也",赵王终于恍然大悟:"善。"另《战国策·齐策一》中,"靖郭君将城薛,客多以谏",靖郭君将他们全拒之门外。

一齐人得到只说三个字的许可后,"趋而进曰:'海大鱼。'因反走。"接着他又应靖郭君的要求,对三个字进行解说:"君不闻海大鱼乎? 网不能止,钩不能牵;荡而失水,则蝼蚁得意焉。"最后齐人点出形象诉说的"隐喻义":"今夫齐,亦君之水也;君长有齐阴,奚以薛为? 夫齐,虽隆薛之城到于天,犹之无益也。"

福柯强调"知识"的重要地位,认为它是个人充当某种角色时遵循具体规则的话语,涉及某些权力关系的话语。古代《诗经》和寓言频频在政治修辞中发挥作用,正因为它们在古代"知识"体系中有着特殊分量。

在中国,周以后人的意识的觉醒带来了"言"的意识的觉醒,公元前 6 世纪早期,诗人的吟唱化为论者的言辩,辩者时代促成了古代中国的理性浪潮,大批辩者以讽谏为手段匡救天下,实现自己的政治理想,证明自己的人生价值。同时他们又继承了诗人传统,具有良好的文学修养,形象诉说成为讽谏的主要方式之一。

古希腊亚里士多德曾为"修辞"定义:"一种能在任何一个问题上找出可能的说服手段的功能。"① 西方修辞术始于演讲和诉讼,这是当时希腊城邦奴隶主民主政治"权力"的体现;亚里士多德的《修辞学》系统地总结了当时的各方面"规则"和"知识",研究了适应于这些"规则"和"知识"的修辞技巧。中国古代发达的讽谏在不同程度上作用于接受者的认知,改变了接受者对重大事件的单一处理方法,在当时的社会体制下同样发挥了重要功能。虽然中国古代讽谏的修辞策略,没有被系统总结而达到理论化、体系化,但讽谏者对修辞策略的重视,可以和西方比美。

---

① 亚里士多德:《修辞学》,罗念生译,北京三联书店 1991 年版,第 24 页。

附录四　创生与毁灭:《俄狄浦斯王》的广义修辞学分析

广义修辞学主张突破以往对文本限于句层面以下语言单位的修辞分析,构筑"两个主体、三个层面"的立体化修辞分析框架:在传播方面,关注表达者和接受者,以及表达和接受的传播语境、传播手段、传播目的和传播效果等,分析这些因素与文本的关系。在文本分析方面,广义修辞学主张关注文本的不同层面:在话语层面,从与文本有密切联系的各个层面语言单位切入,分析其修辞义;在文本建构层面,从文本布局以及一系列的修辞设置入手,描述表达者在文本建构层面的选择与组织,以及这些选择与组织与文本整体的关系;在修辞哲学层面,研究文本与表达者、接受者精神建构之间的关系。

这样的立体分析框架,力图将分析落实到文本的各个层面,避免对文本作纯宏观、因而难免空阔飘渺的主观体悟式分析;也力图面对文本,将各个层面的分析切切实实地纳入对文本这一有机整体的分析之中,避免不顾文本整体的随意拆解、与文本整体无密切关联的细碎分析。

当然,在实际操作中,针对不同文本,广义修辞学分析可以选择不同方面的重点。本文分析古希腊索福克勒斯的《俄狄浦斯王》,则试图结合悲剧主题,从三个层面展开文本修辞分析:

"创生—毁灭—再生"是古老而庄严的主题,大量文本以不同方式诠释了这一主题。古希腊索福克勒斯的《俄狄浦斯王》在话语、文本和哲学层面,修辞化地展现了"创生—毁灭—再生"的惨烈与悲壮:悲剧频频出现关键词"火"、文本建构于"父子接替"不可调和的矛盾、在主角的人格建构层面则展现了"我"与"非我"的生死冲突,从而形成了一个富于哲理的隐喻性悲剧文本。

一、创生与毁灭:"火"作为悲剧关键词

文本话语由词、短语、句子、句群等各个不同层面的语言单位组合而成,而一些特定的语言单位高频出现于文本,成为文本中的关键语言单位,则显示了作者出于文本主旨考虑的有意识选择和组织,这些关键语言单位在深层蕴含着特有的修辞义。在《俄狄浦斯王》中,"火"是多次出现的关键词,其语义修辞化地指向令人震惊的毁灭性和创造性力量。

底比斯因污染而遭到的自然灾害和瘟疫,是与毁灭之火密切联系的:

> 这城邦,……正在血红的波浪里颠簸着,抬不起头来,田间的麦穗枯萎了,牧场上的牛瘟死了,妇人流产了;最可恨的带火的瘟神降临到这城邦,使卡德摩斯的家园变为一片荒凉,幽暗的冥土里倒充满了悲叹和哭声。
>
> 这闻名的土地不结果实,妇人不受生产的痛苦,只见一条条生命,像飞鸟,像烈火,奔向西方之神的岸边。

这毁灭之火来自雷电之神宙斯的儿子——战争之神阿瑞斯,它的破坏是双重的:土地和人类的繁殖力枯竭,正如毁灭一切的战争威力。在这儿,"火"的修辞义同时指向了自然灾害、瘟疫和战争。

对俄狄浦斯紧追不放的也正是带着毁灭之火的阿瑞斯,作为受到人们爱戴的城邦君主,俄狄浦斯最终不能逃脱毁灭的命运,直接执行这种惩罚的是阿瑞斯和报仇神:

> 宙斯的儿子已带着电火向他扑去,追得上一切人的可怕的报仇神也

在追赶着他。

若要战胜这种毁灭之火,得求助于雷电之神宙斯的霹雳之火:

> 凶恶的阿瑞斯没有携带黄铜的盾牌,就怒吼着向我放火烧来;但愿
> 他退出国外,让和风把他吹到安菲特里特的海上……我们的父亲宙斯
> 啊,雷电的掌管者啊,请用霹雳把他打死。

得依靠丰产女神兼月亮女神阿尔特密斯和农神兼酒神巴克科斯的火炬,这是
创造之火、生命之火,这些火,会带来丰收与繁衍,健康与喜悦。因此,索福克
勒斯笔下的底比斯人急切地呼唤着:

> (愿阿尔特密斯)点燃她的火炬,
> 　火光照耀在吕喀亚山上。
> (愿巴克科斯)点着光亮的枞脂火炬,
> 　来作我们的盟友,
> 　抵抗天神所渺视的战神。

因此,"火"作为悲剧《俄狄浦斯王》中频频出现的关键词,其修辞义
形成一个系列,分别指向:

> 天灾 / 丰收
> 流产 / 繁衍
> 人畜的瘟疫 / 人畜的健康
> 战争 / 耕种

这些修辞义分别对应于希腊神祇:

> 战争之神阿瑞斯 / 农神兼酒神巴克科斯
> 报仇神 / 丰产兼月亮女神阿尔特密丝

总之,悲剧《俄狄浦斯王》中关键词"火"的修辞义,最终可以归结为:
创生与毁灭。

在古希腊文化中,火因具有特殊力量,而占有特殊地位。

普罗米修斯给人类以火,人类社会由此迈出进入文明世界的关键性一步。但进入文明的门槛,扑面而来的是暴力、杀戮、贪婪、自私。伴随着通红的火,还有殷红的血。上古时代的战争,结果必然是烧城屠城,鲜血与烈火互相映照,构成以往如花似锦的城邦及其蓬勃的生命毁于一旦的最惨烈的悲剧。火也因此成为希腊神话中的不祥之兆:特洛亚战争的罪魁帕里斯出世前,他的母亲就梦见自己生下一只火炬,烧毁了特洛亚城,焦急的母亲忍痛将婴儿扔到荒山上,但城邦仍然难逃帕里斯带来的灭顶之灾。从这个意义上说,火既是创生之源,又是毁灭之源。难怪既爱护又憎恨人类的宙斯对火严加控制,出于对火所造成后果的担心,他禁止人类用火,当普罗米修斯盗火给人类之后,他又给普罗米修斯以严厉惩罚。

燃烧的火能够给人类带来光和热,但其代价是另一种物质的毁灭,这种自然现象促发了希腊哲学家的思考。倍受马克思赞扬的古希腊哲学家赫拉克利特,是火崇拜论者,也是战争崇拜论者。在他的理论中,作为万物原质的火,与战争紧密地联系在一起。他认为万物都由火生成,也像火焰一样,诞生于别种东西的死亡。世界是一种由对立面结合而形成的统一,"过去、现在和未来永远是一团永恒的活火,在一定的分寸上燃烧,在一定的分寸上熄灭"。火的永恒是过程方面的,而不是实体方面的。"神是日又是夜,是冬又是夏,是战又是和,是饱又是饥。他变换着形相,和火一样。"而人的灵魂是火与水的混合物,火是高贵的,水是卑贱的,灵魂中火最多。[①]

公元前 4 世纪,苏格拉底的同时代人德谟克里特提出了原子论。德谟克里特认为,原子冲撞的结果产生了许多世界,一个世界可以因为同另一个更大的世界相冲撞而毁灭。生命从原始的泥土里发展出来,每个生命体的处处都有一些火,而脑子里和胸中火最多。[②]

具有双重属性的火,在古希腊文化中的地位非比一般。而火本身的辉煌壮丽,火在毁灭和创生方面的巨大能量,又使得火本身具有了强烈的悲剧性。

---

① [美] B. 罗素《西方哲学史》(上),马元德译,商务印书馆 1982 年版,第 69—75 页。
② 同上书,第 96—106 页。

它在《俄狄浦斯王》中高频出现,也就不奇怪了。

二、毁灭与再生:"父亡子替"作为悲剧冲突

在很多民族的古老神话中,"父与子"之间的冲突十分激烈。希腊神话中神界的数次更替,都经过杀父和残害子女的斗争。如第一代天神乌拉诺斯,把刚生下的儿子藏到不见阳光的大地隐秘处,结果被儿子克洛诺斯阉割;而第二代天神克洛诺斯也因为知道自己注定要被一个儿子推翻,所以吞食每一个刚出世的孩子,但最终他还是败在宙斯手下。宙斯本人则时时担心某一个儿子将推翻自己。早期希腊神话中的天神父子,象征着新旧力量之间的密切关系;天神父子之间的相残,象征着经过惨烈的斗争,新的力量诞生、旧的势力毁灭。因神的特殊属性,因叙述的古老,这些神祇父子的相残,没有受到世俗道德的谴责和惩罚。

《俄狄浦斯王》中父子之间的杀戮,俄狄浦斯取代父亲坐上王位,虽仍然是早期人类"父子冲突"、新旧接替的隐喻化表现。但是,俄狄浦斯已不具备神祇的特权,生存在神的旨意和世俗认知夹层中的俄狄浦斯,他必将因"杀父娶母"而受到严厉惩罚,这种父子之间不可调和的生死冲突构成了悲剧展开的基础:

底比斯的国王和王后想生一个孩子,这种世俗而普通的愿望必须通过神助才能实现。在德尔福神庙里,具有绝对权威的神,允诺实现这对夫妇的生子愿望。但是,新的诞生必须以旧的毁灭为代价,德尔福神谕又以不容置疑的语言为即将出生的孩子规定了未来的行为:杀死父亲,娶自己的母亲为妻。这样的神谕也暗中预设了孩子父母的残忍行为:出于自身考虑,在寒冷的冬天,底比斯国王和王后把柔弱婴儿的双脚钉在一起,让牧羊人抛到荒山之上。"杀父"和"弃婴",就这样无可逃避地、宿命地叠合在一起。

文化人类学资料表明,人类历史上曾经有过这样的时期,国王的身体健康状况是部落兴旺与否的标志,国王一旦露出衰老迹象,部落也必然会随之衰败,所以年老有病的国王必须被处死,由他的儿子或别的年轻人继承王位和财产,人们认为这是为了种族的兴旺和繁衍而必须采取的手

段。① 在古希腊传说《阿尔刻提斯》中,我们仍可看到儿子为了活下去而要求父母替自己去死,父母严词拒绝,而儿子的举动并没有引起任何道德上的非难。恩格斯在《自然辩证法》中也指出过一个事实:"韦累塔比人或维尔茨人,在十世纪还吃他们的父母。"②

为上辈的生存和利益而杀死孩子的风俗延续得更为长久。常见的将童男童女作为献祭是杀婴弃婴的宗教表现形式。公元前 5 世纪波斯王薛西斯一世的老母亲,为了献祭最高神,有一次竟下令活埋 14 名出自著名家族的少年侍从。迦太基人则装出快活的样子把自己的儿子献祭给植物神萨图恩,没有儿子的人家只得买男孩作祭品。秘鲁的印加人为庆祝战争胜利,用 10—14 岁的少男少女作祭品,他们还把病人的儿子献给太阳或自己的保护神维拉柯卡,恳求神同意子代父死。15 世纪时,穆拉德二世占领巴尔干半岛,用 600 个希腊青年作为献给自己父亲的牺牲。而基督教中的上帝,也是用自己无罪的圣子之血,去怜爱世人和有罪的人。直到近代,有些神像还要用小儿的血来染。

即使在对家族繁衍极为重视的中国,有时也不能避免对幼儿的杀戮和抛弃,当然,这样做常常是从家族血脉的纯洁性出发,比如周的女始祖姜嫄履大人足迹生下稷以后,稷就有了三次被弃的遭遇:

> 诞寘之隘巷,
> 牛羊腓字之,
> 诞寘之平林,
> 会伐平林。
> 诞寘之寒冰,
> 鸟覆翼之。
> 鸟乃去矣,

---

① [英]J. G. 弗雷泽:《金枝》中有关章节 "国王体衰被处死"、"国王在任期届满时被处死",徐育新等译,中国民间文艺出版社 1987 年版,第 392—415 页。

② [德]恩格斯:《自然辩证法》,《马克思恩格斯选集》第三卷下,人民出版社 1972 年版,第 155 页。

> 后稷呱矣,
>
> 实覃实訏,
>
> 厥声载路。
>
> ——《诗经·大雅·生民》

这首诗隐含了一个古老的民俗现象:婚姻制度未完全确定的远古社会,丈夫往往怀疑妻子生下的第一个孩子并非己出,为了自己的家产有可靠的继承人,因而有杀头子之风。

此外,很多著名的英雄如帕修斯、帕里斯、赫拉克勒斯等,也都曾经因长辈的原因被弃,他们最后大多以自觉或不自觉的方式进行了报复。两代人之间的残酷竞争所形成的血淋淋的罪与罚主题链,使得希腊早期文学带上了悲壮惨烈的色彩。

普列汉诺夫认为,原始部落为了一部分人的生存而不得已杀死多余的孩子和筋疲力尽的老人,是由于野蛮人不得不为自己的生存而奋斗。在食不果腹、生存极端艰难的情况下,迫不得已杀死非生产成员对社会来说是一种合乎道德的责任。

杀老和弃幼,一方面反映了生产力极端低下的蒙昧时期,初民为了自身的生存,不得不牺牲长辈或下代的风俗,另一方面,也隐喻化地投射出两代人之间的对立关系,即:一代人的生存和发展,以另一代人的生命付出为代价。从表层看,俄狄浦斯是在被弃之后,无意识中犯下杀父娶母的罪过,但在深层,他的行为隐喻了新旧两代人之间潜在的、永恒的危机:俄狄浦斯的出生,预示着他将给长辈带来毁灭性灾难。而为了自己的安全,他的父母又不惜将自己唯一的亲生儿子钉上双脚扔到荒山上,打算置他于死地。杀父和弃婴,在俄狄浦斯既是施动者,也是受动者:他是发出杀父行为的人,又是被动地接受弃婴事实的受害人。两代人之间的矛盾就这样被隐喻化为血淋淋的直接的生死冲突,而俄狄浦斯因畏惧而出走和最后的自我惩罚,则反映了文明社会为缓解和调适这种矛盾所做的努力。不过,《俄狄浦斯王》所隐喻的两代人之间的冲突,并没有因为文明程度的不断加强而终止,它转化成"新与旧"斗争的惨烈方式在历史上延续。

按照弗洛伊德的学说,成长中的个体从父母权威下的超越,是完全必要的,也是很痛苦的。正因为必要,所以每一个正常的人都应该在一定程度上设法实现它,社会进步就靠这两代人之间的斗争。《俄狄浦斯王》是通过悲剧性结局显示两代人之间的冲突结果的,悲剧中俄狄浦斯的遭遇在人们心中引起的怜悯和恐惧之情非常强烈。通过他的遭遇,人们看到了"子辈"从"父辈"权威下挣脱出来的必要、艰难和痛苦,以及为这种超越所必须付出的血的代价。

三、毁灭与再生:"非我"到"我"的精神救赎

在悲剧《俄狄浦斯王》里,作品追问的是有关人自身的一个终极之谜:

> 我是谁？我从哪里来？

但是作者没有把这种追问交给纯哲学文本,而是交给了文学。这就要求把哲学的思考转换成文学的修辞设计,并赋予相应的文体形式,作者选择"悲剧"(tragedy)这一文体形式来承载自己的哲学思考,是因为:悲剧作为一种"场性"极强的文体,有独特的审美规定性,特别是其主题的终极关怀,与作品的终极追问正相吻合。

在到达底比斯之前,俄狄浦斯经历了人生三大转折:听说了自己的身世以及"杀父娶母"的神谕而离家出走;在路上因争执杀死一个老年人,这个老年人正是自己不曾谋面的生父;破解"斯芬克斯之谜",娶原来的王后为妻,成为底比斯国王。

应该说,到达底比斯之后,俄狄浦斯告别了过去的"非我",努力开始了自己新"我"的人生,但"非我"的阴影仍然暗暗笼罩在"我"的头上,"我"与"非我"的互相否定,正成为索福克勒斯悲剧的起点。

俄狄浦斯以城邦之主的身份出现在响彻求生歌声和痛苦呻吟的底比斯王宫前时,曾自豪地宣称:

> 我,人人知道的俄狄浦斯,我来了。

祭司进一步点明他的身份:

> 我们是把你当作天灾和人生祸患的救星。

"我"既有成为城邦救星的自信,又得到众人的信任。"我"在这里,是明确合理、充满自信的。作品突出了"我"把底比斯从狮身人面兽的魔爪下救出的业绩:

> 你曾经来到卡德摩斯的城邦,
> 豁免了我们献给那残忍歌女的捐税,
> 你靠天神的力量,救了我们。

同时也展现"我"对于城邦灾难的焦虑:

> 我睡不着,并不是被你们吵醒的,
> 须知我是流过多少眼泪,想了又想。
> 我是为大家担忧,
> 不是为我自己。

"我"作为城邦之主,执行神的旨意,决心为城邦清除污染和罪恶。"我"一直执拗地要捉拿凶手,独自支配了整个审理案件的过程,并且追根究底:

> 我不许任何人接待那罪人,
> 不论他是谁,不许同他交谈,
> 也不许同他一块儿祈祷,祭神,
> 或是为他举行净罪礼;
> 人人都得把他赶出门外,
> 认清他是我们的污染。

总之,"我"是一个为城邦立下大功、对国家抱有强烈责任感、对民众怀着急切同情心的英明君主。

"我"又是孝顺的儿子,当"我"听到自己将要杀父娶母的预言时,立刻丢下本可以继承的王位和财富,离家出走,漂泊天涯;听到波吕波斯去世的消息，"我"也没有急着去继承王位，仍然害怕会伤害母亲。

同时，"我"也是一个好丈夫，好父亲。"我"对王后伊俄卡斯特十分亲切，除了因怀疑她鄙视"我"的出身而恼火外，"我"与王后一直处于和谐的关系中，这种融洽的夫妻关系在《俄狄浦斯王》之前的文学中十分少见；"我"对自己的子女也十分疼爱。如果不是命运作祟，"我"的家庭的确是十分幸福的。

这个堂堂正正的"我"，却时时被一个含混的、不合理的"非我"所困扰、消解，以至于"非我"成为"我"在非理性背景下活动的更为真实的身影：

"非我"来到忒底比斯前，就是杀死老王及其随从的凶手，手上沾有洗不去的斑斑血迹。何况这个老王还是"非我"的生父。

"非我"的亲生母亲，此时已成为"非我"的王后。

因此，"非我"是一个给城邦带来严重污染的人，他验证了杀父娶母的神谕，是天下最大逆不道的儿子。

悲剧中，"非我"与"我"合二为一的过程一波三折、惊心动魄：得知内情的忒瑞西阿斯、伊俄卡斯特和牧人惊惧而痛苦，都不肯说出真相，并竭力劝阻"我"中止查究，但"我"出于城邦利益、出于自信和责任感而坚持追查凶手，不肯轻易罢休，最终把自己推到受审席上，等到水落石出时，"我"才发现自己正是罪犯"非我"。

索福克勒斯就这样把"我"和"非我"并置一处，让他们在悲剧的规定情境中相互否定：

> "我"的角色身份：
> 君主 / 城邦的救星 / 可亲的家庭角色 / 审判者
> "非我"的角色身份：
> 凶手 / 城邦的灾星 / 不和谐的家庭角色 / 受审者

当"非我"的面目明晰时，"我"也被否定，不得不离开与自己血肉相连的城邦，四处漂泊。虽然结局悲惨，但是俄狄浦斯的"非我"毁灭于自我惩罚之中、新"我"再生于自我放逐之时，他的自我救赎在此时达到高潮。

从文本解读的角度说，走进作品，往往要走进作品提供的文化语境。《俄狄浦斯王》出现在历史转型期这样一个主体觉醒与迷茫相混杂的时代：

　　一方面,人类走出神话,逻各斯开始萌动,并日益变得大胆清晰。另一方面,古老的氏族组织崩溃,个人地位得到前所未有的确认,自我意识逐步确立。因而,人在失去神祇佑护的同时,也被抛出原来所属的群体,开始在新建立的道德规范的约束下,为自身行动和自身状况负责。面对社会动荡、个体生存状态的改变,希腊人带着一种焦虑不安,陷入对自身的理性思考。

　　理解生命必然意味着认识死亡,睿智常常携带着沉重,文明往往伴随着异化,自我意识的确立,也隐含着自我解构的怀疑和悲哀。当理性与智慧难以胜任对纷纭复杂的现实作出解释时,命运的阴影便会浓重并弥漫开来。《俄狄浦斯王》正是主体意义上的"我"在这样的文化语境中,对于过去、现在以至未来的非理性的"我"——"非我"的思考:

　　"我"作为一个活生生的存在,充满偶然性:出生以后被弃,很可能冻饿而死;不是偶然听人说起"我"的生世,从而去求神谕,"我"不会离开自己的养父母;如果不是恰恰在同一时间经过路口,或者双方稍有忍耐,"我"不会杀死亲生父亲,从而娶下自己的母亲。如果中断寻找凶手,"我"的身份就可能永远是谜。这么多偶然因素,都可能改变"我"的遭遇,"我"的存在可能有,也可能无,可能如此,也可能如彼,那么,"我是谁?我从哪里来?"着实使人惊愕,又使人困惑。其实,俄狄浦斯开始自己真正的人生之旅时破解的司芬克斯之谜,正是希腊人以形象化的语言就人所发出的"这是什么"的提问,《俄狄浦斯王》也因此成为对闪耀着智性光辉的独特的希腊之问——"存在者是什么"的隐喻。

　　过去,希腊人曾满意地相信阳光下的生活是实实在在的生活,阿喀琉斯的阴魂说他宁愿作人间的奴隶,也不愿作阴间的财主,但是在索福克勒斯时代,希腊人对于自身生存有了更痛切的体悟,也有了更深沉的思索,痛苦与困惑随之而生。海德格尔曾对独特的希腊之问发出赞叹:

　　　　正是存在者被聚集于存在中,存在者显现于存在的闪现(Scheinen)中这回事情,使希腊人惊讶不已。希腊人最早而且也唯有希腊人惊讶于此。①

————————

　　① [德]马丁·海德格尔:《同一与差异》,孙周兴、陈小文、余明锋译,商务印书馆2014年版,第12页。

这一萦绕人们心头、挥之不去的常答常新的难题,显示了人作为一种自觉的类属物的根本属性。尽管"非我"与"我"相背离,俄狄浦斯的自觉行动没能逃过命运的暗算,他所努力达到的"我"被"非我"所消解,结果一无所有,漂泊无根,肉体与灵魂都陷入茫茫孤独之中,但"我"的心理状态和道德观念始终是统一的。悲剧中,经过俄狄浦斯的追查,"非我"逐步明朗的过程,也正是"非我"毁灭、一个更为光明的"我"重新诞生的过程,

卡西尔认为:"人被宣称为应当是不断探究他自身的存在物,一个在他生存的每时每刻都必须查问和审视他的生存状况的存在物。人类生活的真正价值,恰恰就在于这种审视中,存在于这种对人类生活的批判态中。"① 俄狄浦斯悲剧性的自我意识过程,隐喻化地显示人在宇宙中位置、状况的稳定与飘移、清晰与含混、高贵与耻辱。从某种意义上说,人只要不放弃自身的奋斗,命运也就不会放弃对于人的捉弄。那么,人作为有理性、能选择自身行动的动物,他行动的意义何在? 虽然人类可能很难得出一个圆满的答案,但这种思索本身,正显示了"人"高于其他一切生物的属性。

---

① 〔德〕E. 卡西尔:《人论》,甘阳译,上海译文出版社 1985 年版,第 8 页。

附录五　求索与回归:《离骚》和《神曲》修辞诗学对读

　　《离骚》与《神曲》是中西文学史上伟大的梦幻之作,屈原和但丁在长诗中把自己的心灵历程修辞化地铺展开来:这条漫漫的求索和回归之路,承载了他们在那个时代的困惑和清醒,承载了他们的人格以及全部生命和事业,映照出东西方民族艰难跋涉的一段历程。

一、修辞角色定位: 流放中的求索者

　　屈原和但丁,在地域上相去遥远,时间上差隔两千年,但他们都在一个剧烈变动的年代遭受了同样剧烈变动的命运:社会活动受挫,被逐出自己的人生舞台,成为东西方两位著名的流放者。当现实中的政治生涯走到终点时,两位诗人又同样在精神世界寻找到一条求美之路。在精心建构起来的修辞世界中,他们的求索角色和他们的现实角色一样熠熠生辉。

　　今天,战国作为中国知识分子成长史中辉煌的一页已经深深植入了我们的民族记忆,当时士以天下为己任,驰骋政坛,他们平治天下的恢宏言论和积极行动构成时代大潮。士在那个时代大显身手的功绩一直为人们所称道:诸子四处游说,力挺自己的新学说和改变社会的新主张;对人和事的价值评

判新体系引导着人们的行为,吴起得将位,商鞅变法,苏秦、张仪合纵连横挂六国相印……屈原也曾经为楚怀王左徒,同楚王议国事,出号令,接应诸侯宾客,得到重用。文人的成功成为那个时代引人注目的风景。

不过,战国毕竟是个战火纷飞、阴谋横行的时代,在很多时候,暴力蛮横和狡诈无耻不失时机地显示着它们的威力和效应,因而,从总体上看,那些文人灿烂人生的背后有阴暗,成功的背后有血泪和牺牲,在他们憧憬着发挥聪明才智之时也必然有失败和忧伤。正当屈原政治上得志、即将大展鸿图时,他却仅仅因遭受群小攻击就被楚怀王疏远,从这时起他其实就已经走上了政治上的"流放"之途。当他仍执着地想要进一步进谏以挽救楚国灭亡的命运时,又遭到最后一击——被顷襄王放逐。

但丁同样生活在一个动荡不安而又活力四射的时代,暴君政治过分地消耗了国家资源,引发了战争,成为一切残酷暴虐和悲惨痛苦的根源,为了满足权力和金钱方面的贪欲,暴君甚至把杀戮和阴谋运用到家族内部,这种特有的政治体制引发的长期激烈党派之争加剧了社会不安。另一方面,但丁所生活的佛罗伦萨在当时又是人类的个性发展得最为丰富多彩的地方,"最高尚的政治思想和人类变化最多的发展形式在佛罗伦萨的历史上结合在一起了,而在这个意义上,它称得起是世界上第一个近代国家,……那种既是尖锐批判同时又是艺术创造的美好的佛罗伦萨精神,不断地在改变着这个国家社会的和政治的面貌,并不断地对这种改变作评述和批判,佛罗伦萨就这样成了政治理论和政治学说的策源地,政治实验和激烈的改革的策源地"[①],观察问题的敏锐和深刻,对政治的热情、执着和直率,既让但丁在当时的政治斗争中崭露头角,又使他成为那个年代党派之争的牺牲品。

但丁和屈原所生活的国度,在他们之前或之后,都有很多遭受流放命运的人,这些人中有一些或在流放地寂寞地哀叹,或艰难地谋生存,或许其中还不乏为自己当年的莽撞、过错而深深后悔的。他们通常都是在流放地默默地离开人世,似乎当他们从纷纷攘攘的现实舞台被放逐之时,人生就已经画上了句号。然而,屈原和但丁却没有屈服于当政者为他们所安排的命运:改变

① [瑞士]J.布克哈特:《意大利文艺复兴时期的文化》,何新译,商务印书馆1979年版,第72页。

了的是人生遭际,改不了的是他们的气节和九死未悔的决心。他们同样在流放中为自己设置了一条通往美好精神世界之路,在这条路上,他们成为世人瞩目的新形象。

二、修辞化的精神之旅: 梦幻中的求索

在自己建构的精神世界中漫游和求索,是屈原和但丁的共同选择,《离骚》和《神曲》中的幻游,成为他们的精神之旅由心理层面转化至地理层面的修辞化显现。

在《离骚》的开头,屈原描述了自己的美好天赋、良好修养,是一个修身自洁,不与世俗同流合污的形象,然而后面的叙述却直转急下:古老氏族错综复杂的人际关系,热衷于祭神祀鬼的昏庸君王,"国无人莫我知兮"的环境,使得彷徨、苦闷、困惑,一齐向诗人袭来。屈原听不进女嬃识时务的劝告,更在"济沅湘以南征兮,就重华而陈词"之后深感绝望。唏嘘抑郁之中,他登上求索的马车在幻游中启程。飘忽不定的旅程,同样处处使他难堪:他扣帝阍,阍者不开门;多次求女,也终无所遇。灵氛劝他出国远游,他感到犹豫,巫咸为他占卜指示出路,于是他又转道昆仑,踏上周游四方的旅程。正当他即将升高远逝时,忽临睨旧乡而悲伤不止,远逝的马车停下了,他留给自己的最后归宿是"从彭咸之所居"。

在《神曲》中,混杂着西方古典以及基督教思想的近代精神成为但丁的导游:维吉尔引导他游历地狱、净界,贝阿特利采接引他进入天堂。在阴森恐怖的地狱里,但丁安置了罪孽之人的灵魂,包括死后的和还活着的教皇、贪官污吏,净界之中,一些有罪过的亡魂正完成着艰难的赎罪旅程。经过修辞化浓缩的卑污现实聚集在地狱和净界中,接受来自天国的惩罚和审判。

诗人在对自己的作品进行修辞设计时,总是力图把作品内容纳入一个理想的框架,他们都会选择自己认为最完美的线性语流组合形式,去凝固他们力图展现的外部空间以及其中的事件。《离骚》和《神曲》的幻游经历正是在修辞化时空中展开的,"我"的游历路线构成作品空间展现的主线,"我"的视点成为诗人眼中世界的凝聚点,因此,两位诗人各具特色的游历,正是他

们不同的文化心理的表现:

两首诗都采用了非现实的手段:在神游梦境中上天入地。《离骚》的结构体现为一个大循环,主人公从叙述自己的出身开始,结束于为自己安排的死亡结局;从充满矛盾与痛苦的故乡出发,最终回到依然苦恋着的故土。屈原的神游出于他与肮脏现实的决裂,行程成为他的愤懑心理的发散轨迹,主观抒情意味极浓,因而他用虚写手法,视点不定,鸾凤虬龙,风云雷电,日月山川,天地神仙,来来往往,缤纷杂乱。在《离骚》中,诗人为自己设计的幻游路线有中断,虽然他所经过的地点可以找到现实中的对应点,但是从总体上看,我们很难为他的整个行程理出一条规则的路线,他的幻游是随着飘忽无定的思绪展开的,诗人的纷乱心理、恍惚的精神状态,使他不顾及空间规则而任意驰骋。《离骚》的主人公像一头优雅却因受伤而愤懑的困兽,在自己的诗歌中舔着伤口,述说自己无序的游历,残缺失败的寻访,展现自己布满伤痕的、恍惚躁动的心灵。

相比之下,《神曲》的路线为直线上升式,游程也经过精心设置。但丁对梦境采用了固定视点和实写手法,诗中的三界虽全部出自想象,却排列规整:地狱为九层,净界七层,天堂九重天,随着诗人有序的梦游逐层展现。全诗结构有如三棱形的大建筑,一万多行分为 3 部,每部 33 章,连序诗共为 100 章。诗中的句子是 3 行一段,这种明晰、精心构建的结构,既具有基督教的象征色彩,又体现了那个特定时代的理性精神。

《神曲》宏大有序的结构,使但丁有可能在诗中表现当时意大利的社会状况和人们的精神面貌,表达他的政治、伦理、宗教、宇宙等各种观点。诗中大量的生活动态细致描写,则显示了但丁对人本身及其日常生活的兴趣。以及他对于人生的细密不断的观察,地狱到净界的经历,成为但丁对现实问题的批判和罪恶的清算过程,其中的道德判断也被染上当时佛罗伦萨社会的政治色彩。

屈原的游历是在对周围现实的拒斥中开始的,他的愤怒更多体现于群小对他以及他的美政的攻击,他的游历只能在孤独中开始和终结。屈原高洁的人品、愤激的诗人气质,使得他不可能采取任何与现实通融的手段,无论是通达时务的劝告、还是碰壁碰得头破血流,都不会让他改变自己,抗争与毁灭,他只能独自承受。屈原陷入了一个在古代中国极具代表性的怪圈:政治渗入人际关系,而政治本身又很大程度上为个人好恶等非政治因素控制。所以,屈原的失败是楚国的悲哀:这一由氏族发展壮大起来的民族,内部的恶性人际关系已经成为国家发展的极大障碍。这种悲哀又成为整个社会的悲哀:错综复杂的人际关系阻碍国家发展成为后世很多王朝难以逃脱的命运。此外,中国古代把目光投向人间,关注人的现实存在,原始宗教没有发育成为成熟的完备的信仰,它的零散内容不能形成一种坚定信念,其单薄力量也不足以为失去社会认同的人撑起一方晴空。拙于或不屑于与周围的人周旋的人,往往会因没有心灵寄托而感到深深的孤独。《离骚》中屈原的失败和愤怒成为一个修辞符号,预示了后世无数有识之士的命运和心理。屈原的孤独也成为中国的一种文化现象,即使社会上的得势群体常常由那些奸猾小人组成,但孤傲的屈原还是一直被后世中国知识分子奉为楷模。

同样与现实对立,但丁在作品中为自己寻找了最好的精神伴侣,身处阴森恐怖之中,他仍然有着心灵依托。旅途所见,不仅有他厌恶的人,也有他同情和佩服的人,他是在满怀激情和希望中到达理想境界的。虽然但丁额上也顶着基督教中的 "P" 形罪恶印记,但这符号不仅仅属于但丁,它也是人类罪恶现实的修辞化符号,这个符号,把但丁同人类联系在了一起。所以布克哈特曾经这样评价当时一些宗教复兴运动的参加者:"即使承认一些个性得到发展的阶层曾经和其他阶层一样地加入这一运动,但他们参加的原因不如说还是一种感情激动的需要,热情的性格的反应,对于民族灾难的恐惧,向上天求援的呼声。良心觉醒的结果不一定是对于罪恶有认识和感到有得救的必要,而即使是一个表面看来非常严肃的悔罪,也不一定就必须包括忏悔这个字的任何基督教的意义。"①

总之,屈原和但丁身上浓缩了那个时代精神的主要内核:绝不放弃的对现实的怀疑和抗争以及对美的不懈追求。当然,在屈原和但丁那里,对美好前景的设想也许还很朦胧,因而,他们没有用乌托邦语言去展现自己的理想,

---

① ［瑞士］J. 布克哈特:《意大利文艺复兴时期的文化》,何新译,商务印书馆 1979 年版,第540 页。

而是把美的追求修辞化为进入超现实世界的求索：屈原在古老的神话境界四处奔波，但丁则在经过苦难之旅后到达天堂。屈原的《离骚》经历或许预示了后来数千年中国的艰难历程，他的旅程回到起点的困惑或许也是中国长期困惑的写照；而但丁把天堂作为最高理想，这一直是西方最具代表性的做法，即使在科技发达的今天，这一理想仍然支撑着许多西方人的精神世界。

三、修辞化的旅途终点：身心的双重回归

在经历了不同的旅程之后，但丁和屈原都为自己设置了终点。

屈原中止了自己神仙境界的游历，当他的心不能像庄子一样无挂无碍时，他的身体当然也不能逍遥地游于浩渺的空间。一颗负荷太重的心，总会感觉外界处处是关卡，时时遭冷遇。对故土的苦恋，使得他不能像北方的士一样，朝秦暮楚，随意去留。而是死心塌地留在自己的国家，把修辞化的精神漫游，作为精神追求的替代。因而，屈原宿命地回归了旧乡，他的心却引导着身体向"彭咸所居"飞翔。无法得到任何人的理解和支持，在一泓清水中获得重生，也许是屈原保持自己洁志芳行的最佳归宿了。

但丁的旅途止于一片光明、和谐而充满爱的天堂，但丁对上帝和圣母的景仰，就是对爱和光明的景仰，他曾借维吉尔之口说：

> 不论造物主或造物，不能离爱而存在，这爱或为自然的，或为理性的。……由此你可明白爱为美德的种子。

在文艺复兴时期的意大利，产生了中世纪神秘主义、柏拉图学说以及典型现代精神的合流，它表现为当时的有神论是一种想要把这个世界看作是一个巨大的精神的和物质的宇宙谐和体的信仰，这个有形的世界是上帝以爱来创造的，人因为热爱上帝而使自己的灵魂扩展到无限大之中，从而享受到在尘世中的幸福。但丁把爱和光明视为人们前行的引导。《神曲》显示出的基督教信仰也就有着浓重的现世意味。

或许正是因为有对光明和爱的信仰，但丁没有因为流放异国而悲痛欲绝，相反，当人们提出以屈辱的条件把他从流放地召回佛罗伦萨时，他写信拒

绝了。但丁在意大利的语言和文化上为自己的身心找到一方新的故土,但是他也曾宣布:"我的国家是全世界。"因而,当时在但丁这样的流放者身上,放逐恰恰得到出相反的结果,他的才能、思想等伟大的东西得到发展。而以世界为家的倾向,则成为新时代到来的一个标志:在最有才能的人群中,世界主义发展起来了。①

《离骚》和《神曲》的幻游,融注了诗人执着真诚的人生追求,煎心痛苦的现实焦虑。因而同样具有庄严神圣的性质:与后世的幻游相比,《离骚》写的不是追求富贵、安逸和长生的游仙之梦,其中没有丝毫人生如梦、万事皆空的悲叹;而在欧洲,但丁"是而且仍然是首先把古代文化推向民族文化最前列的人"②,与后世浪漫主义的梦幻文学相比,《神曲》的梦境神圣、开阔而宏大。经历梦幻之旅,屈原完成了自己的人格升华,为人生定下了最终格调;但丁则得到精神上的提升,进而抵达爱与和谐的世界。他们都以新的方式证实了自身的生存意义。

在屈原和但丁身上,浓缩了东西方民族的追求和苦恼,他们的精神求索互相辉映,共同汇成了人类文化史上一曲深沉而又悠远的旋律。

① ［瑞士］J. 布克哈特:《意大利文艺复兴时期的文化》,何新译,商务印书馆 1979 年版,第129 页。
② 同上书,第 200 页。

后　记

　　沉浸于小说带来的阅读美感,我们也许会由衷地为作家编写故事的技能而惊讶,为简单"本事"竟然能够生成如此复杂动人的小说而感动。如果仅仅从文本话语层面分析词句锤炼、辞格运用,解释长篇幅、大体量的小说文本修辞,有时几乎不能说明问题——尽管这是修辞学熟悉的研究对象。作者在文本层面的操作,包括如何选择和组合特有的故事角色、情节,设置情节发生的语境,这是小说获得魅力的关键,从这个意义上说,文本修辞诗学层面的研究,应该成为小说修辞研究的关注重点。但作家在文本层面的修辞设置,迄今少有研究涉及。本书对修辞研究一些问题的厘清、对"三言二拍"和《红楼梦》相关修辞诗学问题的分析,是尝试,也希望能成为起点。

朱　玲

2016 年春

责任编辑:詹素娟
封面设计:周涛勇

图书在版编目(CIP)数据

中国古代小说修辞诗学论稿/朱玲 著. —北京:人民出版社,2016.11
ISBN 978－7－01－015739－9

Ⅰ.①中…　Ⅱ.①朱…　Ⅲ.①古典小说-修辞-小说-研究-中国②古典
　小说-诗学-小说研究-中国　Ⅳ.①I207.41

中国版本图书馆 CIP 数据核字(2016)第 010899 号

中国古代小说修辞诗学论稿
ZHONGGUO GUDAI XIAOSHUO XIUCI SHIXUE LUNGAO

朱 玲 著

人民出版社 出版发行
(100706　北京市东城区隆福寺街 99 号)

北京中科印刷有限公司印刷　新华书店经销

2016 年 11 月第 1 版　2016 年 11 月北京第 1 次印刷
开本:710 毫米×1000 毫米 1/16　印张:19
字数:320 千字

ISBN 978－7－01－015739－9　定价:60.00 元

邮购地址 100706　北京市东城区隆福寺街 99 号
人民东方图书销售中心　电话 (010)65250042　65289539